Ein Mann muß sich entscheiden zwischen der Frau, die er über alles liebt und die ein Kind von ihm erwartet, und seinen zwielichtigen Geschäften als kolumbianischer Drogenboß. Er weiß nicht, daß Alina bereits eine gefährliche Flucht außer Landes plant. Wird sie diesem Teufelskreis der Gewalt entkommen?

»Laura Restrepo vermittelt uns betörende Einblicke in ihr Land mit seinen Traditionen und Bräuchen, mit impulsiven Menschen voller Träume, Leidenschaften und abergläubischer Ängste. Mit ihrer von humorvoller Ironie durchwehten bildhaften Sprache und all den schillernden Figuren zählt Laura Restrepos Geschichte von Einsamkeit, verirrter Liebe, Eifersucht, Verrat und Haß zu den aufregendsten literarischen Entdeckungen dieses fernen Kontinents.« *Der Tagesspiegel*

Laura Restrepo wurde 1950 in Kolumbien geboren. Sie war Literaturdozentin an der Universität von Bogotá. Aufgrund ihres Engagements in Menschenrechtsorganisationen mußte sie für mehrere Jahre das Land verlassen. Später arbeitete sie als Journalistin und schrieb Sachbücher und Romane. Mit ihrem Roman ›Der Engel an meiner Seite‹ (Fischer Taschenbuch Verlag Bd. 14379) gelang Laura Restrepo der internationale Durchbruch als Schriftstellerin. In ›Der Leopard in der Sonne‹ brachte sie ihre detaillierten Kenntnisse der kolumbianischen Drogenmafia ein.

Unsere Adresse im Internet: www.fischer-tb.de

Laura Restrepo

Der Leopard in der Sonne

Roman

Aus dem kolumbianischen Spanisch
von Elisabeth Müller

Fischer Taschenbuch Verlag

Limitierte Sonderausgabe
Veröffentlicht im Fischer Taschenbuch Verlag,
ein Unternehmen der S. Fischer Verlag GmbH
Frankfurt am Main, Juni 2002

Lizenzausgabe mit Genehmigung des
Wolfgang Krüger Verlags, Frankfurt am Main
Die kolumbianische Originalausgabe erschien 1993
unter dem Titel ›El leopardo al sol‹
in der Verlagsgruppe Norma, Bogotá
Für die deutsche Ausgabe:

Druck und Bindung: Clausen & Bosse, Leck
Printed in Germany
ISBN 3-596-50570-4

Ivan gewidmet

für all seine Fröhlichkeit
in wilden Zeiten

Weit hinten liegt eine gelbe Wüste.
Sie ist gefleckt vom Schatten der Steine, und der Tod ruht
auf ihr wie ein Leopard in der Sonne.
Lord Dunsany

Der, der da mit der Blonden sitzt. Das ist Nando Barragán.«

In der dämmrigen Bar breitet sich die Neuigkeit rasch aus. Der ist es. Nando Barragán. Hundert Augen blicken verstohlen zu ihm hin, fünfzig Münder sprechen leise seinen Namen.

»Der da: Das ist einer von ihnen.«

Wo auch immer die Barraganes auftauchen, stehen sie im Mittelpunkt des Geredes. Hervorgepreßte Flüche, heimliche Bewunderung, niedergehaltener Groll. Sie leben im Schaukasten. Sie sind nicht, was sie sind, sondern das, was die Leute von ihnen erzählen, über sie denken, sich vorstellen. Lebendiger Mythos, wandelnde Geschichte, fleischgewordener Klatsch. Ihr Leben gehört nicht ihnen, es ist Gemeingut. Sie sind gehaßt und umschmeichelt, abgelehnt und nachgeahmt. Je nachdem. Aber sie sind gefürchtet, und zwar von allen.

»Da an der Theke. Das ist der Boß. Nando Barragán.«

Der Satz schlittert über den Tanzboden, prallt in den Ekken ab, läuft von Tisch zu Tisch, wird von den Spiegeln an der Decke vervielfacht zurückgeworfen. Im Halbdunkel verdichtet sich die Angst. Die Anspannung durchschneidet die Rauchschwaden und verstimmt die Boleros aus der Musikbox. Die Paare hören auf zu tanzen. Das Licht der Scheinwerfer flackert blau und violett wie die Ankündigung einer Katastrophe. Hände werden feucht, Nackenhaare sträuben sich.

Unempfänglich für das Getuschel und die Unruhe, die seine Anwesenheit auslöst, sitzt Nando Barragán, der gelbe Riese, auf einem Barhocker an der Theke und raucht seine Pielroja.

»Was hat er für eine Hautfarbe?«

»Dunkelgelb, wie seine Brüder.«
Er hat ein großporiges Gesicht, als hätten es Vögel zerpickt, und versteckt die kurzsichtigen Augen hinter einer schwarzen Ray-Ban-Brille mit verspiegelten Gläsern. Unter dem bunten Hawaiihemd kommt ein speckiges Unterhemd zum Vorschein, und auf der breiten, unbehaarten, schweißglänzenden Brust hängt an einer Halskette das große Kreuz von Caravaca, prahlerisch, massiv golden. Gewichtig und mächtig.
»Die Barraganes tragen alle das Kreuz von Caravaca. Es ist ihr Talisman, von dem sie Geld, Gesundheit, Liebe und Glück erbitten.«
»Zwar bitten sie das Kreuz um diese vier Dinge, aber es gibt ihnen nur Geld. Die drei anderen Dinge haben sie nicht und werden sie nie haben.«
Auf dem Barhocker neben Nando sitzt ihm zugewandt eine großartige, vollschlanke Blondine, die herausfordernd die Beine übereinanderschlägt. Sie ist eingeschnürt in einen schwarzen Einteiler aus elastischer Spitze. Ein enganliegender, kaugummiartiger Diskothekenfummel, dessen Zwischenräume ihre reife Haut und einen Büstenhalter aus Satin offenlegen. Ihre mit Wimperntusche, Lidstrich und Lidschatten bemalten Augen klimpern ohne eigene Form und Farbe. Als sie den Kopf nach hinten wirft, fällt ihr die blonde Mähne steif wie Stroh in den Nacken und legt den schwarzen indianischen Haaransatz frei. Ihre Bewegungen haben die abgeklärte Sinnlichkeit einer Straßenkatze, und es umgibt sie die geheimnisvolle Würde einer antiken Göttin.
Nando Barragán betrachtet sie ehrfüchtig, und sein rauhes Kriegerherz schmilzt Tropfen für Tropfen dahin, wie eine brennende Kerze vor dem Altar.

»Die Jahre haben dir nichts anhaben können. Du bist schön, Milena. Wie eh und je«, sagt er und straft seine Kehle mit einem kräftigen Zug an der Pielroja.
»Und du, mit Gold behängt«, erwidert die Blonde mit heiserer, sinnlicher Stimme, die von tiefsitzenden Polypen kündet. »Als ich dich kennenlernte, warst du ein armer Mann.«
»Ich bin immer noch derselbe.«
»Die Leute sagen, du hättest Berge von Dollars in deinem Keller aufgehäuft. Die Leute sagen, dir würde das Geld vergammeln, du hättest so viel, daß du nicht wüßtest, wohin damit.«
»Die Leute sagen viel. Komm zurück zu mir.«
»Nein.«
»Du bist mit diesem Fremden weggelaufen, damit er dich weit weg bringt von mir, in Sicherheit, sogar vor der Erinnerung an mich.«
»Es ist eine unangenehme Erinnerung. Die Leute erzählen, daß du nur Witwen und Waisen auf deinem Weg hinterläßt. Mit welchen Schurkereien hast du soviel Geld verdient?«
Der Mann antwortet nicht. Er nimmt einen Schluck Whiskey und spült ihn mit einem Schluck Mineralwasser hinunter. Die prickelnden Bläschen wecken in ihm eine ferne Erinnerung an Baseball spielende Kinder auf dem Sand, mit Besenstielen als Schläger und Kronkorken als Ball.

Genau in dem Moment kommt eine Bande der Monsalves zur Tür herein und legt los. Nando Barragán und die blonde Frau sitzen mit dem Rücken zum Eingang an der Theke und werden vom Maschinengewehrfeuer in die Luft geschleudert.

»Nando und die Blondine sprachen gerade zärtlich miteinander, küßten sich und hatten die Beine ineinander verschlungen, als ihnen das Blei in den Leib gejagt wurde. Ich sage das, weil ich dabei war, genau in derselben Bar, und es mit eigenen Augen gesehen habe.«

Nein. An diesem Abend berührt Nando Milena nicht. Er behandelt sie respektvoll, so wie Männer Frauen behandeln, von denen sie verlassen worden sind. Er unterhält sich mit ihr, aber er berührt sie nicht. Vielmehr sieht er sie nur schmerzerfüllt an.

»Woher will man wissen, wie er sie ansah, wo er doch die dunkle Brille aufhatte. Das ist alles bloß Geschwätz. Jeder reimt sich was zusammen, aber niemand weiß wirklich etwas.«

Die Leute sind nicht dumm, sie wissen Bescheid. Und Nando ist die Nostalgie, die sich wie ein blasser Schleier um sein Gesicht legt, auf den ersten Blick anzusehen. Wenn er mit Milena zusammen ist, funktionieren seine Reflexe nicht mehr, denn er wird von einer tiefen Unruhe erfaßt, in der es nur noch sie gibt und er keine Gefahr mehr wittert. Und er zittert. Nur ein Mensch hat ihn in seinem ganzen Leben zum Zittern gebracht: Milena, die einzige, die je nein zu ihm zu sagen vermochte.

»Er war trotz allem ein Träumer, einer von den chronischen, hoffnungslosen Fällen.«

In der Welt der Normalsterblichen ist er unschlagbar, unerbittlich. Ein Luchs, ein Blitz, ein Peitschenhieb.

Aber wenn sie auftaucht, und sei es nur in seiner Erinnerung, befällt ihn die sanfte, wehrlose Benommenheit eines satten Babys oder einer Alten im Valiumrausch. Als er sie an diesem Abend nach Jahren zufällig wiedertrifft, hat Nando nur Augen und Ohren für sie. Er rechnet nicht mit seinen Vettern und Feinden, den Monsalves, und hat für den Moment vielleicht sogar vergessen, daß es sie überhaupt gibt.

Weil Milena Waffen verabscheut, hat er seinen Pferdecolt mit den namentlich gezeichneten Kugeln und dem aufgebäumten Fohlen auf dem Elfenbeingriff abgelegt. Seine Wachsamkeit ist herabgesetzt, und er geht ganz und gar auf in der Rolle des reumütigen Verliebten.

Deshalb bemerkt er nicht, daß die Monsalves die Bar betreten. Die anderen hören, wie der schwarze Türvorhang zur Seite geschoben wird, und sehen die Silhouette eines schlanken Mannes mit drei Begleitern im silbrigen Licht stehen. Die Paare flüchten sich in schützende Umarmungen. Die Kellnerinnen kriechen unter die Tische. Nicht so Nando. Er ist von seinem Verlangen und seinen Sehnsüchten so vollkommen eingenommen, daß er nichts um sich herum wahrnimmt.

Von hinten, aus dem Gang mit den Toiletten, weht ein kühler Luftzug kalten Tabakrauch und Abflußgestank herein. Von der Decke sendet eine Stroboskoplampe ihr flackerndes, fahles Licht wie die Blitze einer Kamera und beleuchtet – jetzt, jetzt nicht, jetzt kann ich es sehen, jetzt wieder nicht – das Gesicht des Neuankömmlings phosphoreszierend und gespenstisch.

Es ist Mani Monsalve. Äußerlich gleicht er Nando Barragán wie ein Bruder dem anderen. Sie sind vom selben Blut, Vettern ersten Grades, obwohl sie sich hassen.

Mani ist nur jünger, kleiner, schlanker, hübscher. Die Haut grünlicher, die Züge feiner. Das Gesicht härter und unter allen Menschen sichtbar gezeichnet: Eine tief eingeprägte Mondsichel schlägt ihren Bogen im abnehmenden Viertelkreis von der Schläfe aus, knapp am linken Augenwinkel vorbei über das Jochbein, um unmittelbar vor der Nase haltzumachen. Eine halbe Lunette, ein unauslöschliches, tiefsitzendes Monokel: eine häßliche Narbe, die er sich bei irgendeiner Prügelei oder Schießerei wer weiß wo zugezogen hat.
Mani ruft: Nando Barragán, ich bin gekommen, dich zu töten, weil du meinen Bruder Adriano Monsalve umgebracht hast und Blut mit Blut gerächt wird. Heute jährt sich dieses Verbrechen zum zwanzigsten Mal. Worauf Nando ihm erwidert: Ich bin unbewaffnet. Und Mani fordert ihn auf: Zieh deine Waffe und kämpfe mit mir wie ein Mann.
»Das hört sich an wie ein Zeichentrickfilm oder ein Western. Und was hat Nando ihm geantwortet? Potztausend!? Donnerwetter!? O Gott!? Weit gefehlt. Diese Leute redeten nicht viel, sie gaben keine Vorwarnung und machten keine Umschweife: Sie schossen und fertig.«
»Das stimmt nicht. Sie hatten ihr Gesetz und schossen nie aus dem Hinterhalt. Auf jeden Fall ging nach den ersten Schüssen das Licht aus, und was dann kam, geschah im Finstern. Vielleicht hat der Barbesitzer auch geistesgegenwärtig den Strom abgeschaltet oder was auch immer. Sie haben jedenfalls im Dunkeln aufeinander geschossen.«
Die aufgebrachte Menge sucht blind und kreischend vor den unsichtbaren Kugeln Schutz, während Spiegel, Flaschen und Scheinwerfer klirren, bis die Funkstreife eintrifft. Die Monsalves ziehen sich vermutlich schon beim

Heulen der Sirene zurück, denn als kurz nach der Ankunft der Ordnungshüter das Licht wieder angeht, sind sie bereits verschwunden. Nando Barragán kriecht verletzt und blutüberströmt, aber lebendig, hinter die Theke. Alles andere ist Sachschaden. Das Lokal ist vollkommen verwüstet, obwohl niemand geschossen hat, außer Mani und Nando, als hätten sie ein persönliches Duell auszutragen.

»So liefen die Dinge zwischen diesen Leuten.«

»Woher weiß man das so genau? Hieß es nicht, es sei dunkel gewesen? Und wie soll Nando überhaupt geschossen haben? Hieß es nicht, er sei unbewaffnet gewesen?«

»Manche behaupten, er war es. Andere dagegen schwören, den Pferdecolt in seiner Hand gesehen zu haben. Eines ist jedenfalls sicher: Er wurde schwer verwundet, während Mani Monsalve unverletzt blieb.«

»Diese Blondine, Milena, hat keine einzige Kugel abbekommen. Vielleicht war sie durch ihre dicken Fettpolster gut genug gepanzert. Nando war dagegen durchlöchert wie ein Sieb, aber kein Schuß war tödlich. Der schlimmste hat ihm das linke Knie zertrümmert, das für immer lahm blieb.«

»Nicht das linke, das rechte.«

»Darüber ist man sich nicht so einig. Aber sicher ist, daß er von da an humpelte. Und sicher ist ebenfalls, daß er die Lektion dieses Tages lernte und nie wieder in aller Öffentlichkeit in irgendwelchen Bars herumsaß. Von da an nahm er sich in acht und tauchte unter. Auch in Begleitung von Milena haben wir ihn nie mehr gesehen. In jener Nacht hat sie ihn ins Krankenhaus gebracht und vorm Verbluten gerettet, aber danach ist sie zu dem anderen zurückgekehrt. Sie hat sich in Luft aufgelöst und blieb bis zum heutigen

Tag verschwunden. Nando Barragán sah sie nie wieder, außer in den Delirien seiner verlorenen Liebe. Es heißt, die körperlichen Verletzungen hätte er überwunden, aber die des Herzens nie. Sein restliches Leben quälte er sich, und ein Teil seiner Qual war, diese Frau nicht vergessen zu können.«
»Hat sie ihn denn nie geliebt?«
»Angeblich schon, aber die Leute sagen, sie wäre vor ihm geflohen, vor seinem Krieg, vor seinem schlechten Stern.«

Auf dem Weg zum Krankenhaus erzählt Nando Barragán der blonden Frau eine finstere Geschichte, und beim Holpern des Krankenwagens über die Schlaglöcher im Asphalt tritt ihm das Blut stoßweise aus den Wunden. Vielleicht meint er auch nur, sie ihr zu erzählen, denn tatsächlich stammelt er irgendein unzusammenhängendes Zeug, das sie, auch ohne es zu verstehen, zu deuten vermag.

Das Heulen der Sirene hallt in Nando Barragáns Ohren wider, während ihm ein ungeschickter Krankenpfleger mit Wundauflagen, Transfusionen und Gefäßklemmen zusetzt. Nando hüpft auf der Trage, zwischen Diesseits und Jenseits schwebend, auf und nieder und konzentriert seine gesamte Aufmerksamkeit auf Milenas Gesicht, die neben ihm kauert, angestrahlt vom rotierenden Rotlicht des Verdecks. Das Leben fließt aus ihm heraus, ohne Schmerzen und ohne Erbarmen, und ihn ergreift ein Rededrang, der die Worte aus seinem Mund hervorsprudeln läßt wie das Blut aus seinen Wunden. In dem Bedürfnis, sich jemandem anzuvertrauen, läßt er sich vom Strudel seiner Worte mitreißen, die sich überschlagen wie bei einem Betrunkenen. Er möchte sich eine Erinnerung aus dem Herzen reißen, wie man sich einen faulen Zahn zieht, er möchte sich reinwaschen von Schuld und schlechtem Gewissen und legt Milena, der heiligen Milena der Unmöglichen, der Unerreichbaren, in Talar und Bischofshut aus rotem Licht, seine Beichte vor.

»Laß mich nicht alleine sterben, Milena. Beschütze mich in der Stunde meines Todes. Erteile mir Absolution, Milena, vergib mir meine Sünden. Gib mir die letzte Ölung. Laß mich nicht sterben.«

Die Geschichte, die Nando Barragán Milena erzählt, während er im Krankenwagen mit dem Tod ringt, handelt von einer staubgefegten Straße in einem Wüstendorf.
Er ist noch zwanzig Jahre jünger und läuft diese Straße nackt entlang. Groß und schwerfällig, gelb und nackt bis auf den Lendenschurz der Indios, die schwarze Ray-Ban-Brille und einen alten Pferdecolt an seiner Hüfte.
»Dieselbe Pistole, die er sein Leben lang trug?«
»Genau die. Aber noch ohne Elfenbeingriff und ohne die Silberkugeln mit seinen Initialen, die er später benutzte.«
Ein unförmiger, überdimensionierter Heranwachsender, der seinen staubigen Weg mit King-Kong-Schritten zurücklegt. Die Krater in seinem Gesicht sind noch unverheilt: Eine gefräßige Akne steht in voller Blüte und bedeckt ihm Hals und Backen.
Hinter ihm trottet ein zweiter Jugendlicher gleichen Alters und versucht, mit ihm Schritt zu halten. Er ist weniger behäbig, weniger grobschlächtig, die Haut eher grün, die scheuen Augen eng zusammenstehend und tiefliegend über einer spitzen Nase. Gewisse Ähnlichkeiten verraten ihre Verwandtschaft. Sie haben das gleiche Profil, die gleiche Art, den Kopf schiefzulegen, den Körper zu wiegen, das »r« zu rollen oder das »s« auszusprechen: alles und doch nichts, vollkommen anders und doch gleich.
Es ist sein Vetter ersten Grades, Adriano Monsalve. Sein Freund, sein Verbündeter, seine rechte Hand. Blut von seinem Blut. Er ist herausgeputzt in einem dunklen Zweireiher mit schmalem Revers und ausgestellter Hose, der ihm am Leib schlottert. Knöpfe in den gestärkten

Manschetten, ein Tüchlein in der Brusttasche. Alles ist ihm zu weit, kratzt und stört ihn, weil nichts davon ihm gehört. Nando hat ihm den Anzug geliehen, für eine Fahrt in die Hauptstadt, die erste seines Lebens, um eine Ladung geschmuggelter Marlboros loszuschlagen.

»Nando, dieser Anzug paßt mir einfach nicht.«

»Stell dich nicht so an! Später kannst du dir kaufen, wozu du Lust hast.«

»Nando, ich gehe ein in diesem Anzug.«

»Stell dich nicht so an, habe ich gesagt. Es ist kalt dort.«

»Ich sehe aus wie ein Idiot.«

»Du wirst dort gut damit aussehen.«

»Die Großmutter sagt, fremde Kleider zu tragen bringt Unglück, weil man das Schicksal des Besitzers mit anzieht.«

»Das ist dummes Geschwätz von der Großmutter.«

Sie erreichen das Büro des Cóndor de Oro, der Buslinie, die in die Hauptstadt fährt, und lösen gemeinsam eine Fahrkarte für sechs Uhr nachmittags. Da es erst drei ist, stellen sie sich an den Straßenrand und warten. Nando, der große, nackte Wilde, pflanzt sich unerschütterlich mitten in die pralle Sonne, während Adriano, schweißgebadet in seinem Dreiteiler, im Schatten eines Vordachs Schutz sucht.

Ein Trupp Maulesel, mit Quasten geschmückt und staubgepudert wie Weihnachtsbäume im Januar, zieht auf der öden Straße vorüber und wirbelt den Sand auf. Mund und Nase staubverklebt, spucken die Vettern aus und gehen das bevorstehende Geschäft noch einmal Schritt für Schritt durch. Adriano überträgt die Telefonnummer des Kontaktmanns in der Hauptstadt mit Kugelschreiber von einem Stück Papier auf seine Hand, für den Fall, daß er den Zettel verlieren sollte.

Sie steigen in das Schmugglergeschäft ein und übertreten dabei eine alte Tradition: Ihre beiden Familien, die Barraganes und die Monsalves, lebten bisher vom Tauschhandel mit Schafen und Lämmern in der Wüste. In einer fernen Vergangenheit ließen sie sich gemeinsam in dieser ungastlichen, von prähistorischen Winden gepeitschten Landschaft aus Urgestein nieder, um zwischen Salzbergen, Kalkfelsen und ausströmenden Gasen ihr karges Dasein zu fristen. Das Wasser rangen sie den Felsen ab, die Milch den Ziegen und die Ziegen den Klauen der Tiger. Ihre Höfe standen nebeneinander, und es umgab sie nichts als Sand und Wüste. Da beide Familien konservativ waren, blieb ihre Eintracht von politischen Meinungsverschiedenheiten ungetrübt.

Bis auf die Tatsache, daß die Monsalve-Kinder eine grünliche Haut hatten und die Barraganes eine gelbliche, gab es keine Unterschiede zwischen ihnen. Vater und Onkel nannten sie Papa, Mutter und Tante Mama, alle Alten riefen sie Großvater und Großmutter, und die Erwachsenen zogen sie zusammen und durcheinander groß, in Horden und zu Dutzenden, mit purer Willenskraft, Feigen und getrockneten Kräutern, ohne zwischen Enkeln, Kindern, Nichten und Neffen zu unterscheiden.

Nando Barragán und Adriano Monsalve sind gleich alt. Den Kinderschuhen entwachsen, machten sie sich mit vierzehn gemeinsam auf, um ihr Brot zu verdienen. Adriano begann, an der Küste metallisch glänzende Schmucksteine, sogenannte Tumas, zu kaufen und sie an die Indios im Hochland weiterzuverkaufen, die sie zu Ketten auffädelten. Er wurde Händler. Nando lernte, wie man

heimlich ausländische Zigaretten über die Grenze ins Land einführt. Er wurde Schmuggler.
Nach wenigen Monaten wußten beide, welches das bessere Geschäft war. Daher gab Adriano die Tumas zugunsten der Marlboros auf, und nach und nach schlossen sich ihnen weitere Brüder an. Während sie ihren krummen Weg fortsetzte, faßte die neue Generation der Barraganes und Monsalves in einer Welt Fuß, in der sich die Männer zu Banden zusammenschließen, Jeeps fahren, Hunderte von Kilometern in einer Nacht zurücklegen, lernen zu schießen, Beamte zu bestechen und sich mit schottischem Whiskey zu betrinken. Lernen, das Geld bündelweise in der Hosentasche zu tragen. Lernen, den Gegner herauszufordern, laut zu sprechen, schallend zu lachen, Prostituierte zu lieben und Ehefrauen zu schlagen.
Die elterlichen Höfe mit den gestampften Böden statteten die Söhne mit Farbfernsehern und Stereoanlagen aus. Sie vertrieben die Schweine und Hühner aus der Küche, um zweitürige Kühlschränke hineinzustellen, und vergruben Gewehre im Ziegenstall.
An diesem Nachmittag stehen Nando und Adriano müßig am Straßenrand, warten auf den Bus und langweilen sich.
»Heute vor einem Jahr ist Marco Bracho gestorben«, sagt Nando wie beiläufig.
»Seine Witwe wird den Todestag wahrscheinlich feiern«, erwidert Adriano, das Gesicht zur Mauer gewandt.
»Wollen wir hingehen?«
»Was ist, wenn ich den Bus verpasse ...?«
»Nur kurz.«
»Na los.«

Sie gehen durch die ausgestorbenen Straßen dorfauswärts, bis sie bei den letzten Gehöften einen Geruch von gebratenem Fleisch wahrnehmen. Er stammt von einem Lagerfeuer in einem großen, offenen Hof. Zwischen den Rauchschwaden erkennt man undeutlich Frauen in weiten Ponchos, die mit trägen Gesten Kochtöpfe an der Feuerstelle bewegen und auf Astgabeln aufgespießte Tiere rösten. Manche haben ein Kind an der Brust, während die Männer Flaschen herumreichen oder in den Hängematten dösen.

Auf einem angrenzenden Gelände mit festgestampftem, von getrockneten Reifenspuren und Öllachen durchfurchtem Lehmboden sonnen sich mehrere Lastwagen mit ihrer illegalen, gut versteckten, aber zu vermutenden Fracht: Waffen, Konserven, Zigaretten, Schnaps, Elektrogeräte. Wie mächtige Saurier halten hier titanische Pegasos, eindrucksvolle Macks, potente Superbrigadieres und furchterregende Mercedes ihre Siesta und stoßen bei einer gemächlichen Verdauung Diesel und Benzin auf. Nur diese riesigen glänzenden Karrosserien geben der Wüste ihr Maß, wohingegen sich die Gehöfte wie ein Nichts ausnehmen und die Menschen zu Insekten schrumpfen.

Nando und Adriano bleiben am Eingang stehen, der Rauch beißt ihnen in den Augen, und der Bratenduft regt ihren Appetit an. Man reicht ihnen eine Flasche Rum, und eine dunkelhäutige Frau kommt ihnen freundlich entgegen und fordert sie auf, Platz zu nehmen. Ihr Körper ist nicht wie bei den anderen unter einem Poncho versteckt und das Haar nicht in ein Kopftuch eingebunden. Ein ärmelloses Satinkleid zeichnet die Rundungen von Brüsten, Bauch und Po deutlich sichtbar ab, und unter den nack-

ten Armen sieht man die gut gepolsterten Achselhöhlen. Es ist die Witwe, Soledad Bracho. Die Frau des verstorbenen Marco Bracho. Sie bietet ihnen Zigaretten an.
»Da entgeht ihm aber was, dem armen Toten«, sagt Nando laut genug, damit die Frau es hören kann, und schickt ihr anzügliche Blicke durch die Gläser seiner getönten Brille hindurch. Adriano lacht.
»Sieh mal an, die beiden Vettern«, sagt sie. »Wo der eine ist, ist auch der andere. Wo der eine kommt, kommt der andere hinterher.«
Sie lachen wieder, aber diesmal befangen und nicht mehr so laut. Die Witwe kommt und geht zwischen den Leuten, bedient die anderen Gäste. Dann kehrt sie an ihren Tisch zurück, bringt ihnen Zigaretten, Fleisch, weißen Rum. Die Vettern essen und trinken schweigend, sehen sie kommen und gehen, betrachten sie von vorn, von hinten, beobachten den wiegenden Gang, den Schwung ihrer Hüften.
Um fünf Uhr sagt Nando: »Du mußt los, Bruder.«
»Es ist noch Zeit.«
Soledad Bracho kommt, um ihren Tisch abzuräumen. Sie beugt sich so weit vor, daß sie ihr in den Ausschnitt sehen können, scherzt mit ihnen, leert Aschenbecher aus, sammelt leere Flaschen ein und bewegt die Arme vor ihren Gesichtern hin und her. Sie bewundern den kleinen Leberfleck mitten auf ihrem Kinn, riechen ihren Duft, werden von kleinen krausen Achselhaaren gestreift, erhaschen einen Blick auf ihre Brustwarzen, die auftauchen und wieder verschwinden.
»Sie gefällt mir«, sagt Adriano.
»Ich habe sie schon an der Angel«, entgegnet ihm Nando.

»Was du nicht sagst, Vetter, mir ist sie auch so gut wie sicher.«
Sie lachen schallend und klopfen sich gegenseitig kameradschaftlich auf die Schultern, auf die Backen.
»Dann wird sie wohl recht gehabt haben, als sie sagte, wo ich komme, kommst du hinterher.«
»Was sie gesagt hat, war, wo ich komme, kommst du hinterher.« Adriano hängt das Jackett über die Stuhllehne und befreit sich von Hemd und Krawatte, die wie eine schillernde Schlange zu Boden gleitet.
»Heb die Krawatte auf, du trittst drauf«, befiehlt ihm Nando. Adriano hebt sie auf und bindet sie sich um den nackten Hals.
»Schon besser«, sagt Nando. »Jetzt zieh das Jackett an und das Hemd, sonst verpaßt du den Bus.«
»Den Bus habe ich längst verpaßt, Vetter.«
»Ich sag's dir zum letzten Mal: Fahr in die Hauptstadt, hier bist du mir im Weg.«
»Und du, fahr zur Hölle.«
Der Rum tanzt in Adrianos Pupillen, als er sich schwankend, mit verdrehten Augen, auf unsicheren Beinen erhebt. Er geht auf Soledad Bracho zu, schlingt ihr die Krawatte um die Taille – Wespentaille zwischen Satinhügeln – und zieht sie mit dem Schlips zu sich. Er atmet ihr keuchend ins Ohr, bläst ihr in den Nacken, drückt sein hartes, pulsierendes Geschlecht an ihren Schoß und findet ihn weich, zustimmend, bereit.
Als Nando das sieht, steigt ihm die Zornesröte ins Gesicht und überzieht seine Wangen wie ein allergischer Ausschlag. Zum ersten Mal an diesem Tag nimmt er die dunkle Brille ab, um sich zu vergewissern, ob das, was er da sieht, tatsächlich wahr ist. Das Pärchen wiegt sich

nach links und nach rechts, taucht ein in den Rhythmus seiner reibenden, schiebenden Körper, und Nando treten die Augen aus den Höhlen. Adriano und die Witwe tauschen Zärtlichkeiten aus, pressen sich aneinander, und in Nandos Kehle steigt eine bittere, unbezwingbare Übelkeit auf. Adriano hebt ihr Satinkleid und schiebt seine Hand in die darunterliegenden Tiefen, und Nando packt die erbittertste Eifersucht wie ein Brechreiz.
Adriano öffnet den Reißverschluß an seiner Hose und setzt im selben Augenblick den Mechanismus seines Untergangs in Gang. Er drückt den roten Alarmknopf, und das von Alkohol benebelte Gehirn seines Vetters empfängt das Signal klar und deutlich. In Nandos Kopf entfesselt sich eine schwindelerregende Exstase, ohne Vergangenheit und Zukunft, ohne Bewußtsein und Folgen, von Zorn geblendet und blind vor Schmerz. Übermenschliche Kräfte fließen seinem Körper zu, und in seinem wutverzerrten Gesicht, aus dem mit einem Mal alle Farbe gewichen ist, blitzt der Wahn auf, der ihn zwingt, bis zum Letzten zu gehen. Er steht auf, geht auf das verliebte Pärchen zu, reißt es grob auseinander: Er stößt die Frau gegen die Wand und wirft den Vetter zu Boden, der vor seinen Füßen auf dem Rücken zu liegen kommt.
Die Leuten bilden einen Kreis um sie, schreien, rufen um Hilfe, aber Nando vernimmt im Stimmengewirr nichts anderes als den heimlichen Lockruf seines Colts, der ihm schwer, massig, ganz präsent an der Seite hängt und sagt: Hier bin ich.
Adriano streckt schützend die Arme vor. Er möchte lachen, scherzhaft auf Nando Barragán eingehen, ihn durch Erklärungen besänftigen, verhandeln. Aber eine lähmende Angst nagelt ihn an den Boden, und die Zunge

versagt ihm den Dienst, so daß er stumm und pathetisch liegenbleibt und nur durch seine zwischen Panik und Hoffnung wechselnden Blicke aus den tiefliegenden Augen, die sich nur ungern für immer vom Tageslicht verabschieden, um Verzeihung bittet.

Nando, der Schreckliche, erhört kein Bitten und kein Flehen: Der Kurzschluß hat seinen Verstand ausgeschaltet und läßt nur zu ihm durchdringen, wie sehr er dieses niederträchtige Geschöpf, das ihn da am Boden um Gnade anbettelt, in diesem Moment verabscheut. Und er schießt ihm in die Brust.

Der Widerhall des Schusses löst der sprachlosen, verblüfften Witwe die Hand, die sich zum Kopf hebt und mit einer automatischen, benommenen Gebärde die Frisur richtet.

Der angeschossene Adriano sieht seinen Vetter an, als wolle er ihn fragen, was geschehen ist. Er versucht zu sprechen, sich aufzurichten, zur Normalität zückzukehren. Bis er sich schließlich ergibt, die Haltung eines Toten einnimmt und sich stumm und verzweifelt der Ewigkeit anheimgibt.

Scharf und süß wie Marihuana steigt Nando Barragán der Pulvergeruch in die Nase. Wie ein Peitschenhieb knallt er ihm ins Gehirn und vertreibt schlagartig die ganze teuflische Wut und Betrunkenheit daraus. Als er begreift, daß er seinen Vetter umgebracht hat, sinkt er in dem niederschmetternden Bewußtsein, eine unwiderrufliche Tat begangen zu haben, auf ihn.

Für Nando bleibt die Zeit stehen, und er erkennt, daß er das unergründliche Reich des Schicksals betreten hat, aus dem es kein Entrinnen mehr gibt. Gelb und verwirrt, plötzlich verletzlich und schwach, sucht er das Entsetzen

niederzuringen, das seine Seele erschüttert, und sieht mit dem Ausdruck eines für die Welt Verlorenen, der ihm nie mehr aus dem Blick weichen wird, in die Runde.
Er steckt die abgekühlte, wieder schweigende Waffe zurück. Dann kniet er neben dem toten Adriano nieder und beginnt ihn langsam, unbeholfen, mit unglaublicher Zärtlichkeit und ohne jede Hast, behutsam wie eine Mutter ihr Neugeborenes, anzuziehen. Er streift ihm das Hemd über und knöpft es zu, kämpft mit den Manschettenknöpfen, die sich nicht in die Knopflöcher fügen wollen, hebt die Krawatte vom Boden auf, klopft sie ab und bindet sie ihm mit einem dreifachen Knoten um den Hals, rückt sie zurecht und legt sie ihm gerade über die Brust. Er steckt ihm die Arme in die Jackettärmel, schließt die doppelte Knopfreihe, streicht das Revers glatt. Er befeuchtet seinen Zeigefinger mit der Zunge und entfernt die mit Kugelschreiber auf der Hand des Vetters notierten Ziffern.
Als er fertig ist, verkündet er leise: »Ich verlasse diesen Ort des Unglücks und nehme meinen Vetter Adriano mit.«
Er setzt die Ray-Ban-Brille auf, schultert seinen Toten und geht, wie ein Gorilla mit seinem Jungen auf dem Rücken, schaukelnd die Straße hinunter.

Nando Barragán zieht zwölf Tage und zwölf Nächte mit Adriano Monsalves Leiche durch die Wüste, ohne ein einziges Mal zum Schlafen oder zum Essen haltzumachen. Zwölfmal sieht er zu seiner Rechten den blutroten Morgen am Horizont heraufziehen und zwölfmal zu seiner Linken in der gleichen Farbe den Abend hereindämmern. Es ist sein Leidensweg durch das Reich des Nichts, mit krankem Gemüt, den Toten schwer wie ein Kreuz auf dem Rücken. Endlose Weiten aus glühendem Sand versengen ihm die Füße, die stechende Sonne macht ihn blind und läßt ihm die Haut aufplatzen. Auf seinem Weg findet er weder Wasser, um seinen Durst zu löschen, noch Schatten, um seine Halluzinationen zu lindern. Und keinen Frieden für seine reuevolle Seele.

»Ist diese Geschichte wirklich geschehen, oder ist es eine Legende?«

»Sie ist wirklich geschehen, aber vom vielen Erzählen zur Legende geworden. Oder umgekehrt: Sie war eine Legende und ist vom vielen Erzählen Wirklichkeit geworden. Es ist unerheblich.«

Während der ganzen Reise bleibt die Leiche unversehrt. Sie beginnt weder zu riechen noch steif zu werden, sondern bleibt frisch und kräftig, als sei nichts geschehen. Bequem gebettet, liegt sie auf dem Rücken des Vetters, dem allmählich die Kräfte schwinden. Der Tote scheint lebendig und der Lebende tot zu sein. An den endlosen Tagen ihrer einsamen Wanderung durch eine Wüste, die beginnt, wo die Welt aufhört, leisten sie sich gegenseitig Gesellschaft. Sie verbünden sich, um die unermeßliche Verlassenheit zu ertragen, und reden sogar miteinander, wenn auch nicht viel: Bis zur Monotonie käuen sie immer den gleichen Dialog wieder.

»Verzeih mir, Vetter, daß ich dich umgebracht habe.«
»Das wirst du teuer bezahlen. Behalt die Witwe, aber auch die Schuld.«
»Ich will sie nicht, weder die eine noch die andere.«
Im tiefsten Innern der Wüste, wo kein Meeresrauschen mehr zu hören ist, finden sie das Gesuchte: ein armseliges Gehöft auf dem Kreuzungspunkt der verirrten Winde. Das quadratische Haus steht an zwei Seiten offen, nach Norden und nach Süden. Heftige Winde jagen heulend hindurch wie gequälte Seelen: Sie pfeifen und weinen, wirbeln umeinander und wälzen sich wie raufende Katzen oder Paare beim Liebesspiel, um sich nach einer Weile voneinander zu lösen und in die verschiedenen Richtungen der Wüste davonzustürmen.
Nando betritt das Haus, lädt Adriano ab und streckt ihn sorgfältig auf der Erde aus. Dann setzt er sich neben ihn und wartet. Da er in all den Tagen zum ersten Mal ruht, überfällt ihn ein bewegter, wie Sanddünen wogender Schlaf, und er hat eine Erscheinung.
»Etwas Unheimliches ist ihm erschienen. Ein übernatürliches Wesen ...«
Um ehrlich zu sein, träumt er von einem ganz gewöhnlichen, verwilderten Alten, der sich nur durch sein extrem vorgerücktes Alter – ein mit Arthritis und Arteriosklerose gestraftes präkolumbianisches Greisentum – von anderen unterscheidet.
»Onkel, ich habe meinen Vetter Adriano Monsalve umgebracht«, gesteht ihm Nando Barragán schlaftrunken.
»Das sehe ich«, erwidert der Alte.
»Nur du kennst die Gesetze unserer Tradition. Ich bin bis hierher gewandert, um zu erfahren, was ich tun soll.«

»Bring den Jungen zuerst weg. Überlaß ihn nicht dem Sand, denn er wird ihn forttragen, sondern begrabe ihn tief in trockener, schwarzer Erde und komm dann wieder.«

In blindem Gehorsam und ohne zu zögern, befolgt Nando diesen Befehl. Er marschiert mit seinem Toten auf dem Rücken weiter, bis er auf edlen, gastlichen Grund trifft. Dort verabschiedet er sich für immer von Adriano. Als er lange Zeit später zurückkehrt, sieht er den Alten immer noch dasitzen und warten. Die intimsten Körperteile, wie ein Gandhi oder ein Kind aus Bangladesch, nur notdürftig mit zerlumpten Fetzen bedeckt, stemmt er seinen nackten, rachitischen Leib dem Orkan entgegen, der ihn fortzuwehen droht. In diesem unmöglichen Aufzug verkündet der Onkel das unversöhnlichste aller Urteile.

Aus seinem zahnlosen Mund kommen, in übelriechenden Atem gehüllt, die schicksalhaften Worte, die Barraganes und Monsalves hinabstoßen in eine Hölle auf Erden: »Du hast Blut von deinem Blut vergossen. Das ist die schwerste aller Todsünden. Damit hast du einen Bruderkrieg entfesselt, den deine Kinder und Kindeskinder fortsetzen werden.«

»Das ist zu grausam«, widerspricht ihm Nando. »Ich möchte meine Schuld wiedergutmachen.«

»Bei uns wird Blut mit Blut gesühnt. Die Monsalves werden ihren Toten rächen, du wirst mit deinem Leben bezahlen, ebenso deine Brüder, die Barraganes, und die Kette wird nicht abreißen bis ans Ende aller Zeiten«, schäumt unerbittlich und fanatisch der Alte.

»Ich gehe zu einem Priester«, versucht Nando das Schlimmste abzuwenden, »bitte ihn, mich zu segnen und mir eine Strafe aus Vaterunsern, Rosenkranzgebeten, Fastentagen und Peitschenhieben aufzuerlegen. Ich büße sie ab und bleibe in Frieden mit Gott.«

»Da hilft kein Priester und nützt kein Segen. Seit der Zeit, als Papst Paul VI. auf seinem Flug nach Japan winkend von uns Abschied nahm, dringt die Kirche nicht mehr bis hierher vor. Diese Erde kennt keinen Gott und kein Evangelium, bei uns gilt nur das Wort der Vorfahren.«

»Ich kann einen Richter aufsuchen, er soll mich verurteilen und einsperren. Ich kann meine Jahre im Gefängnis absitzen und dann, in Frieden mit den Menschen, in die Freiheit zurückkehren.«

»Bis hierher reicht keine Macht von Richtern, Anwälten und Gerichten. Das sind Privilegien von Ausländern. Bei uns gilt nur das Gesetz, das der Wind in den Sand schreibt, und die Gerechtigkeit, die man mit eigenen Händen übt.«

Da die Dinge immer so waren und so sein werden, wie der alte, weise Onkel, Hüter der Wahrheit und Künder des Schicksals, es sagt, beugt Nando Barragán sich schließlich diesen niederschmetternden, tausendjährigen Tatsachen. Er läßt den Kopf sinken, schluckt den bitteren Geschmack im Mund herunter, heftet den Blick auf den Boden und nimmt ein für allemal sein unbarmherziges Los auf sich.

Darauf unterbreitet ihm der Alte den Ehrenkodex des Krieges, die von Generation zu Generation überlieferten Gesetze und Regeln, die er zu beachten hat.

»Barraganes und Monsalves können nicht weiter zusammenleben«, verkündet er feierlich, und sein zahnloser Mund wird zum Sprachrohr des Volkes. »Sie müssen die

Erde verlassen, auf der sie geboren und aufgewachsen sind und in der ihre Vorfahren begraben liegen: Sie werden aus der Wüste vertrieben. Eine Sippe soll in die Stadt ziehen, die andere an den Hafen, und keiner darf auf dem Gebiet des Gegners siedeln. Du mußt deinen Feind selbst töten, niemand kann es für dich tun. Der Krieg wird Mann gegen Mann geführt, ohne Mittelsleute. Du darfst deinen Feind nicht überraschend angreifen, nicht von hinten und nicht, wenn er unbewaffnet ist.«

»Wann kann ich Vergeltung üben?« fragt Nando mit dem Wind im Rücken, nunmehr entschlossen, seine Rolle in diesem Alptraum zu erfüllen, als sei er die einzige Wirklichkeit.

»Nur an den festgelegten *Tagen der Rache*: neun Nächte nach ihrem Tod, genau einen Monat danach und am Jahrestag. An diesen Tagen werden dich deine Feinde erwarten und vorbereitet sein. Ist der Verlust auf ihrer Seite, verhältst du dich genauso und verteidigst dich und die Deinen nach Ablauf der Frist, an den *Tagen der Rache*, denn dann werden sie kommen.«

»Ist das alles?«

»Den Alten, den Frauen und Kindern wirst du nichts zuleide tun. Die Strafe des Krieges gilt nur für die Männer.«

»Sag mir, wie ich meine Toten begraben muß.«

»In ihren besten Kleidern, angezogen von dem, der sie am meisten geliebt hat. Lege sie mit dem Gesicht nach unten in den Sarg, und trage sie mit den Füßen zuerst aus dem Haus.«

»Wer wird den Krieg gewinnen?«

»Die Familie, die sämtliche männlichen Mitglieder der anderen umgebracht hat.«

»Kann ich irgend etwas tun, um all dies Leid zu verhindern?«

»Nichts. Geh jetzt und sorge dafür, daß jeder nach seinem Gesetz stirbt.«

Der Onkel verwandelt sich wieder in einen Windstoß, löst sich in einen wehenden Seufzer auf und verliert sich im Orkan wie ein Furz im Sturm.

Nando Barragán verläßt das Haus durch die Tür im Norden und lenkt seine Schritte durch die grenzenlose, gelbe Unermeßlichkeit geradewegs nach Hause zu seinem Volk, um es den Weg seiner Bestimmung zu führen.

»Es gelang ihm, die Wüste hinter sich zu lassen, er vergaß den Onkel und hörte sogar auf, um Adriano zu weinen, aber er erwachte nie mehr aus seinem halluzinatorischen Zustand. Im Laufe der Zeit verwechselte er ihn mit einer schlaflosen Nacht und richtete resigniert sein Leben darin ein.«

»Mehr als Resignation war aber Stolz in ihm: Die Kunst der Rache wurde ihm zur Ehrensache.«

Die sengende Sonne verblaßt mit erlöschenden Feuerzungen, und Nando Barragán findet sich eingesperrt in einem ungastlichen, stillen Gefängnis aus grüngekachelten Wänden wieder. Das weißglühende Rot, Orange und Gelb der lodernden Wüste ist einer kühlen, grünen, minzgrünen, flaschengrünen, chirurgenkittelgrünen Welt gewichen.

Quälend symmetrische Kacheln bedecken den Aufwachraum des Krankenhauses und klettern in gleichförmigen Parallelreihen über die allzu hohe Decke, die allzu dichten Wände und einen auf und ab wogenden Boden. Nando Barragán treibt wund zwischen diesen schaukelnden Flächen von der Farbe kalten Wassers. Sein noch eingeschläfertes Bewußtsein schwimmt durch einen grünen Narkosehimmel, als ein unerklärlich heftiger Schmerz seinen mißhandelten Körper schüttelt und ihn weckt. Der stechende Geruch von Desinfektionsmitteln steigt ihm in die Nase.

»Es riecht nach Kreolin«, denkt er in einem ersten Anflug von Klarheit. »Ich muß im Zirkus sein.«

Einen Moment lang träumt er von den Elefanten im Zirkus Egred Hermanos. Sie kommen ihm unglaublich alt und ausgemergelt vor, dann sieht er sich selbst vor Jahren als Jugendlichen Wolken aus rosa Zuckerwatte verspeisen und wie gebannt Raubtiere, Trapezkünstler und Zauberer anstarren, die er zum ersten Mal in seinem Leben sieht. Der Zirkus verflüchtigt sich, und Nando kehrt in die beklemmende, grüne Welt zurück. Im Traum sieht er Milena, die sich über ihn beugt. Ihr geschminktes Gesicht bewegt sich und öffnet die Lippen. Wie Tropfen aus Licht fallen ihre Worte in den dunklen Brunnen seines betäubten Verstandes.

»Liebst du mich Milena? Sagst du mir, daß du mich liebst?«
Sie ist kein Bischof mehr. Den gespenstischen roten Mantel hat sie abgelegt, und schwarze Spitze umfängt wieder ihre irdischen Formen.
»Ich habe Durst, Milena, schrecklichen Durst. Tauch deine Hände in das grüne Wasser und gib mir davon zu trinken. Ich möchte aus deinen Händen trinken.«
»Sie haben dich operiert, Nando«, ihre Stimme dringt wie aus der Meerestiefe zu ihm. »Sie haben die Kugeln entfernt. Du bist in Ordnung. Die Ärzte sagen, daß du nicht sterben wirst.«
»Bist du es, Milena? Du bist nicht weggegangen?«
»Nein, aber jetzt gehe ich.«

Ein hauchzarter Mond hängt über dem nächtlichen Hafen, wo schwarze Wellen scharenweise heranrücken wie große, zahme Meeresungeheuer, um an den Fundamenten des großen Hauses zu lecken. Eine beleuchtete Terrasse schwebt wie ein Ufo über dem Wasser; in einer Ecke steht windgeschützt ein kleiner, behaglicher Tisch, gedeckt für zwei Personen, mit weißer Batistdecke, Kristallgläsern und einem Strauß Rosen in einer Vase. Aus der Stereoanlage erklingt ein romantisches Lied von Nelson Ned, und sein näselnder Gesang eines verliebten Zwerges setzt sich in seidigen Wellen fort.

»Es schien die Szenerie einer Telenovela zu sein.«

Sie scheint es nicht nur zu sein, sie ist es. Ihr Leben ist die reinste Telenovela. Jedenfalls im Innern des Hauses. Von außen ist es eher wie ein Krimi, mit Flutlicht, das die Umgebung beleuchtet, um durch eine lückenlose Kameraüberwachung jeden Ankömmling sofort zu identifizieren, mit dem Husten der Bodyguards auf ihren Kontrollgängen und den schemenhaften Umrissen der aufs Töten abgerichteten Hunde.

Am Terrassengeländer lehnt eine große, sehr attraktive junge Frau mit perfekten Körpermaßen, 60–90–60, in einem hauchdünnen perlgrauen Musselinkleid.

»So perfekt kann sie ja wohl kaum gewesen sein.«

Doch, sie ist es. Vor ihrer Heirat war Alina Jericó de Monsalve Vizeschönheitskönigin des Landes. Sie läßt die Blicke in die Ferne schweifen, ihr langes, kastanienbraunes Haar weht im Wind, und sie summt gedankenverloren eine Zeile aus Nelson Neds Lied mit: »Wer hat in seinem Leben noch keine bittere Enttäuschung erlitten?« Reglos und in sich gekehrt steht sie am Geländer und läßt die Zeit vergehen, bis sie schließlich auf die Uhr sieht.

Als sie bemerkt, wie spät es ist, huscht ein Schatten über ihr hübsches Gesicht. Immer wieder schaut sie auf die Uhr, erst unruhig, dann sorgenvoll, schließlich zwanghaft und voller Angst. Sie beginnt, an ihren ovalen, täglich von einer Kosmetikerin manikürten Fingernägeln zu kauen. Mit ihren blendendweißen Zähnen entlädt sie ihren Zorn an ihnen, beißt sie ab, kratzt den Lack herunter, reißt ruckartig an den Niednägeln. Als blutige Pünktchen an den Fingerkuppen erscheinen, ignoriert sie diese und setzt verbissen wie eine Maus ihr kleines Massaker fort.
Sie tritt ins Haus, wo alles neu und kostspielig ist: pastellfarbener Luxus im Miami-Stil. Ihre Absätze versinken im weichen, weißen Teppich, während sie auf die mit Einbauschränken, Mikrowellenherd und modernsten Geräten ausgestattete Küche zusteuert. Dort wendet sie sich an die Köchin, eine herzkranke Frau mit einer Plastikhaube auf dem Kopf, um sich gegen die kalte Luft aus der Klimaanlage zu schützen.
»Was hast du gekocht, Yela?«
»Probier mal! Kokosreis und Bratbananen.«
»Hast du den Weißwein kühlgestellt?«
»Wozu? Wenn der Señor doch ohnehin nur Kola Román trinkt.«
»Es ist spät geworden, und er ist noch nicht da.«
»Sie sollten nicht auf ihn warten, Kindchen. Don Mani kommt sicher nicht vor Morgengrauen nach Hause.«
»Woher willst du das wissen?« fragt Alina, und in der Frage schwingt die Bitte mit, ihr die Antwort zu ersparen.
»Er wird unterwegs sein, um irgendeinen zu töten.«
»Aber er hat mir doch versprochen, es nicht mehr zu tun«, entgegnet Alina kraftlos und ohne Hoffnung.

Die Exschönheitskönigin Alina Jericó de Monsalve geht langsam, mit hängenden Schultern, auf das Bad neben dem Schlafzimmer zu und spürt die Anspannung wie tausend Nadelstiche in ihrem Kreuz. Spurlos verschwunden sind der einstudierte kokette Gang und das so oft geübte strahlende Lächeln, mit dem sie noch vor wenigen Jahren zwischen Kamerablitzen und Beifallsstürmen den Laufsteg des landesweiten Schönheitswettbewerbs entlangschritt. Sie betritt das große marmorne Badezimmer, holt zwei Aspirin aus einem Röhrchen, nimmt sie mit einem Schluck Wasser ein und denkt dabei: »Mal sehen, ob das gegen meine Traurigkeit hilft.«
Für einen Augenblick erwägt sie die Möglichkeit, ins Bett zu gehen, besinnt sich aber eines anderen. Sie geht in das kleine Fernsehzimmer und läßt sich in einen mit blasser Cretonne bezogenen, weichen Sessel fallen, streift die Schuhe von den Füßen, zieht die langen, makellosen Beine an und betätigt die Fernbedienung. In einem Programm wird ein Politiker interviewt. In einem anderen küßt ein Lokalheld eine mexikanische Schauspielerin. Alina starrt eine Weile auf den Bildschirm, ohne etwas wahrzunehmen. Sie hat die Arme um die Beine geschlungen und beginnt, sich voller Selbstmitleid ganz sacht zu wiegen. Der Fernsehheld und seine Liebste sind vom Kuß zu einer Eifersuchtsszene übergewechselt, als Alina allmählich die Augen zufallen. Sie streckt den schmerzenden Rücken, löst die Arme und schlummert ein.
Nach dem Mitternachtsfilm wird in der letzten Nachrichtensendung von einem wenige Stunden zurückliegenden Attentat auf Nando Barragán in einer Bar der Stadt berichtet. Aber Alina hört es nicht, weil sie schon eingeschlafen ist.

»Soll ich Ihnen das Essen bringen, Alina, Kindchen?« weckt Yela sie.
»Ich will nichts essen.«
»Dann gehen Sie ins Bett. Ich lösche die Lichter.«
Alina geht ins Schlafzimmer, legt das Musselinkleid und die Perlenkette ab, zieht einen durchsichtigen Babydoll an, steigt zwischen die Satinlaken des King-Size-Bettes und heftet die grauen Pupillen auf einen Punkt an der Wand.
Der Schlaf ist von ihr gewichen und hat einem zwanghaften, bohrenden Gefühl von Verlassenheit Platz gemacht. Eine Erkenntnis drängt sich ihr auf: Ihr Mann läßt sie im Stich, aber nicht, um sich mit anderen Frauen zu vergnügen, dagegen käme sie an, denn sie weiß, daß sie jung und schön ist. Sie würde den Kampf aufnehmen und ihn gewinnen. Nein, was sie auch tun mag, gegen die wahre Leidenschaft ihres Mannes ist sie machtlos: Er versetzt sie, um andere Männer zu töten.
Stunden später durchbricht eine heitere Morgenröte rosafarben den nächtlichen Himmel, und das Meer erwacht unter Schaumkronen und Möwengeschrei. Die Augen der Frau – offen und vom fehlenden Schlaf gerötet – fixieren immer noch denselben Punkt an der Wand, und in ihrem Herzen wühlt immer noch dieselbe unheilvolle Verbitterung, als die Silhouette eines Mannes in der Zimmertür erscheint.
Er ist noch keine Dreißig, schlank und geschmeidig, wirkt aber durch den grünlichen Ton seiner übernächtigten Haut älter. Daß mit ihm nicht zu spaßen ist, kann man ihm ansehen, aber er strahlt Kraft und Stolz aus. Die Turnschuhe und das aufgeknöpfte Hemd, das ihm aus der Hose hängt, geben ihm das Aussehen eines Halbstar-

ken, doch schwere Tränensäcke verraten lange Jahre des Leidens. Er hat einen anziehenden Blick und ein hübsches Gesicht, bis auf eine breite, sichelförmige Narbe, die die linke Gesichtshälfte auslöscht, das Auge umrundet und eine tiefe Furche in die Wange gräbt.

Es ist Mani Monsalve. Er lehnt am Türrahmen und betrachtet schweigend das hellbraune, offene Haar seiner Frau und ihren filmreifen, vor Wut angespannten und vom Warten erschöpften Körper. Ohne ihn zu sehen, spürt sie seine Gegenwart.

»Hast du Nando Barragán umgebracht?« fragt sie, ohne sich zu ihm umzudrehen.

»Ich weiß es nicht«, flüstert er. Er tritt ans Bett und streckt vorsichtig die Hand nach ihr aus, als näherte er sich einem blanken Stromkabel.

»Wasch dir erst die Hände«, sagt sie.

Mani geht ins Bad, zieht angewidert seine Sachen aus und wirft alles auf den Boden. Dann entspannt er sich unter dem kräftigen, kochendheißen Strahl der Dusche, der ihn in Nebelwolken einhüllt. Nackt und dampfend, mit tropfenden Haaren und dem Mentholgeschmack der Zahncreme im Mund kehrt er ins Schlafzimmer zurück. Als er ins Bett steigt, verschafft ihm die sanfte Glätte der Satinbezüge ein angenehmes Gefühl auf der Haut. Auf dem Großbildschirm, den er an der Decke hat anbringen lassen, schaltet er einen Western an, läßt ihn in Zeitlupe und ohne Ton laufen und betrachtet die langsame, stumme Bilderfolge. Indem er sich von den galoppierenden, in langen Sprüngen durch den Himmel fliegenden Pferden betäuben läßt, kommt er allmählich zur Ruhe. Er nähert sich seiner Frau, legt ihr den Arm um die Schultern und zieht sie an sich.

Als sie den noch feuchten Körper ihres Mannes neben sich spürt, beginnt sie, nachzugeben, weich zu werden, und ihr während der Nacht angestauter Groll schmilzt dahin.

»Es ist vorbei«, sagt er überzeugend. »Vergiß es.«

Sie will vergessen, daran glauben, daß es vorbei ist, daß es nie mehr vorkommt, daß sie trotz allem glücklich ist. Sie will ihm verzeihen, seine Nähe spüren, ihn für immer für sich zurückgewinnen, einfach aufhören zu denken. Drauf und dran, sich ihm bedingungslos und ohne jeden Vorbehalt mit Leib und Seele hinzugeben, wie jede Nacht, greift sie nach der letzten Faser ihres Willens, ihrem letzten Tropfen Charakter.

Sie sagt: Erinnerst du dich, daß du mir versprochen hast, den Krieg zu beenden? Sie sagt auch: Du hast es nicht gehalten. Sie fügt hinzu: Jetzt werde ich dir etwas versprechen. Sie warnt ihn: Und ich werde es halten. Sie löst sich aus seiner Umarmung, setzt sich im Bett auf und sieht ihn, entschlossen und ohne ein einziges Mal zu zwinkern, an.

»Du bist sehr schön, wenn du wütend bist«, sagt er.

Ohne sich aus dem Konzept bringen zu lassen, spricht sie ihre letzte Warnung aus: »An dem Tag, an dem ich schwanger bin, werde ich dich verlassen, denn ich will nicht, daß mein Sohn getötet wird, weil er deinen Namen trägt.«

»An diesem Morgen hat Alina Jericó ihren Mann gewarnt, aber er hat es nicht gehört, weil er schon eingeschlafen war.«

Nein, er ist nicht eingeschlafen. Mani Monsalve hält die Augen geschlossen und antwortet nicht, aber er hört ihre Worte ganz genau und wird sie nie vergessen dürfen.

Die Monsalves lebten also im Hafen und die Barraganes in der Stadt?«

»Richtig. Nachdem sie durch den Fluch des Onkels aus der Wüste vertrieben worden waren, trennten sie sich. Nando Barragán wurde zum Oberhaupt der Barraganes und Mani Monsalve zum Anführer seiner Leute. Beide Familien vermehrten sich und wurden reich, aber jede für sich, denn außer einander zu töten hatten sie nichts mehr miteinander zu tun.«

»Heißt das, daß nach dem ersten Toten der nächste kam?«

»Nach dem ersten Toten brach ein langer Krieg aus, und Wehklagen und Glockengeläut nahmen kein Ende. Nach dem ersten kam der zweite, dann der dritte, der zehnte und so weiter, bis es dreißig oder vierzig waren. Für jeden Barragán, der aus Rache fiel, fiel ein Monsalve und umgekehrt. So setzte sich die blutige Kette fort, und der Friedhof füllte sich mit ihren Grabsteinen.«

»Haben sie immer vom Schmuggel gelebt?«

»Nein, nur am Anfang.«

»Aber wie sind sie dann zu soviel Geld gekommen?«

»Alle wissen es, aber niemand sagt etwas.«

Die da eben in dem Silverado vorbeigefahren sind, das sind die Barraganes. Ihre Leibwächter sitzen in den Toyotas dahinter. Schauen Sie, sie sind noch zu sehen.«

Früh am Morgen fährt die Kolonne aus fünf Autos in rasendem Tempo durch die Straßen der Stadt. Ein Silverado und vier Jeeps mit venezolanischen Kennzeichen. Wie Feuerblitze schießen sie vorbei, lassen die Reifen quietschen, prahlen mit Gemeinheit und Panzerung. Sie schneiden die Gehwege in den Kurven und bringen den Verkehr zum Erliegen, sie überfahren rote Ampeln und lassen Schüler mit ihren Taschen beiseite springen, sie zischen durch Pfützen und spritzen Frauen beim Milchholen naß, sie lösen Panik aus unter den Lotterieverkäufern und unter den Hunden auf der Plaza.

»Hier wird man nicht vom Hahnenschrei geweckt, sondern von den Killern.«

»Welcher ist Nando Barragán? Der, der im Silverado hinterm Steuer sitzt?«

»Ja, der mit der dunklen Brille und der Zigarette im Mund. Der mit dem Verbrechergesicht. Daneben sitzt einer seiner Brüder, Narciso Barragán.«

Sie fahren einen Kombi, einen Chevrolet Silverado, grau metallic mit orangefarbenen Streifen wie lodernde Flammen auf den Flanken. Die Fenster sind geschlossen, und die Klimaanlage bläst eisige Luft in den Fahrerraum.

Nando Barragán findet kaum Platz hinter dem Lenkrad und hält den Kopf gesenkt, um nicht oben anzustoßen. Trotzdem wirkt er weniger massig als früher: Er hat das Attentat in der Bar zwar überlebt, dabei aber ein paar Kilos eingebüßt.

Der junge Mann neben ihm, sein Bruder Narciso, ist der Finanzexperte der Familie: Er führt die schmutzigen Geschäfte zu sagenhaften Gewinnen und hortet das Geld unter der Matratze. Der Siebenundzwanzigjährige sitzt mit ausgestreckten Beinen auf dem Beifahrersitz, hat den Kopf an die Rückenlehne gelegt, die Augen halb geschlossen und döst auf seine gewohnte Art gedankenverloren und abwesend vor sich hin.

»Wie konnte man ihn denn durch die geschlossenen Fenster des Silverado sehen? Deshalb hatte der doch getönte Scheiben, damit niemand erkennt, wer drin sitzt.«

Jeder in der Stadt weiß, wie Narciso aussieht. Seine Augen kennt jeder, selbst wenn er sie noch nie gesehen hat. Sie sind groß und mandelförmig, schwarz und faszinierend. Er hat die wilden Augen der Wüstenbewohner. Den feuchten, fiebrigen Blick eines Fedajin. Oder eines Epileptikers. Seine dichten Wimpern stören ihn, weil sie so lang sind. Seine Augenbrauen, Bartstoppeln und der Schnurrbart zerkratzen keiner Frau beim Küssen das Gesicht, denn er pflegt sie mit Pomade, sie sind seidenweich, dunkel und glänzen wie von Licht bestäubt.

Alles andere an ihm ist ganz gewöhnlich. Ein normaler Mann. Mittelgroß, etwas zu schlank vielleicht. Die unter dem Schnauzbart verborgenen Lippen zu schmal, die Zähne sieht man nicht. Dennoch: Wer seine Augen sieht, schwört, daß er der schönste Mann der Stadt ist.

Er ist stets von Kopf bis Fuß in Weiß gekleidet. Hemd, Hose, Panamahut, die nackten Füße in Mokassins aus italienischem Leder, die weich sind wie Pantoffeln. So treibt er seine Geschäfte: rein und makellos wie eine Krankenschwester oder ein Kind bei der Erstkommunion.

»Es heißt, auf seinen Sachen wären nie Schmutz- oder

Blutflecken gesehen worden. Allerdings heißt es auch, das läge daran, daß er sich nicht die Hände schmutzig macht. Er führt die Geldgeschäfte, aber nicht die Waffen. Er ist nur für den Zaster zuständig, die Dreckarbeit überläßt er seinen Brüdern. Ihm wird nachgesagt, er sei ein Feigling, aber diejenigen, die ihn kennen, treten für ihn ein und versichern, daß er sich nicht aus Feigheit raushält, sondern weil er die Rauferei als stillos empfindet.«

Der elegante Narciso Barragán ist ein Frauenheld durch und durch. Er verliebt sich in alle schönen Frauen, die er kennt, und zwar ernsthaft und aus vollstem Herzen. Wenn er ihnen sein Geständnis macht, kommt er ins Schwärmen wie ein Poet. Er wünscht sich nichts glühender, als sie zu den Seinen zu machen und sie anzubeten, und zwar alle, ohne Ausnahme. Verläßt ihn eine, vergießt er aufrichtige Tränen, und er würde buchstäblich sein Leben hingeben für jede einzelne seiner zahllosen Geliebten.

Seine Verführungskünste untermalt er mit Gesang. Er komponiert seine Lieder selbst und begleitet sie mit der Gitarre, deshalb nennen ihn die Leute in der Stadt den Dichter. Eine wundervolle Stimme, so meinen viele. Andere finden sie nicht außergewöhnlich, aber einmalig durch die Art, wie sich beim Singen sein Blick im Nichts verliert. Seine Brüder machen ihm das zum Vorwurf: Er habe nur Verse im Kopf, sei unvorsichtig, gebe sich als Bohemien, verliebe sich ständig und vernachlässige tagelang die Geschäfte.

Wie ein leuchtender Strahl kreuzt er die Straßen der Stadt, und die Leute sehen ihn auch hinter den hochgekurbelten, getönten Scheiben, die jeden Einblick verwehren, neben Nando im Silverado sitzen. Aber sie sehen ihn nicht nur, sie wittern auch die Duftspur, die sein Parfüm in der Luft hinterläßt.

»Manche Frauen behaupten, nicht seine Augen würden ihn unwiderstehlich machen, sondern sein Rasierwasser.«

Es ist ein starker, süßer, femininer, bleibender Duft. Er umhüllt ihn, heftet sich an Kunden, die ihm die Hand geben, an Freunde, die ihn umarmen, an Frauen, die ihn küssen. Alles, was er berührt, imprägniert er mit diesem unverwechselbaren Duft, Billardqueues, Frauenschenkel, Telefonhörer, Lenkräder.

»Wenn eine Frau ihren Mann mit Narciso Barragán betrügt, wird sie von seinem unauslöschlichen Duft verraten. Es heißt auch, Geldscheine aus seiner Brieftasche hätten noch nach Monaten gerochen. Manche behaupten, es wäre Drakkar Noir von Guy Laroche. Andere, er würde ein teures Frauenparfüm benutzen. Oder schlicht und einfach Patschuli oder Weihrauch aus der Kirche oder Marihuanaöl. Man ist sich darüber nicht einig. Fest steht jedenfalls, daß die Polizei, wenn sie Narciso festnehmen wollte, aufgrund dieses Geruchs keinerlei Schwierigkeiten hätte, ihm auf die Spur zu kommen, selbst wenn er bis ans Ende der Welt fliehen würde.«

Heute fährt er im Silverado hinaus aus der Stadt, irgendwohin. Aber es ist ungewöhnlich, ihn in diesem schweren, gepanzerten Kampfwagen seines Bruders Nando zu sehen. Narcisos Auto ist nämlich völlig anders. Luxuriös und extravagant. Eine Sonderanfertigung für ihn, direkt vom Hersteller. Einmalig im ganzen Land. Und auf der ganzen Welt. Eine vier Meter lange Lincoln-Continental-Limousine, ein Liebhaberstück für Sammler in Violett.

»Violett?«
Zornesviolett, karwochenpurpurn.
»Innen und außen?«
Nur außen. Innen ist sie mit vergoldetem Leder ausgeschlagen.

Obwohl sich der Asphalt in der sengenden Morgensonne zu einer zähen Masse verflüssigt, gleitet der graue Silverado wie ein Schnellboot auf einem ruhigen See dahin, während die Brüder die Fahrt schweigend zurücklegen.

Nando verliert sich in Erinnerungen, die seine Nostalgie nähren, und Narciso dämmert entspannt vor sich hin, ohne an etwas Bestimmtes zu denken. Vor ihnen befinden sich zwei mit Bodyguards besetzte Jeeps und zwei weitere hinter ihnen. Weit außerhalb der Stadt erreicht die Wagenkolonne eine sumpfige, halb auf schmutzigem Sand, halb im Brackwasser erbaute Elendssiedlung.

Der erste Jeep fährt in Schlangenlinien vorneweg durch das armselige Hüttendorf, schlittert über große Öllachen und folgt zwischen sperrigen Abfällen und dem braunen Schaum von industriellen Abwässern dem Strand. Vor dem letzten Haus, das ein wenig abseits liegt, bleibt er stehen. Alle vier Wagentüren öffnen sich gleichzeitig und speien die Leibwächterbande aus – Pajarito, Scherenpepe, Schmalzlocke, Kugelsimon –, die mit gewichtigem Gehabe, die schwarzen Maschinenpistolen im Anschlag, das Haus umrunden. Sie suchen alles ab, schnüffeln herum, spionieren die Umgebung aus. Als sie feststellen, daß die Luft rein ist, geben sie den anderen Fahrzeugen ein Zeichen.

Nando und Narciso Barragán steigen aus dem Silverado und betreten eine Küche ohne Wände, die nur aus einem rußgeschwärzten Wellblechdach mit einer dicken Fettschicht besteht. An den Dachbalken hängen Aloebüschel gegen den bösen Blick, rostige Gerätschaften, kaputte Lampen, getrocknete Bananen, Tierhäute, Eimer ohne Böden, verblichener Weihnachtsschmuck, Ersatzteile für

Autos, Traktoren und Flugzeuge sowie eine Unmenge weiterer undefinierbarer Gegenstände, die sich im Laufe der Zeit hier zu einem undurchdringlichen Gewirr angesammelt haben.
Alles ist verrostet, wurmstichig und häßlich. Narciso sieht sich mit seinen unvergleichlichen, allein der Schönheit gewidmeten Augen um und spürt, wie es ihm die Kehle zuschnürt.
Das Mobiliar besteht aus einem ehemals blauen Tisch und ein paar Sesseln. In einer Ecke brennt ein Kohleherd, in einer anderen flackern auf einem überladenen Altar mit bunt zusammengewürfelten Heiligenfiguren Dutzende von Kerzen. Angeschlagene Krippenfiguren stehen neben Marienstatuen ohne Kind und Hirten ohne Schafe. Ballerinen aus Porzellan und Püppchen aus Gips mischen sich als Heidinnen unter die heilige Schar. In der Mitte des vollgestopften Tisches überragt eine größere Figur das fromme Völkchen, mit einem schwarzen Umhang, Tränen des Mitleids in den Glasaugen und einem schütteren Schopf aus echtem Menschenhaar. Es ist Bruder Martín de Porres, der wundertätige Mulatte und Schutzpatron der von der Lazaruskrankheit Heimgesuchten, der ergeben einen Besen in den Händen hält.
Nando Barragán legt die Hände als Trichter an den Mund und ruft zu den Abfallhaufen des Strandes gewandt: »Roberta Caracola! Mutter Roberta!«
In der Ferne regt sich etwas. Nando ruft noch einmal, worauf hinter ein paar leeren Schnapsflaschen ein menschenähnliches Geschöpf auftaucht. Es klettert über ein Bootswrack und kommt wie ein Hund, Blechdosen, Lumpen, Flaschen und Damenbinden ausweichend, herbeigetrippelt.

Es ist eine dunkelhäutige, runzelige Alte, deren Gesichtszüge durcheinandergeraten und unvollständig sind wie die einer mißratenen Knetfigur. Ihr fehlen die Nase und vielleicht auch die Lippen oder die Augenlider. Das weiß niemand so genau, weil keiner es erträgt, ihr direkt ins Antlitz zu sehen. An ihren Fingern fehlen das zweite und dritte Glied, oder vielleicht fehlen die Finger sogar ganz.

Sie erklimmt die Küchenplattform, so gut sie es vermag, und baut sich wie ein Gnom vor Nando Barragán auf, der sie fragt: »Wie geht's?«

»Na ja, man siecht so vor sich hin«, antwortet sie in einem breiigen Gemurmel. »Was führt dich hierher, und wer ist dieser da bei dir?«

»Ich komme, dich um deinen Segen zu bitten. Das hier ist mein Bruder Narciso.«

Narciso starrt die Alte mit vor Entsetzen geweiteten Playboyaugen an. Noch nie zuvor hat er etwas so Furchtbares zu Gesicht bekommen, und nun versucht er zu enträtseln, was für ein stinkender Kauz da lebendigen Leibes vor ihm steht. Schließlich fällt der Groschen, ihm wird schwindelig, und er sucht Halt an der Wand: Es ist Lepra. Die Alte hat Lepra. Oder besser gesagt, ein rasch fortschreitender biblischer Aussatz verkörpert sich als verknäultes Menschenbündel in dieser Alten.

»Narcisos Nerven waren bis zum äußersten gespannt, und es verdrehte ihm den Magen. Der Besuch bei der leprösen Hexe war eine der härtesten Prüfungen seines Lebens. Denn wenn er etwas nicht ertragen konnte, dann waren das Krankheit, Alter und Verfall. Offene Wunden, Verletzungen und Entstellungen ließen ihn schaudern. Wenn er Blut sah, geriet er aus der Fassung.«

Ohne Narciso weiter zu beachten, lallt die Alte ihre Litaneien, betet heilige Zungenbrecher herauf und herunter, dankt der Madonna del Carmen, der heiligen Jungfrau mit der Lockenpracht und Schutzpatronin für schwierige Unternehmungen. Sie ruft weitere Marien und Märtyrer an, treibt Dämonen aus und bannt Hindernisse, Feinde und Gefahren, um schießlich über Nando Barragáns andächtig gebeugtem Schädel ihren Segensspruch abzulassen. Dann befiehlt sie ihm: »Mach Bruder Martín de Porres ein Dankopfer.«

»Er ist ein schwacher Heiliger, der nur für Frauen und Kranke Wunder tut«, neckt Nando sie.

»Zügle dein Mundwerk, Nando Barragán, denn er ist der nachtragendste unter allen Heiligen. Wenn du ihn respektlos behandelst, bestraft er dich. Achte und fürchte ihn.«

»Einen Heiligen fürchte ich nicht, wohl aber dich«, antwortet Nando, reicht der Alten ein Bündel Scheine und bittet sie, ihm das Schicksal aus der Kakaotasse zu lesen. Sie stellt ein Tontopf auf den Herd und läßt das Gebräu darin dreimal aufwallen, dann füllt sie zwei Kakaotäßchen damit. Sie bringt sie an den Tisch, eine in jeder Hand, und tunkt dabei auffällig ihre Daumenstümpfe in die kochendheiße Flüssigkeit. Nachdem sie die Männer forschend angesehen hat, um herauszufinden, wozu sie den weiten Weg zu ihr gemacht haben, fordert sie sie auf zu trinken.

Nando ergreift seine Tasse, trinkt sie, ohne zweimal zu überlegen, in einem Zug leer und verbrennt sich dabei die Zunge. Dann dreht er die Tasse um und stellt sie mit der Öffnung nach unten auf den Tisch. Narciso dagegen berührt seine nicht einmal.

Roberta Caracola bohrt ihre ausgetrockneten, erloschenen Augen in die sanften, feuchten Augen des jungen Mannes. Er stammelt eine Erklärung: »Es hat nichts mit Ihnen zu tun, Señora. Daß ich den Kakao nicht trinken will, ist nicht aus Ekel. Es ist nur ... ich möchte, daß mein Schicksal ein Geheimnis bleibt, wenigstens für mich.«
»Ich brauche keine Kakaotasse, um dein Schicksal zu lesen, denn es ist dir ins Gesicht geschrieben: Du bist ein Dichter, und Dichtern ergeht es schlecht im Krieg.«
Narciso verliert die Fassung, wird bleich und muß an sich halten, um diese vergammelte, aufdringliche Alte nicht zu ohrfeigen. Schroff teilt er Nando mit, daß er ihn draußen erwartet. Er setzt sich in den Silverado, schaltet die Klimaanlage ein, macht Musik an, beruhigt das Flattern seiner unendlich langen Wimpern, schließt seine wundervollen Augen und versucht, an gar nichts zu denken. Aber es gelingt ihm nicht.

Es riecht nach Urin, nach Suppe, nach Lumpen, nach Feuchtigkeit. Es riecht nach Gefängnis.

Die Luft des finsteren Mittelganges ist angefüllt mit dem Atem und den Flüchen der hundertdreißig in zwanzig Zellen zusammengepferchten Häftlinge. Hundertdreißig Lungenpaare atmen in diesem einen Rechteck den verbrauchten Sauerstoff, der die Schwindsucht, die Syphilis, den Zorn und den Wahnsinn von Mann zu Mann, von Zelle zu Zelle überträgt.

»Wo steckt dieser Fernely!« hört man den Gefängniswärter wie einen Wolf laut und gedehnt heulen.

Murmelnd verbreitet sich die Neuigkeit durch sämtliche Zellen, fliegt von Mund zu Mund und beschäftigt an diesem Morgen die Gedanken und Gespräche der Insassen. Fernely, alias »der Kommunist«, wird freigelassen. Derselbe, der geredet hat wie ein Wasserfall, als er vor zwei Jahren ins Gefängnis kam. Sie haben ihn in die Mangel genommen, und er hat gesungen, hat seine Gefährten verraten und auf diese Weise sein Leben gerettet.

Er hat den Spitznamen »der Kommunist«, ob zu Recht oder zu Unrecht ist nicht ganz klar, denn möglicherweise ist er gar keiner. Aber eigentlich glaubt niemand, daß er wirklich im bewaffneten Widerstand war. Er sieht eher aus wie ein Killer. Ein hartgesottener Auftragsmörder, einer von denen, die auf eigene Rechnung und eigenes Risiko arbeiten. Oder wie ein Paramilitär. Ein Guerilla oder Contraguerilla, weiß der Himmel. Vielleicht auch alles in einem oder abwechselnd.

Er ist verurteilt aufgrund einer langen Reihe von Anklagen und wird jetzt trotzdem rausgelassen. Er kann gehen, weil ihn jemand von draußen freigekauft hat. Irgendein reicher, mächtiger Mann hat für seine Freiheit bezahlt.

Es ist die Rede von einer Million. Für eine Million, heißt es, sei seine Akte verschwunden, und die Behörden haben ihn für unschuldig erklärt.
An Geld hat es ihm nie gemangelt. Das weiß jeder, weil alle mitbekommen haben, wie er sich im Gefängnis Privilegien erkauft hat. Irgendein Boß unterhält ihn, vielleicht sogar derselbe, der ihn heute loskauft.
In eines hat Holman Fernely aber sein Geld nie investiert, in Zärtlichkeit und Gesellschaft. Seine zwei Haftjahre hat er einsam wie eine Ratte in seinem Loch zugebracht. Er hat sich mit niemandem eingelassen, seine Zeit nicht mit der menschlichen Rasse vergeudet.
Er bekam auch nie Frauenbesuch. Nicht einmal von einer Mutter, die selbst einem Häftling die Treue hält, ganz gleich, wie niederträchtig, wie tief er auch gefallen sei. Für Fernely kamen weder Angehörige noch Frauen oder Freunde. Und selbst von den Prostituierten, die in den Knast gelassen werden, um ihrem Gewerbe nachzugehen, wollte keine zu ihm. Sie glaubten, er würde sie anstecken: Die, die mit ihm schliefe, bliebe ihr Leben lang traurig.
Er nahm an keiner Unterhaltung teil, antwortete auf keine Frage, richtete an niemanden das Wort. Nur wenn es unumgänglich war, hörte man ihn hin und wieder einen Spruch klopfen oder eine Redensart von sich geben. Vorgefertigte Sätze, Gemeinplätze. Entweder fehlt ihm die Phantasie, um selbst etwas zu formulieren, und er wiederholt deshalb nur, was schon erfunden ist, oder er ist absichtlich so zugeknöpft, damit ihn keiner durchschaut. Der Fisch stirbt durchs Maul, oder in einen geschlossenen Mund fliegt keine Fliege, so könnte seine Erklärung lauten.

»Wo steckt Fernely!« heult der Gefängnisaufseher noch einmal.
Aus der Tiefe des Flures lösen sich ein paar Schritte und streben ohne Hast, auf geradem Wege dem Ausgang zu. Es ist niemand zu sehen, weil es keine Glühbirnen gibt und die blinden Fensterscheiben kein Licht hereinlassen. Der Mensch, zu dem die Schritte gehören, bewegt sich als undeutlicher schwarzer Schatten durch die Finsternis. Groß, schlank. Am elastischen Geräusch seines Tritts hört man, daß er Strandlatschen trägt, aus Gummi: ein langsames, schlurfendes Latschen, das weiß, wo es hinwill: Das ist er.
Der Mann geht an den Zellen vorüber, die sich zu zweien gegenüberliegen und rechts und links vom Gang angeordnet sind. Unsichtbare Arme recken sich zwischen den Gitterstäben vor wie Äste in der Nacht, berühren ihn, zupfen an seinen Kleidern. Im Schatten heben Stimmen die vergebliche Leier an, die jedesmal erklingt, wenn einer freigelassen wird: »Vergiß mich nicht, wenn du draußen bist.«
»Denk an deinen Nachbarn, Bruder.«
»Laß mir ein Andenken da, ich war dein treuer Kumpel. Ein Scheinchen, das Radio, dein Amulett …«
»Gib mir die Decke, für deinen Freund auf ewig.«
Er hört sie nicht und bleibt für ihre Lügen unempfänglich. Er durchschreitet das Meer aus Armen, aus Bitten, ohne zu antworten, ohne auch nur hinzusehen. Er verabschiedet sich von niemandem, weder von der Tollen Ratte, noch vom Kalten Blut, vom Braven Kind oder vom Hexengesicht. Er kann sie nicht einmal unterscheiden: Tolles Blut, Kaltes Kind, Rattengesicht, Brave Hexe, sie sind ihm gleichgültig. Auch nicht von den Schwulen,

die ihm schöntun: La Lola, Katrin und Margarita mit ihren Diskantstimmen, den gezupften Augenbrauen, den Nylonstrümpfen, den ach so echten weiblichen Attributen. Sie verschwenden ihre Zeit mit ihm: Da ihn echte Brüste kaltlassen, können falsche erst recht nichts ausrichten.

Mit olympischer Gleichgültigkeit und leerer Miene geht er an ihnen vorbei. Einer provoziert ihn: »Na, was hast du angestellt, um rauszukommen? Deine Mutter ans Messer geliefert?«

Er antwortet nicht.

»Was bist du eigentlich für einer? Guerillero, Paramilitär oder Killer?«

Er antwortet auch diesmal nicht und läßt sie für immer auf der Frage sitzen.

Schließlich erreicht er den Ausgang am Ende des Ganges. Er geht auf die Wärter zu und streckt ihnen die rechte Hand hin, um den Entlassungsstempel zu erhalten. Sein Unterarm trägt eine Tätowierung mit dem Motto: Gott und Mutter.

Der Häftling mit den Badelatschen tritt in den Hof hinaus, wo ihn eine bleiche Wintersonne empfängt. Er ist groß und häßlich. Fahlblond, strohiges schütteres Haar, spärlicher Bartwuchs.

Er blickt zum bedeckten Himmel hinauf, holt ein Taschentuch hervor und wischt sich die Augen. Sie sind rotgerändert und verweint von einer chronischen Bindehautentzündung. Er zieht ein Fläschchen aus der Tasche, träufelt einen Tropfen in jedes Auge und wischt mit dem Taschentuch nach.

Er geht quer über den Hof, ohne die Gefangenen zu beachten, die mit dem Blechnapf in der Hand für ihre

Ration Wassersuppe anstehen. Er erreicht ein zweites Gatter. Ein zweiter Aufseher stempelt ihm einen zweiten Stempel auf den tätowierten Arm und läßt ihn durch.
Fernely gelangt zu einem improvisierten Altar mit brennenden Kerzen. Er kniet vor der Muttergottes der Gnaden nieder, schließt die entzündeten Augen und bittet darum, eher zu sterben, als an diesen Ort zurückzukehren. Er wiederholt das Gebet aller Entlassenen, ohne ein Wort wegzulassen oder hinzuzufügen. Auch sein Dialog mit dem Himmel ist vorgefertigt.
Er setzt seinen Weg über ein Stück Ödland fort, das als Sportplatz dient, und erreicht das letzte Tor. Das zur Straße, das in die Freiheit führt. Nichts und niemand hindert ihn am Durchgang, denn ein Wunder oder eine Ablösungssumme hat seine Verurteilung wegen Mordes, Fahnenflucht, Bildung einer kriminellen Vereinigung, Bombenattentaten, illegalem Waffenbesitz, Erpressung, Erhebung von Schutzgeldern und Entführung aufgehoben.
Ohne Ermittlungsakte keine Schuld. Der Mann ist unschuldig und seine Einbehaltung unzulässig.
Er bekommt seinen Ausweis und eine Papiertüte mit festen Schuhen ausgehändigt, zieht es aber vor, die Latschen anzubehalten.
»Es würde mich ja mal interessieren, Fernely«, fragt ihn der letzte Wärter mit ironischem Unterton, »welche Betätigung oder welches Geschäft du draußen vorhast?«
»Ein anderes Ding, Liebling.«
Am Gefängnistor wartet ein Mercedes Benz neusten Modells.
Mit einem letzten Blick auf die hohen Betonmauern ver-

abschiedet sich Holman Fernely gleichgültig von nichts Besonderem und niemand Speziellem.
»Macht es gut, ich zieh' den Hut«, sagt er, überquert mit schlurfenden Schritten die Straße, steigt in den Mercedes ein und fährt davon.

In der Stadt bricht der Tag an, und ein Jüngling liegt schlafend im stickigen Halbdunkel seines Zimmers. Es ist Arcángel Barragán, Nando Barragáns jüngster Bruder. Er träumt von einem blauen Leguan, der ihn aus einer von innen beleuchteten Kristallkugel anblickt. Obwohl es gefangen ist, fürchtet sich das Reptil nicht und macht keinerlei Anstalten zu fliehen. Bequem und ruhig sitzt es in seiner Kugel und schaut ergeben nach draußen. Arcángel Barragán liegt auf dem Bauch im Bett, nur mit einem Laken zugedeckt. Sein Puls geht flach, und der Atem ist kaum wahrnehmbar. Fast scheint es, als schliefe er nicht, sondern wäre bewußtlos, dem Leben entflohen. Wie der Leguan seines Traumes, so hat auch er sich in eine wohlwollende innere Blase zurückgezogen, die ihn angenehm temperiert umfängt und der Welt des Wachzustands entrückt, ohne daß er die gestaute Wärme des geschlossenen Zimmers wahrnimmt.

Ein einzelner Sonnenstrahl stiehlt sich durch eine Ritze im Fensterladen, trifft eine Haarsträhne des Jünglings und beleuchtet sie. Seine Haut ist honigfarben und schillernd. Er trägt einen kleinen Ring im Ohr, und sein Profil zeichnet sich so weich und fein auf dem Kissen ab, als gehöre es zu einer Frau oder einem Kind.

Der junge Mann regt sich und verändert seine Lage, indem er sich auf die Seite rollt. Dabei gleitet das Bettuch zu Boden. Jetzt sieht man ihn nackt daliegen, schwebend im eigenen Glanz und kaum sichtbar sich im eigenen Atmen wiegend, wie ein vom Himmel gefallenes Wesen. Er trägt einen Verband am rechten Arm und um den Hals das gleiche Doppelkreuz von Caravaca wie Nando.

Der Raum ist als Schlafzimmer zu groß und angefüllt mit Turngeräten, Gewichten, einem Heimtrainer und einem

Basketballkorb in einer Ecke. Außerdem sind an einer Wand vier eindrucksvolle bunte Flipperautomaten aufgereiht.

Eine Frau in Schwarz zieht am Eingang die Schuhe von den Füßen und betritt lautlos den Raum, um den Jüngling nicht zu wecken. Sie hat die Dreißig überschritten, ist aber noch keine Vierzig und hat einen harten Blick unter buschigen Augenbrauen.

»Im Viertel hieß es, sie sähe aus wie Irene Papas, die griechische Schauspielerin.«

Sie redet nie: Sie ist stumm. Es ist La Muda, die stumme Barragán, Nandos und Arcángels Tante mütterlicherseits.

»Die Leute sagen, daß La Muda nicht etwa schwieg, weil sie nicht reden konnte, sondern weil sie nicht wollte.«

Über La Muda wird viel getratscht, weil die Leute ihr Schweigen nicht ertragen können. Sie finden es aggressiv und penetrant. Die Leute mögen niemanden, der seine Geheimnisse für sich behält und keine Schwächen zeigt. Und diese Frau ist aus Granit. Sie ist imstande, die größten Qualen zu ertragen, ohne mit der Wimper zu zucken oder sich irgend jemandem anzuvertrauen.

»Es wird erzählt, daß sie einmal doch schwach wurde und sich an der Schulter eines Liebhabers ausgeweint haben soll.«

»Bestimmt nicht. Sie hatte nämlich nie einen Freund und trug ihr Leben lang einen sicher verschlossenen Keuschheitsgürtel.«

»Wer hat ihr denn den angelegt?«

»Niemand. Sie selbst beschloß, ihre Jungfräulichkeit eisern zu hüten.«

»Und wer besaß den Schlüssel?«

»Niemand. Sie schloß eigenhändig das Vorhängeschloß ab, warf den Schlüssel in die Toilettenschüssel und betätigte die Spülung.«
»Außerdem trug sie nie Farben. Nicht einmal Weiß oder auch nur Grau.«
Sie trägt nie Farben. Damit hält sie es genauso wie die übrigen Frauen der Familie Barragán. Seit sie begonnen haben, ihre Männer zu begraben, gehen sie nur noch in Schwarz. Allerdings ein Schwarz mit einem Grünschimmer vom vielen Tragen. Der Brauch schreibt für jeden Verstorbenen ein Jahr Trauerkleidung vor, aber bevor es um ist, folgt schon der nächste Tote. Da ergeht es ihnen wie den zu mehrmals lebenslänglichen Haftstrafen Verurteilten, denen ein Leben nicht ausreicht, um sie abzubüßen.
Als La Muda das Zimmer ihres Neffen betritt, bemerkt sie die stickige, feuchte Hitze nicht, die sich während der Nacht angestaut hat. Wie ihr Keuschheitsgürtel panzert sie auch ihr schwarzes Gewand gegen Gefühle und Empfindungen jeglicher Art.
Sie kniet sich an die Seite des schlafenden Jünglings und betrachtet ihn lange. So lange, daß sie seinen Traum sehen kann. Sie sieht den blauen Leguan in der Kristallkugel sitzen. Schon lange besitzt sie die Gabe, die Träume anderer zu lesen, und kann sie anschauen wie einen Film im Kino.
Unverwandt hält La Muda den Blick auf den Neffen gerichtet. Ihre Augen unter den buschigen Augenbrauen und den dichten Wimpern sind unergründlich wie ein Geheimnis und unerbittlich wie der Höchste Richter, der verurteilt und nicht vergibt. Augen, die alles sehen und nichts verraten.

»Gibt es eigentlich irgend etwas, was La Muda mit ihrem durchbohrenden Blick nicht sah?«

»Die Leute sagen, sie hätte sogar durch die Wände schauen können und deshalb die Geheimnisse der anderen gekannt.«

Die Frau versinkt in der Betrachtung des göttlich schönen jungen Mannes, ohne auf die Zeit zu achten. Fünf, zehn, fünfzehn Minuten lang beobachtet sie diesen neuen, so straffen, so frischen Körper. Sie findet ihn still und leer vor, von seinem inneren Bewohner verlassen, der davongeflogen ist in einem Schlaf ohne Bewußtsein und Erinnerung, weit weg von diesem Bett, von diesem Zimmer, von dieser Welt. La Muda streckt die Hand aus und liebkost die goldgelbe Haut seines Rückens, wobei sie ihn kaum berührt.

Dann steht sie auf, geht hinaus und holt ein Tablett mit einer Tasse Kaffee, einem Desinfektionsmittel, Watte, Verbandsmull, Heftpflaster und einer Arzneiflasche herein. Sie öffnet die beiden Fenster zum Innenhof, weckt Arcángel sanft mit der Hand an der Schulter und reicht ihm den Kaffee.

»Heute nacht habe ich geträumt, du würdest mich berühren«, sagt er mit einer Stimme, die noch tief in der Kehle steckt.

›Nein‹, sie schüttelt den Kopf und denkt: ›Du hast von einem Leguan geträumt.‹

Schlaftrunken und mit geschlossenen Augen nippt Arcángel an dem Kaffee. Dann löst er den Verband an seinem Arm. Die Verletzung stammt von einem Streifschuß und will nicht heilen. Erneut kniet sich La Muda neben das Bett und vertieft sich in ihre Aufgabe, ihn gesund zu pflegen. Sie säubert die kranke Stelle energisch und ohne

große Rücksichtnahme, entfernt entzündetes Gewebe mit einer Pinzette und Wattetupfern, sprüht die Wunde mit einem Desinfektionsmittel ein und reibt sie ab wie eine fleckige Bodenfliese.
Von den Schmerzen ist der Jüngling nun vollkommen wach. Er protestiert, lacht und schreit, hindert die Tante am Weitermachen, indem er ihr Handgelenk umfaßt, lacht erneut auf und läßt sich schließlich von ihr, der Kräftigeren, besiegen, die ihn mit der Entschlossenheit eines Gauchos beim Brandmarken seines Rinds bändigt.
Der schmerzende Arm treibt Arcángel den Schweiß auf die Stirn. Die stumme Tante verabreicht ihm einen Löffel von der Arznei aus der Flasche und tupft ihm mit alkoholgetränkten Tüchern das Gesicht ab.
»Mach die Wunde noch mal sauber, Muda«, bittet er sie. »Auch wenn es weh tut. Damit sie heilt.«
Dabei will er gar nicht, daß sie heilt. Er könnte den ganzen Vormittag so daliegen, ihr den Arm hinhalten und den brennenden Schmerz ertragen, nur um sie in seiner Nähe zu wissen. Er wünschte, diese qualvolle tägliche Prozedur, die so wonnevoll ist und vollkommen legitim, würde länger dauern, damit sie bei ihm bliebe und nicht von ihm abließe. Er will nicht einen ganzen Tag warten müssen, bevor sich das Ritual der Wattetupfer und Desinfektionsmittel wiederholt und sie ihn wieder berührt. Freudlos stellt er fest, daß sich die Wunde allmählich schließt, und befürchtet, daß sie nicht mehr morgens kommen wird, um ihm die Stirn mit feuchten Tüchern zu erfrischen, wenn sie erst richtig abgeheilt ist.
»Das ist ja ungeheuerlich, dieser Junge, Arcángel, war in seine leibliche Tante verliebt! Deshalb gefiel ihm wohl keine andere.«

»Natürlich gefielen sie ihm. Er hatte mehrere Freundinnen, mit denen er schlief. Es waren Mädchen aus dem Viertel, denen man vertrauen konnte, aus bekannten Familien. La Muda führte sie selbst in sein Zimmer und schloß sie mit ihm ein, weil Arcángel den Raum aus Sicherheitsgründen nicht verlassen durfte, auf Nandos Befehl, der ihn besser beschützte als sein eigenes Leben. Vor allem nach dem Attentat.«

Vor drei Monaten wurde Arcángel bei einem Attentat in der Hauptstadt am Arm verletzt. Es geschah in einer Vorlesung für Ingenieurstudenten einer privaten Universität, an die Nando ihn geschickt hatte, um ihn vor dem Krieg in Sicherheit zu bringen und aus den Geschäften herauszuhalten. »Du wirst studieren und was werden«, verkündete er ihm eines Tages unvermittelt bei einem Teller schwarzer Bohnen. »Du wirst weit weggehen von hier. Dein Leben soll anders sein. Wir anderen bleiben dumm, aber aus dir soll etwas werden.«

Ohne weitere Erklärungen abzugeben oder ihn etwa nach seiner Meinung zu fragen, schickte Nando seinen Bruder in die Hauptstadt, begleitet von zwei Vertrauensleuten, die ihn Tag und Nacht bewachen sollten. Um jedes Risiko auszuschalten, fand die Reise im geheimen statt, und Arcángel immatrikulierte sich unter falschem Namen, mit einem unechten Abiturzeugnis – er selbst besaß noch nicht einmal die Mittlere Reife –, und hatte den ausdrücklichen Befehl, sich von jedem fernzuhalten, der ihn erkennen konnte, und auch von Frauen, die ein Verhältnis mit ihm anfangen wollten.

Die Vollkommenheit seiner Gesichtszüge versuchte man zu verbergen, indem man ihm den Kopf schor (was sie allerdings nur noch stärker hervorhob) und ihm eine Brille mit Fensterglas auf die Nase setzte. Dank Nandos monatlichen Überweisungen führte Arcángel – der von nun an Armando Lopera hieß – zwar ein Leben im Luxus, war aber seelisch zermürbt von der Gebirgskälte und der trostlosen Einsamkeit, aus der er nicht auszubrechen wagte, um sich nicht zu gefährden.

Trotz der vielfältigen Vorsichtsmaßnahmen entdeckten ihn die Monsalves und verübten ein Attentat auf ihn. Daß es mißlang, lag nur daran, daß sich in dem Moment, als die Schüsse fielen, ein anderer Student aus Versehen dazwischenschob, den Großteil der Munition abbekam und sein Leben für jemanden ließ, den er noch nicht einmal beim Namen kannte. Bis auf eine Zeitungsnotiz in den Lokalnachrichten des folgenden Tages, die Verletzung an Arcángels Arm und den Ausdruck des Erstaunens, den er bei ihm hinterließ und der ihm den Ruf eines ätherischen, ängstlichen Wesens eintrug, hatte der Vorfall keinerlei Folgen.

Der Junge mußte die Hauptstadt verlassen, in seine Stadt zurückkehren und seine Studienpläne sowie die Vorstellung, ein normales Leben führen zu können, für immer aufgeben. Sein ältester Bruder, der mit größtem Eifer über sein Leben wachte und alles daransetzte, ihn weder vom Pulver noch vom Zaster verderben zu lassen, wies ihm das geräumigste, unzugänglichste Zimmer im Haus zu, wo er ihn, rund um die Uhr von La Muda beaufsichtigt, gefangenhält.

Er kaufte ihm die Spielautomaten zum Zeitvertreib und die Sportgeräte, damit sich Arcángel in Form hielt, vor allem aber, um einen merkwürdigen Defekt auszukurieren, den er sich – neben dem Schock – infolge des Attentats zugezogen hatte: die Eigenart, auf Zehenspitzen zu gehen, als vermiede er es, den Boden zu berühren.

Wie alle Mitglieder des Clans befolgt auch Arcángel unbedingt jeden Befehl von Nando. Es fiele ihm nicht im Traum ein, ihn zu hinterfragen oder gar zu mißachten. Nandos Wort ist Gesetz. Da er Arcángel aufgefordert hat, sein Zimmer nicht zu verlassen, tut Arcángel dies nicht. Einerseits aus Gehorsam, andererseits aber auch aus einer natürlichen Neigung heraus. Wie ein Tier des Waldes mißtraut er nämlich der ungeschützten Außenwelt und kann nur in der Dämmerung seines Schlupfwinkels ruhig atmen.

Seine sportliche Betätigung – Gewichteheben, Dehnungsübungen oder Basketball – verrichtet er mit gleichförmigen, automatischen Bewegungen, einmal, zweimal und dreimal bis zu fünfzig- oder hundertmal und fängt dann wieder von vorn an: eine manische, unaufhörlich wiederholte Routine, mit der er wie ein Tier im Zoo seine Angst bezwingt und die Zeit totschlägt.

La Muda kocht ihm das Essen selbst und bringt es ihm zu unregelmäßigen Zeiten aufs Zimmer, immer dann, wenn sie meint, daß er wieder Appetit haben könnte. Er ißt wenig, gerade mal zwei, drei Bissen von jedem Gericht, schiebt dann das Tablett zur Seite und sinkt in einen tauben, zähen, wie ein Kaugummi klebenden Schlaf, der nicht abzuschütteln ist, bis die Tante kommt und ihn daraus erlöst.

Seine Leidenschaft sind die Flipperautomaten. Er stellt sich vor sie hin und umfängt sie, als wollte er in sie eindringen. Er tätschelt sie, liebkost sie, schaukelt sie vor und zurück, läßt die metallisch glänzenden Kugeln treffsicher losschnellen, beherrscht sie wie ein Meister, über-

trägt den Rhythmus seiner Hüften auf den Automaten und führt ihn wie eine Tanzpartnerin übers Parkett. Körperlich und seelisch eins mit der Maschine, verschmelzen schließlich beide zu einem einzigen Wesen, angetrieben von ein und demselben Impuls, bewegt von ein und demselben Reflex. Sein verletzter Arm ist ihm dabei nicht im Weg, denn wie sein Denken wird auch der Schmerz in der tranceartigen Hypnose, die das Spiel auf ihn ausübt, vollkommen abgeschaltet.
Ein Automat zeigt auf dem Spielfeld die Abbildung eines Contraguerilleros mit Augenklappe und Schlächtergesicht, der in morastigen Sümpfen einsinkend durch den subtropischen Urwald kriecht. Auf einem anderen ist eine Keulen schwingende Amazonenhorde zu sehen mit riesigen nackten Brüsten, knöchellangen Mähnen und fluoreszierenden, nach Blut lechzenden Augen.
»Aber sein Lieblingsflipper war angeblich ein intergalaktischer.«
Sein Lieblingsflipper ist der intergalaktische, dessen silberne Kugeln, von seinen Expertenhänden gesteuert, ins All schießen, an Planeten stoßen, von Sternen abprallen, die Lichter der Milchstraße anzünden und in schwarzen Löchern verschwinden. Nächtelang verliert Arcángel sich am künstlichen Firmament dieser Maschine, sammelt Freispiele, vervielfacht die Punktzahl, läßt Ultraschalltöne erklingen und elektronische Glocken bimmeln.
Arcángels Damenbesuche kommen allein dadurch zustande, daß La Muda ab und zu ein Mädchen zu ihm schickt. Alle zwei bis drei Tage führt sie eins auf sein Zimmer und achtet darauf, nicht zu oft dieselbe zu nehmen, damit sie sich nicht ineinander verlieben. Er ist zu

allen zuvorkommend, aber distanziert. Er erzählt weder etwas von sich, noch stellt er ihnen Fragen, nicht einmal nach dem Namen. Er verführt sie nicht, bedrängt sie nicht, faßt sie nicht an und fordert sie zu nichts auf. Wenn sie sich aus freien Stücken hingeben wollen, sich selbst ausziehen und ins Bett legen, dann schläft er mit ihnen, wenn nicht, dann nicht.

Nimmt er sie, dann nicht mit der gleichen Leidenschaft, wie er Flipper spielt, sondern in derselben pflichtbewußten, zwanghaften und routinierten Art, mit der er seine sportlichen Übungen treibt. Ist eine schüchtern und traut sich nicht, die Initiative zu ergreifen, so behandelt er sie mit der gleichen neutralen Freundlichkeit wie alle anderen, bietet ihr ein Erfrischungsgetränk und Kokosplätzchen an und läßt sie wieder gehen.

Niemand anders hat Zutritt zu seiner Klausur. Noch nicht einmal ein Arzt, weil Nando angeordnet hat, daß La Muda die Behandlung selbst durchführen soll.

»Hat La Muda das nicht am Ende alles selbst inszeniert und Nando die Panik um Arcángels Leben eingeflößt, um den Jungen unter ihre Fuchtel zu bekommen?«

»Wer weiß. Tatsache ist allerdings, daß La Muda während seines Arrests Arcángels einziger Kontakt zur Außenwelt war, sozusagen seine Nabelschnur. Er klammerte sich verzweifelt an sie, während sie vollkommen darin aufging, ihn zu umsorgen. Vielleicht war das ihre Art, sich gegenseitig ihre merkwürdige, verirrte Liebe zu bekennen.«

Tatsache ist aber auch, daß die Gefahr ganz real ist und der Feind lauert. Das Attentat in der Hauptstadt hat den Barraganes bewiesen, daß es kein Versteck gibt, wo sie nicht früher oder später von den Monsalves aufgespürt werden. Nüchtern betrachtet ist Arcángels Sicherheit tatsächlich nur durch die Isolationshaft im Herzen dieses über zwanzig Straßenblocks im Umkreis bewachten Hauses einigermaßen gewährleistet. Das Haus der Familie Barragán wirkt nämlich nach außen wie alle Häuser des Viertels, ist aber in Wirklichkeit eine uneinnehmbare Festung, die die Monsalves vergeblich mit allen Mitteln zu stürmen versucht haben.

Die übrigen Männer der Barraganes, einschließlich Nando, laufen frei herum, zeigen die Brust, setzen sich der Gefahr aus, denn ihr Tod ist längst einkalkuliert. Sie akzeptieren ihn als Berufsrisiko, als Teil des Krieges. Aber bei Arcángel – dem Jüngsten, dem Liebling, dem Erben, dem zum Überleben Erkorenen – ist jede Sicherheitsvorkehrung gerechtfertigt, darf niemandem getraut werden, denn je sehnlicher Nando Barragán das Leben seines jüngsten Bruders zu bewahren wünscht, desto eifriger bemühen sich die Monsalves, es vorzeitig zu beenden.

Wer neugierig ist, schnüffelt gerne im Privatleben anderer Leute herum und glaubt Dinge zu sehen, wo gar keine sind. Es ist durchaus möglich, daß La Muda ihrem Neffen nur die zärtlichen Gefühle einer um sein Wohl und seine Sicherheit bemühten Tante entgegenbringt. Wenn es anders wäre und sie heimliche Absichten hegte, gäbe es keine Erklärung dafür, daß sie ihm selbst Mädchen sucht und aufs Zimmer schickt, ihm also als Kupplerin dient.

»Fast niemand glaubte die Geschichte mit Arcángels Freundinnen, weil keiner sie ein- und ausgehen sah.«

Sie sehen sie deshalb nicht, weil La Muda sie heimlich durch einen der versteckten Kellereingänge ins Haus schleust. Das tut sie, um ihm Gesellschaft zu verschaffen,

damit er mit Frauen verkehrt und nicht komisch wird.
»Vielleicht war ja wirklich nichts weiter zwischen Tante und Neffe als eine unschuldige Zuneigung. Obwohl, wer weiß.«
»Bei diesen Leuten kann man nie wissen.«

Mani und seine Frau Alina Jericó sind aufs Land gefahren, um Pferde zu kaufen. Solche mit Vor- und Zunamen und Stammbaum, die gepflegt und gehegt werden müssen wie Kinder und mehr kosten als ein Neuwagen des letzten Modells.

»Mehr als Schmuck und teure Kleider wünschte sich Alina von ihrem Mann edle Pferde.«

»Die Leute erzählen, er soll ihr vor fünf Jahren zu ihrem vierundzwanzigsten Geburtstag einen Hengst von königlichem Geblüt mit einem kreisrunden weißen Fleck auf der Stirn geschenkt haben, den kostbarsten Vierbeiner der ganzen Gegend. Angeblich hat sie nie darauf reiten können, weil die Barraganes ihm einen Drehwurm angehext haben: Statt geradeaus zu gehen, rollte er den Kopf ein, wirbelte im Kreis herum und schraubte sich dabei in den Boden wie ein Bohrer.«

Der blaue Himmel ist klar, keine Wolken, keine Flugzeuge und kein Smog trüben ihn. Kein Stadtlärm stört die Stille. Süß und verführerisch umschmeichelt der Grasduft des Yaraguá die Nase. Ein laues Lüftchen verursacht ein fröhliches Kribbeln auf der Haut.

Abgesehen von den regelmäßigen Lattenzäunen aus behandeltem Holz mit weißgestrichenen Spitzen, liegt die Landschaft von Menschenhand unberührt da. Unversehrt seit dem sechsten Schöpfungstag, breitet sich die grüne Ebene aus, so weit das Auge reicht, in hellen Flekken, wo sie von der Sonne beschienen wird, dunkel und glänzend im Schatten.

»Wie eine Landschaft im Paradies.«

»Eher wie ein Tarnanzug vom Militär.«

Mani Monsalve und seine Frau Alina Jericó sitzen Arm in Arm auf dem sonnengewärmten Boden inmitten duftender Weiden im Schatten eines strubbeligen Kapokbaumes.

»Ihre Geschichte hatte viel von einer Telenovela, war aber keine. Denn irgend etwas verhinderte immer das Happy-End.«

In diesem lichten, vollkommenen Augenblick denken sie weder an die Geschäfte noch an den Krieg und auch nicht an ihren kürzlichen Streit. Sie sind glücklich und verliebt und bereit zu glauben, daß es für immer ist. Alina strahlt, sie hat das Haar wie eine Fünfzehnjährige zu einem Zopf geflochten und trägt ein Reitkostüm. Er erweist sich als zärtlicher, hingebungsvoller Ehemann und flüstert ihr das Versprechen ins Ohr, den ganzen Tag gemeinsam mit ihr zu verbringen, was seit ihrer Verlobung nicht mehr vorgekommen ist. Es gibt keine Eile, keine Gefahr, keine Bodyguards, keine Maschinengewehre. Das Leben liegt vor ihnen, nach einer Vergangenheit, die sie für abgeschlossen halten und zu vergessen versuchen, und in diesem Moment warten sie nur darauf, daß ihnen die Pferde des Gestüts, eins nach dem anderen, vorgeführt werden, damit sie sich das schönste aussuchen können.

»Alina hatte eine Schwäche für Pferde, und Mani schenkte ihr jedesmal eines, wenn er sich mit ihr vertragen wollte.«

»Eigentlich hatte Alina keine Schwäche für Pferde. Ihre Schwäche war Mani Monsalve, ihr Mann.«

Jetzt zieht ein anmutiger Brauner mit schäumendem Maul an ihnen vorbei und bewegt die Unterlippe wie im stummen Gebet. Alina gefällt er nicht: Sie sagt, er werfe die Vorderfüße zu weit nach außen, und zählt weitere Mängel auf. Mani bemerkt dagegen seine Gutmütigkeit

und bittet seine Frau aufzusitzen. Der Reiter steigt ab und überläßt Alina das Tier.
»Sie hatte den Ruf einer Amazone.«
»Aber auch nur den Ruf. Wie alles, was sie betraf: das reinste Kino.«
»Da sie auf dem Land aufgewachsen war, ritt sie von Kindesbeinen an und konnte es gut, mit Klasse. Es heißt, ihr größtes Vergnügen sei das Reiten gewesen, und sein größtes Vergnügen, ihr beim Reiten zuzusehen.«
Alina sitzt auf dem Braunen auf, versetzt ihn in einen rhythmischen Trab und veranlaßt ihn mit leichtem Schenkeldruck und indem sie die Zügel aufnimmt, den Kopf zurückzunehmen. Aber sie ruft Mani von weitem zu: »Nein, der Fuchs ist mir lieber.«
Mani Monsalve gefällt der Fuchs nicht, weil er drei weiße Füße hat: »Einer ist gut, zwei besser, drei sind schlecht, vier noch schlechter.«
Der Reiter des Gestüts erscheint mit einer prächtigen weißen Stute, aber Alina winkt sofort ab, ohne sie überhaupt anzusehen. »Führen Sie sie weg«, befiehlt sie ohne weitere Erklärung.
Als nächstes wird ihnen ein fabelhaftes, mythologisches Tier vorgeführt. Ein junger, feuriger Grauschimmel mit einem Stern auf der Stirn. Mani ist begeistert. Alina sitzt auf, das Tier spannt seinen kräftigen Körper an, und allen dreien glänzen die Augen. Das ist unser Pferd, verkündet Mani überzeugt und glücklich.
»An jenem Morgen lebten sie ein weiteres Kapitel einer alten Geschichte.«
Ihre Geschichte mit den Pferden fing schon viel früher an. Als sie heirateten, versprach er ihr, seine illegalen Geschäfte und den Zwist mit den Vettern aufzugeben, um

mit ihr aufs Land zu ziehen. Er wollte eine eigene Pferdezucht beginnen, sie würden Kinder bekommen und diese wie Zentauren auf dem Rücken der Tiere aufwachsen sehen.

In Erfüllung seines Versprechens kaufte Mani seiner Frau zunächst ein fünfhundert Hektar großes Stück Land wie ein Paradies auf Erden.

»Eines Nachts sah Mani Monsalve im Traum das schönste Gutshaus der Welt inmitten eines gelobten Landes, und als er aufwachte, suchte er es auf dem ganzen Nationalterritorium, bis er es schließlich fand und dort ein Haus nach dem getreuen Abbild seines Traumes bauen ließ.«

Er wurde der Eigentümer eines unberührten Fleckens Erde an der Küste, gesäumt von einem feinen, weißen Sandstrand, zu dem sich das von Gutis, Pekaris, Makak-Affen, Leguanen und Grünflügelaras bevölkerte Bergland neigte: ein Urwald mit riesigen Akajoubäumen, aus denen die Ureinwohner ihre Kanus bauten, mit Samanbäumen voller Zikaden, mit Carretos, deren rotes Holz hart wie Stein ist, mit blühenden Guayacos, mit Bananenstauden im karnevalistischen Helmbusch, mit anmutigen Wachspalmen, die in schwindelerregende Höhen aufragen, und der kräftigen, untersetzten Kokospalme, die man auch »malaiischer Zwerg« nennt.

Aus dem Gebirge stürzt ein eiskalter, von Goldbrassen und anderen Fischen wimmelnder Bach herab, um sich in ein ruhiges, klares Meer zu ergießen. Oben, in den Berggipfeln, wo das Rotwild im Mondlicht badet und der Tiger seine nächtlichen Runden dreht, liegen gewaltige schwarze Steinblöcke mit präkolumbianischen Inschriften als Zeugen einer antiken, von Irrlichtern beleuchteten Kultstätte.

In diesem Garten Eden, wo weiße Wale aus Norwegen einen friedlichen Platz zum Sterben suchen und uralte, von kalifornischen Umweltschützern mit Plaketten versehene Riesenschildkröten ihre Zeit totschlagen, landeten Mani Monsalve und Alina Jericó wie Adam und Eva, bauten sich am Strand ein palastähnliches Landhaus aus hellem Holz mit hohen strohgedeckten Dächern, umgaben es mit Bougainvilleas, Hibiskussträuchern und wilden Orchideen und ergänzten es durch fünfzig Ställe für ihre edlen Pferde.

»Einige, die dort waren, erzählen, daß die Pferdeboxen wie Zimmer in Drei-Sterne-Hotels aussahen.«

Alina richtete den Landsitz ein und ließ sich dabei von Innenarchitekten assistieren, beaufsichtigte aber sämtliche Details selbst und gab dem Platz einen Namen: La Virgen del Viento, die Madonna des Windes. Die Pferde, ausschließlich Prachtexemplare, erwarben sie nach und nach. Sie fuhren gemeinsam in die entlegensten Winkel des Landes, um sie auszusuchen und zu kaufen.

Als alles fertig war, setzte Alina sich hin und wartete darauf, daß Mani ihr den Umzugstag bekanntgab. Stundenlang malte sie sich den Augenblick aus, an dem ihr gemeinsames Glück beginnen würde: Urwald, Kinder, Pferde, das Meer, Frieden und ihren Mann an ihrer Seite, mit dem sie auf diesem Stück Himmel auf Erden, der Madonna des Windes, ein heiles Leben führen würde.

Am Tag träumte sie mit offenen Augen von edlen, herrlichen Pferden, aber nachts quälte sie der Alptraum einer brünstigen, schwarzen Stute, die sie aus der Finsternis blind und ohne Reiter wutschäumend und gierig anfiel, indem sie mit den Hufen die sie umgebenden Mauern eintrat. Die stetig wiederkehrende nächtliche Erscheinung dieses Ungeheuers erfüllte Alina mit solcher Furcht, daß sie sich schließlich radikal jedem Stutenkauf widersetzte und auf diese Weise hartnäckig dafür sorgte, daß die Vermehrung des Gestüts von La Virgen del Viento zum Stillstand kam. Ihr Ehemann akzeptierte diese Eigenart zwar irgendwann als eine Laune, konnte sie jedoch nie verstehen.

Mani Monsalve verschob das Datum für den neuen Lebensbeginn immer wieder und bat sie um ihr Verständnis, indem er erklärte, er müsse erst Ordnung in seine Angelegenheiten bringen, bevor er sich daraus zurückziehen könne. Es sei nicht so leicht, das zu erreichen. Sie versuchte zu verstehen und wartete.

Jedesmal, wenn er ihr wieder die enttäuschende Mitteilung machte, daß es auch diesmal nichts würde, ließ er ihr zur Entschuldigung Dutzende von Rosen schicken. Diese arrangierte sie zähneknirschend in ihren Vasen und fügte sich ein weiteres Mal.

Inzwischen hatten sie, fünfzehn Gehminuten vom Zentrum des Hafens entfernt, eine luxuriöse Residenz bezogen. Es sollte nur vorübergehend sein, und Alina hatte nicht einmal die Koffer ausgepackt, weil der Umzug ja jeden Augenblick bevorstand. Das war auch der Grund, weshalb sie klaglos den Dauerbetrieb der Leibwächter und bewaffneten Männer ertrug, die mit der allergrößten Selbstverständlichkeit in ihrem Haus ein- und ausgingen, auf ihren Wohnzimmersesseln einschliefen, die Maschinenpistole hochkant neben sich aufgebaut, Unmengen von Essen verschlangen, in die Blumentöpfe urinierten und auf der Terrasse Halma spielten, wo sie sich gewöhnlich sonnte. Jedesmal, wenn sie meinte, einen Moment mit ihrem Mann ungestört sein zu können, kamen sie wie

Unglücksraben hereingeflattert, brachten Nachrichten, nahmen Befehle entgegen und schufen Probleme.

»Sie wurden Bodyguards *oder* Jungs *genannt, waren aber in Wirklichkeit die reinste Schlägertruppe. Ordinär und anmaßend. Alina haßte sie, ohne zu merken, daß ihr eigener Mann im Grunde genauso war.«*

Alina tröstete sich mit dem Gedanken, daß das alles bald vorbei sein würde, und ertrug die Anfälle von Düsterkeit, die Mani durchmachte, seine unregelmäßigen Arbeitszeiten und unvorhersehbaren Reisen sowie sein mitunter langes Schweigen, das sie als Erinnerung an grauenhafte Ereignisse deutete, deren Hauptbeteiligter er war. Allerdings hatte er ihr nie etwas davon erzählt.

Alina Jericó wappnete sich mit Geduld, denn schließlich war es ja nur noch eine Frage von Tagen. Sobald Mani seine Angelegenheiten geregelt hatte, würden sie dieser vom Tod umzingelten Welt voller Bedrohungen und ohne Privatleben den Rücken zukehren und gemeinsam, nur sie beide, ihr neues Leben, ihr richtiges Leben, ihre wahre Liebe beginnen.

»Habe ich doch gesagt, ihr Leben war eine Telenovela, in der das Happy-End immer auf sich warten ließ.«

»Diese Leute waren dazu verflucht, sich Paradiese zu erträumen, sie Wirklichkeit werden zu lassen, um sie, wenn alles soweit war, nicht genießen zu können.«

Nachdem er einige Jahre immer wieder verschoben worden war, begriff Alina, daß der Tag des Umzugs nie kommen würde.

»Der Wind hat die Madonna des Windes davongeweht«, beklagte sie sich.

Mani machte ihr wieder Mut, rechnete, kalkulierte und vertröstete sie, indem er ihr Rosen in absurden Mengen schickte. Um sie vollständig davon zu überzeugen, daß es ihm diesmal ernst war, fuhr er mit ihr los und kaufte ihr ein neues Rassepferd, das dann auf ihr Landgut transportiert wurde, um dort mit den anderen zu warten und von einem Profi zugeritten zu werden, der internationale Tarife verlangte, damit die Tiere stets seidenweich für den immer wieder aufgeschobenen Tag bereitstanden, an dem die Herrschaften sie würden reiten wollen.

Dort, bei den Tieren des Waldes, dem Gebirgsbach, dem Trainer und einer kompletten Belegschaft aus Hausangestellten, alterte das Landhaus vor sich hin, ohne je auch nur eingeweiht worden zu sein, mit seinen Möbeln unter den Schonbezügen, dem Whirlpool, den Massagebecken und einem halbolympischen Schwimmbecken, in das noch nie ein Mensch gestiegen war.

Aber das war bis heute. Bis zu diesem strahlend blauen Morgen, an dem sich alles ändern wird. Jetzt werden sie ihren Traum wahr machen, und Mani Monsalve wird seine Frau auf dem Rücken des Grauschimmels über die Strände von La Virgen del Viento reiten sehen. Der heilige Eid, den sie ihm an einem Morgen vor wenigen Tagen geleistet hat, ihn zu verlassen, wenn sie ein Kind erwartet, läßt ihm keine Ruhe, quält ihn, klingt in ihm nach, schmerzend, bedrohlich, nervenaufreibend wie ein Ohrwurm. Ja, er will mit ihr aufs Land ziehen, ihr ein anderes Leben ermöglichen, ihr ein Kind machen, alles für sie tun, um sie nur nicht zu verlieren.

Er sitzt auf einem Baumstumpf an der Pferdekoppel und erkennt, daß die Zeit reif ist, den Stier seines Schicksals bei den Hörnern zu packen. Er beobachtet seine Frau. Er bewundert ihre Schönheit, wie sie stark und sicher auf dem sich aufbäumenden Rücken des jungen Hengstes sitzt, und er ahnt, daß sie imstande ist, ihr Versprechen zu halten. Er bestätigt sich im Innern, daß ihm nichts auf der Welt wichtiger ist als sie, und faßt den Mut zu einer weitreichenden Entscheidung. Jetzt oder nie, denkt er entschlossen. Dieses Pferd ist mein Glücksbringer. Der Stern auf seiner Stirn ruft mir zu, mich aus dem Schlamassel herauszuziehen, bevor es zu spät ist.

»Es war schon zu spät, aber er wußte es nicht.«

»Für ihn war es immer zu spät, für sie alle.«

Genau in dem Moment, in dem Mani Monsalve beschließt, einen anderen Weg einzuschlagen, just in diesem Augenblick kommt ein Jeep die Straße langgefahren, fällt in die Landschaft ein und zerstört ihren Frieden und ihre Stille, scheucht die Tiere auf, läßt den Zauber dieses Morgens in tausend Scherben zerbrechen und seine guten Vorsätze wie Seifenblasen zerplatzen.

Aus dem Jeep steigt Tin Puyúa, ein schmächtiger, kleiner, überreizter und stets wachsamer Kerl. Er ist Manis rechte Hand, sein Vertrauensmann, einer, der die delikatesten Aufgaben, vom Rosenaussuchen für Alina bis zur Liquidierung eines abtrünnigen Geschäftspartners, mit größter Zuverlässigkeit erledigt.

Tin Puyúa ist angespannt und hektisch, steht immer unter Strom. Bei laufendem Motor springt er aus dem Jeep und redet hastig in unvollständigen Sätzen auf Mani ein, als hätte er keine Zeit zu verlieren.

Er sagt: Mani, deine Brüder lassen dich holen, sie warten auf dich.

Mit einem Schlag verwandelt sich Mani wieder in den Kämpfer und Geschäftsmann. Seine Lippen werden schmal, so daß sich der Mund zu einem Strich formt, die sichelförmige Narbe tritt aus seinem Gesicht vor, und wie auf Knopfdruck ist jede Verbindung zu der Landschaft, den Pferden, dem blauen Himmel, den guten Absichten, seiner Liebe und seiner Zukunft unterbrochen.

Aus der Ferne sieht Alina den Jeep, ahnt Tin Puyúas Worte, bringt das Pferd abrupt zum Stehen, und genauso abrupt wird im selben Augenblick ihr Glück zu größtem Kummer, die Dankbarkeit gegenüber ihrem Mann zu höchstem Groll, und sie erwartet bitter die Mitteilung, die sie bereits kennt.

»Ich muß gehen, Alina«, ruft ihr Mani mit seiner anderen Stimme, der öffentlichen, der des jungen Anführers des organisierten Verbrechens.

»Ich weiß«, antwortet sie eisig, denn sie weiß auch, daß es bei demjenigen, der jetzt zu ihr spricht, vollkommen zwecklos ist, etwas zu fordern, zu schimpfen, um Erklärungen zu bitten oder in Tränen auszubrechen.

»Kauf dir das Pferd, das dir am besten gefällt«, sagt er zu ihr. »Kauf sie dir alle, wenn du willst. Genieße den Morgen, die Gelegenheit zum Reiten. Ich lasse dir den Chauffeur da und das Auto, damit du unabhängig bist und nach Hause fahren kannst, wann es dir paßt.«

Die beiden Männer steigen in den Jeep und entschwinden über die von Johannisbrotbäumen gesäumte Straße. Alina, in der Amazonentracht, mit dem Jungmädchenzopf, bleibt mit ihrem Pferd wie angewurzelt mitten auf der Koppel stehen, steif und nutzlos wie eine ausgemusterte Schaufensterpuppe, die ein Ladenbesitzer auf die Straße gestellt hat, damit sie vom Sperrmüll abgeholt wird.

Die sieben überlebenden der dreizehn Monsalve-Brüder haben sich in ihrem Haus am Hafen versammelt, einem hermetisch abgeriegelten, fünfstöckigen Marmorblock mit Parabolantenne auf dem Dach und getönten Fensterscheiben: ein gewaltiger, moderner Klotz in einem nie zuvor gesehenen Stil. Mitten im alten Hafenviertel, wo in den Innenhöfen der Häuser Tamarindenbäume blühen und geflochtene Schaukelstühle vor den Eingängen auf der Straße stehen, wirkt das Hauptquartier der Monsalves wie ein Transplantat aus einer fremden Welt.

»Es sah aus wie ein Bürogebäude, war aber in Wirklichkeit ein befestigtes Kastell, das von einem riesigen, bewaffneten Heer bewacht wurde, welches wir im Viertel ›die Brigade‹ nannten.«

Sechs von den Brüdern sitzen um einen Glastisch mit Chrombeinen und verharren in Schweigen. Alle, ob jung oder alt, haben eine grünliche Hautfarbe und scharfe Gesichtszüge. Sie tragen bunte Hawaiihemden, Cowboystiefel, Pistolen unter den Achseln, an den Fingern Diamantringe, an den Hälsen goldene Ketten und an den Handgelenken goldene Armbänder. Die Stirnseite des Tisches nimmt ein hagerer, zäher Mann ein, mit eckigen Backenknochen und eingefallenen Wangen, den Kopf von ergrauten Locken gekrönt. Er verbreitet dichte Rauchschwaden eines starken, dunklen Tabaks. Es ist Frepe, der Älteste.

Der siebte Monsalve steht an der Tür des Sitzungssaals, er lehnt am Rahmen und trinkt eine Kola Román aus der Flasche: Es ist Mani. Er führt den Vorsitz, setzt sich aber nicht zu den Brüdern an den Tisch, sondern wahrt lieber Abstand. Er ist der Kopf des Clans, mischt sich aber nicht unter ihn. Er bewegt sich anders als seine Brüder, spricht anders, kleidet sich anders: Levi's, Nikes, das Hemd offen, ein Amulett auf der Brust. Kein einziges Gramm Gold stellt er an seinem Körper zur Schau. Die ungehobelte Primitivität seiner Brüder war ihm schon als Kind zuwider, und als Erwachsener kultiviert er seine Andersartigkeit als eine wirkungsvolle Formel zur Stärkung seiner Autorität.

Heute fühlt er sich unwohl, fehl am Platz. Er kam an, als die Versammlung schon angefangen hatte, und brachte private Gründe für seine Verspätung vor.

Er sei unpünktlich, weil er gerade mit dem Kauf eines Pferdes beschäftigt gewesen sei, haben die anderen ihn staunend sagen hören, und auch ihn selbst hat diese Erklärung überrascht, denn unter ihnen gilt die Regel, daß kein persönlicher Grund – und ganz bestimmt kein Pferd – das Fehlen bei einer Zusammenkunft rechtfertige.

Aber Mani ist heute nicht bei der Sache, in Gedanken wandelt er auf anderen Wegen, die nichts mit diesem Treffen zu tun haben. Während seine rechte Gehirnhälfte dem Gespräch folgt, beschäftigt sich die linke mit Alina Jericó und ihrem beängstigenden Schwur, mit dem Grauschimmel und seinem weißen Fleck auf der Stirn, den sie nicht gekauft haben und sicher nicht mehr kaufen werden.

»Manis Schwachstelle war seine Frau, aber das wußten seine Brüder nicht.«

Er erscheint ihnen unentschlossen, abwesend, ohne den Antrieb und die Energie von früher. Seit Tagen schon reden sie hinter seinem Rücken über ihn und sind sich einig, daß er nicht mehr der alte ist. Obwohl er in der Reihe der Brüder der fünfte ist, haben sie ihn immer als ihren Anführer akzeptiert, denn er versteht es, das Geld zu vermehren, und war bis jetzt ein knallharter Kämpfer im Krieg gegen die Barraganes. Den Sinn für sein Auftreten, der sich allmählich bei ihm entwickelte, können die Brüder, als Vertreter eines ungeschminkten, bäuerlichen Machismo, weder nachvollziehen noch verstehen und deuten ihn als eine Schwäche oder reines Getue.

Mani möchte sein Image aufpolieren, ihm einen zeitgemäßen Anstrich geben. Seines Rufs als Killer ist er langsam überdrüssig, denn er raubt ihm jede Möglichkeit, die gesellschaftliche Stufenleiter aufzusteigen, und droht, ihn von Alina Jericó zu trennen. Er hat sich nämlich zum einen in sie verliebt, weil sie mit den Frauen seiner Verwandtschaft nichts gemeinsam hat, aber zum anderen, weil seine Intuition ihm eingab, daß diese kultivierte Schönheit aus der Mittelschicht für ihn der Schlüssel zu den besseren Kreisen sein könnte. Ihm wird nun bewußt, daß das allein nicht genügt, daß er seinen persönlichen Lebensstil ändern und seinem Ziel anpassen muß. Deshalb spielt er seit einigen Jahren mit dem Gedanken, sein Geld zu waschen und seinen Geschäften einen halbwegs legalen, halbwegs glaubwürdigen Anstrich zu geben, der seiner Familie die Türen der Gesellschaft öffnet.

Während Mani den Aufstieg sucht, setzen seine Vettern und Feinde, die Barraganes, ihren Weg fort. Sie bleiben in guten wie in schlechten Zeiten, ob arm oder reich, der eigenen Herkunft treu, wohnen ein ganzes Leben lang, gegen jede Neuerung immun, in demselben Stadtviertel und in demselben Haus, mit ihren trauertragenden Frauen und ihren mürrischen Kindern, stapeln die Dollarbündel unter den Matratzen und essen die gleichen schwarzen Bohnen wie eh und je. Was auch in der restlichen Welt geschehen mag, sie sind ein geschlossener Clan aus dem hintersten Winkel der Wüste, eine exotische Art, die an ihren atavistischen Glaubenssätzen hängt, nie zum Durchschnitt gehört, immer feindlich und fremd bleibt in den Augen der anderen.

»So war Nando, und so waren sie alle.«

Nicht so Mani. Er sucht Anschluß an das moderne Leben der Städte, das von einer Kloake der Illegalität und Gewalt unterspült wird, während an der Oberfläche glanzvolle Cocktailparties im Smoking stattfinden, Absprachen zum beiderseitigen Nutzen mit hohen Militärfunktionären getroffen werden, hübsche Frauen ein Vermögen für ihre Garderobe ausgeben, Bischöfe Taufen halten, Duzfreundschaften mit prominenten Politikern geschlossen, imposante Büroetagen mit Angestellten in Schlips und Kragen bevölkert und Investitionen in offene und geschlossene Gesellschaften getätigt werden.

Das Teil, das am allerschlechtesten in Manis Puzzlespiel paßt, ist der Krieg mit seinen Vettern, von dem kein Ende abzusehen ist. Ein Loch ohne Boden, das den Löwenanteil seiner Umsätze, seines Adrenalins und seiner Neuronen in Anspruch nimmt. Das die Monsalves außerdem ins Fadenkreuz der Skandalmeldungen stellt, ihnen damit alle Wege verbaut und von der zur Führung ihrer Schwarzwirtschaft erforderlichen Diskretion ganz weit entfernt. Alle fühlen sich von ihrem Bruderkrieg abgestoßen, potentielle Geschäftspartner und neue Freunde, die Bewohner des vornehmen Stadtviertels, Unternehmer, Stadträte, der Bürgermeister und der Pfarrer, der von der Kanzel herab mit dem Finger auf sie zeigt.

»Die Lokalblätter sprachen von einem schmutzigen Krieg,

einem Gemetzel, einer Barbarei ohne Sinn und Verstand. Wir aus dem Viertel schlugen die Zeitung auf und suchten nach Meldungen über sie. Wir schlossen Wetten darüber ab, wer der nächste Tote sein würde. Ihre Geschichten nährten den Tratsch und erhitzten die Gemüter. Den Barraganes raubte das nicht den Schlaf. Sie waren inzwischen daran gewöhnt und erwarteten nichts anderes. Anders Mani Monsalve, der sich in den Kopf gesetzt hatte, seinen Namen statt unter den Skandalmeldungen im Gesellschaftsteil der Zeitung zu finden.«

Mani lehnt immer noch am Türrahmen. Er leert seine Flasche Kola Román in einem langen Zug und holt eine zweite aus dem Kühlschrank der Bar. Frepe stört ihn mit seinem stinkenden Zigarettenqualm, und er kann es nicht verbergen, während ihn die anderen mit ihren lächerlichen, törichten Bemerkungen auf die Palme bringen. Die ganze Versammlung stößt ihm übel auf: Noch nie fühlte er sich seinen Brüdern so fremd wie heute.

Bis vor kurzem verband sie ein tiefverwurzelter Haß auf die Barraganes, ein Rachedurst, der sie enger zusammenschweißte als alle Blutbande. Eine Todessucht – alle für einen, einer für alle –, hungriger als die Eifersucht einer Frischvermählten und verzehrender als die jüngst entfachte Liebesglut. Eine Verbitterung, die für sie das Universum ist, eine alles verschlingende Wut, die zur Existenz selbst wird, zum alleinigen Grund zu leben oder zu sterben.

Während seine Brüder vollkommen in dieser Zwangsvorstellung aufgehen, hat Mani sich allmählich davon gelöst, Stück für Stück, wie von selbst, ohne es richtig zu merken. Nicht daß er den Barraganes vergeben hätte: Sie bedeuten ihm einfach nicht mehr so viel. Sie rücken in den Hintergrund, ohne daß er aufhören würde, sie zu hassen, wie die erste Freundin, die man zwar mit den Jahren vergißt, aber deshalb nicht weniger mag.

Mani, mit dem Gefühl, am falschen Ort zu sein, versucht vor den Augen der Brüder an Terrain zu gewinnen. Er macht Einwürfe, äußert seine Meinung, widerspricht, versucht das Wort zu führen. Aber Frepe hat einen Vorsprung und verstellt ihm den Weg: Berauscht von der Rolle des Ältesten, stürmt er vorneweg, fordert Anerkennung, beansprucht die Führung.

Frepe sagt: Es sieht schlecht aus, schlecht, schlecht, schlecht. Er zieht an seiner schwarzen Zigarette und erläutert: Es ist nicht damit getan, den Krieg gegen die Barraganes zu führen, wir müssen ihn auch gewinnen.

Dieser indirekte Vorwurf trifft Mani wie ein Tritt in die Nieren, aber er weicht ihm aus. Er hat dem nichts entgegenzusetzen: Es stimmt, daß er einen wütenden Kampf gegen die Barraganes geführt hat, aber es stimmt ebenso, daß er den Kampf nicht zu seinen Gunsten entscheiden konnte.

»Das hat diese Gegend so an sich, es werden endlose Kriege geführt, in denen es am Ende nur Verlierer gibt.«

Auch sie haben das so an sich. In beiden Parteien fallen Männer, auf beiden Seiten fließt das Blut, kein *Tag der Rache* wird ausgelassen, kein Toter bleibt unvergolten. Aber unter dem Strich gibt es weder Verlierer noch Gewinner, und der Krieg regiert weiter, uneingeschränkt und endlos, ein König und Herrscher von göttlicher Berufung. Die Kampfheere beider Familien beugen sich ihm, wie man sich in ein angeborenes Gebrechen fügt. Sie betrachten ihn als unausweichlich, wie eine Naturkatastrophe oder eine Seuche.

»Wir müssen die Sache ein für allemal erledigen. Worauf warten wir noch?« fragt Frepe, schlägt mit der Faust auf den Tisch und erntet in den Blicken seiner Brüder Beifall.

Ein für allemal gewinnen? Den Feind auslöschen und vergessen? Das klingt in den Ohren der Monsalves nicht nur vernünftig, sondern auch überraschend neu. Sie sind so an ihren Krieg gewöhnt und so in ihn verliebt, daß ihnen noch nie in den Sinn gekommen ist, welche Vorzüge es hätte, ihn zu beenden. Aber wie?

Mani weiß keine Antwort. Sein ganzer Siegeswillen wird von einer ebenbürtigen Macht mit entgegengesetzten Zielen abgeschmettert: Nando Barragán. Sie haben beide ihr ganzes Leben diesem persönlichen Duell auf Leben und Tod gewidmet, das bisher unentschieden blieb.

Frepe schon. Er hat die Antwort. Und rückt damit heraus: Er macht den Vorschlag, bezahlte Killer einzusetzen.

»Frepe, nicht Mani, war derjenige, der vorschlug, Profis damit zu beauftragen, die Barraganes alle zu machen. Mani hätte nie gewagt, Auftragsmörder ins Gespräch zu bringen. Frepe war da anders.«

Killer. Das Wort jagt den Brüdern Schauer über den Rücken, wie ein eisiger Wasserstrahl. Die Barraganes eigenhändig umzubringen, das war korrekt, so schrieb es die Tradition vor, an die sie sich bis jetzt gehalten hatten. Kein Fremder durfte sich in diese Familienangelegenheit einmischen.

Zunächst widersetzen sie sich, reden alle durcheinander, äußern sich dagegen, aber dann fangen sie an, einer nach dem anderen nachzugeben. Sie denken noch einmal über den Vorschlag nach. Wie man ihn auch dreht und wen-

det, er hat einen bestechenden Vorteil: Man könnte sich auf die Dreckarbeit beschränken und die ekligen Aufgaben anderen überlassen.
Schließlich wird Mani überstimmt. Er ist als einziger dagegen, lehnt sich empört auf, gerät in Rage. Er verteidigt die alten Spielregeln. Die Barraganes beachten sie, sagt er, und wir müssen es auch tun. Da keiner auf ihn hört, fängt er an zu drohen, klagt an, zeigt mit dem Finger auf Frepe. Doch es ist ihm gleichzeitig bewußt, daß er verloren hat.
Frepe wittert seinen Triumph, sieht den Bruder mit geheucheltem Mitgefühl an und sagt: Die Zeiten ändern sich, Mani. Er kehrt den verständnisvollen großen Bruder heraus und erläutert dem Jüngeren: Die Tradition ist überholt.
Seiner Sache immer sicherer, führt er Argumente an, die es belegen. Der Krieg ist nicht mehr derselbe wie am Anfang, erklärt er und warnt: Entweder wir gehen mit der Zeit, oder wir verlieren.
Als sich Mani schweigend geschlagen gibt, zieht Frepe den letzten Trumpf aus dem Ärmel. Den Beweis, daß er es nicht beim Reden beläßt: Er hat schon jemanden angeheuert, der einen Trupp von Killern trainieren und anführen kann, um die Barraganes fertigzumachen.
Es handelt sich um einen Fachmann mit jahrelanger Berufspraxis, wärmstens empfohlen von Kumpels, die ihn kennen. Frepe hat monatelang indirekt mit ihm korrespondiert und eine Million hingeblättert, um ihn aus dem Kittchen zu holen. Jetzt ist er da, im gleichen Haus, und wartet begierig darauf, in Aktion treten zu können.
»Holt ihn herein«, befiehlt Frepe.

Es entsteht ein langes Schweigen, und man hört nur das Geräusch schlurfender Schritte in Badeschlappen, die sich über den Flur nähern.
Mani tritt zur Seite, und durch die Tür des Sitzungssaals tritt Holman Fernely.

Hat Roberta Caracola, die lepröse Hexe, Nando Barragán vielleicht gar nicht das Schicksal aus der Kakaotasse gelesen?«

»Doch, doch, er hat sie ja selbst darum gebeten.«

In einem Zug schüttet Nando Barragán das kochendheiße Getränk hinunter und schwenkt die Tasse in seinen riesigen Pranken, vorsichtig wie ein rohes Ei, um sie nicht zu zerbrechen. Dann stülpt er sie um und stellt sie mit der Öffnung nach unten auf den Tisch, so daß der Bodensatz am Porzellan herabrinnt und die Wege, Augen, Lagunen, Wirbel und all die anderen eigensinnigen Figuren malt, die einem Mann die Landkarte seines Schicksals offenbaren.

»Und was hat sie gesagt?«

Roberta Caracola wartet sieben Minuten, bis jede Form klar und deutlich herauskommt, ohne daß ihr irgendwo noch ein ungelöster Tropfen eine wichtige Botschaft vorenthält.

»Wieso sieben Minuten und nicht mehr oder weniger?«

»Keine Ahnung, es waren jedenfalls sieben, wie die sieben Wochentage und die sieben Katzenleben und die sieben Weltwunder.«

Sieben lange Minuten wartet die Alte schweigend, während Nando Narcisos Stimme vernimmt und zuhört, wie der Wind die Abfälle über den Strand fegt.

Endlich nimmt Roberta Caracola die Tasse in ihre verkrüppelten Hände, führt sie ganz dicht an die blinden Maulwurfaugen und erforscht sie mit der Aufmerksamkeit eines Wissenschaftlers, der Mikroben darin zu entdecken sucht.

»*Eine* Antwort finde ich hier nicht«, sagt sie. »Wieso gehst du weiter deinen schmutzigen Geschäften nach, obwohl du schon mehr Geld hast, als du ausgeben kannst?«

Nando Barragán entgegnet ihr, es sei wegen des Krieges. Der Krieg gegen die Barraganes, so sagt er, sei sehr kostspielig, er benötige viel Geld, um sich selbst am Leben zu erhalten und seine Familie zu beschützen.

Wie eine alte Schildkröte reckt Roberta Caracola darauf feierlich den schuppigen Hals und erteilt ihm einen Rat: »Gib diesen Krieg auf. Es gehört sich nicht, daß Brüder sich gegenseitig töten.«

Nando nimmt den fauligen Geruch wahr, der den offenen Hautfalten der Kranken entströmt, und erklärt ihr, das sei nicht möglich, er habe den Auftrag dazu erhalten und die heilige Pflicht, das vergossene Blut zu rächen.

»Dann tue, was du zu tun hast«, erwidert ihm die Hexe, nicht bereit, die wenigen ihr in diesem Leben noch verbleibenden Worte sinnlos zu verschwenden. »Aber sei auf der Hut, Nando Barragán. Male dir nie das Gesicht weiß.«

»Du sagst vielleicht merkwürdige Dinge«, entgegnet er ihr. »Wieso sollte ich mir denn das Gesicht weiß malen?«

»Höre auf mich. Möchtest du noch etwas wissen?«

»Sag mir, wie viele Kinder ich haben werde.«

»Nicht mal du wirst sie zählen können.«

»Und wie werde ich merken, daß mein Ende naht?«

»Wenn du keinen mehr hochkriegst. Dann wirst du wissen, daß du nur noch wenige Tage zu leben hast.«

Nando bricht in ein dröhnendes, übertrieben lautes Gelächter aus, das bis in die Stadt zu vernehmen ist. Roberta Caracolas Worte bringen ihn zum Lachen, weil er berühmt ist für die sexuelle Potenz eines großen Zucht-

stiers. Er antwortet der Alten, an dem Tag, an dem er keinen mehr hochbekäme, werde er alt genug sein, um in Frieden sterben zu können.
»Wer weiß«, erwidert Roberta Caracola, aber das brüllende Lachen des Riesen übertönt die schwache Stimme der Todgeweihten. »Und jetzt geh«, befiehlt sie ihm, »denn mehr wirst du von mir nicht erfahren.«

Mani weicht zur Seite, und Holman Fernely betritt den Versammlungssaal der Monsalve-Brüder. Mehr als enttäuscht wandern ihre prüfenden Blicke an dem Neuankömmling auf und ab. Sie bieten ihm etwas zu trinken an und sehen seine zitternden Hände beim Trinken den Kaffee verschütten. Sie entziffern den eintätowierten Schriftzug auf seinem Arm: Gott und Mutter. Sie beobachten, wie er sich eine Arznei in die verheulten Augen träufelt.

»Von diesem Tag an sahen wir Fernely häufig im Viertel in der Brigade ein- und ausgehen. Fernely gehörte sicherlich nicht zu denen, die durch ihr Äußeres beeindrucken. Ganz im Gegenteil. Wir wunderten uns, daß dieser lange Lulatsch mit den verquollenen Augen und den dünnen Haaren der berühmte Killer sein sollte. Wo waren die kräftige Statur, die Haare auf der Brust, der kalte Blick? Der hier wirkte eher krank, vor allem durch die jämmerliche Art, die Füße in den Gummilatschen nachzuziehen und sich die Augen zu wischen.«

Fernely nimmt Platz und sagt, seiner gewohnten Art gemäß, kein Wort. Er hat für die berühmtesten Männer des Hafens nichts anderes übrig als einen apathischen Blick, der sie noch nicht einmal wahrzunehmen scheint.

»Die Leute erzählen, daß Fernely entweder den Mund hielt oder Redensarten zitierte. Manche meinten, er täte das aus Vorsicht, während andere behaupteten, er hätte einen Dachschaden oder sei zu faul zum Denken.«

Er nimmt Platz und lauscht dem Gespräch der Monsalves. Er hört sie davon sprechen, daß bald wieder eine Frist abläuft. Von welcher Frist da die Rede ist, weiß er nicht, und es interessiert ihn nicht die Bohne. Sie erklären ihm, es sei der Todestag von Héctor, einem ihrer

Brüder, dessen Ermordung nach Rache verlangt. Sie zählen die möglichen Opfer auf: Von den elf Söhnen der Barraganes sind noch vier am Leben. Nando, der Älteste, ein harter Brocken. Narciso, der Dichter. El Raca, ein Teufel, der weder Gesetz noch Gott kennt. Und Arcángel, der Jüngste, Nandos Liebling, den sie vor einigen Monaten am Arm angeschossen, aber nicht erwischt haben.

Holman Fernely lauscht ihren Ausführungen, ohne ein einziges Mal den Mund aufzutun oder irgendein Anzeichen von Ungeduld zu zeigen. Oder von Leben. Seine Aufmerksamkeit gilt allein den brennenden Augen, die sich schließen, um zwischen den feuchten Lidern Schutz zu suchen und sich zu erholen. Nach einer Weile, als er glaubt, genug gehört zu haben, entscheidet er: »Narciso soll sterben.«

Indem er nichts anderes sagt als das Offensichtliche, was den anderen ohnehin klar war, erntet er ihre sofortige Zustimmung, und der Beschluß wird einhellig angenommen.

»Narciso soll sterben, weil er ein Weichei ist.«

»Den Feind erst ruinieren, dann vernichten«, gibt Fernely sein Motto bekannt und setzt damit die Brüder in Erstaunen. Diese waren der Ansicht, Narciso müsse sterben, weil er aufgeblasen ist, den feinen Herrn spielt und eine leichte Beute abgibt. Fernelys Logik schlägt dagegen in eine andere Richtung: Ihn erledigen, weil er die Geschäfte führt, die Kundenkartei pflegt, die Kontakte unterhält …

»Den Feind erst ruinieren, dann vernichten«, wiederholen die Monsalve-Brüder voller Überzeugung und verlieben sich in den Ausspruch.

»Also, dann«, verabschiedet sich ungerührt, in gleichgültigem Ton, Fernely und macht sich auf den Weg, sein Opfer auszuspionieren und das Attentat vorzubereiten.

Das Haus der Familie Barragán kannten wir nur von außen. Da wir immer in demselben Viertel lebten wie sie, kannten sie uns und ließen uns an ihrem Häuserblock vorbeigehen, die Straße entlangspazieren oder uns zum Plaudern auf ihren Bürgersteig setzen. Sie hatten nämlich die ganze Umgebung fest unter Kontrolle. Ihre Leute patrouillierten Tag und Nacht. Uns ließen sie zufrieden, duldeten aber keinen Fremden in ihrer Nähe.

Unser ehemals ruhiges, fast langweiliges Stadtviertel war eines der aufregendsten geworden. Wenn man am wenigsten damit rechnete: bumm, bumm, bumm. Dann rannten alle auf die Straße, um zu sehen, was geschehen war, ratatatata, um zu erfahren, wen es diesmal erwischt hatte. Der Privatkrieg zwischen den Barraganes und den Monsalves hatte viele Häuser in Mitleidenschaft gezogen. Jeder Mord, jede Schießerei hinterließ eine Narbe in den Straßen unseres Wohnviertels, und diese Spuren erzählten die eindrucksvollsten Kapitel unserer Lokalgeschichte, wie wir fanden.

Nicht einmal Privaträume oder würdevolle Stätten waren als Schauplätze des Verbechens ausgenommen. Gegen einen Barragán mit Namen Helvenico wurde einmal mitten in der Kirche ein Attentat verübt, dabei blieben neun Kugeln im Altar stecken. Die zehnte war der Gipfel der Gotteslästerung: Sie traf den Kelch. Dieser Mann, Helvenico, war in die Kirche geflohen, weil er hoffte, daß sie es nicht wagen würden, ihn an diesem geweihten Ort anzugreifen. Aber sie wagten es und haben ihn getötet.

Sie wagten alles. Der Lieblingstreffpunkt der Jugend war die Eisdiele, die ein großes Fenster zur Straße hatte, so daß man hinausschauen und die Leute beobachten konnte. Dieses Glasfenster haben sie in einem Jahr zweimal mit ihren Maschinenpistolen zu Pulver zermalmt. Nach dem zweiten Mal hatte der Besitzer genug und ließ statt dessen ein Eisengitter anbringen. Ein anderes Mal ging bei einer Schießerei eine Tankstelle in Flammen auf, die verkohlten Überreste sind noch an der Straßenecke zu sehen. Sogar in dem kleinen Park, wo sich die alten Leute zum Dominospielen trafen, wurde geschossen. Überall waren Einschußlöcher zu sehen: in Lehmwänden und Fenstern. Ein umgestürzter Pfeiler vor dem Schultor zeugte von dem Tag, an dem die Monsalves nach einem Angriff in einem vollbesetzten Wagen das Weite suchten und ihn dabei ummähten.

Dieser Bruderkrieg hinterließ im Laufe der Jahre zahllose Verwüstungen. Bald gab es keinen Häuserblock mehr, der nicht seine eigene blutige Geschichte hatte. Es kam so oft zu Schießereien, daß wir unser eigenes Stadtviertel, den Ort, wo wir geboren waren und zwangsläufig auch aufwuchsen, selbst *Esquina de la Candela*, die *Ecke des Feuers*, nannten. Und auch die Bewohner der anderen Stadtteile nannten es so.

Die jungen Leute fanden Vergnügen daran, den Besuchern die verschiedenen Ereignisse dieses Krieges zu schildern. Wie in jedem Beruf gab es auch unter ihnen einige besonders Begabte: Solche, die den Bericht farbig und mit allerlei Einzelheiten ausschmückten; solche, die ein sehr gutes Gedächtnis hatten; solche, die das Knattern der Maschinenpistolen und das Quietschen der Reifen täuschend echt nachmachen konnten; oder solche, die die Bewegungen eines Angeschossenen oder eine Nahkampfszene mit Fußtritten und Messerstichen wie in Zeitlupe nachzuahmen verstanden.

Die Besucher waren von allem, was sie zu hören bekamen,

tief beeindruckt. Sie bekamen aber auch etwas zu sehen. Wir veranstalteten nämlich Führungen wie im Museum und besichtigten mit ihnen die verschiedenen Tatorte: Hier wurde ein Barragán auf dem Rückweg vom Friedhof umgebracht, nachdem gerade einer seiner Brüder beerdigt worden war, wußten wir zu berichten und ließen sie die Finger in die Einschußlöcher der Friedhofsmauer legen. Oder, die beiden Fensterscheiben da oben gingen beim Attentat gegen diesen zu Bruch, und da drüben ist die Wäscherei, in der sich jener befand, als sie ihn erwischten. Unser Stadtviertel, das vorher ganz gewöhnlich war wie jedes andere, hatte jetzt seine Geschichte, seine Folklore. Dort zu leben war nicht ungefährlich. Die Mütter verboten ihren Kindern, auf der Straße zu spielen, und des Nachts ging die Angst um, aber wenigstens hatten wir ein Gesprächsthema. Und wir hatten endlich einen Grund, stolz zu sein. Täglich lieferten die Barraganes uns irgendeinen Vorfall, den es weiterzuerzählen galt. Wir konnten sie eigentlich nicht leiden und verkehrten so gut wie nie mit ihnen. Oder besser gesagt, sie verkehrten nicht mit uns. Sie duldeten uns, und damit hatte sich die Sache. Vielleicht, weil sie mißtrauisch waren. Sie trauten ja nicht einmal der eigenen Großmutter über den Weg. Es wollte schon etwas heißen, daß sie uns überhaupt an ihrem Haus vorbeigehen ließen, ohne uns den Durchgang zu versperren. Wir mußten ihnen dankbar dafür sein, daß sie nicht handgreiflich wurden.

Sie hatten ihre Leute aufgestellt und sämtliche Bewohner des Viertels sorgfältig in ihrem Gedächtnis gespeichert. Kam jemand vorbei, den sie nicht kannten, und wußte auch keiner, wessen Sohn, Vetter oder Onkel er war, ließen sie ihn nicht durch. Das Viertel war ihr Territorium, damit hatten wir uns abgefunden. Wir fügten uns ihrer Herrschaft und Kontrolle, weil wir erstens überhaupt keine andere Wahl hatten und es zweitens trotz allem auch gewisse Vorteile hatte: In der Esquina de la Candela *wurde nicht gestohlen und keiner überfallen, es gab nicht diese ganzen Kleinverbrechen wie anderswo. Aber es hatte auch seine Nachteile: Wir saßen auf einem Pulverfaß, das jeden Augenblick in die Luft gehen konnte, und waren uns bewußt, daß ein Angriff der Monsalves oder die Gegenwehr der Barraganes für uns Unbeteiligte vielleicht sogar am gefährlichsten sein konnte.*

Die Frauen der Barraganes waren noch abweisender als die Männer. Sie waren immer schwarz gekleidet, und wenn sie das Haus verließen, um einzukaufen, zum Arzt oder zur Messe zu gehen, huschten sie an uns vorüber, ohne jemals stehenzubleiben, mit jemandem zu reden oder irgendeinen Kontakt aufzunehmen. Die Männer waren nicht ganz so barsch, benahmen sich aber auch nicht gerade freundschaftlich.

Das Innere ihres Hauses war uns ein Rätsel, denn fast keiner aus dem Viertel hatte es jemals betreten. Wie ich schon sagte, wir kannten nur das, was sich durch ihre Fensterscheiben erspähen ließ, und das auch nur, wenn die Läden geöffnet waren. In den heißen Phasen des Krieges blieben die Fensterläden nämlich manchmal wochenlang geschlossen, sogar bei der allergrößten Hitze.

Als sie dann die Nachricht von Nando Barragáns Hochzeit bekanntgaben und überall im Viertel verbreiten ließen, daß alle Bewohner eingeladen waren, wollte sich das natürlich niemand entgehen lassen. Nicht, weil wir sie gemocht hätten, nein, in Wirklichkeit waren sie uns zuwider, sondern um diese Festung einmal von innen zu sehen. Um sie auszuspionieren. Uns trieb eine krankhafte Neugier, die Höhle des Löwen kennenzulernen. Das wollten wir alle höchstpersönlich miterleben, niemand von uns war bereit zu warten, bis einer käme und ihm davon erzählte. Alle unsere bisherigen Informationen bezogen wir aus Gerüchten und Klatsch, wobei man nie genau wußte, wer sie in die Welt gesetzt hatte und ob sie zuverlässig waren oder einfach nur gemeine Verleumdungen. Mit der Einladung änderte sich das, denn wir würden alles mit eigenen Augen sehen können, sozusagen aus der ersten Reihe, wie die Zuschauer eines Films.

Die Nachricht von der Hochzeit überraschte uns alle, weil wir nie damit gerechnet hatten, daß Nando Barragán jemals heiraten würde. Er hatte viele Frauen geschwängert, aber keine wagte, sich zu beschweren oder ihn gar anzuzeigen, denn er war von allen gefürchtet.

Auch der stolzeste Vater wäre nicht auf die Idee gekommen, zu ihm zu gehen und für den Schaden, den er seiner Tochter zugefügt hatte, Rechenschaft zu fordern, oder gar die Ehe, nein, bloß nicht. Nicht einmal Alimente für das Kind. Im Gegenteil: Die Frauen brachten die Kinder zur Welt und hatten nichts Eiligeres zu tun, als ihren Sprößlingen ihren eigenen Namen zu geben. Damit wollten sie verhindern, daß die Monsalves kämen und an dem Kind Rache nahmen, weil es vom Oberhaupt des Barragán-Clans stammte. Der Name war verflucht, und man tat ganz sicher besser daran, ihn nicht zu tragen.

Aber gleichzeitig waren die Männer im Viertel auch neidisch auf Nando, denn es gab keine Jungfrau, die er nicht entjungferte, keine Witwe, die er nicht tröstete, und überhaupt keine Frau, die er ausließ. Wenn es im Guten ging, nahm er sie im Guten, ging es nur im Bösen, dann nahm er sie im Bösen oder eben auf seine gewohnte Art, und bei der Auswahl, wer käme da schon auf die Idee zu heiraten? Sein Bruder Narciso, den wir den Dichter nannten – weil er reimte, schön war und den feinen Herrn spielte –, war ja auch ein Schürzenjäger, aber von ganz anderer Sorte. Nando nahm alles, was Röcke trug. Was natürlich nur so eine Redensart ist, denn Frauen waren ihm auch in Jeans, in Bermudas oder Hot pants willkommen, schlicht und ergreifend jede, die ihm über den Weg lief.

Narciso war dagegen wählerisch und pickte sich die Besten heraus. Es mußten Models sein oder Frauen, die im Fernsehen auftraten, und er hatte keinerlei Probleme damit, sie zu erobern. Er tat es nie mit Gewalt, wie Nando, sondern mit Stil, indem er seinen Ruf als Schönling ausspielte, sein Aussehen eines Toreros, und seine guten Manieren zum Einsatz brachte. Er war vor allem stolz auf seinen Erfolg bei gebildeten, reiferen Frauen. Sie mußten mindestens das Abitur haben, besser noch irgendein Universitätsdiplom. Rechtsanwältinnen gefielen ihm, Ärztinnen, Ingenieurinnen, eigentlich Frauen aus allen Berufen, wenn sie nur hübsch waren. Teenager und ungebildete Frauen waren nichts für ihn, die einen fand er zu unreif und die anderen zu primitiv. Er rühmte sich, nur vom Feinsten zu kosten, und verschmähte den Rest.

Das ganze Gegenteil von Nando, der immer so ausgehungert war, daß er alles verschlang, was ihm vor die Nase trat. Seine sexuelle Potenz war im ganzen Viertel bekannt. Einmal soll er sogar eine Sechzigjährige geschwängert haben. Na ja, es gab natürlich allerhand Gerede, das sich nie richtig nachprüfen ließ. Jedenfalls stand fest, daß Nando von den Frauen nur das eine wollte und sich danach auf und davon machte.

Das mit seiner Heirat überraschte uns auch deshalb, weil wir alle wußten, oder jedenfalls zu wissen glaubten, daß Nandos wahre Liebe Milena war, die Blondine, die aufgedonnerte Prostituierte, die ihn nicht hatte heiraten wollen. Die Leute redeten von seiner unerfüllten Liebe zu ihr, und manche mutmaßten, daß er nur aus Verzweiflung all die anderen Frauen so behandelte, wie er es tat. Um sich an ihnen für seine unglückliche Liebe zu Milena zu rächen.

Die Frauen sagten: Die einzige, die er heiraten würde, ist diese Milena. Wir kannten Milena nicht, nicht einmal vom Sehen, aber wir hatten eine genaue Vorstellung von ihr. Deshalb waren wir alle vollkommen sprachlos, als wir erfuhren, daß nicht sie die Erwählte war. Und noch viel mehr, als wir erfuhren, wer es war: Ana Santana, die gewöhnlichste und durchschnittlichste aller Frauen des Viertels. Die uninteressanteste, am wenigsten geheimnisvolle: Sie war Änderungsschneiderin, zu der die ganze Nachbarschaft ging, um Kleidungsstücke vergrößern oder verkleinern zu lassen.

Ana Santana war ganz bestimmt nicht die Schönste, aber auch nicht die Häßlichste. Sie war weder besonders intelligent, noch war sie dumm. Sie war nett, aber nicht übertrieben freundlich. Weder dick noch dünn, sondern normal, und zwar in allem. Oder besser: weder Fisch noch Fleisch, eine x-beliebige Frau, die allerbeliebigste Frau. Das Erstaunlichste war, daß er sie nicht heiratete, weil sie schwanger war, es war keine Mußehe, sondern eine vollkommen freiwillige. Das waren die Gründe, weshalb wir alle dabeisein wollten, wenn Nando Barragán ihr sein Jawort gab. Wir wollten es mit eigenen Ohren hören. Denn bevor er es nicht in aller Öffentlichkeit vor allen Leuten laut ausgesprochen hatte, würde niemand glauben, daß er an die Angel gegangen war.

Kaum hatte sich die allgemeine Hochzeitseinladung herumgesprochen, als die Frauen auch schon scharenweise zu Ana Santana gerannt kamen, die eineinhalb Häuserblocks von den Barraganes entfernt wohnte. Sie waren in Aufruhr, weil sie sich einbildeten, über alles, was im Viertel vor sich ging, schon im voraus bestens informiert zu sein, diese Nachricht aber zu allerletzt erwartet hatten. Keine hatte die beiden auch nur im entferntesten in Verdacht gehabt, ein Paar zu sein. Und das waren sie ja eigentlich auch nicht, denn schon eine knappe Woche nachdem sie sich kennengelernt hatten, war es eine abgemachte Sache, daß sie heiraten würden. Auf jeden Fall klopften die Klatschtanten unter jedem erdenklichen Vorwand an Ana Santanas Tür: Den Schnitt für das Wollkleid, den ich dir vor einem Monat geborgt habe, den bräuchte ich jetzt. Kannst du mir Gewürznelken und Zimtstangen ausleihen? Alles kam ihnen gelegen, um nur rasch etwas in Erfahrung zu bringen. Und allen, die sie danach fragten, erzählte Ana Santana dasselbe.

Anas Version lautete so: Tagelang wurde sie morgens von dem Lied Caballo viejo *geweckt. Am Mittwoch vor Ostern hörte sie wieder dieses Lied in voller Lautstärke aus dem Haus der Barraganes dröhnen, gerade als sie dort vorbeikam. Das fiel ihr deshalb auf, weil es sich um einen katholischen Feiertag handelte, der zur Besinnung und Einkehr aufrief.*

Am nächsten Tag, Gründonnerstag, wieder dasselbe. Da faßte sie Mut und ging hin, um sich über die Respektlosigkeit zu beschweren. Beherzt klingelte sie, weil sie fand, daß man sich über ihre Frömmigkeit lustig machte, aber sicher hätte sie nie zu klingeln gewagt, wenn sie geahnt hätte, wer an der Tür erscheinen würde. Kein Geringerer nämlich als Nando Barragán höchstpersönlich. Die lebende Legende öffnete ihr die Tür, stand aus Fleisch und Blut, in Unterhosen, mit der dunklen Brille auf der Nase, einer Zigarette im Mund und dem Talisman auf der Brust vor ihr und fragte freundlich nach ihrem Anliegen. Wie vom Donner gerührt, ließ sie ihr Vorhaben, sich zu beschweren, augenblicklich fallen. Statt dessen sagte sie gar nichts, stand einfach stumm da und starrte den halbnackten Riesen, der in der geöffneten Tür auf eine Antwort wartete, schweigend an.

Er fragte sie noch einmal, genauso freundlich, weshalb sie geklingelt hatte. Da zuckte ein Gedankenblitz durch ihren Kopf, eine Eingebung vom Heiligen Geist, und sie fragte ihn mit dünner Stimme, ob er ihr die Platte freundlicherweise einmal ausleihen würde, damit sie sie aufnehmen könnte. Er fragte zurück, ob sie ihr denn gefiele, und sie erzählte ihm, daß sie jeden Morgen von dem Lied geweckt würde. Da entschuldigte er sich aufrichtig bei ihr und willigte ein, sie ihr zu borgen. Sie nahm die Schallplatte mit nach Hause und war ab dem Moment in ihn verliebt, obwohl sie nicht mehr als diese paar Sätze miteinander gewechselt hatten. Als am selben Abend Nando Barragán persönlich unter dem Vorwand, Caballo viejo *wieder abholen zu wollen, bei ihr anklopfte, fiel sie fast in Ohnmacht.*

So begann ihre Romanze, wie bei Teenagern. Zumindest nach Ana Santanas Version, die nach einer rosaroten Liebesgeschichte klang und die mit der dunklen Vergangenheit eines Nando Barragán, der sich nicht mit derartigen Koketterien aufzuhalten pflegte, schwer zu vereinbaren war. Da uns aber seine Version von ihrer Bekanntschaft nie zu Ohren kam, blieb die mit der Schallplatte die offizielle.

Eine ganze Menge anderer Leute kamen aus kaum verhohlenem Eigennutz jetzt auch zu Ana Santana gelaufen, denn es entging natürlich niemandem, daß sie durch die Heirat mit Nando Barragán von der Flickschneiderin zur Multimillionärin aufsteigen würde. Und ungebetene Ratgeberinnen, die ihr mit den besten Absichten klarzumachen versuchten, auf was sie sich da einließ.

Sie erzählten ihr tausend Geschichten über Nandos tausend Geliebte und mahnten: Bilde dir bloß nicht ein, daß er sie deinetwegen sitzenläßt. Du wirst die Nummer eintausendeins sein, und vergiß nicht, daß die eigene Frau immer den kürzeren zieht. Sie redeten auch von den illegalen Geschäften ihres zukünftigen Gatten und von der Fehde mit den Vettern. Sobald sie geboren sind, wirst du um das Leben deiner Kinder bangen müssen, warnten sie sie. Du wirst keine Minute Frieden mehr haben, weder du noch deine Familienangehörigen. Geld schon, im Überfluß, aber keinen Frieden mehr und auch keine Liebe.

Aus einem Dorf an der anderen Küste reisten ein paar entfernte Verwandte an, um ihr etwas zu erzählen, was bisher niemand gewußt hatte. Öffne die Augen, Ana, warnten sie, es ist nicht das erste Mal, daß Nando Barragán eine Ehe schließt. Sie berichteten, daß er sich einst auf einer Reise in ihre Gegend in eine Mulattin verguckt hatte, die noch Jungfrau war und von ihrem Vater gehütet wurde wie eine Perle. Nando Barragán wollte tun, was er immer tat: sie unter den nächstbesten Baum zerren und dazu zwingen, sich ihm hinzugeben.

Da erschien der Vater des Mädchens, ein wahrer Titan, des-

sen Muskulatur ein Leben lang vom Langustenfischen aus den Tiefen des Meeres geformt worden war. Als er sah, daß ein dahergelaufener Grobian seinem Augapfel etwas zuleide tun wollte, baute er sich vor Nando auf und drohte ihm damit, ihn umzubringen. Die monumentale Statur des Schwarzen muß Nando wohl beeindruckt haben, oder er erkannte in seinen blutunterlaufenen Augen eine blinde Entschlossenheit, seine Drohung wahrzumachen, denn statt sich mit ihm zu prügeln, zog Nando einen dicken Stapel Scheine aus der Hosentasche und hielt ihm diesen als Gegenleistung für fünfzehn Minuten mit seiner Tochter hin.

Der Fischer entrüstete sich über alle Maßen, warf aber, kurz bevor er sich wie ein Raubtier auf sein Opfer stürzte, unwillkürlich einen Seitenblick auf den Geldpacken, der mehr zu sein schien als das, was sein ganzes Dorf in einem Jahr mit dem Langustenverkauf verdiente.

»Ich schlage ein«, sagte er zu Nando, »unter der Bedingung, daß Sie meine Tochter heiraten.«

Nando fing schallend an zu lachen, denn das war das absurdeste Angebot, das er je bekommen hatte. Aber das Lachen verging ihm, als er merkte, daß es der Mann ernst meinte mit seiner Forderung. Er bot ihm den doppelten Betrag, wenn er das Mädchen nur einmal fünfzehn Minuten haben durfte.

»Ich will nicht mehr oder weniger als das, was hier liegt«, beharrte der standhafte Vater, »und zwar für eine Heirat.«

Unterdessen spähte die kleine Mulattin zwischen den Blättern einer Bananenpalme hervor, und als Nando sie entdeckte, gewann sein Instinkt die Oberhand. Er verzehrte sich förmlich danach, sie zu besitzen, hatte es aber

eilig, denn er war auf der Durchreise, um an einem anderen Ort einen Millionenvertrag abzuschließen, und nun saß er hier fest und vertat seine Zeit mit diesem unmöglichen Kuhhandel.
»Zweihunderttausend Pesos für zehn Minuten, und die Sache ist geritzt«, sagte er.
»Hunderttausend und die Ehe«, feilschte der Vater.
Nando begriff, daß da nichts zu holen war, und da er fest entschlossen war, die Kleine zu vernaschen, ganz gleich zu welchem Preis, rief er ungeduldig: »Ist gut, zum Teufel! Holt den Pfarrer.«
Der Fischer verzog den Mund zu einem triumphierenden Lächeln und entblößte dabei sämtliche Zähne. »Wir haben nur ein Problem«, erklärte er. »In diesem Dorf gibt es keinen Pfarrer.«
Nando Barragán mußte an sich halten, um seine verbrecherische Wut zu zügeln. Er blickte in die Runde und sah die ganze Einwohnerschaft des Ortes – alte Frauen und Männer, Mütter mit ihren Kindern – in einem Kreis um sie herumstehen und amüsiert die Angelegenheit mitverfolgen. Unter den Zuschauern befanden sich auch zwei katalanische Nonnen, die Lehrerinnen der Dorfschule, in ihren weißen Trachten und den gestärkten Hauben, die wie Möwen ihre Flügel ausbreiteten.
Nando faßte die ältere am Arm.
»Da es hier keinen Pfarrer gibt, wird uns diese ehrwürdige Mutter trauen«, verkündete er.
Die Nonne war entsetzt und wollte protestieren, doch das Maß dessen, was ein Barragán verkraften konnte, war nun voll. Er zog seinen Pferdecolt aus dem Halfter und hielt ihn an die gestärkte Möwe, die die Schwester auf dem Kopf trug.

»Entweder Sie trauen uns, oder hier bleibt nicht eine Katze am Leben«, drohte er.
Die Ordensfrau traute das Paar, so gut sie es verstand, der Schwiegervater steckte das Geld ein, Nando warf seinen Zigarettenstummel weg, zog die Ray-Ban-Brille aus, öffnete den Hosenlatz, entjungferte seine Gattin in siebeneinhalb Minuten, verließ sie in der achten und fuhr auf Nimmerwiedersehen in seinem grauen Silverado auf der Landstraße davon.
Ana Santana hörte sich die Geschichte schweigend an. Als die Verwandten geendet hatten, dankte sie ihnen für die Auskunft und entließ sie nach Hause: »Eine Trauung von einer Nonne gilt nicht, weder hier noch in Kapernaum«, sagte sie trocken, ohne einen Widerspruch zu dulden.
Diese Dinge und noch viel mehr erzählten und prophezeiten ihr die Leute. Aber Ana Santana schenkte ihnen kein Gehör. Sei es, daß sie den Lebenswandel ihres Zukünftigen bereits kannte, sei es, daß sie ihn nicht kennen wollte, auf jeden Fall blieb sie bei ihrem Entschluß.
Uns sollte das nur recht sein, denn wenn Ana Santana einen Rückzieher machte, gab es keine Hochzeit, und wenn es keine Hochzeit gab, dann guckte das ganze Viertel in die Röhre.

Barfuß und ganz in Schwarz, verschanzt in ihrem undurchdringlichen, wortlosen Universum, staubt La Muda Barragán mit einem roten Tuch die Flipperautomaten und Sportgeräte im Zimmer ihres Neffen Arcángel ab.

»Wieso nannte man sie La Muda Barragán, wo das doch gar nicht ihr Name war, weil sie doch von den Barraganes eine Tante mütterlicherseits war?«

Alle weiblichen Familienmitglieder werden Barragán genannt: Nando und Arcángels Mutter Severina; ihre Schwester La Mona, eine schlecht angesehene, streitsüchtige Frau, eine Wahnsinnige, ein Mannsweib, aufgewachsen unter elf Brüdern; die Ehefrauen der männlichen Familienmitglieder, deren Töchter und sogar La Muda und zwei weitere Schwestern der Mutter.

»Sie verbarrikadierten sich allesamt in diesem Bollwerk, trugen nur Schwarz und interessierten sich nicht für die Außenwelt. Im Viertel machten wir Witze über sie, wir nannten sie einen Harem, einen Hexensabbat, einen Hühnerhof voll Unglücksraben. Niemals wäre es einem von uns in den Sinn gekommen, mit einer Barragán anzubandeln, nicht einmal, es zu versuchen, und auch sie würdigten uns keines Blickes. Die Älteren waren vom vielen Leiden und Kinderkriegen ganz vertrocknet, und die Jungen waren vom Krieg wie versteinert. Sie hatten überhaupt keine Gelegenheit, wirklich Frau zu sein oder Mutter. Sie waren frigide und steril. So meinten wir jedenfalls.«

Vor der Tür herrschen die Männer, hinter der Tür regieren die Frauen. Irgendwie ertragen sie sich gegenseitig in diesem angespannten Zusammenleben, das voller versteckter Revierkämpfe um die häusliche Macht und kaum verhohlener Eifersucht auf die männliche Zuneigung ist.

»Kein noch so persönlicher Streit blieb in der Esquina de la Candela *der Öffentlichkeit verborgen. Die Auflösung einer Verlobung, die Prügel eifersüchtiger Ehemänner und sogar der Zank um ein Fußballspiel lieferten Stoff für den Klatsch und wurden in alle vier Himmelsrichtungen weitererzählt. Trotzdem ist es uns nie gelungen, etwas über die Auseinandersetzungen zwischen den Frauen des Barragán-Clans herauszubekommen.«*

Es sind persönliche Eifersüchteleien, ein unterschwelliger Kleinkrieg, der nie offen ausgetragen wird. Er liegt in der Luft, kommt aber nicht zum Ausbruch und ist bei drohender Gefahr wie weggeblasen. Wenn es darum geht, ihre Männer und Kinder zu verteidigen, halten die Frauen des Barragán-Clans zusammen: Sie lassen die Zankereien außen vor. Trotzdem gibt es den Streit, und zwar heftig. Jede von ihnen ist ein General, der darum kämpft, die Macht im Innern zu erobern.

Severina, die Alte, die Mutter, das Rückgrat der Sippe, gilt als das eigentliche Familienoberhaupt. Aber tatsächlich hat jede auf ihre Weise einen ganz eigenen Herrschaftsbereich und übt zusätzlich besondere Macht über einen der Männer aus.

Severina ist die Herrin von Nando, ihrem Ältesten. Ihre Liebe für ihn ist so abgöttisch, daß sie ihn damit geradezu erdrückt. Er macht keinen Finger krumm, ohne sie vorher nach ihrer Meinung zu fragen, aber gleichzeitig überkommen ihn, mit seinen fast vierzig Jahren, von Zeit zu Zeit Tobsuchtsanfälle wie bei einem aufsässigen Teenager.

»Die Leute mutmaßen, daß Nandos überstürzte Heirat mit

Ana Santana nichts anderes bezwecken sollte als genau das, Severina zu provozieren.«
La Mona, die freilaufende Bestie und die Zweitälteste direkt nach Nando, scheint äußerlich und innerlich nach seinem Muster geschaffen zu sein: sein perfektes Ebenbild, nur kleiner und im Rock. Ihrem Spitznamen zum Trotz hat sie kein einziges blondes Haar am Körper. Sie wird auch nicht La Mona genannt, weil sie blond wäre, sondern wegen ihrer Ähnlichkeit mit einem Affen. Ihr untersteht El Raca, der zweitjüngste Bruder, der aus demselben Holz geschnitzt ist wie sie: Nicht körperlich, aber von seinem Temperament und den Neigungen her gleicht ihr El Raca aufs Haar, nur schlimmer, unglaublich viel schlimmer.
Dann ist da natürlich noch La Muda, in sich gekehrt wie ihre indianischen Großeltern, gefangen im Käfig ihrer Jungfräulichkeit und ihres Schweigens – und ihrer seltsamen Beziehung zum Neffen Arcángel.
»La Muda erlaubte niemandem, mit Arcángel Kontakt oder näheren Umgang zu haben. Außer den Mädchen, die sie ihm selbst verordnete.«
Das stimmt nicht, Arcángel hat einen Busenfreund, einen gewissen Guillermo Willy Quiñones, Gefreiter der Armee. Ihre Freundschaft begann vor einem Jahr, und sie pflegen sie, indem Quiñones mit der Genehmigung der Stummen einmal wöchentlich zu Besuch kommt.
»Also hatte doch noch jemand Zugang zu Arcángels Isolationshaft …«
Ja, dieser Untergefreite Guillermo Willy Quiñones, der einzige Fremde, der das Haus der Barragánes betreten darf. Wenn er ihn besucht, bringt er Arcángel zur Unterhaltung alte Ausgaben der Zeitschrift *Soldat des Glücks*

mit, und da er Englisch kann und Arcángel nicht, übersetzt er ihm die Artikel. Außerdem reden sie stundenlang über Waffen, Einsatzkommandos, Spezialtruppen und Söldner: Es verbindet sie die Begeisterung für den Krieg, den jedoch keiner von beiden wirklich kennt. Andere Male trainieren sie zusammen, oder sie sitzen da und hören schweigend Platten von Pink Floyd. Quiñones gibt damit an, daß er die Liedertexte auswendig kennt und übersetzt sie seinem Freund.

»Und La Muda duldete diese Freundschaft?«

Wenn sie sie nicht geduldet hätte, hätte es sie nicht gegeben. Keine Fliege flog ohne ihre Genehmigung durch Arcángels Zimmer.

»Die Leute im Viertel behaupteten, daß La Muda, die nie ein Wort redete, im Haus der Barraganes das meiste zu sagen hatte.«

La Muda regiert über die alltäglichen Dinge, das Unverzichtbare, das Lebensnotwendige. Sie hat die Befehlsgewalt über das halbe Dutzend Dienstmädchen, das ganz hinten im letzten Innenhof wohnt.

Sie werden zwar Dienstmädchen genannt, sind aber in Wirklichkeit Sklavinnen. Sie schlafen auf Strohsäcken und arbeiten für Kost und Logis. Sie sind zwischen neun und vierzehn Jahren alt, Kinder aus armen Familien, die nicht für sie aufkommen können und sie den Barraganes geschenkt haben. Sie gehören ihnen, genauso wie die Maulesel, die Hühner oder die Schaukelstühle im Korridor.

An der Spitze ihrer Dienstmädchenkolonne bewältigt La Muda die immense Hausarbeit, die in dieser großen Familie anfällt. Die kleinen Sklavinnen gehorchen ihr unverzüglich auf das geringste Zeichen hin. Sie haben gelernt, ihr aus dem Gesicht zu lesen und ihre gestikulierten Befehle zu deuten. Das praktische Funktionieren des Hauses Barragán, das mehr eine Zitadelle als ein Haus ist, hängt ganz und gar von der Stummen ab. Wenn sie nicht einkauft, bekommt niemand etwas zu essen; wenn sie nicht putzt, ersticken sie im Dreck; wenn sie nicht die Rechnungen für Wasser, Strom und Telefon bezahlt, wird abgeschaltet; wenn sie nicht die Kinder dazu anhält, Hefte mit Vokalen und Konsonanten zu füllen, bleiben sie Analphabeten, ohne daß es einem der Erwachsenen den Schlaf rauben würde.

Es ist La Muda, die dem einen ein frisches Hemd besorgt, dem anderen den Patronengürtel holt und dem dritten Hustensaft verabreicht. Sie schrubbt die Kleinen, legt das Gift gegen die Kakerlaken aus und die Fallen gegen die Mäuse, stopft Strümpfe, poliert Schuhe, wässert den Garten, beschneidet die Obstbäume, achtete darauf, daß am Waschbecken im Korridor Zahnpasta steht, daß dieser seine Milch trinkt, daß jener nicht die Füße auf den Tisch legt, und untermauert durch die Organisation des Alltags ihre unsichtbare Macht. Ohne sie würde der Betrieb zusammenbrechen, der Haushalt verwahrlosen, und das wissen alle, auch wenn sie es nicht zugeben.

Severina besitzt eine moralische Autorität, die unangefochten ist. Ihr Ansehen als Matrone genügt, um ihre Macht auf alle Lebensbereiche auszuweiten. La Mona herrscht dagegen durch Prügel. Wer ihr nicht gehorcht, wird verdroschen, bekommt einen Gegenstand an den Kopf geworfen oder wird wüst beschimpft. Sie hat die Aufsicht über das Waffenarsenal und kümmert sich um die Bestandsaufnahme, die Reinigung und Wartung der Waffen und um den Munitionsnachschub. Weil sie eine

Frau ist, ist sie zwar nicht direkt am Krieg beteiligt, aber ihre Bullenkräfte lassen auf viele männliche Hormone in ihren Anlagen schließen. Außerdem kann sie besser schießen als ihre Brüder und das Gewehr schneller laden und entladen als jeder einzelne von ihnen.

Momentan ist La Muda bei Arcángel. Sie sind alleine in dem verschlossenen Raum. Während sie mit einem roten Tuch staubwischt, liegt er ausgestreckt auf dem Bett und sieht ihr beim Arbeiten zu, ohne die Augen von ihr zu wenden.

»Für uns, die ihr nur ab und zu auf der Straße begegneten, war La Muda nichts weiter als ein paar struppige Augenbrauen, ein stählerner Blick und ein formloser, von schwarzen Tüchern umhüllter Körper.«

Arcángel betrachtet sie genauer und sieht wesentlich mehr. Die vielen Kleider, die seine Tante trägt, regen seine Phantasie an. Seine ganze Aufmerksamkeit richtet sich auf das einzige Körperteil, das sie nicht vor ihm versteckt, die nackten Füße. Diese jugendlichen Füße und ihren flinken, leisen Schritten liefern dem Knaben den Code, mit dem er ihren übrigen Körper enträtselt. Mit seinem Freund, dem Gefreiten Guillermo Willy, unterhält er sich manchmal über Frauen. Dann gehen sie alle durch, die sie kennen, machen schmutzige Witze und beschreiben sie in einer derben, lieblosen Sprache. Nie wagt Arcángel bei diesen Gelegenheiten, La Muda zu erwähnen, von der er doch unentwegt träumt, und wenn Guillermo Willy es tut, beißt er sich vor Empörung und Eifersucht auf die Lippen.

»Die Leute im Viertel sagen, sie sei eine alte Jungfer und zu dick«, erzählt ihm Willy.

»Das stimmt nicht, sie ist wunderschön.«

»Sie sagen auch, daß sie einen Keuschheitsgürtel trägt.«
»Das stimmt nicht.«
»Das stimmt wohl. Rojas, der Schmied, schwört, daß er ihr vor Jahren selbst einen angefertigt hat, nach ihren eigenen Vorstellungen. Er hat ihn sogar mal auf ein Stück Papier gezeichnet, um zu zeigen, wie er aussah. Er malte ein Eisenblech mit zwei Löchern, eins vorne mit 36 Zähnen und eins hinten mit 15 Zähnen.«
»Das sind Lügengeschichten. Halt den Mund.«
Jetzt flattert La Muda durch sein Zimmer, wischt Staub, räumt auf und sammelt die schmutzige Wäsche ein. Vom Bett aus verfolgt der Neffe jede ihrer Bewegungen. Er betrachtet ihre Füße, bewundert ihren verhüllten Körper, begehrt ihr reifes Fleisch, meint, die Feuchtigkeit ihres Geschlechts zu riechen, stellt sich das Eisen vor, das es umschließt. In den kraftvollen, unvermittelten Bewegungen ihres Pos, der Art, wie sie den Besen umfaßt und das rote Staubtuch ausschüttelt, sieht der Junge eine versteckte Aufforderung, die ihn hypnotisiert und völlig wehrlos macht. Sein ganzer Lebensinhalt besteht darin, sie anzusehen, seine ganze Energie vergeudet er mit dem Versuch, ihr Geheimnis zu lüften und vielleicht den Schlüssel zu finden, der ihm dieses verbotene, gepanzerte Wunder aufschließt.
»Muda«, fragt er sie, und sie hält in der Arbeit inne, um sich nach ihm umzusehen, »stimmt es, daß du sprechen kannst? Sprich mit mir. Sag mir irgend etwas.«

Holman Fernely heftet sich eine Woche lang an Narciso Barragáns Fersen und sammelt die erforderlichen Informationen, um den Anschlag auf sein Leben in allen Einzelheiten zu planen.

»Dafür hätten die Monsalves keinen Profi engagieren müssen. Um Narciso auf die Spur zu kommen, brauchte man nämlich nur der Duftfahne seines Parfüms zu folgen.«

Nur das Volk glaubt die Geschichte mit dem Parfüm, aber Fernely ist ein Profi, der nichts auf das Gerede der Leute gibt. Er orientiert sich an Fakten, geht auf Nummer Sicher: Das Verbrechen ist sein Fachgebiet.

»So viel Wissenschaft und Expertentum war bei diesem Opfer nun wirklich nicht nötig.«

Ja und nein. Allein der Aufenthalt innerhalb der Stadtgrenzen verleiht Narciso und der ganzen Familie Barragán eine gewisse Immunität, denn es gibt zwischen ihnen und den Monsalves ein Territorialabkommen aus der Zeit, als Nando Barragán mit Adrianos Leiche zur Hütte des Onkels im Herzen der Wüste pilgerte. Diesem Abkommen zufolge mußten beide Familien die Wüste verlassen, die eine zog an den Hafen, die andere in die Stadt, und keine darf das Hoheitsgebiet des Gegners verletzen. Wenn Narciso sich also den Luxus erlaubt, ohne Rückendeckung herumzuspazieren, dann im Grunde nur deshalb, weil er darauf vertraut, daß die Monsalves die Stadt nicht betreten dürfen.

»Außer an den Tagen der Rache *…«*

Außer an den *Tagen der Rache*. An diesen Terminen ist der Territorialschutz für einen Zeitraum von zwölf Stunden aufgehoben, und es herrscht ein einziges Gesetz: Eine Partei greift an, und die andere verteidigt sich, eine Partei tötet, und die andere hindert sie daran. Jeder Tod wird nach neun Tagen, nach einem Monat oder einem Jahr abgerechnet. Jeder Verlust wird heimgezahlt, jeder Vergeltungsschlag fordert einen neuen Toten, und die *Tage der Rache* wuchern wie Krebszellen. Sämtliche Anschläge, die Monsalves in der Stadt und Barraganes im Hafen verübt haben, fanden an einem dieser Gedenktage statt. Niemals an einem anderen Tag.

»Nando war immer auf der Hut, ob Gedenktag oder nicht.«

Seit dem Attentat in der Bar, bei dem er die Beweglichkeit seines Knies einbüßte, trifft Nando Vorkehrungen, um sich zu schützen, und das gleiche tun die anderen überlebenden Brüder, El Raca und Arcángel. Narciso nicht. Narciso hält sich nur an das, was ihm paßt, und ein Leben im Untergrund ist unvereinbar mit seinen Auftritten als Herzensbrecher, seinem Matadorengehabe, seinem Schlangenblick und seinen betörenden Sirenengesängen. Da geht es ihm wie einem Torero oder einem Superstar: Für die spektakuläre Entfaltug seiner Schönheit braucht er Publikum, Licht, Pasodobles, Inszenierungen und Applaus.

Wenn ein Monsalve versucht, sich heimlich in die Stadt zu schleichen, erfahren es die Barraganes sofort und bringen ihn um, denn sie haben ihre Augen und Ohren überall, hinter den Mauern, an allen Straßenecken, hinter jeder Laterne. Daher dringen die Monsalves an den festgelegten Stichtagen in die Stadt ein wie ein Überfallkommando, in gepanzerten Wagenkolonnen und bis an die Zähne bewaffnet. Sie stürmen den Ort ohne Rücksicht auf Verluste und gebärden sich wie die Hunnen, wie Piraten beim Entern, wie die Bösewichte im Western.

»Und die Barraganes erwarteten sie abwehrbereit in ihrer Burg verbarrikadiert, wie in Masada, *einem Film, der in unserem Viertel Epoche machte.«*
Fernelys Plan ist anders und folgt einem ganz anderen Stil. Er wird fürs Töten bezahlt und tut es rasch und ohne Skrupel. Weil er weder Gesetze noch Ethik kennt und nichts sein Mitleid rührt, ist er als Mörder unfehlbar. Als unbekannter Fremder hat er keinerlei Schwierigkeiten, unbemerkt in die Stadt einzudringen und sich dort, als Verkäufer von geschmuggelten Milky Ways getarnt, vollkommen frei zu bewegen. Wie ein unheilvoller Schatten folgt er Narciso auf Schritt und Tritt und hat ihn schon nach wenigen Tagen bis in sein Unterbewußtsein durchschaut und die intimsten Geheimnisse seiner Lebensführung aufgedeckt.
Als erstes stellt er fest, daß sein Opfer stets Frauen im Sinn hat. Ist er mit einer beim Tanz, nutzt er die Minute zwischen zwei Stücken, um eine andere anzurufen, ist er geschäftlich unterwegs, umgarnt er die Frau oder die Tochter seines Partners, ist er im Kino, entbrennt seine Liebe für die Hauptdarstellerin, steht er vor Gericht, verdreht er der Rechtsanwältin den Kopf und geht mit der Richterin ins Bett. Er übt seine Verführungskünste aus wie ein Priesteramt, und seine Eitelkeit ist so groß, daß er sich zum Sklaven seiner eigenen Unwiderstehlichkeit gemacht hat. Er verwässert seine Liebesfähigkeit, indem er zu viele Frauen zu sehr mag, und findet nie das rechte Maß für die Liebe: Daß eine ihn nicht liebt, erträgt er nicht, liebt ihn aber eine zu sehr, wird er zornig. Alle gehören ihm, und er gehört allen und vertut sein Leben mit dieser leidenschaftlichen, vielfältigen, allseitigen, vollkommenen Hingabe, die seine Stunden verschlingt und

ihm keine Sekunde des Alleinseins gönnt, aber auch keine Zeit für echte Intimität oder für seine Erholung oder gar für irgendwelche Maßnahmen, um seine Person zu schützen.
Das genügt Holman Fernely. Er weiß aus Erfahrung, daß Verliebte die beste Zielscheibe abgeben, und Narciso ist von der Liebe zu den Frauen so abhängig wie ein Fisch vom Wasser oder ein Mensch von der Luft. Daß er ihn nicht sofort abknallt, hat nichts mit den Schwierigkeiten dieser Aufgabe zu tun, sondern einzig und allein mit dem ausdrücklichen Befehl seiner Auftraggeber, die Stunde Null abzuwarten.

Heute ist der lang erwartete Tag von Nandos Hochzeit, und die Familie Barragán hat die Türen ihres Hauses endlich weit aufgetan. Was allerdings nicht ganz wörtlich zu nehmen ist, denn sie hat davor ihre Privatmiliz aufgestellt, die jeden Ankömmling auf der Suche nach Waffen von oben bis unten abtastet, ganz gleich, um wen es sich handelt, ob Mann, Frau oder Kind, Pate der Braut oder Brautjungfer.

Obwohl die Einladung für den Abend gilt, kommen viele schon am Nachmittag, weil sie als erste da sein wollen. Dort begegnen sie allerdings anderen, die sie an Pünktlichkeit übertroffen haben und nun auf dem Bürgersteig sitzen und auf den Beginn der Feier warten. Auch falsche Gäste mischen sich unter die Menge, als Bauern getarnte Bodyguards – Pajarito, Kugelsimon, Schmalzlocke –, die sich ausgelassen geben, dabei aber die Augen offenhalten, um bei jeder Gefährdung der Sicherheit unverzüglich Alarm zu schlagen.

»Im Getümmel der herausgeputzten Leute, die alle wie verkleidet wirkten, hatten wie keine Chance, sie zu erkennen.«

Als die Türen geöffnet werden, drängen die Gäste alle auf einmal schreiend und johlend hinein, wie Fußballfans ins Stadion, und laufen neugierig durch das riesige Haus, machen Fotos und stecken die Nase in jeden Winkel, wie Touristen beim Besuch im Zoo.

»Wir hatten uns Schätze, Geheimgänge, Folterkammern oder wer weiß was für verrücktes Zeug in diesem Haus vorgestellt, aber es war völlig normal und alltäglich, wie jedes unserer Häuser. Nur eben größer, sehr viel größer.«

Sie entdecken weder die Reichtümer noch die Geheimnisse, die sie im Innern des Hauses vermutet hatten. Sie sehen lediglich ein paar altmodische, nachlässig auf die Zimmer und den Korridor verteilte Möbel, wie eine Einrichtung, die im Laufe der Zeit eher durch Zufall als durch eine willentliche Entscheidung zustande gekommen ist. Zu einigen Zimmern ist ihnen der Zutritt verwehrt, weil sie abgeschlossen sind. Doch ein Blick durch die Ritzen im rissigen Holz offenbart auch darin nichts anderes als Trostlosigkeit. In einem Zimmer stehen sie überrascht vor einem bronzenen Bettgestell, auf dem sich Berge von Maiskolben türmen. In einem anderen vor einem Zicklein, das mit dem Bein an einen Schrank gebunden ist.

In einem kleinen Andachtsraum, wo es nach Weihrauch und toten Mäusen riecht, entdecken sie eine Galerie sämtlicher verstorbenen Familienmitglieder, in Ölbildern verewigt und mit je einem brennenden Totenlicht darunter. Auch ein großer Gipsheiliger steht dort mit Umhang und Schwert, aber ohne Nase. Ein Kruzifix, Kandelaber und Altarkerzen vervollständigen das Bild. Und hinter einem Vorhang ist ein nagelneuer Sarg in Standardgröße versteckt, bereit für die nächste Totenwache.

»Diese Leute traf der Tod nie unvorbereitet …«

Als das Haus zum Bersten voll ist, erscheint Ana Santana am Arm eines Onkels der mütterlichen Seite, der ihren bereits verstorbenen Vater vertritt.

»Der Auftritt der Braut war die zweite Enttäuschung für uns. Wir hatten ein atemberaubendes Brautkleid erwartet, spitzenbesetzt und mit einem endlosen Schleier, wie das von Grace Kelly bei ihrer Hochzeit mit Rainier, oder das von Mariana im letzen Kapitel von Los rincones tambien lloran.«

Ana sieht nicht aus wie eine Braut, sondern wie ein Kommunionskind. Ihr selbstgenähtes Kleid aus billigem Satin wirkt in seiner Schlichtheit bloß langweilig, und obwohl sie in einem Schönheitssalon war, um sich die Haare zu einer Lockenfrisur aufstecken und das Gesicht mit Wimperntusche, Reispuder und Rouge schminken zu lassen, ist sie dasselbe einfache Mädchen wie immer, weder häßlich noch hübsch. Sie erregt eher Mitleid als Bewunderung, und als sie sie in ihrem unschuldigen Aufzug, so ganz in Weiß wie ein Täubchen, sehen, denken die Leute bei sich: Sie geht dem Wolf direkt ins Maul. Die Brüder Barragán lassen sich nicht blicken, ebensowenig die Frauen der Familie. Empfangen und bedient werden die Gäste von den Dienstmädchen in Gelb-Blau-Rot und einem Trupp unerfahrener, tolpatschiger Kellner, die erst am Vortag in ihre Aufgabe eingewiesen worden zu sein scheinen.

»Tatsächlich waren sie erst am Vortag in ihre Aufgabe eingewiesen worden, denn es handelte sich um vertrauenswürdige Arbeiter von den Landgütern der Barraganes. Sicherheitshalber wurde nämlich keine Arbeit an einen Fremden vergeben, weil dabei immer die Gefahr bestand, daß sich der Feind einschlich. Den Bräutigam, Nando, hatten wir zwar noch nicht zu Gesicht bekommen, aber es gab Gerüchte, daß er in einem kleinen Büro saß und seine Geschäfte erledigte. Wie Marlon Brando während der Hochzeit seines Sohnes in Der Pate.«

Zunächst erledigt Nando seine Privatangelegenheiten, doch dann erscheint er auf der Feier. Er ist gekleidet wie an jedem Tag, mit demselben bunten Hawaiihemd, das schon seit Jahren an ihm zu sehen ist.

»Vielleicht ist es nicht immer dasselbe, sondern er hat viele von der Sorte.«

In einer Geste der Höflichkeit gegenüber seinen Gästen zeigt er sich heute zum ersten Mal in aller Öffentlichkeit ohne die schwarze Ray-Ban-Brille. Seine Augen wirken verwirrt und unbeholfen, eben wie bei jemandem, der eine fortwährend getragene Brille ablegt, und die Leute vermeiden, ihn direkt anzusehen, aus Scheu, mit der Intimität dieses stets im Dunkeln verborgenen und nun mit einem Mal dem Tageslicht preisgegebenen Blickes in Berührung zu kommen. Hinkend geht er, seine runden, unbekannten Augen erstmals vorführend, durch die Menge und begrüßt seine Gäste mit großspurigen Umarmungen, wie ein Polarbär, der seine Opfer erdrosselt. Allein die Braut bleibt von diesem Ritual ausgeschlossen, ihr drückt er nur einen leidenschaftslosen Bruderkuß auf die Stirn.
Nando Barragán lehnt die alkoholischen Getränke ab, die ihm die Kellner anbieten, und geht zum Büffet, um es eingehend zu betrachten. Ausführlich untersucht er Platte für Platte, schnuppert mißtrauisch wie ein Nagetier an dem Dargebotenen, ohne jedoch einen Bissen davon zu kosten. Danach begibt er sich in den vorletzten Patio und verschwindet zwischen der zum Trocknen aufgehängten Wäsche in die Küche.
Dort trifft er seine Mutter Severina an. Auch sie trägt ihre gewohnte Hauskleidung, als wäre es ein Tag wie jeder andere: einen langen schwarzen Baumwollkittel mit weißen Blümchen bedruckt, eine Schürze aus Wachstuch um die Taille und nackte Füße. Ihre Schultern sind mit einem Handtuch bedeckt, denn sie hat sich gerade den Kopf mit einer Läusetinktur gewaschen, so daß Nando sie mit offenem Haar zu sehen bekommt, was äußerst selten der Fall ist.

Obwohl Severina, von den regelmäßigen Friedhofsbesuchen abgesehen, ihr ganzes Leben im Haus verbringt, treffen ihre Söhne sie immer sorgfältig zurechtgemacht und nie direkt nach dem Aufstehen an. Keiner weiß, wann sie zu Bett geht und was sie benötigt. Niemand hat sie je klagen, weinen oder lachen gehört: Ihr Privatleben ist unergründlich. Fortwährend bemüht, die Schwächen der anderen auszugleichen, gesteht sie sich selbst keine Schwäche zu. Wenn sich die anderen betrinken, bleibt sie nüchtern; wenn die anderen krank sind, pflegt sie sie gesund; wenn die anderen zerbrechen, bleibt sie ganz; wenn die anderen das Geld aus dem Fenster werfen, spart sie jeden Centavo; wenn die familiäre Welt auseinanderbricht, sammelt sie die Bruchstücke ein und fügt sie wieder zusammen.

Während Severina die Ihren in- und auswendig kennt, ist es dagegen noch niemandem gelungen, sie selbst zu durchschauen. Sie hat sich in ein Rätsel verwandelt, das Rätsel der allmächtigen Zerbrechlichkeit. Sie ist immer da, sie war immer da, beständig wie ein prähistorischer Fels und dabei ungreifbar wie Zeit und Raum. In ihrer wundersamen Duldsamkeit und ihrem sphinxartigen Mysterium wurzelt das Geheimnis ihrer absoluten Autorität.

Sie verlor ihren Mann durch einen natürlichen Tod und sieben ihrer zwölf Kinder auf gewaltsame Art und Weise. Vom vielen Sterben um sie herum wurde sie zu einem Wesen aus einer anderen Welt, zu einer Bewohnerin der Sphäre jenseits des Schmerzes und menschlicher Regungen. Sie trägt ihr grausames Schicksal mit einem heroischen – oder paranoiden –, auf jeden Fall unbegreiflichen Fatalismus. Denn obwohl sie die Hauptleidtragende des

Bruderkriegs gegen die Monsalves ist, hat sie ihre Söhne nie darum gebeten, ihn zu beenden.
Die Jahre haben ihr Haar ergrauen und schütterer werden lassen, doch sie trägt es immer noch lang, bis zur Taille. Nando beobachtet, wie sie die dünnen Strähnen mit den dichten Zähnen des Läusekamms entwirrt, und stellt fest, daß sie dabei mit den gleichen energischen Bewegungen vorgeht wie vor Jahren, als sie noch eine prächtige Mähne zu bändigen hatte.
»Sie ist alt geworden«, denkt er und gesteht sich überrascht ein, daß auch seine Mutter der Vergänglichkeit unterworfen ist.
»Ich habe Hunger, Mama.«
Sie geht an den brennenden Kohleherd – den von den Söhnen installierten Elektroherd hat sie nie in Gebrauch genommen – und serviert ihrem Erstgeborenen einen bis zum Rand gefüllten Teller mit schwarzen Bohnen und dazu ein großes Glas Old Parr.
»Nando Barragán lebte in der Angst, er könnte vergiftet werden, deshalb nahm er keinen Bissen zu sich, den nicht seine eigene Mutter zubereitet hatte.«
»Der wahre Grund war ein anderer: Er war ein ungebildeter Mensch, unfähig, etwas zu essen, das ihm unbekannt war oder merkwürdig erschien.«
Alleine in der Küche, vergessen Mutter und Sohn das Fest, das aus der Ferne herüberschallt wie die Kirmes eines anderen Dorfes. Nando setzt sich an den Tisch aus massivem Holz, in den der Familienalltag seine Spuren gemeißelt hat: Seit über 20 Jahren wird hier gegessen, aus Maismehl Teig geknetet und die Wäsche gebügelt. Severina tritt hinter ihn, und ihre Fingerspitzen beginnen mit der Weisheit eines Raubtierdompteurs seine Kopf-

haut zu kneten, wie sie es von klein an bei ihm zu tun pflegt, um ihn zu beruhigen.
»Erkläre mir jetzt, warum du sie heiratest. Nenne mir einen einzigen Grund«, bittet sie ihn.
»Weil ein Mann eine Frau braucht«, antwortet er, vollauf damit beschäftigt, das Bohnengericht in sich hineinzuschaufeln und mit großen Schlucken den brennenden, puren Whiskey hinunterzuspülen.
»Du wirst sie kaputtmachen, Nando.«
»Ana Santana ist stärker, als sie scheint.«
»Dann wird sie dir weh tun. Sieh doch nur den Zirkus, den du heute allein ihretwegen hier veranstaltest. Nie zuvor haben Fremde dieses Haus betreten.«
»Wir haben alles unter Kontrolle.«
»Das sagst du immer, und dann geht alles schief.«
Die Küchentür öffnet sich, und herein tritt ein Mann in den Vierzigern, weiße Haut, überdurchschnittlich groß und strahlend blaue Augen, die sehr gut zu seiner gesunden Wangenröte passen. Er trägt ein helles Hemd und einen unaufdringlichen dunklen Anzug, der Vertrauenswürdigkeit und Selbstsicherheit ausstrahlt. Es ist Herr Méndez, Freund und Anwalt der Familie.
»Rechtsanwalt Méndez galt in der Stadt als ein echter Gentleman. Er unterhielt freundschaftliche Beziehungen zur Familie Barragán, ohne einer von ihnen zu sein. Er war ledig, führte ein ruhiges Leben und hielt sich aus den gewalttätigen Auseinandersetzungen heraus. Er vertrat als Anwalt beide Familien, die Barraganes und die Monsalves, und war der einzige, der auf Dauer mit beiden zu tun hatte, ohne sich mit einer zu verfeinden.«
Rechtsanwalt Méndez verteidigt die Angehörigen der beiden Familien gegenüber Dritten. Er übt seinen Beruf

streng unparteiisch aus, ohne sich zu ereifern, ohne persönlich zu werden, ohne sich um ihren Streit untereinander zu kümmern, und vor allem, ohne von der einen oder anderen Seite einen einzigen Centavo mehr anzunehmen als die bescheidenen Gebühren für seine beruflichen Dienste.

Méndez ist sich durchaus darüber im klaren, daß er es hier mit Leuten zu tun hat, die es gewohnt sind, zu bestechen und Gewissen zu kaufen, und daß sie demjenigen, der ein Schmiergeld von ihnen annimmt, im gleichen Moment zu ihrem Sklaven machen, zu ihrem ausschließlichen Besitz, ohne Recht auf Widerspruch, zur bedingungslosen Treue verpflichtet und bei Nichterfüllen zum Tode verurteilt.

Die beiden Familien achten den Rechtsanwalt als einen gebildeten, ehrlichen Mann und sind stolz auf seine Freundschaft. Beiden ist es sehr recht, daß es jemanden wie ihn gibt, denn trotz ihres Bruderkriegs auf Leben und Tod – oder genau deswegen – ist es wichtig für sie, eine indirekte Verbindung zu haben, eine Kommunikation durch einen nahestehenden, aber neutralen Mittelsmann.

»Allerdings hing das Leben des Anwalts am seidenen Faden, denn ein Fehltritt oder ein einziges Wort zuviel, und das empfindliche Gleichgewicht, das er zwischen Monsalves und Barraganes hielt, wäre aus dem Lot geraten, und seine stolze Figur hätte in einer tiefen Grube vermodern können.«

Méndez betritt die Küche. Er begrüßt Severina mit einer Umarmung und einem Kuß und Nando mit einem Händedruck.

»Er war der einzige, der nicht zur Verwandtschaft gehörte

und die Barragán-Frauen mit einem Kuß begrüßte. Und der einzige Fremde, der ihre Küche betreten durfte.«

»Herr Anwalt!« begrüßt ihn Severina mit einer niemandem sonst erwiesenen Herzlichkeit.

»Nehmt Platz«, fordert Méndez sie auf, als wäre er der Herr im Haus. »Schön, daß ich euch beide hier antreffe. Ich habe mit euch zu reden.«

Es geht um Narciso. Er schickt voraus, daß er weder Gerüchte noch Informationen von den Monsalves überbringt, daß er das nie tut, weder von dort hierher noch von hier dorthin. Er möchte nur, daß sie wissen, was ohnehin für jeden offensichtlich ist: Narciso setzt sich unnötig der Gefahr aus. Auf Grillparties und in Diskotheken zieht er mit seinen auffälligen Begleiterinnen alle Blicke auf sich. »Wenn er so weitermacht, wird er nicht alt«, mahnt er.

»Immer haben Frauen hinter dem Tod meiner Söhne gesteckt«, stellt Severina monoton fest.

Unterdessen ist draußen das Fest in vollem Gange, und die Orchester brüllen. Der Lärm und die Geschäftigkeit schwellen bisweilen sprunghaft an, schrauben sich immer weiter in die Höhe, bis das ganze Viertel vibriert, geschüttelt von den entfesselten Energien im Hause Barragán. Danach flaut die Stimmung wieder ab und weicht der Benommenheit durch den Krach, die Müdigkeit und den Whiskey, bis die Woge sie wieder erfaßt und die Raserei von neuem losbricht.

»Auf diesem Fest gab es alles.«

Gegen Ende des zweiten Tages, als Musiker, Kellner und Bodyguards endgültig vom Rum niedergestreckt sind und die behelfsmäßigen Pissoirs einen beißenden Ammoniakgeruch ausströmen, hat auch Nando Barragán die

Ränge eingeebnet und die Distanzen verkürzt und verschmilzt mit den übrigen Betrunkenen Schulter an Schulter und Hüfte an Hüfte im Saufgelage.
Wie immer trägt er am rechten Handgelenk eine prunkvolle Rolex aus massivem Gold, die mit dem Glitzern ihrer zweiundvierzig eingelassenen Brillanten kaum zu übersehen ist. Einer der Gäste, ein unbedeutender Mann namens Elías Manso, surrt und kreist begierig um die Uhr herum. Er sieht unsympathisch aus, ein armer Teufel, der mehr sein will, als er ist – billiger Strohhut, Röhrenhose, weiße Schuhe –, und Nando verscheucht ihn wie eine Fliege mit der Hand. Manso, der betrunken ist, kehrt aber jedesmal zurück und heftet seine Augen mit habgierigen, lüsternen Blicken auf die Rolex und ihr funkelndes Brillantenspiel.
»Schenk mir die Uhr«, sagt er zu Nando, ohne gehört zu werden. »Schenk mir die Uhr«, bettelt er beharrlich weiter, wie eine Nervensäge.
Bis Nando die Wut packt, die maßlose, fürchterliche Wut eines neurasthenischen Riesen, und er ihn mit einem markerschütternden Schrei faßt und hochhält, so daß der Mann vor Schreck in die Hose macht. Als Nando Barragán das bemerkt, sagt er zu ihm: Du bist eine Schmeißfliege, und du hast die Hosen voll. Ich will wissen, wie tief du sinken kannst, um das zu bekommen, was du haben willst.
»Ich möchte gar nichts haben, wirklich, deine Uhr gefällt mir nicht«, wispert Manso bebend.
»Lüg nicht«, tobt Nando, »deine eigene Mutter würdest du hergeben, nur um sie zu kriegen. Ich will dir die Gelegenheit geben. Holt ihm Teller, Gabel, Messer und Serviette. Wenn du deine eigene Scheiße frißt, schön lang-

sam, ohne mit der Wimper zu zucken, ohne zu mogeln, mit den besten Tischmanieren, dann sollst du die Uhr haben.«

Die Gäste umringen Elías Manso und hätten vielleicht ein ekelerregendes Schauspiel geboten bekommen, wäre ihnen nicht im selben Augenblick fast das Trommelfell geplatzt von dem plötzlich auf der Straße losbrechenden Lärm, der sich als Katarakt aus den Noten von *La Negra* entpuppt, voller Enthusiasmus von fünfzehn Gitarren, zwanzig Geigen und dreiundzwanzig Trompeten der fünf bestellten Mariachi-Kapellen angestimmt. Das ohrenbetäubende Konzert durchzuckt die Menge wie ein Stromschlag, und wie elektrisiert strömt alles zur Haustür, um das Spektakel zu sehen. Auf der Straße nähert sich die Wolke der Musiker, die mit großen schwarzen Sombreros und grauen Samtanzügen mit silbernen Borten und Tressen gekleidet sind.

Hinter ihnen gleitet im Schrittempo wie bei einer Prozession, lautlos und majestätisch, Narciso Barragáns ultravioletter Lincoln Continental.

»Narciso hat Nando bei seiner Hochzeit die Show gestohlen. Stellen Sie sich das mal vor, mit so vielen Mariachis da aufzutauchen.«

»Er hat immer allen die Show gestohlen.«

»Er hatte einen triumphalen Auftritt, wie einst der berühmte Gaitán auf der Plaza in der Hauptstadt.«

Hinter dem Lincoln schließt knarrend und schaukelnd ein merkwürdiges, riesengroßes Ungetüm den Konvoi, das gerade so auf die Straße paßt und dessen Natur niemand aus seinem Erscheinungsbild zu deuten vermag.

Es liegt auf einem Anhänger, der von einem Traktor ge-

zogen wird, ist rund und flach und mißt etwa vier Meter im Durchmesser.
Es handelt sich um Narcisos Hochzeitsgeschenk für seinen Bruder Nando: Ein rundes, schildpattbesetztes Wasserbett, mit Spiegeln und eingebauter Bar, bedeckt von einer Fuchsschwanzdecke und zahllosen passend bezogenen Kissen der unterschiedlichsten Größen. Narciso sieht aus wie Gardel, er trägt das Haar zurückgekämmt und mit Brillantine an den Kopf geklebt. Er geht ganz in Weiß, mit einem eng geschnittenen Anzug nach Art eines Toreros und ebenfalls weißen italienischen Mokassins, die weich und anschmiegsam sind wie Handschuhe.
»Das ganze Weiß in seiner Aufmachung hatte nur den Zweck, seine unwiderstehlichen Augen zu untermalen, die tiefschwarz waren wie eine Wüstennacht.«
»Alles an ihm war inszeniert und wollte faszinieren.«
Er kommt in Begleitung einer Schönheit aus einem Modemagazin, einer Freundin, die er sich was kosten ließ. Sie ist ein paar Zentimeter größer als er, die Beine endlos lang, hat langes, wallendes Haar, einen sinnlichen Mund und einen Ausschnitt, der bis zur Taille reicht und den größten Teil ihrer flachen Brust frei läßt.
»Ich weiß nicht, was Narciso an ihr fand, wenn sie flach war wie ein Brett.«
»Das war sein Geschmack, dürr und modern. Er sagte, pfundweise würde er das Fleisch nur beim Metzger verlangen. Ihm gefielen die schicken Modepüppchen, nicht die gewöhnlichen Frauen.«
Narciso fordert die Mariachis auf, Verdis Siegesmarsch aus Aida zu spielen. Dann bietet er Ana Santana mit einer pompösen, übertriebenen Geste den Arm und bittet sie, zur offizellen Übergabe des Geschenks mit ihm zu

kommen: Er führt sie ins Wohnzimmer, hebt sie respektvoll, wie es sich für die Frau des Bruders geziemt, auf die Arme und setzt sie auf die Pelzdecke in die Mitte des Bettes. Dann bittet er um Ruhe und knipst vor der erwartungsvollen Menge den im Kopfteil dieses unbeschreiblichen Möbels eingelassenen Schalter an.

Und nun geschieht das Wunder. Aus einem eingebauten Radio erklingt Musik in ausgezeichneter Tonqualität, der Bettrahmen aus Schildpatt wird von einer Reihe roter und schwarzer Lichter illuminiert, die Sprungfedern beginnen sich zu regen, zu vibrieren und zu massieren, die Matratze schwingt auf und ab, nach links und nach rechts, und beginnt langsam, sich zu drehen.

Die Leute bekommen einen Schrecken und schreien auf.

»Das Bett ist verhext!«

»Wie ein Riesenrad!«

»Rettet die Braut!«

Halb entsetzt und halb amüsiert versucht Ana Santana, das Gleichgewicht zu halten, kugelt sich zwischen Kissen und Fuchsschwänzen, zerreißt sich ihr weißes Kleid, verliert den Orangenblütenkranz, bekommt einen nervösen Lachanfall, ruft um Hilfe, möchte absteigen und dann wieder nicht, möchte lieber weiter auf dem Bett reiten.

Die Musiker kommen in Fahrt, als hätte man sie neu aufgezogen, die Paare beginnen zu tanzen, die Betrunkenen kommen wieder zu sich und trinken weiter, die Lüstlinge widmen sich wieder ihrer Lust, die Menge johlt, alle wollen das magische Bett besteigen, drängen sich vor, um als erste an der Reihe zu sein, und stehen schließlich davor Schlange.

Bis Narciso, ganz und gar nicht gewillt, sich von einem

Bett in den Schatten stellen zu lassen, »Genug!« schreit, den Schalter betätigt, dem Jahrmarkt ein Ende bereitet und seine Starrolle zurückgewinnt. Er setzt sich einen Bauernhut auf den Kopf, steckt sich eine Nelke ins Knopfloch und beginnt, von den Mariachis begleitet, die durch die Patios hinter ihm herziehen, *rancheras* zu singen.

Mit seiner kraftvollen Stimme übertönt er Geigen und Trompeten, reißt die Gäste mit: Die Männer stoßen Heuler und mexikanische »Ayayas« aus, während die Mädchen hysterisch zu weinen anfangen wie die Fans eines Rockidols.

»Ach, mein allerliebstes Brüderchen!« ruft Nando Barragán gerührt, drückt Narciso in einer stählernen Umarmung an die Brust und hebt ihn dabei so weit in die Luft, daß die italienischen Mokassins kaum noch den Boden berühren. Wie ein zärtlicher Gorilla tätschelt er ihm plump den Kopf und flüstert ihm mit einer von Alkohol und aufwallenden Gefühlen erstickten Stimme ins Ohr: »Paß auf dich auf. Laß dich nicht abknallen wie ein Hund.«

Wie nicht anders zu erwarten, nutzt Narciso die Gelegenheit, um sich in den Mittelpunkt zu stellen. Grazil wie ein Zigeuner und geschickt wie ein Seiltänzer schwingt er sich mit einem Satz rittlings auf Nandos Schultern, und sein weißes Gesicht badet, wie von Reflektoren beleuchtet, im Licht. Es entsteht eine andächtige Stille, die er hoch oben auf seinem menschlichen Podest lange Minuten auskostet, während er die Menge mit den fiebrigen Strahlen seiner wundervollen Augen bannt.

Mit ernster, nostalgischer Stimme schlägt Narciso dann in einer Stehgreifrede, die in der *Esquina de la Candela*

Geschichte machen sollte, Nandos Warnung in den Wind:
»Mein Bruder: Wir sind Scheiße, und wir werden zu Scheiße. Das weiß niemand so gut wie wir, denn wir zwei sind verurteilt. Laß uns trinken, bis wir umfallen, laß uns fressen, bis wir platzen, laß uns prassen, bis kein Centavo mehr übrig ist, laß uns alle Frauen lieben, laß uns dem Tod in die Augen sehen und ihm ins Gesicht spukken!«
»Wie ging das Fest aus?«
Nach drei Tagen ist das Haus verwüstet wie ein Schlachtfeld: Still und leer liegt es da, von Müll übersät, halbzerstört von dem Einfall der Menge und heimgesucht von streunenden Hunderudeln, die in den Abfällen nach Eßbarem wühlen.
Ana Santana liegt in ihrem gestärkten, unberührten Hochzeitsnachthemd allein in dem maßlosen Rund ihres Ehebettes und trägt die Verlassenheit und die eheliche Unterwerfung mit einer beinahe stolzen Ergebenheit, während Nando Barragán betrunken auf einem übelriechendem Kippenhaufen in einer Ecke der mütterlichen Küche liegt und sich heulend der schmerzvollen Erinnerung an die blonde Milena hingibt, die Frau, die ihn nie hat lieben wollen.

Die Hafenbewohner erwachen von der Siesta, öffnen nach und nach die herabgelassenen Rolläden, erlauben dem Sonnenlicht, ihre Häuser zu durchfluten und den ranzigen Vier-Uhr-Nachmittags-Dunst daraus zu vertreiben. Mani Monsalve, der nie einen Mittagsschlaf hält, sitzt an seinem Schreibtisch und blickt aus dem Panoramafenster seines Arbeitszimmers nach draußen. Das getönte Glas verleiht dem Meer eine silbrige, künstliche Färbung, die Mani besser gefällt als die natürliche, und der darüber gespannte violette Himmel sieht großartig und unwirklich aus wie auf einem Foto.

Mani beratschlagt hinter verschlossenen Türen mit Tin Puyúa, seinem Adjutanten und seiner rechten Hand. Er hat die Schuhe ausgezogen und fährt sachte mit den Fußsohlen über den Teppich, den er kürzlich hat austauschen lassen, nachdem der vorherige nicht mehr neu roch.

Er läßt sich noch beeindrucken von den Oberflächen und Gerüchen der teuren Materialien, die er erst als Erwachsener kennenlernte. Es verschafft ihm Lustgefühle, über die Chrombeine oder die Marmorplatte seines Schreibtischs zu streichen, das Lederimitat seines verstellbaren Schreibtischsessels zu berühren oder das geschliffene Kristallglas in der Hand zu spüren, wie jetzt gerade. In tiefen Zügen saugt er den unpersönlichen Reinlichkeitsduft eines Raumsprays in sich auf und stellt zufrieden fest, daß das Meeresrauschen nicht bis zu ihm dringt: Er hat die Wände mit Kork verkleiden lassen, um sich von jeglichem Lärm zu isolieren, der ihm Kopfschmerzen bereiten könnte. Die Klimaanlage läuft auf höchster Stufe, und die frostige Temperatur verursacht ihm eine Gänsehaut. Er will es so haben: So viele Jahre hat er die Hitze ertragen, daß er sich jetzt beim Ertragen der Kälte mächtig fühlt.

Jede Woche empfängt er in seinem Büro einen Hehler, der ihm die neueste technische Schmuggelware bringt und immer hocherfreut wieder von dannen zieht, weil Mani Monsalve ein verläßlicher Abnehmer für alles ist, was einen Stecker besitzt. Ganze Schränke füllt er mit elektrischen Haushaltsgeräten, nicht etwa weil er sie brauchte, nein, nur so zum Vergnügen, und es sind sogar Stücke in seiner Kollektion, deren Verwendungszweck er nicht einmal kennt. Eifersüchtig hütet er alle Verpackungen und Gebrauchsanweisungen, und die paar Brocken Englisch, die er kennt, hat er bei dem Versuch erworben, sie zu entziffern. Er besitzt eine unwiderstehliche Leidenschaft für Gegensprechanlagen, Großbildschirme, quadrophonische Stereoanlagen, Digitaluhren, elektromagnetische Schalttafeln, elektronische Terminkalender, Thermodecken, Mikrowellengeräte, selbstreinigende Backöfen, Auto-Reverse-Kassettendecks, Autofocuskameras und vor allem Telefone.

Unter den sechsundzwanzig in seiner Villa angeschlossenen Telefonen gibt es keine zwei, die sich gleichen. Er hat schnurlose, störungsgesicherte und psychedelische Modelle, solche mit integriertem Anrufbeantworter oder mit Memofunktion, Apparate, die aussehen wie ein Schuh, wie eine Coca-Cola-Dose, wie ein Snoopy. Seine Lieblingsausführung steht auf seinem Schreibtisch und ist durchsichtig, so daß die Apparatur im Innern sichtbar wird. Dieses Gerät empfängt und sendet Nachrichten, lullt wartende Anrufer mit einem Wiegenlied ein und gibt im Dunkeln bunte Leuchtsignale wie eine fliegende Untertasse.

Seine Begeisterung für Elektrogeräte ist genauso groß wie sein Mißtrauen gegenüber den Bildern, die an seinen Wänden hängen. »Moderne Malerei« nannte es der Galerist, bei dem er sie für teures Geld gekauft hat. Er bezahlte kleinlaut, ließ sie von den Raumausstattern dorthin hängen, wo sie es passend fanden, und prägte sich sogar die Namen der Künstler ein. Aber in Wirklichkeit mag er sie nicht, was er jedoch niemandem eingesteht. Er versteht nicht, wie man für diese willkürlichen Klecksereien und diese Gemälde, die von Kindern zu stammen scheinen, so viel Geld verlangen kann. Trotzdem wagt er nicht, sie abzuhängen. Wenn die Dekorateure sie ausgesucht haben, dann wird das schon seine Richtigkeit haben.

Er hat inzwischen mehr Geld, als er sich je hätte träumen lassen, aber ihm fehlt jegliches Kriterium, wenn es darum geht, es auszugeben. Er weiß nicht, was schön und was häßlich ist, was ›in‹ und was ›out‹, und das quält ihn bis zur Besessenheit.

»Kaum daß mir einmal etwas gefällt«, erzählt er Alina, »erweist es sich als geschmacklos.«

Aus diesem Grunde holt er sich Beratung und sichert sich ab, um keinen Fehlgriff mehr zu tun und auf keinen Kitsch mehr hereinzufallen, der ihn als Neureichen entlarvt.

Außer den Obregones und Boteros gibt es noch andere Dinge, mit denen er nicht zurechtkommt. Dazu gehört Markenkleidung, die er zwar tonnenweise einkauft, aber nicht trägt, weil sie ihn zwickt und drückt und einengt. Seine Fingernägel sind ungepflegt, weil er Maniküren haßt. Ebenso Masseure, Friseure und Ärzte, denn er kann es nicht ausstehen, wenn sie ihn berühren. Er geht dem Körperkontakt mit anderen aus dem Weg, kommt von sich aus keinem zu nahe und läßt niemanden an sich heran. Er schläft wenig, braucht tagelang nichts zu essen, raucht nicht, nimmt keine Drogen, hat nichts übrig für Alkohol und trinkt nichts anderes als Kola Román.

»Er war süchtig nach Kola Román. Er kippte das Zeug literweise in sich hinein, und die Leute machten das rote Anilin in diesem Erfrischungsgetränk für seine Hyperaktivität verantwortlich.«

»Geht die Sache mit heute abend klar?« fragt Mani Monsalve seinen Assistenten Tin Puyúa und schaut woanders hin, als interessiere es ihn eigentlich nicht, als habe er die Frage gar nicht gestellt. Er zieht ein Mentholkaugummi aus der Hosentasche und kaut nervös, mit offenem Mund, darauf herum. Er will wissen, ob es einen Plan gibt für das Attentat auf Narciso Barragán. »Was ist mit der Sache von heute abend?« fragt er noch einmal, ohne die Antwort abzuwarten. Er hat beschlossen, sich herauszuhalten, sich mit der Angelegenheit nicht die Hände schmutzig zu machen, sondern die Verantwortung seinem Bruders Frepe zu überlassen. Damit er ein ruhiges Gewissen hat. Damit Alina ihm nicht die Schuld geben kann. Er ist es aber so gewohnt, alle Fäden in der Hand zu halten, daß er seinem Impuls, sich im letzten Augenblick doch noch einzumischen, nicht widerstehen kann: »Was ist mit der Sache mit Narciso, hä?«

Tin Puyúa sitzt auf der äußersten Stuhlkante und hämmert mit dem Stiefelabsatz auf den Boden, als warte er ungeduldig auf seine Entlassung, während er dem Boß antwortet. Er spricht hastig, reißt beim Reden ein Stück Papier in kleine Fetzen und wirft die Haarlocke, die ihm

in die Stirn fällt, mit einer spastischen Kopfbewegung nach hinten.
Tin informiert ihn: Weil ein *Tag der Rache* naht, werden die Barraganes sich in ihrem Haus verschanzen, bis auf Narciso, der sich nicht um die Stichtage schert, sondern den Abend auf einer Feier eines seiner Models verbringen wird. Das hat Fernely herausbekommen, indem er das Telefon abgehört hat. Er plant, Narciso kurz vor ihrem Haus abzufangen. Mit einem Kleintransporter des städtischen Bauamts will er ihm den Weg versperren und ihn durch Männer, die als Sportler verkleidet sind und Koffer mit Waffen bei sich haben, in einen Hinterhalt locken.
Während er ihm zuhört, rutscht Mani gequält auf seinem Schreibtischsessel hin und her. Das Kaugummi schmeckt nach nichts mehr, und er spuckt es aus. Tin Puyúa fährt fort: Fernely hat den Transporter schon von einem bestochenen städtischen Angestellten bekommen und ausfindig gemacht, wo die Frau wohnt. Er hat alles vorbereitet und wartet nur noch auf grünes Licht von Frepe.
»Wozu, zum Teufel, dieses ganze Theater?« fragt Mani ihn ärgerlich.
Für ihn ist das Töten ein einfaches Geschäft, eine Frage von Mumm und nicht von Intelligenz, die eher etwas mit einer Jagd als mit militärischer Taktik gemein hat. Er regt sich auf über diese ganzen Vorbereitungen und merkwürdigen Einfälle, seine Wut steigert sich, er wird Frepe anrufen und ihm sagen, er soll aufhören, Verwirrung zu stiften, er soll diesen Fernely auf der Stelle entlassen und mit ihm zusammen, sie beide und sonst niemand, in einem Jeep hinfahren, Narciso einen Kopfschuß verpassen und fertig! Aber er beherrscht sich und ruft nicht an.

Er hat sich fest vorgenommen, an diesem Begräbnis keine Mitschuld zu tragen, und so wird er es halten.
Zum dritten Mal fragt er Tin Puyúa an diesem Tag, was er von Holman Fernely hält, und Tin ist im Begriff, ihm ebenfalls zum dritten Mal zu antworten, daß er es nicht weiß, als plötzlich die Tür aufgeht.

»Es heißt, Mani wäre zusammengefahren und hätte unwillkürlich die Hand an den Colt gelegt. Und das ist verständlich, denn niemand, nicht einmal seine Frau, traute sich, in sein Büro einzudringen, ohne anzuklopfen.«

Es ist Alina Jericó. Mani läßt den Revolver los und fordert sie überrascht auf, Platz zu nehmen. Dann fragt er sie, was passiert ist.

»Nichts«, antwortet sie, und Mani weiß im selben Augenblick, daß etwas Schwerwiegendes geschehen ist.
Sie trägt eine Hose, ein weites, helles Seidenhemd und Sandaletten, die ihre Füße sehen lassen, weiß und makellos wie bei einer Marmorstatue. Sie ist ungeschminkt, und die tiefen Ringe unter ihren Augen verraten, daß sie in der vergangenen Nacht wieder mit der schwarzen Stute ihrer Alpträume gekämpft hat. Die aufgesteckten Haare geben die Ohren frei, und in jedem Ohrläppchen glitzert ein kleiner Diamant, blau und durchsichtig wie die Venus am Nachmittagshimmel.

»Sag mir, was los ist.«

»Nichts.«

Alina setzt sich ihrem Mann gegenüber an den Schreibtisch und schweigt. Sie wirft Tin Puyúa einen haßerfüllten Blick zu, und das Funkeln ihrer Augen übertrifft noch das der blauen Diamanten. Sie verabscheut die nervösen Tics dieses Revolverhelden, und es erzürnt sie, daß er täglich vierundzwanzig Stunden an ihrem Privatleben teilnimmt. Sie schlägt die Beine übereinander und preßt die Lippen zusammen: Vor Tin sagt sie kein Wort. Mani bemerkt es.

»Geh raus, Tin«, befiehlt er ihm.

Mit zwei unmittelbar aufeinander folgenden Kopfzukkungen schleudert der Bursche seine Haarlocke nach hinten und steht hoch erhobenen Hauptes auf. Für Mani würde er sein Leben lassen, aber bei Alina beruht die Abneigung auf Gegenseitigkeit, und er macht keinerlei Anstalten, das vor ihr zu verbergen. Er geht hinaus und schließt die Tür.

»Jetzt sag mir bitte, was passiert ist«, drängt Mani seine Frau und läßt sie spüren, daß er unter Zeitdruck steht, um ein ausuferndes Thema von vornherein auszuschließen. Sein Gehirn ist voll und ganz mit Narciso beschäftigt, daher fühlt er sich augenblicklich nicht in der Lage, irgendwelche ehelichen Vorhaltungen zu ertragen. Der bevorstehenden Auseinandersetzung schon im voraus überdrüssig, sieht er sie mit harten Augen an. Er betet sie an, aber ihren Unmut kann er nicht ertragen.

Wortlos kramt Alina in ihrer Handtasche und findet schließlich den gesuchten Briefumschlag. Sie steht auf, legt ihn auf den Schreibtisch und nimmt wieder Platz. In dieser Geste liegt etwas Herausforderndes, das Mani in Habachtstellung versetzt, und er zögert einen Augenblick, bevor er den Umschlag ergreift. Er sieht seine Frau fragend an und bittet sie mit den Augen um Aufschub, um eine Galgenfrist für was immer es auch sei, aber sie erwidert seinen Blick ungerührt.

Mani fühlt sich verloren. Er weiß nicht, worum es sich handelt, aber was es auch sein mag, es ist groß, dick und schwer, und man kann nichts mehr dagegen unternehmen, weil es bereits eingetreten ist. Er öffnet den Umschlag, faltet die inliegende Bescheinigung auseinander und liest: »Klinisches Labor. Doktor Jesús Onofre. Frau Alina Jericó de Monsalve. Schwangerschaftstest: positiv.«

Waren alle Leute aus der Esquina de la Candela *auf der Hochzeitsfeier von Nando Barragán?«*

»Alle nicht, nein. El Bacán und seine Combo wollten nicht hin.«

»Was waren das für Leute?«

»Eine Clique von Dominospielern. El Bacán war ein baumlanger Schwarzer und blind. Weil seine Frau ihm die Zeitungen vorlas, konnte er sich über Politik und Geschichte unterhalten und wußte über alle möglichen anderen Dinge Bescheid, die er sich alle selbst beigebracht hatte. Er galt in unserem Stadtviertel als Respektsperson und war der einzige, der sich seine Autorität nicht mit der Waffe erkämpfen mußte. Er haßte Gewalt, Streitereien, Betrügereien und Angeberei. Die Combo, das war die Clique seiner Mitspieler, eine Gruppe von Freunden, die sich jeden Tag um sechs Uhr nachmittags auf dem Gehsteig vor seinem Haus versammelten, um den Gewinner einer Meisterschaft zu ermitteln, die schon vor drei Jahren begonnen hatte und endlos fortgesetzt wurde. Eines Nachmittags vor Nandos Hochzeit unterbrach El Bacáns Frau, eine große Mulattin, die viel jünger war als er, das Spiel und bat ihn um Geld, um sich ein Kleid für das Hochzeitsfest zu kaufen. Er hat es ihr verweigert, hat rundheraus nein gesagt. Und weil sie es gewohnt war, daß der Alte ihr gab, was sie wollte, fragte sie ihn, warum nicht. Da blickte El Bacán mit seinen nutzlosen, vom grauen Star verblichenen Augen, die weiß waren wie der bewölkte Himmel, von den Spielsteinen auf und sagte in aller Öffentlichkeit, vor seinen Freunden und den Herumstehenden, was sich niemand im Viertel zu sagen getraute: »Weil wir nicht hingehen. Ich verkehre nicht mit Mördern.«

Ein gepanzerter, sahnefarbener Mercedes Benz 500 SE mit undurchsichtigen Fensterscheiben und Sitzbezügen aus weißem Glacéleder hält um vier Uhr morgens im Rotlichtbezirk der Stadt mit einer Vollbremsung vor einer schwarzgestrichenen, fensterlosen Mauer, auf der ein Neonschild verkündet: »Zur blauen Sirene. Oben-Ohne und Striptease-Bar. Echte Sirenen lassen Ihre exotischsten Träume wahr werden.« Dahinter bremsen zwei mit bewaffneten Leibwächtern besetzte Toyotas.
Dem Mercedes entsteigt ein hinkender Mann, groß wie ein Orang-Utan, betritt das Etablissement und sieht sich mit seiner schwarzen Ray-Ban-Brille suchend im rauchgeschwängerten Dämmerlicht um. Es ist Nando Barragán. Es dauert ein paar Minuten, bis er die Leute erkennen kann, die im Dunkeln nach dem Rhythmus der Salsa *Devórame otra vez* die Hüften wiegen. Er betrachtet das Bild aufmerksam und hat schließlich alle Anwesenden im Geiste erfaßt. Zwölf zur Hälfte nackte und zur anderen Hälfte verkleidete Frauen stehen insgesamt zur Verfügung, nämlich zwei Schmetterlinge, ein Pfau, zwei Nixen, eine Taube, zwei Transvestiten, eine Häsin, eine Tigerfrau und zwei gewöhnliche Nutten.
»Die schwarze Nixe, der Pfau und die Tigerfrau«, befiehlt er seinen Leibwächtern. Dann verläßt er das Lokal und wartet im Mercedes auf die Ausführung des Befehls.
»In früheren Zeiten, vor dem Attentat, das ihm das Knie lähmte, kam Nando in die Blaue Sirene, *befahl, die Tür abzuschließen, schmiß für alle eine Runde und stieg auf die Bühne. Er betatschte die Stripperinnen, steckte ihnen Dollarnoten in BHs und Höschen und fing dann irgendwann an, sich selbst auszuziehen.«*

»Und wem sein nackter Anblick nicht gefiel, der hatte eben Pech gehabt.«
»Man sagt, sein Pimmel wäre ziemlich klein gewesen, lächerlich klein, wie ein Knöchelchen beim Chitaspiel. Und das an diesem riesenhaften Körper.«
»Die Leute sagen auch, daß er es trotz dieses unscheinbaren Anhängsels allen Frauen besorgte und seine Manneskraft noch für eine zweite Runde ausreichte. Na ja, natürlich wird auch viel erzählt, was nicht immer unbedingt stimmt. Zum Beispiel ging das Gerücht um, daß er von Kopf bis Fuß behaart war, wie ein echter Affe, aber in Wirklichkeit besaß er die wächserne, unbehaarte Haut der gelben Rasse.«
Seine Leibwächter steuern auf eine voluminöse, als Nixe verkleidete Schwarze, eine Blondine im Helmbusch aus Pfauenfedern und eine kleine Dürre in einem Body im Tigerlook mit aufgesetzten Ohren und angenähtem Schwanz zu. Sie flüstern ihnen etwas ins Ohr, worauf sich die drei Frauen in Windeseile ein paar Tücher über die Schultern werfen, ihre Handtaschen schnappen und auf neuneinhalb Zentimeter hohen Stöckeln, gackernd wie die Hühner und sich gegenseitig wie Schulmädchen puffend, zur Tür hinauswackeln.
Hüpfend und kreischend steigen sie in den Mercedes, der Pfau nach vorne, die Nixe und die Tigerfrau nach hinten, doch damit ist Nando nicht einverstanden, und sie tauschen die Plätze, so daß die Nixe vorn sitzt, Tiger und Pfau hinten. Dann fahren der Mercedes und die Toyotas mit quietschenden Reifen los. Schon in voller Fahrt, kommt der Pfau mitten in einer Kurve plötzlich auf die Idee, die Tür zu öffnen, weil ihr Federbusch darin eingeklemmt ist, wird um ein Haar hinausgeschleudert, kann

aber gerade noch gerettet werden, indem irgend jemand sie von innen packt und mit aller Kraft ins Auto zurückzieht. An einem Platz, wo sich Musiker und Mariachikapellen versammeln, halten sie an, und die Bodyguards engagieren auf ein Zeichen von Nando hin ein vertrauenswürdiges Trio, das sie in einen der Toyotas einsteigen lassen.

Mit dem Mercedes vorneweg schlägt der Konvoi nun den Weg zur Küste ein, indem er eine kurvenreiche Gebirgsstrecke am Meeresufer wählt, zwischen Abgründen und Steilküsten, in deren Schluchten riesige, schwarze, grüne und purpurne Wellen tosen. Bei einer Geschwindigkeit von hundertundzwanzig Stundenkilometern lenkt Nando den Wagen mit einer Hand, während er in der anderen eine Flasche Whiskey hält und abwechselnd einen Schluck daraus nimmt und an einer Pielroja zieht, die ihm von den Frauen in den Mund gesteckt wird. Betrunken rast er die Straße entlang, verläßt sich ganz auf sein Gefährt und überhört die Stimme der Schwerkraft, die ihn in jeder Kurve aus der Tiefe ruft, während er die Straßenschilder als Schießscheiben für seinen Colt verwendet.

Die Mädchen sind in bester Stimmung. Zum Feiern aufgelegt und von der Schießerei animiert, saufen und rauchen sie und kümmern sich darum, die Bedürfnisse ihres Gastgebers zu befriedigen: Eine knutscht ihn, die zweite bläst ihm einen, und die dritte säuselt ihm verliebte Verse ins Ohr. Sie kippen den Whiskey in sich hinein und werfen die leeren Flaschen aus dem Fenster, um zu beobachten, wie das kaffeefarbene Glas auf dem Asphalt in tausend goldene Splitter zerspringt, denen die Toyotas mit waghalsigen Lenkmanövern ausweichen müssen, um zu verhindern, daß ihnen die Reifen platzen.

Auf Nandos Geheiß initiiert die Nixe einen brutalen Striptease, während sie mit ihrer heiseren Indianerstimme einen Merengue gurrt. Sie öffnet ihren marineblauen, wie eine mittelalterliche Ritterrüstung mit Metallschuppen besetzten BH, und zwei monumentale Brüste suchen die Freiheit und springen heraus. Aufgrund ihrer Größe hätten sie einen Eintrag im Guinness-Buch der Rekorde verdient, mit den Brustwarzen genau in der Mitte wie das Auge eines Zyklopen. Die Brüste der dunklen Nixe gleichen zwei schwarzen Riesen, zwei Weltmeistern im Schwergewicht, die rechte Frazier und die linke Muhammed Ali, die sich während der schaukelnden Fahrt auf der holperigen Straße einen beeindruckenden Boxkampf liefern: Linkskurve, Frazier wirft sich auf Ali und drängt ihn gegen das Seil, Rechtskurve, Muhammed kontert mit einem Uppercut, der Frazier k.o. schlägt, während sich im Eifer des Gefechts die beiden Warzen verhärten, sich öffnen wie Parabolantennen, pornografische Signale senden und nach Krieg rufen.

Im vorderen Teil des Wagens sitzen die Insassen wie die Sardinen in der Dose, als wären es nicht zwei Übergewichtige, sondern vier: Nando, der Gorilla, die Nixe, die treffender als Walfisch zu bezeichnen wäre, die Riesenbrust Frazier und ihr Zwillingsbruder, die Riesenbrust Ali.

Dann befreit sich die Nixe von ihrem aus Drähten und Silberlamé konstruierten Fischschwanz und entblößt einen ungebändigten Strubbelkopf zwischen den nackten Schenkeln. Das Geschlecht der Frau, überbordend und verschwenderisch wie ein Strudel, verströmt seine animalischen Ausdünstungen, versetzt Nando in Erregung und verleitet ihn dazu, seine Flasche in dieses fleischige Amazonasbecken zu stecken und immer tiefer hineinzuschieben, bis sie gänzlich verschwindet, verschlungen mitsamt dem bärtigen Alten, der das Etikett ziert.

»Du hast mich betrogen, Nixe«, sagt Nando vorwurfsvoll zu ihr. »Nixen haben kein Loch, aber du hast eine Luke, durch die ich bis zu deinen Mandeln hinaufsehen könnte.«

Unterdessen ist der Pfau, eine langhaarige Blondine, mit offenen Augen und hängendem Mund auf dem hinteren Sitz eingeschlafen, und Nando fordert die Tigerfrau auf, sie zu wecken und zu rupfen. Die Tigerfrau ist zwar schmächtig, aber durchtrieben. Um sie wieder munter zu machen, versetzt sie der anderen ein paar Ohrfeigen, rüttelt sie, beißt sie, drückt ihr schmatzende Küsse auf den Mund, aber der Pfau rührt sich nicht und bleibt abwesend, verirrt in irgendwelchen halluzinierten Fegefeuern, untergetaucht in der Melancholie seines Alkoholrauschs. Die Tigerfrau, die wild ist und keine Widerspenstigkeit duldet, setzt darauf ihre scharfen Krallen gegen ihn ein, reißt ihm die Federn von der Brust und die blonde Perücke vom Kopf, die zu Boden rollt und einen rasierten Schädel, blank wie eine Billardkugel, den Blicken preisgibt.

»Die ist zu nichts zu gebrauchen, reagiert überhaupt nicht«, empört sich pikiert die Tigerfrau.

Dem Pfau ist alles egal, er ist durch nichts zu einer Regung der Freude oder Anteilnahme zu bewegen und verharrt weiter ohnmächtig auf seinem Sitz: armer häßlicher Vogel, all seines Glanzes beraubt, im gerupften Federkleid, die traurigen Brüste vom eigenen Gewicht besiegt, überführt beim Trick mit der Perücke, die nun sein nackter Schädel Lügen straft.

»Diese Nutten betrügen mich«, beschwert sich Nando Barragán, enttäuscht wie ein Kind. »Die Nixe war Betrug und die Blondine auch. Das Leben ist grausam, jetzt bleibst nur noch du, Tigerfrau.«

Stolz auf ihren Sieg, nimmt die Tigerfrau, nasale und gutturale Laute von sich gebend, die Aufforderung wahr. Sie setzt Nando Barragán die Perücke des schlafenden Pfaus auf den Kopf und hängt sich ihm an den Hals, während sie mit ihrer rosa Zunge anfängt, ihn wie ein Kätzchen, das warme Milch aus einer Schüssel trinkt, abzulecken. Von der hinteren Sitzbank aus hat sie einige Schwierigkeiten, die richtige Position zu finden, daher hängt sie sich weiter über Nando, drückt dabei seinen Kopf nach vorn und knickt ihm den Hals ab, während sie ihm ihren übelriechenden Atem ins Gesicht bläst, ihm die Brille herunterreißt, ihn mit den langen Barthaaren ihres Wildkatzenkostüms am Ohr kitzelt und ihn beim Fahren behindert.

Doch die Tigerfrau läßt sich von all diesen Widrigkeiten nicht beirren und beginnt nun, mit nie gekanntem Ehrgeiz, ihr handwerkliches Können unter Beweis zu stellen, indem sie sich erfahren und mit garantiertem Erfolg seinen männlichen Körperteilen widmet. Ihre Hände vollführen klimpernde Fingerübungen, streichelnde Spitzentänze, Massagen und Vibrationen mit den Innenflächen. Durch den Rückspiegel sieht Nando sie die Tigerhaut abstreifen und die Frauenhaut entblößen, die zwar knittriger ist als erstere, aber verborgene Reize und heimliche Lockungen für ihn bereithält, und er erreicht schließlich eine zufriedenstellende Erektion.

Im vollkommensten Gleichklang von Mensch und Maschine beschleunigt der Mercedes seine Fahrt, während die Erregung seines Fahrers zunimmt, und streckt bei jeder falschen Lenkbewegung mit halsbrecherischer Verwegenheit die Schnauze über den Abgrund. Nach einer Kurve, in der auf der linken Seite die beiden Reifen frei über dem Abgrund schweben, hält Nando inne, um den Kurs zu korrigieren und Atem zu schöpfen, muß dann aber betrübt feststellen, daß die Unterbrechung seinen ohnehin schwierigen Aufstieg zum Erguß wieder verzögert hat.

»Manchmal scheint es mir, als ob du gern da unten wärst«, sagt er voller Zärtlichkeit zu seinem Auto.

Sie haben den höchsten Punkt der Strecke erreicht, und Nando Barragán steuert mit der Gelassenheit eines großen Señors, der es gewohnt ist, drastische Maßnahmen zu ergreifen, ohne daß ihm die Hände zittern, mit der Kühlerhaube seines Mercedes genau auf den Abgrund zu. Kurz davor hält er an, läßt die Insassen aussteigen und klettert dann selbst, mit einer für seine Körpermaße erstaunlichen Gewandtheit, aus dem Fahrzeug.

Kolossal, allmächtig, sternhagelvoll steht er mit seiner langen, blonden Perücke eines Teutonenkriegers da und schiebt, schrecklich und herrlich wie ein Goliath, den Wagen bis an die äußerste Kante, blickt über das Meer, das in der Tiefe rauscht, wölbt die Brust und versetzt dem Wagen einen letzten Stoß.

Der cremefarbene Mercedes stürzt glänzend und funkensprühend den Abhang hinunter und liefert ein einmaliges, kinoreifes Schauspiel, in Weitwinkel mit Spezialeffekten, während Nando gebannt, hypnotisiert, entzückt zuschaut, ihn sanft durch die unendliche, bodenlose Weite fliegen, stumm in Zeitlupe abstürzen sieht, im Fall Wolken streifend und Engel enthauptend, federnd von schwarzen Felsbrocken zurückgeworfen, jeder Stoß ein Lob auf die deutsche Wertarbeit und eine unerreichte Markenqualität, bis er am Ende seiner Himmelfahrt von den Wassern des Ozeans fürsorglich aufgenommen wird, die den Fall in ihr weiches Bett abdämpfen und ihm fröhlich aufschäumend und Wellen schlagend einen triumphalen Empfang bereiten, um sich dann ehrerbietig auftun und ihn unwiederbringlich und für alle Ewigkeit zu verschlingen.

Oben, am Rande des Abgrunds, steht Nando Barragán, der betrunkene, gelbe Gott, der mit der prächtigen blonden Perücke, der mit der dunklen Brille und dem Pferdecolt an der Hüfte, der mit dem pockennarbigen Gesicht und dem Hinkefuß, und beobachtet fasziniert die grandiose Szene. Seine Arme haben sich zum Kreuz geöffnet, sein Blick verliert sich in der Weite, und er spürt den ekstatischen Augenblick seines Höhepunktes endlich gekommen: Warme Bäche aus Milch rinnen an seinem Körper herab, er läßt sie wie eine Fontäne springen und begießt den Planeten Erde mit seinem Samen. Dann wendet er die tränengefüllten Augen nach oben, wirft sich in die Brust und brüllt so laut, daß es im Himmel und in der Hölle zu hören ist: »Iiiiich bin ein Küüünstler!«

»Stimmt es, daß noch jemand im Auto saß? Es heißt, von der Orgie wären nur Nando, das Trio, die Nixe und die Tigerfrau mit den Bodyguards in den Toyotas zurückgekehrt. Der Pfau war spurlos verschwunden.«

»Da sie schlief, ist es schon möglich, daß sie mitsamt dem Mercedes abgestürzt ist und erst wieder zu sich kam, als sie auf dem Meeresboden anlangte. Als Nixe hätte sie ja vielleicht noch eine Chance gehabt, aber als Vogel . . .«

Die Musiker, die während der gesamten Fahrt im Toyota aufgespielt haben, umringen Nando, überschütten ihn mit den Volksklängen ihrer Vallenatos und folgen ihm wie Schatten überallhin. Randvoll mit Old Parr und erschöpft von seinem kosmischen Orgasmus, den ihm die Zerstörung eines Hunderttausend-Dollar-Autos verschafft hat, beschließt Nando nun zu ruhen, wie Gott es am siebten Schöpfungstag getan hat, und streckt sich im weichen Sand zum Schlafen aus.

Andächtig umgibt die Kapelle den Schlafenden. Die Musiker bringen ihm ein Ständchen aus leisen Boleros und Wiegenliedern, knien mit ihren Gitarren und Kürbisrasseln neben ihm nieder, demütig und unterwürfig wie Melchior, Kaspar und Balthasar, die über das schlummernde Jesuskind wachen.

»Ruhe, ihr verdammten Hurensöhne! Wenn ich noch einen einzigen Ton höre, lasse ich euch augenblicklich in der Schlucht erschießen!« brüllt Nando, der kein Auge zutun kann, und die Musik stockt mitten in einem D-moll-Akkord. Danach fällt er in einen tiefen Schlaf, schnarcht wie ein wildes Tier in den Bergen, und im Traum erscheint ihm wieder Milena, die Unerreichbare.

»Was war mit der Tigerfrau und der Nixe?«

»Mit denen haben sich die Bodyguards und die Musiker vergnügt, während der Boß schlief.«

Am nächsten Morgen in der *Esquina de la Candela* geht Ana Santana in die Garage des Barragán-Hauses, nähert sich einem der beiden Toyotas und stellt fest, daß er voll Erbrochenem ist und widerlich stinkt. Im hinteren Teil des Wagens sieht sie auf der Ladefläche eine Dicke liegen und schlafen, die zur Hälfte nackt ist und zur anderen Hälfte in einem absurden Fischschwanz steckt.

»Macht dieser Frau ein Frühstück«, befiehlt Ana Santana.
»Soll ich's ihr im Eßzimmer servieren?« fragt eines der Dienstmädchen.
»Nein. Bring es ihr dahin, ins Auto.«

Alina Jericó hatte gesagt, wenn sie schwanger wäre, würde sie ihren Mann verlassen, und sie war schwanger. Hat sie denn Wort gehalten? Hat sie Mani Monsalve verlassen?«

»Nicht genauso, wie sie es ihm angedroht hatte. Sie war eine Frau von Charakter, imstande, ihr Wort zu halten. Aber sie war auch in ihren Mann verliebt und gab ihm eine letzte Chance. Nachdem ihr die Schwangerschaft bestätigt worden war, sagte sie zu Mani: ›Noch ein Toter auf dein Konto, und ich gehe.‹«

Alina übergibt Mani das Laborergebnis und verläßt das Büro, nachdem sie einen einzigen, letzten Satz gesagt hat: »Noch ein Toter auf dein Konto, und ich gehe.«

Stumm und regungslos wie ein ausgestopfter Vogel bleibt Mani mit dem Zettel in der Hand zurück und weiß nicht, was er denken oder sagen soll, während ihm die sichelförmige Narbe wie ein Fragezeichen im Gesicht steht.

Alinas Drohung liegt im Raum wie eine große, schwarze Kröte, bereit, ihm ins Gesicht zu springen. Zwei blanke Drähte berühren sich in seinem Gehirn, verursachen einen Kurzschluß, riechen brenzlig: die Geburt seines Sohnes und Narciso Barragáns Ermordung. Er braucht einen Moment, um sich von dem Stocken seiner Hirntätigkeit und der Lähmung seiner Glieder zu erholen. Als ihm dann bewußt wird, daß die Neuigkeit ihm eigentlich Anlaß geben sollte, Alina in die Arme zu schließen, sie zu beglückwünschen oder mit ihr anzustoßen, hat sie bereits mit feuchten Augen und einem Kloß im Hals das Büro wieder verlassen, und es hängt nur noch das seidige Rascheln ihrer Kleidung und das Bild ihrer Füße einer griechischen Göttin in der frostigen Luft.

Mani sieht auf die Uhr. Es ist zehn nach sieben, und jeden Augenblick kann das eintreten, was ihn für immer von seiner Frau und seinem Kind trennen wird. Es sei denn, es gelänge ihm, eine Operation zurückzurufen, die bereits ziemlich weit fortgeschritten ist. Er nimmt seinen Kopf zwischen die Hände. Mit der gleichen Inbrunst, mit der er Narciso Barragán noch vor wenigen Tagen den Tod gewünscht hat, wünscht er jetzt, daß er überleben möge.

Noch etwas steif zieht er seine Turnschuhe an, bindet die langen Schnürsenkel und steht auf. Er will hinter Alina herlaufen, um sie zu beruhigen, um ihr zu versichern, daß nichts geschehen wird, aber dann er hält inne: Er hat keine Minute zu verlieren. Er verspürt den Drang zu urinieren, verschiebt den Toilettengang aber lieber auf später: Es ist keine Zeit mehr.

Er hebt den Hörer seines durchsichtigen Telefons ab und verlangt über die Hausleitung nach Tin Puyúa. Während er wartet, holt er eine Flasche Kola Román aus einem im Bücherschrank eingebauten Kühlschrank und trinkt sie in einem einzigen langen Zug leer, den Weg der kalten Flüssigkeit bis in den Magen hinunter verfolgend. Er nimmt eine Besserung in seinem neu in Gang gekommenen Gehirn wahr und gewinnt etwas Selbstsicherheit zurück, aber ihn stört immer noch der Drang zu urinieren.

»Weißt du, wo Fernely ist?« fragt er Tin.

»Es war nicht Mani Monsalves Art, solche Fragen zu stellen. Er war immer über alles auf dem laufenden, und nun wurde er dabei ertappt, daß er desinformiert war, außen vor, abgeschnitten und für eine lebenswichtige Auskunft auf seinen Assistenten angewiesen.«

Tin Puyúa ahnt, daß die Situation außergewöhnlich ist. Mani gibt sonst nur Befehle und Antworten. Fragen stellt er nie, aber heute hat er nichts anderes getan, als Fragen zu stellen und ihn um seine Meinung zu bitten. Dem Burschen schwillt der Kamm: Es verursacht ihm eine klammheimliche Freude, mehr zu wissen als der Boß, und er anwortet wichtigtuerisch: »Ja, ich weiß es. Im Hotel Nancy, in der Stadt. Er hat gesagt, er würde dort auf Frepes Anweisungen warten.«
»Dann ruf ihn an«, befiehlt Mani. Die Kola Román hat ihren Weg nach unten fortgesetzt, ist jetzt in der Blase angelangt und erhöht dort den Druck.
»Ich soll ihn anrufen?«
»Ja. Sofort.«
Tin Puyúa traut seinen Ohren nicht. Mani, der nie einen Fehler begeht, hat ihm gerade einen vollkommen absurden Befehl erteilt. Tin widerspricht: Aber Fernely hat sich sicher nicht unter eigenem Namen angemeldet … Mani hört nicht auf ihn, sondern besteht darauf: Du sollst ihn anrufen, habe ich gesagt. Tin gehorcht: Der Mann an der Rezeption sagt, es hat sich niemand mit dem Namen Fernely bei ihm eingetragen.
»Habe ich doch gesagt, Mani«, streicht Tin den Triumph ein und fühlt sich ermutigt, fortzufahren: »Hoffentlich erfährt Fernely nicht, daß wir nur wenige Stunden vor einem Anschlag von deinem Anschluß aus hinter ihm her telefonieren.«
Mani schenkt ihm kein Gehör. Das einzige, was ihn interessiert, ist, seine Frau nicht zu verlieren, und was ihn momentan am meisten drückt, ist seine Blase, alles andere, Tins Meinung oder Fernelys Sicherheit, kümmert ihn nicht.

»Dann funk Frepe in der Stadt an!« befiehlt er, während seine volle Blase nach Entleerung schreit.
Tin ist nicht einverstanden. Er weiß zwar nicht, worum es geht, vermutet aber, daß Alina Jericó dahintersteckt. Widerstrebend und mürrisch führt er den Befehl aus. Die Verbindung ist hergestellt. Mani spricht mit Frepe, der in die Stadt gefahren ist, um das Attentat zu beaufsichtigen. Er bittet ihn, zu Fernely ins Hotel zu gehen und ihm zu befehlen, den Plan fallenzulassen.
»Ich erkläre dir später, warum«, sagt Mani mit dem Hintergedanken, Zeit zu gewinnen, um sich eine Begründung auszudenken und nicht die Wahrheit gestehen zu müssen.
Frepe sagt: Es geht nicht. Nervös erklärt er, daß die Stadt unvermutet von Polizisten wimmelt, wegen eines offiziellen Ereignisses in einem Gebäude in der Nähe des Nancy. »Ich kann den Bereich nicht betreten«, sagt er, »es ist zu gefährlich.« Mani besteht darauf, bis Frepe nachgibt, teilweise vom Familiensinn zum Gehorsam ermahnt und teilweise aus Gewohnheit, weil bisher ein Wort von Mani genügte, damit etwas getan oder unterlassen wurde, ohne daß die Brüder Erklärungen verlangten. Frepe verspricht, in zehn Minuten im Nancy zu sein, Fernely zu suchen und sich dann unverzüglich wieder mit Mani in Verbindung zu setzen.
Mani fordert Tin auf, sich nicht vom Funktelefon wegzubewegen, und geht Alina suchen. Er fährt mit dem Dienstbotenfahrstuhl zwei Stockwerke hinauf, durchquert einen breiten, mit einem Teppichboden ausgelegten Flur, der das Geräusch seiner Schritte schluckt, und erreicht das Hauptschlafzimmer. Dort findet er sie bäuchlings auf dem Bett liegen, das Gesicht in die Daunendecke

vergraben, tragisch und göttlich zugleich. Doch bevor er etwas zu ihr sagt, geht er ins Bad.

Mani Monsalve pinkelt: lange, befriedigend, schäumend, dunkelgelb. Als er ins Zimmer zurückkehrt, fühlt er sich erleichtert. Er ist befreit und davon überzeugt, gerade eben im Toilettenbecken das Drama schon zur Hälfte gelöst zu haben. Jetzt fehlt nur noch die andere Hälfte. Er setzt sich neben seine Frau und streichelt ihr über das Haar.

»Wenn es ein Mädchen wird, nennen wir es Alina«, sagt er, um sie glücklich zu machen, denn in Wirklichkeit wünscht er sich einen Sohn und ist sicher, daß es einer wird.

Danach kehrt er zum Funktelefon zurück und betritt genau in dem Moment den Raum, als der Anruf von Frepe eintrifft, der schon im Nancy ist, aber von Fernely keine Spur hat.

»Er ist noch nicht hiergewesen«, sagt Frepe. »Vielleicht ist er noch auf dem Weg.«

Mani befiehlt ihm, alles daranzusetzen, den Mann zu finden. Er soll sich mit seinen Leuten im Hotel aufstellen, bis er kommt. Er teilt ihm mit, daß er ihm auch Tin Puyúa schickt, der etwa in zwei Stunden dort sein wird. Und daß er sich melden soll, sobald es etwas Neues gibt.

Tin nimmt ein Auto und fährt mit dem Befehl, Frepe dabei zu helfen, Fernely aufzuhalten, in die Stadt. Wenn es sein muß, mit Gewalt, hat Mani zu ihm gesagt. Tin findet zwar, daß Mani verrückt geworden ist, bricht aber trotzdem mit der Bereitschaft in die Stadt auf, das Verlangte auszuführen.

Mani bleibt neben dem Funktelefon sitzen und wartet. Er legt mit Spielkarten Patiencen, eine nach der anderen,

und leert eine Flasche Kola Román nach der anderen. Eine Stunde, eineinhalb Stunden, zwei Stunden. Um 21 Uhr 45 ruft ihn Frepe an, um ihm mitzuteilen, daß Tin gerade eingetroffen, Fernely aber noch nicht aufgetaucht sei.
»Vielleicht hat er beim Anblick von so viel Polente gekniffen«, sagt er. »Vielleicht hat er die Sache auch direkt erledigt, ohne Umweg über das Hotel ...«
Mani wird wütend.
»Kontrolliert denn niemand diesen Hurensohn?« brüllt er. »Wenn er gesagt hat, er würde ins Nancy kommen, muß er ins Nancy kommen!«
»Er macht seine Arbeit auf seine Weise«, verteidigt ihn Frepe. Mani beschimpft seinen Bruder, nennt ihn einen Idioten, einen Hampelmann, sagt ihm, er ließe sich von Fernely auf der Nase herumtanzen, und befiehlt ihm, Tin zu dem Model zu schicken, um sie über das Attentat zu informieren und zu bitten, daß sie Narciso warnt.
»Wie bitte?« jetzt ist es Frepe, der brüllt, alarmiert von dem Verdacht, sein Bruder könnte sich an den Feind verkauft haben. »Es ist zu spät, Mani! Soll ich Tin vielleicht befehlen, mitten in der Schießerei dort einzulaufen? Soll Tin vielleicht sterben, um einen Barragán zu retten?«
Mani begreift, daß er den Kampf verlieren wird, wenn er jetzt nicht die Ruhe bewahrt. Er atmet ein paarmal tief durch, spricht dann langsam und deutlich und legt in jede Silbe die gesamte Autorität, die er aufzubringen vermag.
»Tu, was ich sage! Halte Fernely auf!«
Frepe hängt den Hörer ein und wischt die verschwitzte Handfläche an der Hose ab. Er nimmt einen kräftigen Zug an seiner Zigarette und verläßt die mit schmutzigem

Qualm gefüllte Telefonzelle. Er geht zum Auto, wo Tin Puyúa auf ihn wartet.

»Was hat Mani befohlen?« fragt Tin.

»Nichts«, lügt Frepe. »Er sagt, es wäre schon zu spät, wir sollen nichts unternehmen.«

Nando Barragán hat seine Leute im größten Patio des Hauses um sich versammelt, während die untergehende Sonne, durch das Klöppelwerk des Tamarindenlaubs gesiebt, seine Stammesangehörigen mit Licht und Schatten bestäubt. All seine Getreuen sind herbeigeeilt und umgeben ihr Oberhaupt in frommer Ergebenheit, wie jedesmal, wenn ein *Tag der Rache* naht.

Bereit, beim ersten Signal auszuschwärmen und den Monsalves den Garaus zu machen, warten sie im Stehen, an die Mauern gelehnt, ziehen schweigend an ihren Zigaretten und zertreten die Kippen auf den Bodenfliesen, während Nando in ihrer Mitte in einer Hängematte liegt und nachdenkt. Abgesehen von Arcángel, der in seinem Zimmer eingesperrt ist, Narciso, von dem niemand weiß, wo er sich herumtreibt, und El Raca, um den sich niemand kümmert, fehlt von den überlebenden Männern des Clans keiner. Vettern ersten Grades, Vettern zweiten Grades, Onkel, Paten, alle sind sie da: die Barragán Gómez und die Gómez Barragán, die drei Brüder Gómez Araújo, die beiden rothaarigen Araújo Barragán, Kugelsimon, Pajarito, Scherenpepe und Schmalzlocke.

Nando reckt sich rauchend und in Gedanken vertieft in der Hängematte, und keiner wagt es, sein Schweigen, undurchdringlich wie das eines alten Kriegers beim Aushecken einer Kampfstrategie, zu stören. Plötzlich klettert ihm eine Henne auf das Knie, und alle geben sie schon für verloren, weil sie erwarten, daß der Boß sie mit einem Handschlag gegen die Wand schleudert und in einen armseligen klebrigen Federbrei verwandelt. Aber er läßt sie gewähren und duldet nachsichtig die laue Wärme ihres gefiederten Körpers.

La Mona Barragán bahnt sich schubsend einen Weg

durch die herumstehenden Männer, nähert sich der Hängematte und flüstert ihrem großen Bruder etwas ins Ohr. Darauf bricht Nando das Schweigen im Hof und verkündet, monoton wie ein schlaftrunkener Priester, der ohne Inbrunst seine Messe hält, ihm sei gerade zugetragen worden, daß die Monsalves schon in der Stadt seien, in einem der Innenstadthotels.

»Wie wurde ihm denn so was zugetragen?«

»Nando Barragán hatte sich einen unfehlbaren Geheim- und Spionagedienst aufgebaut. Kein Blatt rührte sich in der Stadt, ohne daß er es erfuhr. Es war ein Netz aus Einwohnern, Taxifahrern, Schuhputzern, Lotterieverkäufern, Prostituierten, Polizisten, Zollbeamten und unzähligen anderen, die ihm sämtliche Nachrichten zutrugen. Er zahlte dafür mit barem Geld, mit Schutz oder einfach damit, daß er sie in Frieden leben ließ.«

Nando erteilt Befehle: Frauen und Kinder in den Keller. Die Männer in die Jeeps, und die Innenstadt nach den Monsalves durchkämmen, angefangen mit einer Razzia in den fünf Hotels: das Intercontinental, das Caribe Inn, das Bachué, das Diplomat und das Nancy.

»Es stimmt also, daß das Haus der Barraganes über ein unterirdisches Labyrinth verfügte?«

Es ist ein unterirdisches Refugium, feucht und finster, das sie »den Keller« nennen. Es hat Schächte, die bis hinauf auf die Straße reichen, um Wachtposten mit Karabinern aufzustellen. Das Haus der Barraganes besteht in Wirklichkeit aus einem ganzen Straßenblock, dessen Häuser miteinander verbunden und gemeinsam unterkellert sind. Den Keller nutzen sie als Schützengraben, Waffendepot, Warenlager und Versteck. Er besitzt mehrere Geheimgänge, die ins Freie führen.

»Die Leute redeten von einem Tunnel, der von der Esquina de la Candela *bis zu den Außenbezirken der Stadt führte. Einmal sahen wir Nando Barragán ins Haus hineingehen und erfuhren anschließend, daß er zwei Minuten später zwanzig Straßenblocks weiter aufgetaucht war, ohne die Straße zu betreten.«*

»Manche behaupteten, der Keller wäre nur ein Kanalisationsnetz. Andere hielten ihn für ein Wunderwerk des militärischen Ingenieurwesens.«

La Mona Barragán übernimmt die Befehlsgewalt über die Zurückbleibenden. Weißgoldene Kronen blitzen auf den Schneide- und Eckzähnen dieses gelbbraunen Mannweibs, dessen Haar straff zurückgekämmt und zu einem langen, steifen Zopf geflochten ist, wie eine Peitsche. Die Vierunddreißigjährige besitzt das Mundwerk eines Maultiertreibers und den Jähzorn eines Dämons und teilt ihr Leben in ihre beiden einzigen wahren Leidenschaften auf: das Waffenarsenal und die Telenovelas.

Sie ist berühmt für ihre unfehlbare Treffsicherheit, die ihr erlaubt, mit der Zwille auf Rattenjagd zu gehen, und für ihre Fähigkeit, die Marke und das Kaliber einer Waffe am Geräusch des Schusses zu erkennen. Sie lädt und entlädt ein Gewehr schneller als alle anderen und schlägt jeden, der es wagt, sie zum Kräftemessen mit dem Arm herauszufordern.

»Im Viertel nannten die Leute La Mona ein Weib wie drei Kerle ...«

Trotzdem schaltet sie jeden Morgen pünktlich um halb acht und jeden Nachmittag pünktlich um fünf Uhr den Fernseher ein und setzt sich in einen Sessel davor, um ihre bevorzugten Telenovelas anzuschauen. Bei traurigen Szenen bricht sie ungeniert in Tränen aus, die Guten bewundert sie, und die Bösen beschimpft sie. Nichts auf der Welt kann sie dazu bewegen, die Augen vom Bildschirm abzuwenden, was ihre Familie feststellen konnte, als der Fluß über die Ufer trat und das Haus überschwemmt wurde: Während alle anderen sich abmühten, die Möbel zu retten, hob sie den Fernseher hoch – ein vorsintflutliches Ungetüm mit Schwarzweißbildern – und stellte ihn auf einen Schrank, damit er nicht naß wurde. Dann sah sie in aller Ruhe die Folge von *Simplemente María* zu Ende an.

In einem weiten Rock und Gummistiefeln, den Patronengurt quer über die Brust gelegt und einen Karabiner *San Cristóbal* im Anschlag, sammelt La Mona ihre Schar aus Frauen und Minderjährigen und treibt sie die dunkle Treppe in den Keller hinunter. Sie beleuchtet die düsteren Gänge, indem sie brennende Fackeln in die verschimmelten, abbröckelnden Lehmwände steckt, und marschiert, wie ein General auf dem Schlachtfeld, vorneweg in das Gewölbelabyrinth, wo sich am Boden das Wasser in Pfützen sammelt.

Brüllend und knüppelnd organisiert sie ihr Gefolge und verteilt die von den Männern zurückgelassenen Waffen an die Frauen: ein Sammelsurium aus altersschwachen Geschützen, von einer orientalischen Repetierarmbrust bis zur Walter P38 von einem deutschen Nazioffizier, der sich nach dem Krieg in die Tropen absetzte. Sie befiehlt, Trinkwasser, Decken und Proviant für die Nacht herbeizuschaffen. Den Dienstmädchen und den Minderjährigen weist sie ein trockenes Plätzchen zu. Ana Santana reißt sie das mitgebrachte Strickzeug weg, schleudert Nadeln und Wolle im hohen Bogen von sich und drückt ihr eine Pistole in die Hand.

»Damit du lernst, wie's bei uns zugeht, Kindchen«, bellt sie.

»Und Arcángel, den Jüngsten, haben sie den in seinem Zimmer gelassen?«

»Nein. Er ist auch in den Keller gestiegen, mit seinem verbundenen Arm. Er protestierte schüchtern dagegen, daß er wie ein Kind behandelt wurde, und bat um eine Waffe.«

»Und, hat La Mona ihn angeschnauzt?«

»Nein. Arcángel hätte sie nie angeschnauzt. Sie schenkte ihm ein schiefes Lächeln ihres Metallgebisses und spuckte ihm drei militärische Befehle ins Gesicht, was bei ihr der reinste Zärtlichkeitsbeweis war. Außerdem gab sie ihm die Waffe, die er haben wollte. Aber sie erlaubte ihm nicht, sich den Männern anzuschließen, die auszogen, um ihren Streit vom Zaun zu brechen.«

Inzwischen ist oben der nächtliche Patio geschwängert vom stinkenden Schweiß zorniger Männer, und heilige Racheschwüre zittern bedrohlich und stumm in der Luft. Die Gómez Barraganes, die Barraganes Araújos, Pajarito und Scherenpepe machen sich bereit, dem Gegner die rituelle Strafe am festgelegten Tag zu verpassen. Nach Nandos Anweisungen teilen sie sich in Gruppen auf und warten, schäumend wie Pferde vor dem Rennen, bei laufenden Motoren in ihren Jeeps auf das Startsignal. Angespannt, elektrisiert und voll konzentriert, wie Wettkämpfer beim Hundertmeterlauf. Auf die Plätze ... fertig ... stop. Stop! Zurück! Befehl vom Chef. Macht die Autos aus. Steckt die Waffen weg. Alle wieder in den Hof.

Nando hat gerade erfahren, daß von sieben bis neun Uhr an diesem Abend in einem Gebäude der Innenstadt ein offizieller Regierungsakt mit Staatsbeamten und ausländischen Gästen stattfinden soll. Zum Schutz der Teilneh-

mer hat das Militär Dutzende von Polizisten in der Zone aufgestellt, wo es zudem von Leibgardisten und Bodyguards wimmelt.
Mit der örtlichen Polizei hat Nando Barragáns Privatmiliz keinerlei Schwierigkeiten, denn dank eines alten, für beide Seiten profitablen und bislang respektierten Abkommens mischt sie sich nicht in ihre Aktionen ein, sondern drückt ein Auge zu. Aber ins Stadtzentrum einzufallen, wenn es unter der Aufsichtsgewalt des Militärs steht und von auswärtigem Personal patroulliert wird, hieße, Konflikte mit Fremden heraufzubeschwören. Der Aufbruch muß auf neun Uhr verschoben werden.
»Es ist egal«, sagt Nando. »Wir haben keine Eile. Das legt auch die Monsalves lahm.«
Von neuem zünden sich die Männer Zigaretten an und verfallen in die müßige Trägheit einer demobilisierten Truppe. Nando ordnet an, Kandiswasser und Käsestücke an sie auszuteilen. Einige legen sich zum Schlafen auf den Boden, andere unterhalten sich im Dunkeln.
Um neun stehen die Rächer wieder auf, bereit, auf Kriegspfaden zu wandeln, und füllen den Hof mit dem dumpfen Schall von Eisen und Schritten. Sie erfrischen sich die Gesichter mit Wasser, ergreifen die Waffen, zeichnen sich das Kreuzzeichen auf die Stirn, auf die Brust, auf die linke Schulter und auf die rechte Schulter, steigen wieder in die Jeeps und warten auf ihren obersten Befehlshaber.
Nando hält sich zwei Minuten länger auf, um ganz für sich seinen Talisman um Schutz anzurufen. Er drückt ihn andächtig in der Hand, heiliges Kreuz von Caravaca, zu deiner Macht nehme ich Zuflucht, und im selben Augenblick klingelt das Telefon.

»Für dich, Nando.«
»Ich kann jetzt nicht, Mutter. Siehst du denn nicht, daß ich schon weg bin?«
»Warte. Sie sagen, es wäre Mani Monsalve.«
Als er diesen Namen vernimmt, steht Nando Barragán starr wie ein steinerner Riese und schließt vor Verblüffung die Faust so fest um das vierarmige Kreuz, daß es weh tut.
»Haben sie je persönlich miteinander gesprochen?«
»Ein einziges Mal, als sie erwachsen waren, und das war dieses.«
»Und wie hat man im Viertel davon erfahren?«
»So war das eben. Die Barraganes wußten alles, was in der Stadt passierte, aber wir in der Stadt wußten auch alles, was in ihrem Haus geschah. Die Nachricht dieses Anrufs kam uns sehr komisch vor. Sie waren ein Leben lang Todfeinde, Nando und Mani, wie Wasser und Öl oder Katze und Maus, wie man zu sagen pflegt, ohne jemals Kontakt miteinander zu haben, außer über die Schießereien, und dann plötzlich dieser Anruf. Nando dachte, es wäre eine Falle, man wollte sich über ihn lustig machen oder ihn an der Nase herumführen, aber trotzdem ging er ans Telefon.«
Nando weiß nicht, wie Manis Stimme klingt, doch kaum daß er sie vernimmt, wird ihm bewußt, daß es sein eigenes Blut ist.
»Wie konnte er diese Stimme denn erkennen, wenn er sie doch nie gehört hatte?«
»Er erkannte sie, ohne sie zu kennen, aus Instinkt.«
Er identifiziert sie beim ersten »Hallo?« mit derselben Gewißheit, mit der ein Wolf den Ruf eines anderen Tiers seiner Art wahrnimmt. Ein jäher Schmerz in seinem ver-

sehrten Knie bestätigt ihm, daß dies der Mann ist, der es ihm zerschossen hat. »Er ist es«, sagt er zu Severina, während er die Sprechmuschel mit der schmerzenden Handfläche zuhält.
Mani Monsalve sagt sechs Worte und hängt ein.
»Welche waren es genau?«
»Es sollen diese sechs gewesen sein: ›Paßt heute nacht auf Narciso auf.‹«
Nando Barragán wird von der Finsternis seiner Verwirrung überwältigt. Was gerade geschehen ist, hat es noch nie gegeben in der ganzen langen Geschichte dieses blutigen Krieges.
»Die Leute sagen, Nando wäre ein anderer geworden durch diesen Anruf seines Vetters ersten Grades, Mani Monsalve. Ihr ganzes Leben hatten sie sich nach festen Regeln bekämpft, und dann taucht da plötzlich der Feind auf, von jetzt auf gleich, und erzählt dir, wo er zuschlagen will, verrät dir seinen nächsten Zug ...«
Nando sucht auf dem Grund seines Verstandes nach einem Licht und findet nichts als Trugbilder, Vermutungen, Zweifel und Widersprüche. Wenn sie Narciso umbringen wollen, weshalb warnt ihn Mani dann? Oder führt er etwas anderes im Schilde und wollte ihn mit dem Anruf täuschen? Warum ruft Mani Monsalve ihn persönlich an? Nur um ihm eine Falle zu stellen? Nando sieht Severina an, die neben ihm stehengeblieben ist. Ohne ihr zu erzählen, was Mani gesagt hat, fragt er sie:
»Soll ich ihm glauben oder nicht?«
»Glaub ihm.«
»Dann müssen wir schnellstens Narciso suchen.«
In diesem Augenblick könnte Narciso überall sein – Kneipe, Restaurant, Hahnenkampfplatz, Kegelbahn,

Feier, Tanz –, sich ahnungslos und bezaubernd im Visier einer feindlichen Waffe befinden. Wo sollten sie ihn suchen, bevor die mörderische Kugel ihn traf?
Severina weiß die Antwort: »Der heilige Antonius. Ich werde den heiligen Antonius auf den Kopf stellen.«
»Das ist ein alter Brauch in unserem Viertel. Wo immer jemand etwas sucht, sei es Arbeit, einen Partner oder auch nur einen verlorenen Schlüssel, stellt er das Bild des Heiligen kopfunter, der, wenn man ihn wieder auf die Füße stellt, das Gesuchte findet.«
»Und, half es in diesem Fall?«
»San Antonio ließ das Wunder geschehen. Es war noch keine halbe Stunde vergangen, da erschien Narciso ganz von selbst zu Hause, bevor ihn irgend jemand fand oder telefonisch benachrichtigen konnte, und zwar aufs eleganteste zurechtgemacht, weil er nämlich auf dem Weg war zu einem Fest bei seiner Freundin, dem Model.«
Zur Haustür kommt Narciso Barragán hereinspaziert, der Dichter, im weißen Frack mit einer Gardenie im Knopfloch, strahlend und vergnügt, geradewegs aus dem türkischen Bad und dem japanischen Massagesalon, ohne Sinn für irgendeine Gefahr oder Verständnis für irgendeinen Krieg zu haben. In seinem violetten Lincoln liegen Blumen und Champagner als Geburtstagsgeschenke für das vornehme Püppchen, in das er sich verliebt hat.
»Fröhliches neues Jahr!« ruft er den zwangsrekrutierten Pistoleros seines Bruders mitten im August zu und tänzelt beschwingt mit den Schritten einer Cumbia an ihnen vorüber.
»Wußte er nicht, daß es ein Tag der Rache *war?«*
»Er wußte es schon, aber er scherte sich nicht darum.«

Er begegnet Severina, bückt sich, um ihr einen schmatzenden Kuß auf die Stirn zu drücken, bittet sie trällernd um einen Teller Milchreis und vermag nur noch zwei Tanzschritte seiner ausgelassenen Cumbia auszuführen, als Nando Barragáns überdimensionierte Gestalt hinter ihm erscheint und ihn am Kragen packt.

Narciso strampelt, um sich loszumachen, schreit und flucht, sprüht goldene Funken aus den wundervollen Augen, verliert die Mokassins. Sein vollkommen nutzloser Widerstand hat nur zur Folge, daß sein Frack schmutzig wird, die Gardenie die Blätter verliert, seine Gardel-Frisur vollkommen durcheinandergerät. Aber ohne ihm eine Verschnaufpause zu gönnen oder eine Erklärung abzugeben, hält Nando ihn weiter fest und schleift ihn bis hinunter in den Keller, wo er ihn La Mona mit dem Befehl überstellt: »Du läßt ihn hier nicht raus bis morgen früh.«

La Mona stellt Narciso mit dem Gesicht an die Wand, bohrt ihm ein Knie in die Nieren, hält ihm ihre San Cristóbal ins Genick und wiederholt ganz dicht vor seinem Ohr im übelsten Ton eines Scheusals: »Du hast es gehört. Du bewegst dich keinen Zentimeter von hier weg bis morgen früh.«

»Nach dem Anruf von Mani änderte Nando Barragán seine Strategie. Sie wollten dem Feind nicht mehr in die Hotels nachjagen, jetzt ging es vielmehr darum, sämtliche Kräfte zur Verteidigung des Hauses, oder besser von Narciso, der bereits im Haus war, zu mobilisieren. Wenn die Monsalves ihn holen wollten, würden sie schon diese Festung belagern und einnehmen müssen. Wenn sie konnten. Es würde ein großer Kampf werden, der größte von allen, und wir, die Jugend des Viertels, wollten auch daran

teilhaben. Deshalb machten wir mit den Barraganes gemeinsame Sache und halfen ihnen in den Nachbarstraßen, mit Pflastersteinen, Kisten, Steinen, alten Möbeln, Sandsäcken und ähnlichem Kampfstellungen aufzubauen.«
Nando Barragán bereitet die großartigste Abwehr vor, die das Land seit den Zeiten der Piraterie erlebt hat. Selbstherrlich waltet er seines Amtes als Oberbefehlshaber der vereinten Streitkräfte der *Esquina de la Candela*, taucht, wie der Heilige Geist, überall zum rechten Zeitpunkt auf, um Barrikaden zu organisieren, Heckenschützen zu verteilen, Posten, Komitees, Selbstmordkommandos, die Vorhut und die Nachhut aufzustellen. Kein Detail entgeht der allumfassenden Kontrolle dieses einen einzigen großen Kriegsherren …

An den Tagen der Rache *gab es immer einigen Aufruhr in der* Esquina de la Candela. *Die Barraganes wußten sich zu schützen und zu verteidigen. Ihre Frauen und Kinder flohen unter La Monas Führung in den Keller, und die Männer schwärmten aus, um den Monsalves die Stirn zu bieten. Aber im übrigen Viertel herrschte Panik. Wir wußten weder wohin, noch an wen wir uns um Hilfe wenden sollten, verbrachten die ganze Nacht schlaflos und rechneten mit dem Schlimmsten.*

Die längste Nacht war die, in der sich das Gerücht verbreitete, der Feind käme ins Viertel, um Narciso Barragán zu holen. Die Kinder und Jugendlichen entwischten ihren Eltern, um sich am Krieg zu beteiligen, und wir Alten sperrten uns in die Küchen ein und warteten ab. Der Pfarrer und die Betschwestern zogen wie Weltuntergangspropheten durch unsere Straßen und verkündeten, die Monsalves würden wie Racheengel von Haus zu Haus gehen und unsere Erstgeborenen köpfen, wenn wir ihnen Narciso nicht auslieferten. Wir glaubten ihnen und stellten uns auf das Schrecklichste ein. Aber wie sollten wir ihnen Narciso ausliefern, da wir ihn doch gar nicht hatten? Die Fanatischsten wiegelten uns dazu auf, gemeinsam das Barragán-Haus zu stürmen, Narciso herauszuholen und den Monsalves seinen Kopf auszuliefern, damit sie Frieden gaben. Aber als es dann soweit war, wagte niemand, die Hand gegen die Barraganes zu heben. Denn vor den Monsalves, dem Feind, fürchteten wir uns zwar, aber vor den Barraganes, dem Freund, graute es uns regelrecht. Als einziger im ganzen Viertel bewahrte El Bacán die Ruhe. Er sah sich mit seinen ausgebleichten, hellsichtigen Augen um, ohne irgend etwas zu sehen, und fuhr dann seelenruhig mit seiner endlosen Dominopartie fort. Seine Freunde, die von der Combo, blie-

ben die ganze Nacht bei ihm auf der Straße sitzen, ohne mit der Wimper zu zucken.«

»Gegen Mitternacht verbreitete sich plötzlich das Gerücht, daß die Monsalves kämen, mit über sechzig Mann auf zwölf Jeeps verteilt. Wir bewaffneten uns mit Steinen, Knüppeln und Töpfen voll siedendem Öl, versteckten uns hinter den Türen und rechneten mit dem Schlimmsten. Lange standen wir da und warteten, aber es kam keiner.«

Für den Clan aus der Wüste waren die Tage der Rache *die Höhepunkte einer blutigen Kette. Wie das Knock-out beim Boxkampf, das Home-run beim Baseball, der Überschlag beim Stierkampf. Ohne diese Stichtage verlor das Spiel seinen Reiz. Die Frist zum Töten dauerte genau eine Nacht, keine Minute kürzer oder länger. So schrieb es die Tradition vor, die die Barraganes und Monsalves seit zwanzig Jahren befolgten. Zwei Jahrzehnte lang hatten sie diese Gedenktage ehrfürchtig eingehalten und ihr Leben von ihnen bestimmen lassen in Zyklen des Sterbens und der Rache, die ihnen zur Selbstverständlichkeit geworden waren, wie Regenzeit und Dürre, Fastenzeit und Ostern, Karwoche und Weihnachten. Aber in dieser Nacht verging Stunde um Stunde, ohne daß etwas passierte. Nach Manis Anruf gegen neun Uhr hatten die Barraganes in der* Esquina de la Candela *ihre Truppen zusammengezogen, um Narciso zu schützen. Aber als es Mitternacht schlug, war immer noch nichts passiert. Und auch nicht um eins, um zwei oder um vier.«*

Um fünf Uhr morgens verläßt Nando die Front und begibt sich zu Severina in die Küche, um sich ein wenig auszuruhen.

»Nichts?« fragt sie.

»Nichts«, antwortet er verwundert. »Aber es bleiben noch zwei Stunden.«

Er hat seinen Leuten Befehl gegeben, ihn bei jedem noch so geringen Anzeichen unverzüglich zu benachrichtigen. Als es sechs Uhr schlägt, fällt in den Patio das Licht des neuen Tages herein und weckt die Hühner in ihren Ställen, die Singamseln, die Hunde und den schamlosen Affen. Von den Monsalves keine Spur.

Noch nie hat Severina ihren Sohn so nervös erlebt. Weder die Kartoffelsuppe mit Petersilie, die sie ihm extra zubereitet, noch die ausgiebige Massage seiner Kopfhaut können Abhilfe schaffen. Nando hat die Ray-Ban-Brille abgelegt, und seine kurzsichtigen Augäpfel tanzen ziellos und von Ratlosigkeit verschleiert. Mehr als ein Angriff des Feindes beunruhigt ihn das Ausbleiben desselben. Er erträgt es nicht, daß man ihm einen Strich durch die Rechung macht. Allein die Vorstellung, ein *Tag der Rache* könnte friedlich zu Ende gehen, wirft ihn aus der Bahn und bewirkt, daß seine Beklemmung gleichmäßig zunimmt wie Fieber.

Es ist halb sieben, die Hühner picken Maiskörner, die Dienstmädchen schrubben die Wäsche im Becken, jeder tut, was er zu tun hat, außer den Monsalves, die einfach nicht auftauchen.

»Und wenn sie nicht kommen?« fragt Nando benommen ins Leere.

»Und das nächste Mal auch nicht?« fragt Severina wie ein Echo zurück.

Gleich ist es sieben und die Frist zum Töten abgelaufen. Nando befällt ein allgemeines Unwohlsein, eine niederdrückende Traurigkeit ergreift ihn, und sein Herz beginnt zu rasen. Besorgt umringen ihn die Barraganes.

»Er bekommt eine Grippe«, diagnostiziert einer.

»Es ist die Übermüdung«, korrigiert ihn der nächste.

»Es ist die Aufregung.«

»Nein«, sagt Severina. »Es ist der Argwohn.«

»Der Argwohn?«

»Der Argwohn, daß das Leben anders sein könnte.«

Es ist ein Transistorradio von Sanyo, klein aber leistungsstark. Mani Monsalve hält es sich die ganze Nacht auf niedrigster Lautstärke ans Ohr. Als Alina, die neben ihm liegt, ihn fragt, warum er es nicht ausschaltet, antwortet er, er wolle Musik hören. Aber in Wirklichkeit verfolgt er angespannt die Nachrichten.
Halb schlafend und halb wachend verbringen sie die Nacht, vom Gesäusel des Radios immer wieder eingelullt, Arm in Arm, verloren im perfekten Universum ihres King-Size-Bettes aus Satin und Daunen, das glatt ist und weich, lila und rosa, grenzenlos und unwirklich.
»Um sieben Uhr morgens hatten die Nachrichten immer noch nicht die von Mani gefürchtete Meldung von Narcisos Ermordung gebracht. Das bedeutete, daß der Termin abgelaufen war und es Narciso gelungen war, sein Leben zu retten.«
Als die alte Yela ihnen heute das Frühstück ans Bett bringt, verlangt Mani, der gewöhnlich nur schwarzen Kaffee trinkt, Eier, Brot, Schinken, Milch und Obst und versetzt Yela und Alina mit einem bei ihm sonst unbekannten Appetit in Erstaunen. Dann befiehlt er, sie unter gar keinen Umständen zu stören, weil sie den ganzen Morgen schlafen wollen.
Endlich stellt er das Radio ab, schmiegt sich an Alina Jericó wie ein Kind an seine Mutter und läßt sich ganz sanft in die tiefen Gefilde des friedlichen Traumes hinabsinken. Dort angelangt, entkleidet er sich und badet in den eiskalten Fluten eines Süßwasserbaches, der sich lautlos zwischen moosbedeckten Steinen bis zum Meer ergießt.
»Es war der Bach der Madonna des Windes ...«

Mit dem behaglichen Duft von frischem Kaffee kehrt im Hause der Barraganes wieder Ruhe ein. Die Männer lehnen sich im Patio zurück mit den verdutzten Gesichtern derer, die mit dem Weltuntergang rechneten und im letzten Moment erfahren haben, daß er auf einen anderen Zeitpunkt verschoben wurde. Währenddessen legen die Haustiere die arglose Naivität derer an den Tag, die knapp dem Tode entronnen sind, ohne es überhaupt zu wissen. Die Sonne scheint großzügig auf sie alle herab und taucht sie in Gnade und Vergebung.

Kochend vor Wut, steigt Narciso Barragán aus dem Keller. Er grüßt niemanden und bleibt sogar Severina eine Antwort schuldig, die ihm Maiskuchen und eine aufgeschnittene Papaya anbietet.

»Ich hab' euch doch gesagt, daß sie nicht kommen würden. So ein Quatsch! Die reinste Zeitverschwendung, verdammte Scheiße«, murmelt er erbost und klopft sich den weißen Frack ab, den die längste Nacht seines Lebens vollkommen ruiniert hat, diese zehn höllischen, von Jähzorn und Klaustrophobie geplagten Stunden im Katakombengestank des Kellers.

Wutschnaubend geht er an Nando vorbei, ohne ihn eines Blickes zu würdigen. Er tanzt keine Cumbias mehr und sprüht auch nicht mehr vor Charme, sondern verabreicht den Hunden Fußtritte und knurrt die Menschen an. Er strahlt nicht mehr in weißer Eleganz, sondern ist schmutzig, erschöpft und übernächtigt wie jeder beliebige Pajarito und jeder beliebige Kugelsimon.

Er geht zum Telefon und versucht, seiner Stimme den alten Klang wiederzugeben, als er seine Freundin, das Model, anruft.

»Ich konnte gestern abend leider nicht kommen, meine

Schöne … Nein, es war nicht meine Schuld, mein Mädchen … Ja, ich weiß, dein Geburtstag … Ich schwöre dir, das war es nicht … Laß es mich dir erklären … Du hast vollkommen recht, aber ich … Es ist so … Warte auf mich, ich mache mich sofort auf den Weg.«

Er hängt den Hörer ein, stürzt zum Waschbecken, wäscht sich das Gesicht ohne Seife, putzt sich die Zähne ohne Zahncreme, wechselt das Hemd, ohne darauf zu achten, welches er anzieht, stürmt aus dem Haus wie ein geölter Blitz, wie ein Schüler, der zu spät zum Unterricht kommt, und fährt sich im Gehen mit dem Kamm durch das Haar.

»Es dürfte das einzige Mal gewesen sein, daß Narciso Barragán das Haus verließ, ohne sich vorher ausgiebig im Spiegel zu betrachten …«

»Stimmt. Er hatte es so eilig und war so wütend, daß er sich nicht einmal von seinem eigenen Spiegelbild verabschiedete.«

Er setzt seinen imposanten Lincoln in Bewegung und tritt das Gaspedal durch, als wollte er ihn dazu veranlassen abzuheben. Er saust durch die *Esquina de la Candela* wie ein violetter Komet und zwingt mit der Schnauze des Wagens die von den Bewohnern noch nicht weggeräumten Sandsäcke nieder. Ohne Ampeln oder Stoppschilder zu beachten, verschlingt er Kilometer für Kilometer.

Die Sonne heizt den Lincoln auf, und Narciso, dem vom angestauten Geruch seines eigenen Parfüms und von der Hitze ganz schwindelig wird, läßt alle vier Scheiben herunter und heißt den reichlich hereinströmenden Fahrtwind, der seine Müdigkeit und den üblen Nachgeschmack der letzten Nacht vertreibt, dankbar willkommen.

Schließlich erreicht er ein Wohnviertel am Rande der Stadt mit kaum befahrenen, von Jacarandas beschatteten Straßen, die von Zäunen gesäumt sind, an denen Fuchsien und orangefarbene Bougainvilleas blühen. Er sieht nichts und denkt an nichts als an den rettenden Satz, den er sofort bei seiner Ankunft aussprechen will, um den Widerstand der gestern abend von ihm sitzengelassenen Frau zu brechen.

Wenn er ihr die Wahrheit sagt, wird sie ihm nicht glauben, wenn er sie anlügt, wird sie ihm das nie verzeihen. Wie soll er diesem feinen, schlanken, kultivierten Mädchen bloß erklären, daß er sie hat warten lassen, weil diese Bestie von seiner Schwester die Büchse auf ihn gerichtet hielt und beim besten Willen nicht abzuschütteln war?

Große, helle Residenzen ziehen an ihm vorbei, eine wie die andere, umgeben von Gärten mit sorgfältig gepflegten Rasenflächen und mit eindrucksvollen Autos, die davor parken. Vielleicht sollte er lieber eine geschäftliche Besprechung vorschützen, die sich bis zum Morgengrauen hingezogen hat, oder eine plötzlichen Erkrankung seiner Mutter: ein Asthmaanfall, ein Sturz, ein falscher Alarm.

Er durchquert einen Park mit Schaukeln, in dem Kinder spielen, während die Kindermädchen sich unterhalten. Und wenn er überhaupt keine Erklärung abgibt? Sie kann ja gehen, wenn es ihr nicht paßt. Schließlich gibt es doch noch so viele andere … Nein, niemals. Er will sie nicht verlieren. Zwar gibt es viele andere, aber sein Stolz verbietet ihm, eine einzige zu verlieren, und schon gar nicht diese …

Er fährt an einem Einkaufszentrum vorbei mit einem Supermarkt, Drogerien, Boutiquen, einer Post, einem Blumenladen. Er könnte ja anhalten und ihr einen Strauß Rosen kaufen … Ach nein, der ganze Rücksitz ist noch voller verwelkter Blumen, die er ihr gestern abend überreichen wollte …

Bäckerei, Waschsalon, Juwelier … Er könnte ihr einen Smaragd kaufen … Aber der Laden hat zu dieser frühen Stunde noch geschlossen. Er läßt das Einkaufszentrum hinter sich, biegt rechts ab, dann links, noch einmal links und biegt dann in ihre Straße ein.

Mitten im Gewirr dieser mit Elendssiedlungen überhäuften Stadt ist dieses Viertel eine Rarität. Kein Müll auf den Gehwegen, keine Schlaglöcher im Asphalt … Ein paar städtische Arbeiter in ihren neuen gelben Anzügen reparieren gerade die Straßenbeleuchtung, während ihr grauer Kleintransporter im Hintergrund quer auf der Straße steht. Ein ruhiges, gepflegtes Wohnviertel … Eine Gruppe Jungen spielt Fußball auf der Fahrbahn. Narciso hupt, damit sie zur Seite gehen.

Er hat sie schon entdeckt: Im dritten Haus auf der rechten Seite, sie steht vor der Tür, mit einer großen Sonnenbrille, nackten Füßen, einem weiten Hemd und Shorts, unter denen ihre atemberaubend langen Beine sichtbar werden. Sie macht ihm Handzeichen. Winkt sie ihm? Kann es vielleicht sein, daß sie ihm gar nicht mehr böse ist? Aber die Fußballspieler machen keinen Platz. Er wird ungeduldig, drückt die Hupe im Dauerton und streckt den Kopf aus dem Fenster, um ihnen zuzurufen, daß sie aus dem Weg gehen sollen. Sie sieht entzückend aus, wunderschön, möglicherweise hat sie ihm schon verziehen. Narciso kann es kaum erwarten, sie zu küssen, aber der Gedanke, kein Geschenk für sie zu haben, ist

ihm peinlich … Vielleicht sollte er ihr den Champagner übergeben … Um diese morgendliche Stunde? Ausgeschlossen. Sie bekommt einen Kuß, das muß genügen.
Doch die Kerle mit dem Fußball gehen nicht von der Straße. Ein langer, häßlicher Blonder, viel zu alt, um mit den Jugendlichen auf der Straße Ball zu spielen, kommt auf seinen Wagen zu.
Narciso beachtet ihn nicht, weil er nur Augen hat für sie, die ihn am Hauseingang mit einem strahlenden Lächeln erwartet, aus dem er getröstet entnimmt, daß sie ihn ohne jeden Vorwurf empfängt.
Der blonde Sportsmann kommt ganz nah ans Auto heran und lehnt sich gegen die Tür, als wolle er ihn etwas fragen. Plötzlich nimmt Narciso etwas Schreckliches im Ausdruck dieses Mannes wahr: Er erkennt in seinem Gesicht die Absicht zu töten. Im letzten Sekundenbruchteil öffnen sich die göttlichen Augen von Narciso, dem Dichter, endlich der Realität und sehen ohnmächtig, wie der häßliche Dürre eine Handgranate mit dem Mund entstöpselt und durch das offene Fenster in den Innenraum seines Lincoln wirft, der purpurn und golden ist wie ein Opfertisch am Karfreitag, dem Gedenktag von Passion und Kreuzigung.

Narciso – oder das, was von seinem zerfetzten Leichnam übrig ist – liegt nackt in der dämmrigen Hauskapelle der Familie.
Die Toten werden von demjenigen angekleidet, der sie am meisten geliebt hat: Nando Barragán nimmt ein weißes, frisch gestärktes und wunderbar duftendes Hemd aus Organza mit Volants von einem Bügel. Er beugt sich über den geliebten Bruder und zieht es mit Mühe über dessen sterbliche Trümmer. Dabei stellt er sich unbeholfen an, wie ein Kind, das seine kaputte, in Einzelteile zerlegte Puppe zusammensetzt.
Er bedeckt das Gesicht mit einem Seidentuch und bettet ihn bäuchlings auf Spitzenrüschen in den Sarg.
»In diesem Seidentuch blieb das Abbild von Narcisos schönem Gesicht haften, und zwar mit den vollständigen Zügen von vor dem Anschlag. Es wird in der Kathedrale aufbewahrt und ist bis heute mit Pulver und Parfüm imprägniert. Leute mit entstellten Gesichtern oder nach Schönheitsoperationen nehmen das Tuch zum Beten. Der Priester holt es aus der Urne und legt es den Gläubigen aufs Gesicht, die anschließend von ihren Verunstaltungen und Narben befreit sind.«
Die Glocken der Stadt heben zu einem ohrenbetäubenden Totengeläut an, das den Himmel wie ein Schwarm Raben verfinstert. Nando Barragán lädt sich den Sarg auf die Schulter, trägt ihn mit dem Fußende zuerst aus dem Haus und übergibt ihn auf der Straße den Frauen, die ihm zu Fuß das letzte Geleit zum Friedhof geben, in einer stockenden, schwarzen Prozession, wie ein Fluß toten Wassers.
Nando kehrt allein ins Haus zurück, halb wahnsinnig vom lauten Gedröhn der Glocken. Er schließt sich in sei-

nem Büro ein, beißt mit seinem Kiefer eines großen Fleischfressers auf ein Stück Holz und läßt seinem Schmerz freien Lauf. Jedem Glockenschlag, der die Luft zerteilt, antwortet er, indem er mit der Stirn gegen die Wände schlägt, die unter dem Ansturm seines mächtigen Schädels Risse bekommen. Er reißt sich die Kleider in Fetzen vom Leib, stößt sich die Fäuste blutig und läßt allein durch die Energien seiner Raserei Gegenstände durch den Raum fliegen, ohne sie zu berühren.

»Er wollte seinen seelischen Schmerz durch körperliches Leid zum Schweigen bringen, denn in seinem langen rauhen Männerleben hatte er letzteres zu ertragen gelernt, ersteres aber nicht.«

»Seine große Verzweiflung war verständlich. Narciso, sein vergötterter Bruder, war außer der Reihe getötet worden, nach Ablauf der Frist. Und dann auch noch mit einer Granate. Nie zuvor war in ihrem Krieg jemand auf eine so regelwidrige und grausame Art umgebracht worden. Noch nie hatte es einen Anschlag mit Sprengstoff gegeben.«

»Fernely war das egal, er mordete irgendwie. Aber das wußte Nando nicht. Er wußte ja noch nicht einmal, daß es Fernely gab.«

Severina kehrt vom Friedhof zurück und vernimmt jenseits der geschlossenen und verriegelten Bürotür die Hiebe, die sich ihr Sohn Nando als Strafe selbst auferlegt. Sie respektiert seine Trauer, ohne ihn dabei zu stören, schiebt einen Sessel vor die Türe und setzt sich hinein, um auf ihn zu warten und ihm von draußen beizustehen.

»Die Glocken machen ihn verrückt«, sagt sie. »Gleich hören sie auf.«

Die Glocken stellen ihr Geläut ein, und das Echo der

Schläge verstummt. Jetzt hört Severina ihn atmen: ein röchelnder Atem, unterbrochen von den Schluchzern eines zerschlagenen Mannes, eines schwer verwundeten wilden Tieres mit zerschmetterten Stoßzähnen und gebrochener Seele.
Drei Tage und Nächte verharrt Nando fastend und büßend in diesem Zimmer. Am dritten Tag öffnet er die Tür, lebend, aber ausgezehrt, erschöpft und von blauen Flecken übersät. Er trinkt eine große Flasche Wasser, taucht den geschundenen Kopf ins Wasserbecken, läßt sich in eine Hängematte fallen und befiehlt seinen Männern: »Findet heraus, wer Narciso umgebracht hat.«
Dann gesteht er Severina einen Zweifel, der ihm auf der Seele brennt und den nur sie ihm zu nehmen vermag, weil sie die einzige ist, die die Rätsel des eigenen Blutes kennt.
»Mutter, wieso hat Mani mich hintergangen?«
»Er war es nicht.«

Haben Sie schon einmal gesehen, wie die Hitze, wenn sie sehr groß ist, die Dinge verwischt, als würde sie einen Schleier darüberlegen? In der flirrenden Sonne beginnen die Bilder zu schwanken, genauso wie im Benzindunst. Und das übergroße Licht versengt die Farben ... So sahen wir die Barraganes an diesem glühendheißen Tag, an dem Narciso starb, auf den Friedhof kommen: Flimmernd, wie eine Prozession aus Lichtflecken auf einem verschleierten Foto.«
»Auch die Presse war auf dem Friedhof, Reporter und Fotografen von den Zeitungen, weil der Mord an Narciso Barragán die Meldung des Tages war. Aber keine der Aufnahmen soll etwas geworden sein: Es war nur ein helles Licht darauf zu sehen, das nicht von dieser Welt war.«
Eine Menschenmenge aus Nachbarn und Neugierigen wartet schon eine Weile auf das Erscheinen der Barraganes. Die Wartenden schützen sich vor dem Glockenlärm, indem sie sich die Ohren mit Watte verstopfen, und suchen vor dem Wutausbruch der Sonne unter den ausgebreiteten Flügeln einiger Gipsengel Zuflucht, die auf dem gesamten Gottesacker den einzigen Schatten spenden.
Das Familiengrab der Barraganes nimmt den ganzen nordöstlichen Teil des Friedhofs ein. Dort häufen sich Grabsteine über Grabsteine mit ihren in einen blütenweißen, zu Kalk zerbröselnden Marmor eingemeißelten Namen. Einige tragen auch eine Inschrift: Héctor Barragán, der Gerechte. Diomedes G. Barragán. Deine Hand hat die Schuld eingezogen. Wilmar H. Barragán. Rächer seines Volkes durch Gottes Gnaden. Bei den Barraganes von Mutterseite ist der Nachname des Vaters auf den Anfangsbuchstaben verkürzt, um die Einheit des Clans für

jedermann sichtbar auch im anderen Leben zu wahren. Barraganes über Barraganes, allesamt keines natürlichen Todes gestorben, warten hier in ihren von der erbarmungslosen Sonne zu Backöfen aufgeheizten Gruben auf das Jüngste Gericht.

»Können die Toten bei diesen Temperaturen überhaupt die ewige Ruhe finden?«

»Nein. Von Schuld gepeinigt, wälzen sie sich in ihren Gräbern, kochen in ihren eigenen Gasen und blähen sich auf, bis sie platzen.«

Bevor die Barragán-Frauen in ihrem Blickfeld erscheinen, hören die Leute sie schon von weitem und erschauern: Dieses weibliche Wehklagen, schriller als der höchste Glockenton, kommt das aus dem Jenseits? Nein. Es sind menschliche Stimmen. Jetzt nähern sie sich, jetzt sind ihre Worte zu verstehen:

»Armer Narciso! Welch ein Jammer um deine Schönheit, die nun für immer dahin ist!«

»Deine ach so schwarzen Augen, die Erde wird sie verschlingen!«

»Oh, deine göttlichen Augen, Narciso Barragán, sie werden dort unten nichts sehen, sie werden keinem begegnen!«

»Sie haben Narciso umgebracht, den Dichter! Es waren die Feinde! Sie hatten kein Erbarmen mit seinem Körper und haben auch seine Seele zerstört!«

Nur Severinas Rufe sind tief und rauh, vom Zorn erstickt. Sie murmelt heimlich einen Schlachtruf, eine heidnische Litanei, die keine Vergebung kennt und weder um Erbarmen noch um ewige Ruhe fleht:

»Das Blut meines Sohnes ist vergossen. Das Blut meines Sohnes wird vergolten!«

»Und Narcisos Grabstein, hat der eine Inschrift bekommen?«

»Ja. Eine merkwürdige Inschrift, anders als die übrigen, die aber auch von Nando stammte. So lautete sie und dürfte sie noch heute lauten, wenn die Hitze und der Verfall sie nicht ausgelöscht haben: Hier ruht Narciso Barragán, der Dichter, ermordet, obwohl er niemanden getötet hat.«

Rechtsanwalt Méndez wird mit geschlossenen Augen in einem Mietwagen durch die Straßen der Stadt gefahren. Am Steuer sitzt Tin Puyúa, Mani Monsalves Gehilfe und rechte Hand. Er hat dem Anwalt befohlen, die Augen geschlossen zu halten, damit er nicht erfährt, wo er hingebracht wird.

»Steigen Sie hinten ein, legen Sie sich auf die Sitzbank, schließen Sie die Augen fest und tun Sie, als ob Sie schlafen«, hat Tin ihn angewiesen. »Mani möchte nicht, daß Sie wissen, wo ich Sie hinbringe, und auch für Sie selbst ist es besser, es nicht zu erfahren, also halten Sie sich bitte daran.«

Während der Fahrt versucht Rechtsanwalt Méndez zu schlafen, aber es gelingt ihm nicht. Er bedauert es, denn es ist nicht einfach, die Lider so lange willentlich geschlossen zu halten. Nach einer Weile fangen sie an zu zittern und drohen, sich zu öffnen. Außerdem ist ihm übel. Da die getönten Fensterscheiben des Wagens geschlossen sind, ist ihm heiß, und er bekommt kaum Luft, aber er zieht es vor, sie oben zu lassen. Sie herunterzukurbeln und damit zu riskieren, daß Nando Barragáns Leute ihn sehen, wäre weitaus schlimmer.

Die gesunde Farbe ist ihm aus den Wangen und die gewohnte Frische aus dem Gesicht gewichen, sein Puls geht schnell. Er hat sich nicht aus eigenen Stücken in diesen Wagen begeben, sondern gezwungenermaßen. Tin Puyúa hat ihn am Ausgang seiner Kanzlei, mitten im Stadtzentrum, abgefangen, um ihm mitzuteilen, Mani Monsalve wolle ihn sehen und habe ihn, Tin, geschickt, um ihn abzuholen. Tin hat das höflich, aber bestimmt vorgebracht. Zunächst hatte Rechtsanwalt Méndez versucht, sich zu weigern, indem er einwandte, er hätte momentan keine Zeit, bis hinaus zum Hafen zu fahren, um sich mit Mani zu unterhalten.

»Mani ist nicht am Hafen«, gab Tin ihm zur Antwort. »Er ist hier, in der Stadt. Er ist extra hierhergekommen, um Sie zu sehen, und fährt anschließend sofort wieder zurück.«

Darauf stieg der Anwalt, ohne weitere Fragen zu stellen, ins Auto, denn er kennt die Monsalves gut genug, um zu wissen, wann ein Nein bei ihnen zwecklos ist. Außerdem hatte er den Eindruck, daß die Unterredung wirklich dringend sein könnte, weil Mani sich sonst sicher nicht zwei Wochen nach Narciso Barragáns Ermordung in die Stadt gewagt und sich so direkt der Gefahr von Nandos Wut ausgesetzt hätte.

Nun liegt er auf der Rückbank und kämpft gegen die aufsteigende Übelkeit, während Tin Kurven und Schleifen fährt, um auszuschließen, daß ihn jemand verfolgt. Plötzlich bremst er abrupt, reißt das Steuer herum, und der Anwalt hat das Gefühl, als würden sie sich auf einer breiten Straße gegen die Fahrtrichtung bewegen und dem entgegenkommenden Verkehr ausweichen. Beim Einsteigen hat Méndez an einem Aufkleber auf der Scheibe erkannt, daß es sich um einen Leihwagen handelt. Das beruhigt ihn etwas: Wenigstens verringert sich dadurch das Risiko, daß sie von den Barraganes erwischt werden, die auf die Monsalves Jagd machen wie ausgehungerte Hunde.

Nachdem sie eine halbe Stunde kreuz und quer durch die Stadt gefahren sind, bringt Tin das Fahrzeug zum Stehen und fordert ihn auf, auszusteigen. »Aber nicht die Augen öffnen, bevor ich es sage«, ermahnt er ihn.

Rechtsanwalt Méndez geht blind, mit geneigtem Kopf an

Tin Puyúas Arm. Er durchquert mit ihm einen Flur, der sauber und neu riecht, steigt in einen Fahrstuhl, der schnell und lautlos mehrere Stockwerke hinaufgleitet, spürt, wie er von Kopf bis Fuß abgetastet wird, hört, daß sich eine Tür öffnet, betritt einen mit Teppichboden ausgelegten Raum, nimmt die künstliche Temperatur der Klimaanlage wahr, setzt sich in einen bequemen Sessel und erhält endlich den Befehl, die Augen zu öffnen. Er tut, wie ihm geheißen, sieht aber nach dem langen, zwanghaften Zusammenkneifen seiner Lider zunächst nur Sternchen vor einem schwarzen Hintergrund.

Allmählich gewinnt er seine Sehkraft soweit zurück, daß er vor sich, im gleichen Sessel wie er selbst, Mani Monsalve sitzen sieht, frisch gebadet, das Haar noch tropfnaß und in einen Frotteebademantel gehüllt. Im Ausschnitt des Bademantels erscheint der Griff eines Revolvers, den Mani auf der nackten Haut unter der Achsel trägt. Er hält eine eisgekühlte Kola Román in der Hand und bietet ihm auch eine an. Seine Stimme klingt anders als sonst, belegter. Seine knappen Worte wirken wie Hammerschläge. Der Anwalt nimmt an und sieht sich im Raum um, während der andere das Erfrischungsgetränk holt. Wir sind in der Suite eines First-Class-Hotels, und zwar alleine, versucht er, sich in Gedanken zu orientieren.

Méndez und Mani hatten bisher einen lockeren, brüderlichen Umgang miteinander, frei von Spannungen und ohne Umstände. Heute ist das anders. Mani zögert lange, ehe er wieder zu sprechen beginnt, und auch der Rechtsanwalt schweigt. Er zieht es vor zu warten. Träge schleichen die Sekunden, eine um die andere löst sich zäh und zögerlich von den Uhrzeigern.

Mani sitzt eingesunken in seinem Sessel und zieht die

Stille absichtlich bis zur Unerträglichkeit in die Länge. Er macht keinerlei Anstalten, das Eis zu brechen, als wollte er die Nerven des Anwalts auf die Probe stellen. Dieser merkt es und ringt um seine innere Fassung: Er atmet tief ein und aus und nimmt hin und wieder einen Schluck aus der Limonadenflasche. Auch Mani trinkt seine Kola Román. Schließlich faßt Rechtsanwalt Méndez sich ein Herz: »Sag mir, worum es geht«, beginnt er. »Du hast mich holen lassen.«

»Um Alina Jericó«, antwortet Mani, und das Herz des Anwalts macht einen Satz, weil dies die Bestätigung seiner Vermutung ist.

Ja, die Angelegenheit ist delikat, denkt er. Ein falsches Wort, und ich bin ein toter Mann.

»Alina Jericó geht es gut«, sagt er beherzt und erreicht, daß seine Stimme beinahe normal klingt.

»Ihr mag es gutgehen, aber sie ist weit weg von mir. Sie hat mich am Tag von Narciso Barragáns Tod verlassen. Und sie hat meinen Sohn mitgenommen, bevor er geboren wurde. Sie hat ein Appartement gemietet und ist ausgezogen. Wissen Sie, Herr Anwalt, wer ihr geholfen hat, das Appartement zu finden?«

»Ja, ich weiß es, und du weißt es auch, weil du deine Leute angewiesen hast, sie Tag und Nacht zu beschatten. Ich habe ihr geholfen, es zu finden. Ebenso wie die Möbel, die Vorhänge und das Geschirr ... Ich habe es getan, weil sie mich darum gebeten hat. Sie hat mir gesagt, es sei ihr Wunsch, von dir wegzuziehen, um ihr Kind zu schützen.«

»Vor einer Woche hat Alina ein Essen in diesem Appartement gegeben. Wissen Sie, Herr Anwalt, wer eingeladen war?«

»Ihre Schwestern mit deren Ehemännern und ich. Es gab gebratenes Hähnchen, Kartoffelpüree, grünen Salat und Bier. Ist dir eine dieser Angaben neu?«

»Vor drei Tagen, Herr Anwalt, sind Sie im Flugzeug vom Hafen in die Hauptstadt geflogen. Sie hatten einen Anzug aus Leinen an ...«

»Ja. Und morgens früh trug ich Baumwollkleidung. Ich habe mich bei Alina umgezogen. Ich war dort, um ihr beim Unterzeichnen des Mietvertrags zu helfen, und es blieb mir anschließend nicht genügend Zeit, vor dem Abflug noch einmal ins Hotel zu gehen ... Aber nein, Mani, ich habe nichts mit deiner Frau. Mach dir doch nichts vor: Sie hat dich nicht meinetwegen verlassen. Wenn das der Grund wäre, brauchtest du mich ja bloß aus dem Weg zu schaffen ... Aber die Angelegenheit ist schwieriger, und das weißt du auch. Versuche nicht, die Sonne mit einem Finger zu verdecken.«

Von neuem breitet sich Stille im Raum aus, eisig wie die beschlagenen Flaschen des roten Erfrischungsgetränks.

Mit dem Temperament von Barraganes und Monsalves umzugehen ist für Rechtsanwalt Méndez nie einfach gewesen, am allerwenigsten, wenn sie verärgert sind. Oder eifersüchtig, wie jetzt Mani.

Wenn ich Pech habe, sehe ich das Tageslicht nie wieder, denkt Méndez und wendet sich unwillkürlich zum Fenster, kann aber nicht hinaussehen, weil die Vorhänge zugezogen sind. Er lenkt seine Aufmerksamkeit auf ein großes Gemälde in blassen Blau- und Grüntönen, die sich im Teppichboden und in den Möbelbezügen wiederholen. Das Bild stellt ein ziemlich steif auf den Wellen reitendes Segelboot dar, und er denkt bei sich, daß es nicht gut gemalt ist. Er beobachtet Mani Monsalve, der auf einen bestimmten Punkt im Teppich starrt, als warte er darauf, die Wolle sprießen zu sehen. Er nimmt die Wassertropfen wahr, die ihm immer noch über die Brust rinnen, und bleibt mit seinem Blick am Holzgriff des Revolvers hängen. Er denkt: Wenn ich Pech habe, zieht er die Waffe, und das war's für mich. Die Vorstellung überrascht ihn nicht. Es überrascht ihn viel mehr, daß es noch nicht geschehen ist.

Rechtsanwalt Méndez ist ein Landsmann der Barraganes und der Monsalves, mit dem einzigen Unterschied, daß er von weißer Abstammung ist und sie von indianischer. Seine Freundschaft zu beiden Familien begann in der Zeit vor ihrem Bruderkrieg. Als sie in die illegalen Geschäfte einstiegen und mit dem Gesetz in Konflikt gerieten, fühlte Rechtsanwalt Méndez sich aus einer alten solidarischen Verbundenheit heraus verpflichtet, ihnen zu helfen, und zwar jeder Familie für sich. Da ihre Gewinne und auch ihre Rechtsstreitigkeiten von Tag zu Tag zunahmen, wurde der Anwalt immer enger in ihre Geschäfte verwickelt. Schon oft hatte er aussteigen wollen, doch gelang es ihm nicht, denn ohne es zu merken, war er in einen Zug eingestiegen, für den es keine Rückfahrkarte gab. Er war sozusagen ohne Scheidungsoption mit den Barraganes und mit den Monsalves verheiratet und hatte seine Jugend und einen Teil seines Erwachsenenalters der aufreibenden Übung geopfert, sich am Leben zu erhalten, indem er seine Beziehungen zu beiden Clans in perfektem Gleichgewicht und mit pedantischer Unparteilichkeit gestaltete.

Er weiß, daß die Gesetze der Traditionen der beiden Familien seine körperliche Unversehrtheit in gewisser

Weise schützen, denn sie schreiben vor, das Leben der Anwälte des Gegners, wie das der Frauen, der Alten und Kinder zu achten. Nach den Gesetzen des Bruderkriegs ist der Anwalt deines Feindes – der ihn vor der Außenwelt, nicht vor dir, schützt – unantastbar. Ungünstig ist bloß, daß kein Gesetz den Familien verbietet, ihre eigenen Anwälte um die Ecke zu bringen. Wegen Verrats, beispielsweise. Das ist es, was hier im Begriff ist zu geschehen. Für einen Mann der Wüste ist der größte Verräter nämlich einer, der seine Frau anrührt.

Als Alina Jericó ihn um seine Unterstützung bat, um sich von Mani Monsalve zu trennen, sah Rechtsanwalt Méndez die heutigen Ereignisse in aller Klarheit voraus – diese Unterredung und dieses Gefühl, sich ergeben in seinen Tod zu fügen, was letztlich nichts anderes ist als eine plötzliche Lebensmüdigkeit –, und es kam ihm vor, als habe er all das in einer Nachrichtensendung des Fernsehens schon einmal gesehen.

Natürlich ging es jemandem wie Mani nicht in den Kopf, wie sich ein anderer Mann seiner Frau annähern konnte, ohne daß es dabei zur Sache ging. Außerdem war er von der kürzlichen Trennung aufgewühlt, zornig und gedemütigt. Das alles war dem Anwalt von vornherein glasklar gewesen. Aber es war nicht seine Art, Alina die Hilfe zu verweigern, als sie sich an ihn wandte, um sich und ihr ungeborenes Kind vor dem Fluch eines für sie unverständlichen Bruderkrieges in Sicherheit zu bringen. Er hatte keine andere Wahl gehabt.

Jetzt gibt es nichts mehr zu tun. Alle Formalitäten sind erledigt, denkt er, setzt sich bequemer in den Sessel, rückt sich die Krawatte zurecht und gewinnt seine Selbstsicherheit zurück. Sein Gewissen ist rein. Er hat Alina Jericó nicht angerührt. Und auch keine Annäherungsversuche unternommen. Allerdings … wieso sollte er sich eigentlich in der Stunde der Wahrheit etwas vorlügen … In Wirklichkeit hatte es nicht daran gelegen, daß ihm etwa die Lust dazu fehlte, sondern sie hatte ihm schlichtweg keine Gelegenheit gegeben. Selbstverständlich zwang ihn auch der Respekt vor ihrem Zustand zur Zurückhaltung … und vor allem die Furcht vor Mani Monsalve. Mit Alina verbindet ihn eine offene Freundschaft auf geschäftlicher Basis, und dabei ist es auch geblieben. Aber hauptsächlich deshalb, weil sie es so gewollt hat. Der Anwalt lächelt. Soll ich einen ungehörigen Gedanken mit dem Leben bezahlen? sinniert er. Die Vorstellung amüsiert ihn, und er gibt ihr eine andere Wendung: *Zum Tode verurteilt, weil er die Frau seines Nächsten begehrte.* Das klingt wie die Schlagzeile eines Sensationsblattes.

Mani seinerseits quält sich mit den widersprüchlichen Grübeleien, rutscht ungemütlich in seinem Sessel hin und her. Im Grunde seines Herzens muß er sich eingestehen, daß der Anwalt recht hat, sein Problem ist keine Frage von Hörnern. Wenn es das doch bloß wäre, dann würde es genügen, den Nebenbuhler abzuknallen. Aber nein, die Sache ist komplizierter, schwieriger. Einerseits ist er erleichtert, seinen alten Freund nicht um die Ecke bringen zu müssen, andererseits will ihm nicht einleuchten, weshalb er seinen Schmerz nicht durch etwas so Einfaches wie einen Schuß in den Kopf seines Gegners beseitigen können sollte. Mit diesem Widerspruch kämpft er, indem er im Geiste die Münze mit den beiden Seiten hin und her wendet, sie immer wieder in die Luft wirft und zuerst die Zahl betrachtet, dann den Kopf, wieder die Zahl und wieder den Kopf.

Das Schweigen zieht sich lange hin, und als Rechtsanwalt Méndez sich schon damit abgefunden hat, gleich den Schuß zu hören, der ihm den Schädel sprengt, vernimmt er plötzlich Manis Stimme: »Ich glaube Ihnen, Herr Anwalt. Ich glaube Ihnen, was Sie gesagt haben«, sein Ton ist nicht mehr kalt, sondern eher wehrlos, kindlich, trotz der Bemühung, seine Worte hart klingen zu lassen. »Und ich beglückwünsche Sie. Sie haben soeben ein Menschenleben gerettet. Nämlich das Ihre. Sie können gehen, wenn Sie wollen, Tin wird Sie wieder dorthin zurückbringen, wo er Sie aufgelesen hat.«
Rechtsanwalt Méndez hat keine Lust zu antworten und macht keine Anstalten zu gehen. Er bleibt schweigend sitzen, zündet sich eine Zigarette an, obwohl er weiß, daß Mani den Rauch nicht mag, und läßt sich alle Zeit dieser Welt, um den Rest seiner Kola Román auszutrinken, als hätte er nichts Besseres zu tun an diesem Nachmittag. Daraufhin steht Mani auf, öffnet die Vorhänge und sieht auf die Avenida hinunter, wo unzählige Straßenverkäufer im spärlichen Schatten einiger schütterer Mandelbäume ihre Ware auf den Gehwegen ausgebreitet haben. Von seinem Platz aus sieht auch Rechtsanwalt Méndez die Straße und erkennt sie: Trotz des langen Weges, den Tin hierher genommen hat, um ihn zu verwirren, sind sie nur wenige Straßenblocks von seinem Büro entfernt.
»Alina will nicht mit mir sprechen, nicht einmal am Telefon«, sagt Mani, immer noch zum Fenster gewandt, mit dem Rücken zum Anwalt. »Ich habe ihr dutzendweise Rosen geschickt, aber sie schickt sie zurück.«
Méndez bemerkt etwas Ungewohntes in seiner Stimme. Weint er etwa? fragt er sich. Ja. Manis Stimme klingt gebrochen von den unterdrückten Tränen. Noch vor einer

Minute wollte er kurzen Prozeß mit mir machen, und jetzt weint er sich bei mir aus, denkt Méndez erheitert und antwortet: »Hab Geduld, Mani. Such eine echte Lösung für das Problem. Mit Rosen und Verzweiflungsakten erreichst du überhaupt nichts.«

»Und was ist die Lösung?«

»Es sind drei Schritte, die du tun mußt, wir haben bereits darüber gesprochen. Erstens: Leg den Streit mit den Barraganes bei. Zweitens: Kauf dir Herkunft und Achtbarkeit. Drittens: Wasch dein ganzes Geld auf einmal, indem du es in Grundeigentum und legale Geschäfte umwandelst.«

»Das versuche ich schon seit Jahren, aber es ist nicht so einfach.«

»Momentan bietet sich eine einzigartige Gelegenheit. Die Nationalbank will den sogenannten ›linken Schalter‹ eröffnen, um Dollars entgegenzunehmen, ohne irgendwelche Fragen zu stellen, weder nach ihrer Herkunft noch nach Namen oder Ausweis oder sonst etwas. Als einzige Bedingung gilt, daß jede Person nur tausend Dollar wechseln darf.«

»Helfen Sie mir, Herr Anwalt? Ich meine, diese drei Schritte zu tun ...«

Manis Stimme klingt dankbar, reuevoll und fast unterwürfig, als er mit dem Mann spricht, den er eben um ein Haar umgebracht hätte und der jetzt der einzige ist, der ihm helfen kann, eine Brücke zu seiner Frau zu schlagen.

»Natürlich.«

Rechtsanwalt Méndez erhebt sich, glättet sein Sakko, fährt sich behutsam mit den Fingern durch das Haar, als wollte er seinen wie durch ein Wunder unversehrten Kopf streicheln, und macht sich bereit zu gehen.

»Warten Sie, Herr Anwalt«, hält Mani ihn zurück. »Ich bin Ihnen etwas schuldig.«
»Vergiß es«, antwortet ihm der Anwalt.
»Ich möchte Ihnen auf irgendeine Weise meine Dankbarkeit erweisen«, beharrt Mani. »Sagen Sie mir, wer Ihre Feinde sind.«
Rechtsanwalt Méndez versteht den Satz: Es ist eine alte Dankesbezeigung unter den Wüstenbewohnern, gleichbedeutend mit der Aussage ›Deine Feinde sind meine Feinde‹.
»Du brauchst sie nicht umzubringen«, erwidert der Anwalt schmunzelnd und verabschiedet sich warmherzig von Mani.

Quälte Mani Monsalve eigentlich auch der Gedanke, daß er Nando Barragán mit seinem Anruf hintergangen hatte?«

»Etwas schon, aber nicht so wie Nando. Sie waren verschieden. Nando war ein Mann von Prinzipien, Mani war ein Mann der Realität. Nando war ein unverbesserlicher Träumer, Mani ein Pragmatiker, der nur eins im Sinn hatte: Alina Jericó. Nando war ein Sohn der Wüste, Mani war dagegen noch sehr jung gewesen, als sie von dort fortzogen. So konnte ihm noch nicht der Sand durch die Nase steigen und sich in seinem Gehirn festsetzen.«

Nando Barragán verbringt seine Stunden eingeschlossen im Büro und tut, was er noch nie getan hat. Er liest und stellt Analysen und Überlegungen an, um für das Unerklärliche eine Erklärung zu finden. Da er sich nicht wäscht, riecht er wie ein eingesperrter Tiger. Er verschwendet keine Zeit mit Frauen, ißt nicht, trinkt nicht, sondern hält sich lediglich mit schwarzem Kaffee und Zigaretten der Marke Pielroja aufrecht. Er kümmert sich auch nicht um Geldangelegenheiten. Narciso hat die Geschäftsgeheimnisse mit ins Grab genommen, und Nando unternimmt nichts, um sie ihm zu entreißen. Wenn er Geld braucht, bittet er einfach das Kreuz von Caravaca darum. Ana Santana, seine Frau, hat er vollkommen vergessen.

»Man kann nur etwas vergessen, was irgendwann einmal bis ins Gedächtnis vorgedrungen ist, und Ana hatte es nicht einmal geschafft, dorthin zu gelangen.«

In Nandos Augen ist Ana Santana auch nach ihrer Heirat nichts anderes als eine den ganzen Tag vor einer Nähmaschine sitzende Silhouette und nachts ein mäßig begehrenswertes weibliches Wesen in einem runden, von ihm nie benutzten Bett, weil er die Hängematte vorzieht und jedem Bett mißtraut, diesem aber besonders, das das reinste Jahrmarktsgerät ist.

Als Kind hatte er sich von der Stadt aus Eisen ins Staunen versetzen lassen, die von Jahr zu Jahr mehr Rost ansetzte und bedrohlicher krachte, nachdem sie auf ihrer Reise durch die Wüstendörfer eine Spur aus Muttern und Schrauben hinterließ. Aber er hatte nie die Achterbahn, das Riesenrad oder den Autoscooter bestiegen: Er sah sich alles nur an. In das Ehebett, das Narciso ihm geschenkt hat, legt er sich nur ab und zu für ein paar Minuten, eben lang genug, um seine ehelichen Aufgaben wahrzunehmen, stumm und ohne sich richtig auf sie einzulassen, mehr aus Pflichtbewußtsein als aus Lust.

Und jetzt nicht einmal mehr das. Allerdings hat er Arcángel erlaubt, sein Zwangsgewahrsam zu verlassen und ihm Gesellschaft zu leisten. In dem gleichen resoluten Ton, in dem er zuvor bestimmt hatte, ihn einzusperren, entschied er plötzlich, ihm eine bedingte Freiheit zu gewähren, weil er beabsichtigte, ihn zu seinem ständigen Begleiter zu machen.

»Welche fixe Idee teilte Nando mit Arcángel und ließ beide den Rest der Welt so vollkommen vergessen?«

Ein Name. Holman Fernely.

Als seine Spitzel Nando die ersten Ergebnisse ihrer Nachforschungen über das Verbrechen an Narciso überbrachten, ließ ihn eine Angabe aufmerken. Die Telefongesellschaft hatte in der Nacht vor dem Attentat einen Anruf aus Mani Monsalves Haus zum Hotel Nancy aufgezeichnet, bei dem ein gewisser Holman Fernely verlangt wurde.

Nando begegnete diesem Namen zum ersten Mal. Er las ihn laut von einem Zettel in seiner Hand.

»Sagt man Olman oder Cholman?« fragte er.

Das zweite Mal vernahm er ihn in einem schauderhaften Aufschrei, der aus dem Keller drang und durch das ganze Haus hallte. Pajarito entlockte ihn einem lebend gefaßten Verbündeten der Monsalves, einem Alten namens Tote Fliege. Den hatten sie in Unterhosen bei einer Frau erwischt, an den Eiern gepackt, in den Keller gesperrt und gefoltert, bis er sang.

»Er denunzierte Fernely als den Täter gegen Manis Willen.«

»Damit bestätigte Tote Fliege Severinas Ahnung, oder?«
»Ja. Und Nando Barragán soll persönlich hinuntergestiegen sein, um das Geständnis mit seinen eigenen Ohren zu hören. Es hieß, sein großer Kummer hätte sich dadurch halbiert: Unter Narcisos Tod litt er weiterhin, aber über Manis Betrug kam er hinweg. Es hieß aber auch, daß sein großer Zorn erhalten blieb, sich aber nur noch gegen eine einzige Person richtete: Holman Fernely.«
Wer ist Fernely? Nando und Arcángel tragen sämtliche Details zu seinem Leben und Wirken mit einer nahezu krankhaften Sammelwut zusammen. Die erforderlichen Informationen erhalten sie von hohen Beamten im Tausch gegen Whiskey. Sie gehen die Fotos und Daten immer wieder von vorne durch, ohne sich indes einen Reim auf die verschrobene Gestalt machen zu können, die da vor ihrem geistigen Auge entsteht.
»Zum ersten Mal wurde ein Barragán in diesem Krieg nicht von einem Monsalve ermordet. Sondern von einem Fernely. Einem Unbekannten. Für Nando war das etwas vollkommen Unbegreifliches. Er versteifte sich darauf, es nicht glauben zu wollen, als hätten die Fristüberschreitung und die Handgranate nicht deutlich lesbar die Unterschrift eines Fremden getragen. Eines Dahergelaufenen.«
Fernelys Gerichtsakte erzählt von Fahnenflucht, Verbindungen zur Guerilla und Kriegsberatung. Vor Nando Barragáns schwarzen Brillengläsern erscheinen Fotos, die Fernely hinter Gittern zeigen, vor dem Hakenkreuz salutierend oder unter Hammer und Sichel Kampflieder singend. Verdienstprämien empfangend oder Radrennen gewinnend. Auf manchen ist er blond, auf anderen schwarzhaarig, mal lockig, mal kahlgeschoren, mal dikker und mal dünner. Wie ein Chamäleon verändert er an-

dauernd sein Aussehen, nur seine Häßlichkeit behält er als unverwechselbares Merkmal bei: Ganz gleich, in welcher Verkleidung er daherkommt, immer ist es unangenehm, ihn anzusehen.

Als sei er mit dem Legen nutzloser Patiencen beschäftigt, ordnet Arcángel die Fotos aufmerksam in einer Reihe auf dem Tisch und läßt seine weichen, sanftmütigen, zur Betrachtung von Sonnenuntergängen geschaffenen Augen darüberwandern.

»Der Mann ist blond, Linkshänder, redet nicht viel, hat ein gebrochenes Nasenbein, ist einsachtzig groß und hat etwas an den Augen«, faßt er seine Erkenntnisse nach einer Weile leise und ohne Nachdruck zusammen, so daß Nando und die anderen ihm kein Gehör schenken.

In den Berichten des Geheimdienstes wird Fernely vorgeworfen, als Spitzel für die CIA und den KGB tätig gewesen zu sein, als Gewerkschaftsführer und Streikbrecher. Die *Dossiers* identifizieren ihn als einen von der Ultrarechten in Israel geschulten Sprengstoffexperten, als einen gelernten Artilleristen aus einer Ausbildungsstätte für Umstürzler in Havanna. Alte Zeitungsausschnitte bringen ihn mit Anschlägen auf Kasernen, mit Banküberfällen und Millionärsentführungen in Zusammenhang. Seine Privatpost unterzeichnet er als Holman, als Alirio, als Jimmy, als *Die Tunte*, als *Der Dürre*.

Wer ist Holman Fernely wirklich? Nando Barragán dämmert es allmählich.

»Holman Fernely ist ein bedauernswerter Hurensohn«, lautet sein Urteil.

Das unentwirrbare Dickicht der widersprüchlichen, internationalen Ermittlungen kreist wie ein Karussell in seinem Kopf. Ihm, der nie sein Land verlassen hat, der sich nicht traut, ein Flugzeug zu besteigen, der nicht einmal die eigene Sprache richtig beherrscht, ihm braucht man gar nicht zu kommen mit Hakenkreuzen, mit Hammer und Sichel. Ihm, der ein natürlicher Anführer ist, ein gemeiner Verbrecher, ein Kazike vom Stamm der Kannibalen, ihm genügen drei Eckdaten, um den Mörder seines Bruders aufs Korn zu nehmen: Was ißt er, mit wem schläft er, wen fürchtet er. Aber das kann ihm keiner sagen, weil niemand es weiß.

Gegen Morgen, als die Männer sich zur Ruhe begeben und Arcángel in einem Sessel vom Schlaf übermannt wird, vernimmt Nando die ersten Regungen der Sittiche im Hof und Severinas leichte Schritte, die von Käfig zu Käfig gehen, um Vogelfutter, Bananenstückchen und Apfelsinenschnitze zu verteilen. Da kratzt er sich den mächtigen Schädel und denkt voller Zärtlichkeit an die alten Tage, als der Krieg gegen die Monsalves noch eine lärmende Schießerei zwischen jungen Burschen war, mit viel Pulver und wenig Verletzten. Sehnsüchtig beschwört er die Zeiten voller Leichtlebigkeit und Trubel herauf, in denen der Kampf noch mit Versen ausgetragen wurde: Narciso, der Dichter, komponierte Vallenatos gegen die Monsalves, und sie, die keinen Poeten in der Familie hatten, heuerten Musiker an, um die Schmählieder mit schlimmeren zu erwidern.

»Die Lieder dieser Gesangsduelle waren stadtbekannt, weil sie auf Festen und bei Ständchen gespielt wurden. Die besten wurden sogar auf einer Platte herausgebracht.«

Nando läßt sich von seinen Erinnerungen weiter in die Vergangenheit tragen, bis er voller Rührung beim ersten Tag des Krieges anlangt, als er Adriano Monsalve, seinen

Vetter ersten Grades, wegen Marco Brachos Witwe tötete …

Von dort kehrt er zur Gegenwart zurück und überlegt, was Fernely wohl kassiert haben mag, um Narciso umzubringen. Er fragt sich, ob das Töten aus Liebe eine ebenso schwere Sünde ist wie das Töten für Geld.

»Viel Wasser war die Flüsse herabgeflossen, bis die Barraganes und Monsalves bei der kalten Professionalität eines Holman Fernely angekommen waren …«

»Viel Blut war die Flüsse herabgeflossen, und es geschah, was geschehen mußte.«

Nando und seine Männer zermartern sich das Gehirn in ihren endlosen Diskussionen, ob es erfolgversprechender sei, Fernely in der Stadt oder in den Bergen zu suchen, ob sie ihn sich bei Tag oder bei Nacht vornehmen sollten, mit einem Messer oder einer Schußwaffe. Sie entwerfen Strategien, wie ihn zu zermürben, schmieden Pläne, ihn im Staub kriechen zu lassen, durchleuchten seine Psyche, studieren seine Gewohnheiten, legen die Finger auf seine Schwachpunkte. Bis Nando dieser Gespräche überdrüssig wird.

»Es langt«, sagt er. »Mag seine Großmutter ihn verstehen, ich werde ihn jedenfalls auf meine Weise töten.«

Ein Mann angelt am Ufer eines schlammigen, braunen Flusses mit einer trägen Strömung. Er steht in der Tür seines Hauses, einer ins Wasser gebauten Holzhütte auf langen Pfählen, die an die Beine eines Stelzvogels erinnern oder an die der Malariamücken, die seinen Kopf umschwirren, ohne daß er sie vertreibt. Er macht nur die allernötigsten Bewegungen, um mit der Angel auszuholen und Schnur und Haken weiter hinauszuwerfen. Von Zeit zu Zeit biegt sich die Angel unter dem Zug einer Wasserpflanze und rührt mit ihrem Zittern die zähflüssige Luft auf. Es ist bald Mittag, und der Angler hat noch nicht einen Fisch gefangen.

»Unser armer Fluß ist tot«, sagt er vor sich hin. »Er führt nur noch Scheiße.«

»Wie hieß dieser Mann?«

»Er hieß nicht. Er war einfach ein Fischer.«

Seine Frau schaut zur Tür heraus und fragt: Gibt's Fisch zu Mittag? Der Mann: Nein. Die Frau: Gut, dann gibt's Bratbananen.

Der Mann zieht die Angel ein, nimmt den leeren Eimer, steigt in sein Boot und rudert bis zur Mündung eines Gebirgsbachs, wo er am Morgen sein Netz aufgespannt hat, in der Hoffnung, daß einige Fische darin hängenbleiben. Von ferne sieht er, daß irgend etwas den Durchfluß behindert und das Wasser zwingt, darüber hinwegzuspülen. Er macht sich keine falschen Hoffnungen: Gewöhnlich sind es Äste, die aus der Schlucht in den Fluß geschwemmt werden. Er nähert sich dem Netz, greift hinein. Es sind keine Zweige. Es sieht aus wie Papier ... Er zieht eine Handvoll aus dem Wasser. Es ist auch kein Papier.

»Was war es?«

Es sind Scheine. Er holt eine Handvoll Scheine aus dem Wasser. Dann langt er noch einmal hinein und holt eine zweite heraus.
»Wie kam denn das viele Geld dahin?«
Genau das fragt er sich auch, erschrocken und verwundert zugleich, ohne eine Antwort zu finden. Er ist so verdutzt, daß er sich aus lauter Angst, der Schatz könnte verschwinden, nicht mehr zu rühren wagt. Bevor das Gehirn seine Tätigkeit wieder aufnimmt, reagieren aber seine Hosentaschen. Er zögert nicht mehr lange, sondern bemüht sich fieberhaft, der Beute habhaft zu werden. Mit den Augen sucht er dabei die Umgebung nach dem rechtmäßigen Besitzer ab. Nichts, niemand. Nur ein paar Mauereidechsen mit Kinderhändchen sehen ihm zu. Dem Fischer schlägt das Herz bis zum Hals, trocknet die Spucke im Mund. Voller Panik, entdeckt zu werden, sieht er sich immer wieder ängstlich um, während er versucht, das Netz einzuholen, ohne einen der darin aufgefangenen Scheine zu verlieren. Obwohl ihm trotzdem viele entgleiten und flußabwärts treiben, ist sein Netz voll. Hastig stopft er die triefenden Klumpen in den Eimer und wirft alles, was nicht hineinpaßt, auf den Boden seines Bootes.
»Sieh mal, was ich hier habe«, sagt er zu seiner Frau, als er wieder an der Hütte zurück ist.
Sie betrachten den Haufen aus graugrünen Scheinen, die glänzend und still daliegen wie tote Sardinen.
»Das ist kein Geld von hier«, sagt er.
»Es sind Dollars«, sagt sie. »Es sind Dollarnoten.«
»Was können wir davon kaufen?«
»Ein neues Radio. Einen Fernseher. Sogar ein Motorboot ...«

»Und wenn es Falschgeld ist? Außerdem, irgendeinem muß es ja gehören …«
Die Frau nimmt einen Schein in die Hand, hält ihn gegen das Licht, prüft eine Ecke mit den Zähnen, schnippt mit dem Nagel ihres Zeigefingers dagegen.
»Sie sind echt«, lautet ihr Urteil, »und ab jetzt gehören sie uns.«
Sie füllt sie in Körbe und eilt, sie in der Sonne zu trocknen, indem sie sie mit Wäscheklammern an den Drahtzaun hängt.

In den Bergen zwei Kilometer oberhalb der Mündung des Gebirgsbaches, wo der Fischer die Beute gefunden hat, liegt eine Hacienda der Monsalves. Mani Monsalve hat den Gutsverwalter und die Arbeiter persönlich dazu aufgefordert, alles Geld, das hier versteckt liegt, ans Tageslicht zu befördern. Sie haben Löcher gegraben, Grotten aufgebrochen, Ali-Baba-Höhlen geöffnet, bis zum Rand mit Dollarscheinen gefüllte Fässer herausgeholt und zum Transport auf einen Lastwagen geladen. Einige kamen vergammelt zum Vorschein, von Feuchtigkeit, Schimmel und Würmern zerfressen. Eine Tonne ist ihren Händen entglitten und bis zur Schlucht gerollt. Sie zerschellte beim Aufprall auf die Steine, so daß die Dollarnoten herausflatterten und frei im Wind dem Fluß entgegentanzten.

»Das waren die Scheine, die der Fischer fand ...«

»Genau die.«

Auf den anderen Monsalve-Haciendas tun die Arbeiter das gleiche. Sie fördern auf Manis Anordnung Reichtümer zutage und laden sie auf Lastwagen. Ebenso im Hafen: In mehreren Häusern und Appartements werden Mauern eingerissen und Dollarbündel aus stillgelegten Toiletten und Garagen befreit. Bodenbretter werden angehoben und abgehängte Decken geöffnet, um Koffer voller Scheine hervorzuholen, und aus den Wassertanks kommen luftdicht versiegelte Plastiksäcke mit Banknoten zum Vorschein.

Unterdessen steht im Zentrum des Hafens, vor dem gelben Sandsteingebäude der Nationalbank, eine fünf Häuserblocks lange Menschenschlange, wie bei einer Erstaufführung vor dem Kino. Hunderte von Fußpaaren warten hintereinander in Reih und Glied und rücken

Schritt für Schritt, Meter für Meter zum Schalter vor. Sie sind mit unterschiedlichstem Schuhwerk bekleidet: schwarze Lackschuhe mit hohen Hacken und einer blumenverzierten Öffnung für die Zehen; stabile, bis zum Knöchel gebundene Kalbslederstiefel mit dicker Profilsohle; nagelneue Adidas mit doppelter Sohle und aufwendiger Fersenstütze; abgetragene Tennisschuhe aus zerlöchertem Leinen; von Fußschweiß imprägnierte Espadrilles; echte Schweizer Mokassins von Bally; nackte, von staubigen Wegen gegerbte und vom Asphalt gehärtete Füße; ausgefallene Modelle für exotische Männer aus rot-blauem Samt mit Straßbesatz. Die Besitzer und Besitzerinnen all dieser Schuhe sind so unterschiedlich wie ihre Fußbekleidung, mit einem einzigen gemeinsamen Merkmal: Sie tragen alle ein Tausend-Dollar-Bündel aus dem Besitz der Monsalves in der Tasche.

Auf die eine oder andere Weise steht jeder von ihnen in Verbindung zur Familie. Es sind Sekretärinnen aus ihren Büros, Landarbeiter von ihren Fincas, Pistoleros aus ihren Truppen, Köchinnen, Gärtner und ein ganzes Heer von Vettern zweiten Grades, Großonkels, Schwippschwägern, Schwägerinnen, Patenonkels und Patentanten: alles arme Leute, von denen es genügend gibt und die ständig auf eine Gelegenheit lauern, sich ein paar Pesos dazuzuverdienen.

Sie wurden angeheuert, um sich an der monumentalen Aufgabe der Geldwäsche zu beteiligen. Ihre Tätigkeit besteht darin, jeweils einen Betrag von tausend Dollar in Empfang zu nehmen, am linken Schalter Schlange zu stehen, das Geld in Pesos umzutauschen, fünf Prozent einzubehalten und den Rest wieder abzuliefern, damit Manis Vertrauensleute es bei den örtlichen Banken auf die Konten der Strohmänner einzahlen können. In zwei Minuten wurde ihnen der Vorgang erklärt. Sie verstanden sofort und sind, ohne weitere Fragen zu stellen, bestens in ihren Auftrag eingeweiht.

Im Umkreis der Schlange entfaltet sich der reinste Jahrmarktsrummel. Aus drei verschiedenen Quellen ertönt gleichzeitig Musik, während sich um die Wartenden eine Duftwolke aus Achselschweiß und gebackener Schweineschwarte zusammenballt. Sie werden von Straßenverkäufern belagert, die Hefebrötchen, Blätterteigteilchen, gekühlte Hafermilch, Ananas in Scheiben und zerstoßenes Eis mit grellem Sirup feilbieten. Geschäftstüchtige Marktfrauen bauen Stände mit Mixern auf und beginnen, aus Guajaven, Sapoten und Zimtäpfeln Fruchtsäfte zuzubereiten, während ein zwielichtiger Heilkundiger Leguaneier als Wundermittel gegen Potenzprobleme anpreist.

Manis Männer, die heimlich Waffen unter der Kleidung tragen, bewachen die Schlange, indem sie sie von oben nach unten abschreiten, um zu verhindern, daß jemand mit dem Geld das Weite sucht.

»Es wird erzählt, daß einige es trotzdem schafften.«

»Ja. Es heißt, eine junge Frau begann in der Schlange zu klagen, sie müßte mal ganz dringend. Manis Schläger befahlen ihr auszuhalten, aber sie machte Theater, krümmte sich, hielt sich die Nieren und bettelte darum, austreten zu dürfen, weil sie sonst platzen würde. Schließlich gestatteten sie ihr, sich in einer benachbarten Sackgasse hinter ein paar Mülltonnen zu erleichtern. Aber dieses Luder beließ es nicht bei dem kleinen Geschäft, und ihr Begleiter, der aufzupassen hatte, daß sie sich nicht aus dem Staub machte, sah weg, weil es unangenehm ist und Unheil

bringt, einer fremden Frau beim Scheißen zuzusehen. Das nutzte sie aus, steckte sich das Geld in den Ausschnitt und schoß mit dem letzten Furz davon, wie eine angestochene Ballonpuppe. Als der Pistolero sich nach ihr umdrehte, fand er nur noch ihren Haufen mit einem verschmierten, wie eine Fahne hineindrapierten Dollarschein vor. Er rannte viele Straßenblocks hinter der Flüchtigen her, bis seine Kugeln, die sie wütend verfolgten, um sie für ihre Dreistigkeit und Unanständigkeit zu bestrafen, genug davon hatten, ihr Ziel zu verfehlen, und sie begnadigten. Die Leute sagen, daß dieser Mann Zeit seines Lebens das Gefühl nicht mehr loswurde, versagt zu haben, und daß ihr Lachen ihm bis heute in den Ohren widerhallt. Die Leute sagen auch, daß die junge Frau die tausend Dollar auf dem Schwarzmarkt gegen französische Spitzenunterwäsche und duftende Körperöle eintauschte, um sich von ihrem Freund, einem Mechaniker, schwängern zu lassen.«

»Er ist ein Hurensohn«, sagt Nando Barragán über Holman Fernely.
Der Satz läßt alle Anwesenden aufhorchen, denn niemand hat je gehört, daß Nando den Feind mit diesem Schimpfwort belegt.
»Für einen Barragán gab es nichts Heiligeres auf der Welt als seine Mutter, und Nandos Mutter war die Schwester von der Mutter der Monsalves. Und umgekehrt. Die Mutter des Feindes zu beleidigen kam daher der Beleidigung der eigenen Mutter gleich.«
Nandos Bemerkung macht in der ganzen *Esquina de la Candela* die Runde und veranlaßt die Leute zu folgendem Kommentar: *Er bringt die Söhne seiner eigenen Tante um, was wird er dann erst mit einem Hurensohn anstellen?*
Seit er von Fernelys Existenz weiß, ist Nando Barragán außerstande, an etwas anderes zu denken. Das Verlangen, ihn zu töten, hat sich in ihn eingebrannt wie das rotglühende Brandeisen in einen Jungstier. Seit er diesen Namen hörte, hat er sich nicht mehr um die Geschäfte gekümmert, sein Schmerz über Narcisos Tod ist dem erbitterten Wunsch nach Rache gewichen, und seine melancholische Liebe für die blonde Milena hat an Macht über ihn verloren. Sogar seine Besessenheit von Mani Monsalve hat nachgelassen, bisher Dreh- und Angelpunkt seines allein darauf ausgerichteten Lebens, diesen mit der ganzen Kraft seines gebrochenen Herzens zu hassen.
Die Trauertage um seinen Bruder verbringt Nando, immer mit der schwarzen Sonnenbrille vor den Augen, im Halbdunkel seines rauchverpesteten Büros. Man sieht ihn häufig in Arcángels Gesellschaft, dem Verbündeten

seiner neuen fixen Idee: dem Plan der Vergeltung. Bislang war es Nando entgangen, daß der freundliche, friedliche Arcángel eine Neigung zum Krieg verspürt. Doch seit sie sich in der Suche nach Fernely verbrüdert haben, entdeckt er in dem Jungen die übernatürliche, apokalyptische Veranlagung eines biblischen Würgeengels und fragt sich, ob es nicht ein Fehler war, ihn von den Waffen fernzuhalten.

Draußen dunkelt es, aber keiner schaltet die einzige Glühbirne des Zimmers an, die unnütz am Ende eines nackten Kabels von der Decke herabhängt. Die Brüder sind so vertieft, daß sie die von Severina hereingebrachten Teller mit schwarzen Bohnen unberührt kalt werden lassen.

»Während Severina ihren Erstgeborenen Nando mit schwarzen Bohnen fütterte, nährte sie seinen Groll durch häufige Anspielungen auf Narciso, die sie jedesmal scheinbar beiläufig fallenließ, wenn sie mit dem Essenstablett ins Büro kam.«

»Viele waren davon überzeugt, daß in Wirklichkeit Severinas verletzte Mutterliebe, die kein Erbarmen kannte, der Motor dieses Krieges war. Sie bezeichneten Nando auch als eine Kriegsmaschine, die von Severinas eisernem Willen angetrieben wurde, denn die Welt kennt keinen größeren Rachedurst als den einer Mutter, deren Kinder gewaltsam ums Leben kamen.«

Nando und Arcángel gehen in einer bislang ungelebten Bruderliebe ineinander auf. Wenn sie genug davon haben, sich heldenmütige Racheakte auszudenken, beginnen sie, Erinnerungen auszutauschen, wie Schuljungen das mit den Bildchen für ihre Sammelalben tun. Arcángel erzählt dann von der Hauptstadt, die Nando

nicht kennt, einer eisigen Stadt, wo die Esel wollig sind, die Blumen pelzig und die Leute sich in ihren Häusern verkriechen. Und Nando beschwört mit der bebenden Stimme eines Tangosängers die Bilder der Wüste herauf, das Land ihrer Vorfahren, das Arcángel als Säugling verlassen hat, um nie wieder dorthin zurückzukehren. Er erzählt ihm von nackten Indios, die einen Ball aus Lumpen über den kahlen Sandboden kicken; von seßhaften, an ihre Erde gebundenen Völkern, die jedoch jeden aus der Ferne herbeiziehenden Wanderer gastfreundlich aufnehmen, um seinen Reisegeschichten zu lauschen; von Schmugglern, die vollbepackt mit Waren nachts die Grenze passieren und sich bei Tag die Zeit damit vertreiben, ihre Gewinne bei Hundekämpfen zu verwetten.
Der älteste und der jüngste Bruder lassen ihren Erinnerungen Flügel wachsen, lassen die Stunden verstreichen, lassen Severinas schwarze Bohnen kalt werden und bemerken nicht die schweigende Gegenwart dessen, der auf der Türschwelle lauert.
»War noch ein dritter dort … Wer?«
»Ich darf seinen Namen nicht aussprechen. Es brachte Unglück und tut es immer noch.«
»Raca Barragán, der Finstere! Der dritte überlebende Bruder …«
Nando und Arcángel sind immer noch ins Gespräch vertieft, während der einzige ihrer neun Brüder, der noch am Leben ist, der Finstere, hinter ihnen im Türrahmen lehnt. Aber sie nehmen weder seinen unregelmäßigen Atem noch seinen beschleunigten Pulsschlag wahr, sie sehen weder die Einstiche in seinen spröden Venen, noch wittern sie den kalten Schweiß, der seine ewige Lederjacke durchtränkt. Sie erahnen nicht das Pochen seines

eisigen Herzens unter dem Medaillon der Jungfrau vom Karmel, das ihm über die linke Brustwarze auf die Haut genäht ist …

Raca Barragán, älter als Arcángel und jünger als Narciso, blickt auf vierundzwanzig gequälte Jahre voller Übeltaten gegen sich selbst und gegen andere zurück. Er wäre so groß wie Nando, wenn er sich nicht gebückt hielte, so schön wie Narciso, wenn der Glanz seiner Augen nicht erloschen wäre, und so sanft wie Arcángel, wenn in seinem Blut nicht soviel Heroin und Galle fließen würden.

Vom ersten Augenblick an, noch während sie mit ihm in den ungewöhnlich schmerzvollen Wehen lag, wußte Severina, daß sie einen Unglücklichen gebar. Und als sie den blinden Fleck in der Tiefe seiner offenen Augen sah, sagte sie: »Dieses Kind ist zum Fürchten.« Nando erkannte das verbogene Wesen seines Bruders, als er sah, wie er als Zweijähriger voller Inbrunst eine Katze quälte.

Mit sechs konnte er noch nicht sprechen, und mit zwölf adoptierte Nando ihn als Maskottchen, lehrte ihn die Kunst der Gewalt und band ihn ein in alle seine wirren Unternehmungen.

»Er lernte ihn an, um aus ihm seinen Nachfolger zu machen …«

Er nahm ihn an der Hand und führte ihn in die Abgründe der Illegalität und des Krieges, wobei er sein ganzes Wissen vorbehaltlos an ihn weitergab. Aber er liebte ihn nicht. Er empfand für ihn weder die Faszination, die Narciso auf ihn ausübte, noch die zärtliche Fürsorge, mit der er Arcángel umgab. Obwohl El Raca sich zum besten Strategen und geschicktesten Schützen entwickelte, weckte die Kaltblütigkeit, mit der er mordete und andere sterben sah, bei Nando eine kaum zu leugnende Verachtung, die sich in einer rauhen Behandlung und einem unbarmherzigen Umgangston Luft machte.

»Nando Barragán, der Verbrecherkönig, verabscheute nämlich seinesgleichen und bewunderte friedliebende, vernünftige Menschen mit Anstand und Bildung. Und der, den ich meine, aber nicht beim Namen nenne, war ein weit schlimmeres Scheusal als er.«

El Raca, der zum Haudegen wurde, weil es in seinem Naturell lag, aber auch, weil er seinem großen Bruder zu gefallen wünschte, zerfraß diese Ablehnung innerlich. Wie bei einem Hund, dessen Unterwürfigkeit zunimmt, je mehr er geschlagen wird, wuchs seine Ergebenheit gegenüber Nando, und da er den Grund dieser brüderlichen Zurückweisung nicht verstand, bemühte er sich, sie zu überwinden, indem er sein Verbrechertum perfektionierte und seine Enttäuschung durch noch mehr Grausamkeit abreagierte. So war er als Fünfzehnjähriger, mit dem Leben zahlreicher Monsalves auf dem Gewissen, zu einem jungen Fürsten des Schreckens herangewachsen.

Als er sechzehn Jahre alt war, widerfuhr ihm indes das Schlimmste. Zum ersten und einzigen Mal in seinem Leben wurde er von der Polizei gefaßt. Das geschah den Barraganes sonst nie, denn gegen den Arm des Gesetzes waren sie immun. Ohne seine Identität zu kennen, nahmen sie ihn, wie jeden x-beliebigen Herumtreiber, auf einer nächtlichen Streife fest, und bis die Familie davon erfuhr und ihn auslösen konnte, waren drei Tage und Nächte vergangen, die er in einer provisorischen Zelle mit zwölf weiteren Gefangenen zubrachte. Zwölf Abfallratten: Stricher, Messerstecher und Hausierer des Lasters, allesamt älter und verwahrloster als er, die mit ihm anstellten, was sie wollten. Sie gaben ihm Drogen, knutschten ihn von oben bis unten ab, zogen ihn als Frau an, vergewaltigten ihn. Als er herauskam, wollte er kein Wort mit seinen Brüdern sprechen, ja ihnen nicht einmal ins Gesicht sehen. Nando Barragán merkte, was vorgefallen war, und machte sich höchstpersönlich auf die Suche nach jedem einzelnen der zwölf aus der Zelle, um sie zu töten. Aber sein Ekel vor El Raca steigerte sich bis zur Übelkeit.

Darauf wurde El Raca es überdrüssig, die Schmach zu erdulden und die Verbitterung wiederzukäuen, und verließ das Haus. Seitdem treibt er sein Unwesen als einsamer, lasterhafter Verbrecher und hält sich für die ihm zugefügte Schande an anderen schadlos. Er beraubt die Mittellosen, tötet zum Spaß, greift Wehrlose an, verbreitet Kaltblütigkeit und veranstaltet Orgien, in denen er Minderjährige beiderlei Geschlechts zu Perversionen zwingt.

»*Wir Bewohner der* Esquina de la Candela *waren den Launen dieses verdorbenen Jugendlichen schutzlos ausgeliefert. Das waren düstere Jahre für unser Viertel. Alles, was der Finstere berührte, verwelkte, jeder, der in seine Nähe kam, litt unter ihm. Fortan wollte niemand mehr seinen Namen erwähnen, und die Leute hängten Aloebüschel auf und stellten Besen hinter die Türen, um seine unheilvolle Gegenwart zu vertreiben.*«

Der nachtwandlerische Reiter, Raca Barragán, rast auf schweren Maschinen durch Höllen und Alpträume, ohne daß sein von Drogen und Halluzinogenen ausgetrocknetes Gehirn diese überhaupt wahrnimmt. Bis auf La Mona, die ihn verehrt, verkehrt niemand aus der Familie mit ihm, weil sie ihn nicht mögen und er sie auch nicht. Bei Tag schläft er auf dem dreckigen Sand der verlorenen Strände, und bei Nacht streicht er durchs Brachland, durch Verstecke und Müllhalden mit einer zerlumpten Bande namen- und gesichtsloser Killer, die ihm wie Schatten überallhin folgen. Seine einzigen Freunde sind ein Gewehr G3, alias die Drei Kater, und ein Messer, das auf den Namen Freitag hört. Seine Partnerinnen sind die Señora – ein Maschinengewehr M-60 –, die Dunkle – ein Panzerhandschuh, der Knochen zermalmt – und die Tänzerin, ein Schnappmesser, das auf den Befehl seines Herrn herauschnellt, tötet und wieder heimkehrt.

»Der Bursche wurde zu einer schwarzen Legende. Er tat alles Übel, wozu er imstande war, und was er nicht tat, wurde ihm dennoch angelastet. Er wurde für jedes Unglück verantwortlich gemacht, sogar für Überschwemmungen, Krankheiten und Dürrezeiten. Die Kinder fürchteten ihn mehr als den Patas, den Coco und den Alten mit dem Sack, mit denen die Eltern ihnen drohten, wenn sie unfolgsam waren. Und wir Erwachsenen beteten inständig zu Gott, er möge uns von dem Finsteren erlösen.«

Nando, der Gelbe, und Arcángel, der Goldene, sitzen einträchtig beieinander und führen eine innige, warmherzige Unterhaltung, bis das lederne Knirschen der Jacke des Finsteren sie die Köpfe wenden läßt. Sie ist ihm zur zweiten Haut geworden, diese niemals abgelegte schwarze Lederjacke, die in der städtischen Schwüle absurd und feindselig wirkt. Sie sehen ihn an, und er sieht sie an, er versucht, einen Satz zu sagen, aber dieser bleibt an seiner eingeschläferten Zunge hängen.

»Geh weg, Raca«, befiehlt Nando ihm mit eisiger Ruhe. »Du hast wieder Drogen genommen.«

Auf wackeligen Beinen bemüht sich El Raca, das Gleichgewicht zu halten, während er mit hündischer Folgsamkeit wartet und vergeblich in den durcheinandergeratenen Archiven seines Gedächtnisses nach einem Wort kramt, das den Abgrund überbrückt, die Distanzen verkürzt, der Vergebung wert ist.

»Geh«, wiederholt Nando, ohne die Stimme zu heben.

El Raca gehorcht schweigend, und während er sich auf dem Korridor in Richtung Straße davonmacht, verströmt er auf seinem Weg ein trauriges schwarzes Licht, das die Ecken verdüstert und die Tiere im Hof erschreckt.

»Weder El Raca noch ich können dir irgendwie nützlich sein«, sagt Arcángel zu Nando. »Er, weil er zu schlecht ist, und ich, weil ich zu gut bin.«

»Ihn habe ich angetrieben, dich habe ich gebremst. Das war falsch. Man darf nichts erzwingen.«

»Laß mich ihn zurückrufen«, bittet Arcángel. »Wir werden ihn noch verlieren.«

»Laß ihn gehen. Wir haben ihn schon längst verloren.«

Nachdem er den Tag in Sitzungssälen und mit legalen Geschäftsverhandlungen zugebracht hat, kehrt Mani Monsalve am Abend alleine in sein großes Haus über der stillen Hafenbucht zurück.
Yela, die alte Köchin, hat ihn mit der Señora verlassen, und die Hausmädchen, die ihn jetzt bedienen, kennt er noch nicht einmal beim Namen. Seit Alina nicht mehr da ist, haben sich die Bodyguards der Villa bemächtigt, und das perfekt gepflegte Heim im Stil eines Luxushotels von Miami Beach ist zu einer übelriechenden Junggesellenbude verkommen. Überall liegen Kleidungsstücke verstreut, die Aschenbecher quellen über, und auf dem Eßtisch stapeln sich Zeitungen und Teller mit Speiseresten. Auf den ausgebeulten Sofas stehen Gewehre, die hellen Tischdecken sind mit Stiefelspuren beschmutzt, Radio- und Fernsehgeräte laufen rund um die Uhr auf voller Lautstärke. Die riesigen, einst mit Rosen gefüllten Blumenvasen bleiben nun leer, aus der Stereoanlage erklingt nicht mehr Nelson Neds seidige Stimme, Fensterscheiben und Marmorablagen sind trüb und klebrig von der salzigen Meeresluft. Die Spur von Alina Jericós weiblicher Hand, die allen Dingen im Haus anhaftete, ist verschwunden.
Der einzige Ort, an dem Mani Monsalve sie noch wahrnehmen kann, ist ihr Ankleidezimmer, eine vier Quadratmeter große, mit Spiegelschränken gefüllte und wie die Garderobe eines Hollywoodstars von unzähligen Strahlern ausgeleuchtete Kammer hinter dem Schlafzimmer. Hier spürt er die Essenz ihrer Gerüche, ihrer Geheimnisse, ihrer Erinnerungen, ihrer Ängste, ihrer verlorenen Zeit und ihrer Eitelkeiten eingeschlossen, als habe sie sich in jedem zurückgelassenen Schuh, auf jedem verges-

senen Foto und der in den Schubladen zurückgelassenen Unterwäsche abgelagert.
Vor allem aber in den Schachteln. In den Kästchen, in denen sie ihre Sachen aufhob. Es sind Schatullen unterschiedlichen Stils und Materials – kleine Truhen, Schmuck- und Nähkästen, aus Holz, aus Korbgeflecht, aus Perlmutt oder von orientalischer Machart –, die Mani nie zuvor bemerkt hat, aber jetzt hervorholt, um die langen Stunden seiner schlaflosen Nächte zu füllen.
Zurück von seinem Tagewerk, das immer legaler, immer langweiliger und ermüdender wird, schließt Mani Monsalve sich, nachdem er deutlich gemacht hat, daß er unter keinen Umständen gestört werden will, in seinem Schlafzimmer ein, wäscht sich sorgfältig die Hände und holt die Schatullen aus Alinas Ankleideraum hervor.
Er öffnet sie andächtig, als handele es sich um sakrale Gegenstände, und leert sie auf das Bett aus. Eine willkürliche Sammlung winziger, unvollständiger, nutzloser Schätze und Kleinodien kommt daraus zum Vorschein. Medaillen, Grußkarten, Zeitungsausschnitte und Schnallen künden Mani von den intimen, einsamen Augenblikken im Leben seiner Frau, die er unbeachtet ließ, solange er mit ihr zusammenlebte, und jetzt sehnsüchtig zurückwünscht.
Wie ein kostbares Unikat nimmt er jeden Knopf in die Hand und versucht zu erraten, von welchem Kleid er abgefallen ist, jeden Ohrring betrachtet er eingehend und durchforscht sein Gedächtnis nach dem letzten Mal, als er sie damit sah, jede Porzellanscherbe betastet er und sucht die übrigen, um sie aneinanderzufügen und zu kleben, in dem aussichtslosen Bemühen, die Figur wieder

zusammenzusetzen, irgendeinen beliebigen, unerkennbaren Gegenstand, der einmal ganz war und zerbrochen ist und dessen Teile sie aufbewahrt hat, damit er jetzt in einer verzweifelten Verbissenheit versucht, ihnen neues Leben einzuhauchen. So vergehen seine Nächte: mit dem Durchforsten von Schachteln voller Vergangenheit.

Tagsüber begibt er sich benommen und lustlos wieder zurück in die Gegenwart, an der er immer mehr das Interesse verliert. Um sein heißes Geld zu waschen, klappert er eine von Rechtsanwalt Méndez zusammengestellte Liste potentieller Strohmänner ab. Es sind Männer mit achtbaren Namen, praktizierende Katholiken, treusorgende Familienväter und Mitglieder erlesener Clubs, denen er sagenhafte Geschäfte vorschlägt: Er gibt das Geld und sie ihren Namen und ihr Gesicht. Mit der Geschäftsführung seiner Firmen hat er eine Gruppe gewinnsüchtiger, im Ausland studierter junger Leute aus wohlhabenden Familien betraut, die Englisch sprechen und mit Fax, Telex und Computern umgehen können.

Um in seinem neuen Leben ein gutes Bild abzugeben, hat Mani Jeans und Turnschuhe ausgetauscht gegen teure Schuhe, schwarze Hemden und sonnengeblümte Krawatten, die ihn indes keineswegs seriöser erscheinen lassen, sondern die Negativempfehlung seiner Gangsternarbe, seiner pöbelhaften Manieren und seiner krassen Ungebildetheit eher noch hervorheben. Geld statt Bildung, sagt er sich, wenn er mit angesehenen Bürgern verkehrt, und verausgabt Unsummen für Zuschüsse und Schenkungen, zahlt sämtliche Rechnungen und verschwendet sein Geld in Gefälligkeiten.

Er greift in die Hosentasche und verteilt mit der gleichen Schnelligkeit Banknoten, mit der er früher die Waffe zog und Blei austeilte. Auf Anraten seines Anwalts hat er jedem Geschäftspartner zum Beginn ihrer Zusammenarbeit einen nagelneuen Renault zukommen lassen, als Beweis seiner Gutwilligkeit.
Die Bilanz der neuen Strategie fällt allerdings, das muß er zugeben, sehr erfolgreich aus. Die gutbürgerlichen Geschäftspartner sind für das schnelle Geld und die wundersame Vermehrung der Gewinne empfänglicher, als er dachte. An allen Ecken und Enden gelingt ihm der Einstieg in legale Geschäfte: im Automobilimport, bei der Viehzucht, in Leasing- und Factoring-Firmen, auf dem Aktien- und Wertpapiermarkt, in Versicherungsgesellschaften, auf dem Immobilienmarkt und in vielen anderen Branchen, die ihm alle gleich fremd und langweilig sind. All diese Bereiche weisen positive Statistiken auf, die ihm jedoch ziemlich gleichgültig sind.
Für ihn persönlich zeigt diese Bilanz indessen ein anderes Ergebnis. Als im angesehensten gesellschaftlichen Club der Termin für den größten Wohlfahrtsball des Jahres nahte, unterstützte Mani die Veranstaltung, indem er fünfzig Prozent der Eintrittskarten kaufte und das Scheckheft zückte, um die Kosten für die Orchester, den Blumenschmuck, das Feuerwerk und das Büffet mit Meeresfrüchten und Champagner zu bestreiten. Das Ereignis war ein großer Erfolg, und es konnten große Beträge für die Rehabilitation von Drogenabhängigen gesammelt werden. Als Schlußakt der Veranstaltung überreichte eine Gruppe vornehmer Damen Mani unter Applaus und allgemeinen Dankbarkeitsbezeigung einen riesigen Strauß Rosen.

Darauf riet ihm Rechtsanwalt Méndez: »Das ist der richtige Moment. Bewirb dich um die Aufnahme im Club.«
Das tat er.
Die Vorstandsmitglieder hatten über die Clubanwärter zu entscheiden, und da sie seine Geschäftspartner waren, gab es im Grunde nichts zu verlieren.
Am nächsten Tag teilten sie ihm das Abstimmungsergebnis mit: mehrere schwarze Kugeln. Antrag abgelehnt. Leute, die von seinem Geld lebten, Blutegel seines Reichtums, hatten gegen ihn gestimmt.
»Sie lieben mein Geld«, bemerkte Mani dem Anwalt gegenüber lakonisch, »aber mich verabscheuen sie.«
In seinen Worten lagen weder Groll noch Enttäuschung, sondern nur Apathie und Müdigkeit.
»Wenn Alina Jericó doch das einzige war, was ihn wirklich interessierte, wieso gab Mani Monsalve dann nicht alles auf, den Krieg, die Geschäfte und all das, um zu ihr zurückzukehren?«
»Weil das nicht ging. Weil ein Mann so etwas nicht tut.«
Wo ist Alina Jericó? Sie scheint sich in Luft aufgelöst zu haben. Als habe die schwarze Stute ihrer Alpträume sie ins Dunkel entführt. Oder als sei sie Teil eines ihrer Liebesträume geworden, um fortan in einer anderen Telenovela mitzuspielen. Oder als habe sie sich in sich selbst zurückgezogen, um sich mit ihrem ungeborenen Kind in einer geheimen inneren Zuflucht zu verbergen.
Tatsache ist, daß Alina ihren Mann weder sehen noch etwas von ihm hören will. Sie öffnet seine Briefe nicht und geht nicht ans Telefon. Deshalb spaziert er tagsüber umher, setzt seine finanziellen Pläne um und erfüllt seine gesellschaftlichen Pflichten, nachts jedoch lebt er sein wahres Leben, eingeschlossen im ehelichen Schlafzim-

mer, wo er seine Frau in den Kästchen sucht und ab und zu für einen Augenblick in der Perle einer gerissenen Kette oder in einem herrenlosen Schlüssel, der in kein Schloß mehr paßt, sogar zu finden vermeint.

Zwei Pferde galoppieren auf einem gewundenen Pfad durch das Gebirge, während das Dickicht aus halbverkohlten Bäumen ihnen die Flanken aufreißt und die streifenden Pringamosas ihnen die Nüstern verbrennen. Die Beine der Reiter stecken zum Schutz in ledernen Überhosen, ihre Gesichter bedecken sie mit der schwarzweißen Krempe ihrer Cowboyhüte.

Sie erreichen eine Lichtung und sehen ein großes, vom letzten Licht des Tages beleuchtetes Tal unter sich liegen. Langsam mit den Köpfen eine halbkreisförmige Drehung beschreibend, betrachten sie die herrlichen, zu ihren Füßen ausgebreiteten Ländereien, übersät von einer Herde Zebus, die friedlich das Meer aus Marihuanapflanzen an den bis ins Endlose reichenden Hängen durchstreift.

Einer der Reiter – der junge, der mit der braunen Narbe im Gesicht – ist Mani Monsalve. Der andere – der alte, halb ergraute, eine Zigarette rauchende – ist Frepe, sein ältester Bruder.

»Schon gut«, sagt Mani und erlaubt seinem Pferd zu grasen.

Dann treten sie den Heimweg an, im Trab mit durchhängenden Zügeln, indem sie den Tieren die Führung überlassen.

Mani nimmt die Füße aus den Steigbügeln und läßt sie an den Seiten baumeln, entspannt sich, schiebt den Hut in die Stirn und schließt die Augen. Sein aufgeknöpftes Hemd flattert im Wind. Die Schwerkraft hält ihn im Sattel, während er sich vom Trott des Pferdes in den Schlaf wiegen läßt und erschöpft von dem bei Morgengrauen begonnenen Ritt eindöst.

»Du wirst schlaff, weil du dich soviel mit Weißen herum-

treibst«, beschwert sich Frepe, der seine Schläfrigkeit bemerkt.
Mani öffnet die Augen und richtet sich kurz auf, beschließt dann aber, die Provokation zu überhören. Er antwortet mit einem teilnahmslosen »Mmmh« und überläßt sich erneut seiner Müdigkeit und der Dauerprojektion eines einzigen Bildes auf der Leinwand seiner Erinnerung: Alina Jericó.
Frepe reitet schweigsam hinter ihm. Die Zigarette klebt ihm an der Unterlippe, während er sich die Fingernägel mit der Spitze eines Taschenmessers reinigt, und niemand würde meinen, daß die beiden Monsalve-Brüder erst vor kurzem, nämlich nach Narciso Barragáns Tod, so heftig aneinandergeraten sind, daß es beinahe zu Handgreiflichkeiten kam. Dank eines von allen Brüdern gemeinsam gefaßten Beschlusses haben sie sich dann aber darauf geeinigt, daß Mani die legalen Geschäfte in der Stadt und Frepe die geheimen Geschäfte auf dem Land führen sollte, worauf sich die Wogen allmählich wieder glätteten.
In der Praxis kam das der Zweiteilung einer bis dahin einzigen Anführung gleich. Mani willigte aber nahezu erleichtert in den Machtverlust ein, weil er sich dadurch einige Schwierigkeiten vom Hals schaffte und den Handlungsspielraum für sein Legalisierungsvorhaben vergrößerte. Nun hat jeder der beiden seinen Zuständigkeitsbereich, ohne daß sie sich gegenseitig auf die Füße treten, und ab und zu – so wie jetzt – begibt sich Mani zu flüchtigen Inspektionen auf die Haciendas, die ihm Gelegenheit geben, sein von Alinas Verlust gebrochenes Herz einmal mit einem Ausritt aufs Land zu erfreuen.
Die Nacht bricht klar und frisch herein, und sie haben

bis zum Gutshof nur noch einen kurzen Weg vor sich, als aus den Bergen das Echo eines schrillen Gelächters zu ihnen herüberschallt. Mani fährt wie elektrisiert in seinem Sattel hoch. »Das sind sicher Eulen«, lügt Frepe. Mani spitzt die Ohren: Das sind keine Eulen. Das ist Männergelächter, gellend wie das Krächzen von Raben. Mani gibt seinem Pferd die Sporen und sprengt im Galopp davon, in Richtung des Geräusches. Frepe folgt ihm. Sie kommen wieder in ein Waldstück und steigen auf einem stockfinsteren Pfad den Bergrücken hinauf, bis eine Stimme, die in nächster Nähe von links aus dem Dickicht ertönt, sie anhält: »Wer da?«

»Geduld bis zum Schweinegericht!« gibt Frepe das Losungswort zur Antwort.

Mani hört, wie der unsichtbare Mann per Funk Rücksprache hält und ihnen dann zuruft: »Gehen Sie.«

Der Pfad steigt steil an, und die Pferde gelangen stolpernd und von Ästen zerschunden zu einem Wald aus Mauritiuspalmen, die silbern und erhaben im Mondlicht glänzen. Mittendrin steht ein Haus, nur spärlich von einer Petroleumlampe erleuchtet.

Eine zweite Stimme fragt aus dem Unterholz: »Wer da?«

Frepe wiederholt die Parole: »Geduld bis zum Schweinegericht«, und erneut entsteht ein Kurzwellengetuschel, bevor ihnen der Durchlaß gewährt wird.

Das Haus ist groß, ohne Zwischenwände und erinnert an eine Soldatenbaracke, wenn man von der Unordnung, dem Dreck und dem alles überlagernden ranzigen Geruch nach ungewaschenen, einsamen Männern einmal absieht. Seitlich des Hauses ist der Wald abgeholzt und ein behelfsmäßiger Schießplatz eingerichtet. Drinnen sind aufgespannte Hängematten zu sehen, Waffen, Stie-

fel, Militäruniformen. Am Eingang entdeckt Mani einen mit groben Strichen an die Wand gemalten und mit einer roten Baskenmütze bedeckten Totenkopf, dem eine Schlange zur einen Augenhöhle hinein und zur anderen wieder herauskriecht. Darunter steht in Schablonenbuchstaben: *Glück ist ein toter Feind.*
Es ist niemand da. Mani tritt ein. Er zählt die Hängematten: dreiundzwanzig. Ihn überraschen die Vielfalt und das Kaliber der Waffen, die er auf einen Blick erfaßt: Maschinengewehre Madsen, Karabiner M-I, Revolver Magnum 357, Kampfmesser, Ferngläser, ein Teleskop, eine neuzeitliche Armbrust von hoher Zielgenauigkeit und eine manuelle Drehbank, mit der Kugeln angebohrt und Teile ihres Bleikerns freigelegt werden können, damit sie zu Dumdumgeschossen werden.
Auf einem Tisch liegen Essensreste, leere Schnapsflaschen, Landkarten, eine Laterne und einige Prospekte in englischer Sprache: *Kampftechnik, Handbuch des Überlebens, Die Waffen des Guerilleros.*
Mani nimmt die Laterne und leuchtet tiefer in den Raum hinein. Kaltblütige Grafittikünstler haben auf die hohe Lehmmauer, die das Haus nach hinten begrenzt, weitere Totenschädel mit Messern zwischen den Zähnen gemalt und Parolen daruntergeschrieben. Mani löscht das Licht.
»Was ist das hier?« fragt er Frepe, obwohl es leicht zu erraten ist. »Das Lager von Fernely?«
Frepe antwortet nicht, sondern begnügt sich damit, den Zigarettenrauch durch Nase und Mund herauszublasen.
Mani fragt noch einmal: »Hast du den Kerl hier untergebracht, damit er seine Killer trainiert?«

»Es sind keine Killer. Es ist eine Selbstverteidigungsgruppe, die dazu da ist, die Haciendas vor Razzien des Militärs und Angriffen der Guerilla zu schützen, vor Viehdieben, Entführern … Es gibt viele Gefahren …«
Mani weiß, daß das gelogen ist, aber schweigt. Frepe weiß, daß Mani weiß, daß er ihn anlügt, und nimmt sein Schweigen zur Kenntnis.
»Vielleicht war Mani diese Rollenverteilung ja auch ganz recht. Ich meine, er hatte nichts dagegen, sich um Gesetze und Geschäftsverhandlungen zu kümmern, während Frepe, Fernely und seine Killer im Untergrund den Rest besorgten …«
»Aber der Streit zwischen Mani und Frepe war eine Tatsache. Sie lieferten sich einen erbitterten Kampf um die Familienführung. Jeder hatte seinen Stolz und seine Sicht der Dinge. In den Wochen nach Narcisos Ermordung fürchteten die Leute in ihrer Umgebung, daß ihre Auseinandersetzung mit dem Tod eines von beiden enden würde. Dann hat sich ihr Streit aber langsam wieder gelegt.«
»Vielleicht weil Mani schon ahnte, daß er es im Guten nicht weit bringen würde. Fest steht jedenfalls, daß Mani, als er Fernelys Unterschlupf entdeckte, nichts sagte.«
»Weil er nicht konnte … oder nicht wollte. Wer weiß. Bei diesen Leuten konnte man das unmöglich wissen.«
Das Lärmen und der Tumult sind jetzt näher zu hören: krächzende, kreischende Raben, die Schüsse in die Luft abfeuern. Mani wendet sich um und sieht sie kommen. Eine Halbstarkenclique in Tarnanzügen mit schwarzgrün bemalten Gesichtern, eine Mischung aus Soldaten, Banditen und Tagedieben: Unter Rempeleien und Gegröle üben sie ihre Treffsicherheit, indem sie spielerisch auf die Füße der anderen zielen.

Hinter ihnen steigt, schweigsam und verhärmt, Holman Fernely den Berg hinab, mit schlurfenden Schritten, das aschblonde Haar an den Kopf geklebt und eine Baskenmütze daraufgesetzt, die genauso rot ist wie seine entzündeten Augen. Mani erkennt ihn wieder und beeilt sich, den Ort zu verlassen. Er hat ihm nichts zu sagen. Er steigt auf sein Pferd und reitet in die entgegengesetzte Richtung davon. Kaum hat er den Abstieg begonnen, als er hinter sich Fernelys nasale Stimme vernimmt, die ihm einen provokativen Abschiedsgruß nachruft:
»Adiós, Chef!«

Mani und Frepe hatten sich in die zwei Gesichter einer Person verwandelt. Frepe das schwarze und Mani das weiße.«

»So ist es. Sie stießen sich ab wie Wasser und Öl, sie fürchteten sich voreinander und waren dennoch wie siamesische Zwillinge aneinander gebunden. So sehr Mani sich auch wünschte, im Licht zu stehen, seinen Schatten wurde er nicht los.«

»Frepe. Frepe war sein unheilvoller Schatten.«

Leicht und golden, wie im Licht einer Kathedrale badend, schwebt Arcángel auf seinem zerwühlten Bett. Früher am Morgen ist La Muda hereingekommen, barfuß und in ihre Trauer eingesperrt, hat ihm das Frühstück gebracht und seinen Arm gepflegt. Obwohl inzwischen Monate vergangen sind und die Verletzung abgeheilt ist, setzt sie das Ritual Tag für Tag fort und widmet der nahezu abgetrockneten Narbe ebensoviel Zeit und Sorgfalt wie zuvor der offenen Wunde.

Es ist fast zwölf Uhr mittags, aber Arcángel, der von den durchwachten Nächten mit Nando und dem allmorgendlich ausgefochtenen Kampf gegen die krankhafte Liebe zu seiner Tante, La Muda, erschöpft ist, macht keinerlei Anstalten, sich zu erheben.

Die unzüchtige Sehnsucht nach der verbotenen Frau verzehrt und vernichtet ihn. Sein sanftes Gemüt und sein jugendlicher Körper vermögen die Last dieser Sünde, die süß und scheußlich ist, nicht zu tragen. In letzter Zeit betet er häufig und bittet um Vergebung. Immer wieder rezitiert er das Vaterunser und das Credo, ständig unterbrochen von dem Gedanken an sie. Er bekreuzigt sich und segnet ihren salzigen Duft, ihr Stutengesäß, die Wölbung ihrer großen Brüste, das Klappern ihrer geheimen Eisenriegel, das Rosa ihrer stummen Zunge.

Er bittet die Heiligen, daß seine Tante ihn ansehen, sich ihm nähern und ihn annehmen möge. Herr, bitte mach, daß sie meine Sehnsüchte erfüllt, die nicht die eines Kindes, sondern die eines Mannes sind, daß sie sich meiner Seele erbarmt, die nicht die eines Mannes, sondern die eines Kindes ist. Mach, daß es mir gelingt, ihren eisernen Gürtel zu öffnen, in ihre Höhle einzudringen und mich für immer darin zu verstecken. Amen. Und Gott, bitte vergib mir, weil ich nicht weiß, was ich tue, und bestrafe mich für meine Lasterhaftigkeit und mein unmäßiges Glück.

In sportlicher Freizeitkleidung läßt Rechtsanwalt Méndez sich im Hafen, vor einer neuen Hochhaussiedlung mit Eigentumswohnungen, von einem Taxi absetzen. Es ist ein strahlender Sonntagmorgen, die Gärten sprießen in allen Farben, die Guayakbäume schaukeln in der lauen Brise und lassen einen gelben Blütenregen niedergehen.

»War er hübsch, der Anwalt?«

»Nein, er war nicht hübsch. Er war groß, von frischer Gesichtsfarbe, ein typischer Beschützer. Er hatte eine angenehme, tiefe Stimme und die Eigenschaft, immer so zu wirken, als käme er direkt aus der Dusche. Das alles zusammengenommen, machte ihn für Frauen zu einem vertrauenerweckenden Gegenüber.«

Nachdem er an der Pforte nach Frau Alina Jericó gefragt hat, bekommt der Rechtsanwalt Einlaß, fährt mit dem Aufzug von Turm C ins achte Stockwerk hinauf und klingelt an einer Tür. Eine veränderte Alina begrüßt ihn: Ihr volleres Gesicht ist weder gebräunt noch geschminkt, wie sonst, aber entspannter. Ihr Haar ist kürzer als gewöhnlich, doch glänzender. Die Schwangerschaft hat ihre perfekten Kurven in eine dezente Rundlichkeit verwandelt, und ihre schönen, nackten Füße sehen geschwollen aus.

»Wie finden Sie das, Herr Anwalt? Mir passen nicht einmal mehr meine Schuhe.«

Sie bittet ihn herein. Im Vergleich zum aufwendigen Luxus von Manis Residenz ist die Wohnung bescheiden, aber gemütlich, gut belüftet und sehr hell. Alina hat sie begeistert und mit viel Geschmack eingerichtet: Korbmöbel, helle Kretonnebezüge, überquellende Fruchtschalen und große Vasen. Sie setzten sich auf eine kleine, luftige Terrasse unter einen Sonnenschirm aus Segeltuch und lassen sich von der alten Yela eisgekühlten Maracujasaft servieren. Zunächst dreht sich ihr Gespräch um die Gesundheit, das Wetter, dies und jenes, bis sie nach einer Weile zum Thema kommen: Der Anwalt hat einen ganzen Koffer voller Papiere mitgebracht, um Alina bei ihrer Einkommenserklärung und der Gütertrennung zu helfen.

Er breitet die Unterlagen auf dem runden Tischchen aus und beginnt, Rechnungen aufzumachen, Kalkulationen durchzuführen, zückt einen Taschenrechner und addiert, substrahiert und multiplizert vor Alinas grauen, abwesenden Augen, in denen sich die Zahlen, Daten und Ziffern zu unverstandenen und unverarbeiteten Bergen auftürmen.

»Ist dir alles klar, Alina?«

Sie bejaht, obwohl das einzig Klare ihre wundervollen grauen Augen sind, die jedesmal ins Grün wechseln und sich mit Tränen füllen, wenn Mani Monsalves Name fällt. Der Anwalt versucht, sachlich zu bleiben, indem er sich an die Erläuterung seiner Zahlen hält und mit seinen Ausführungen fortfährt. Aber er kommt weder gegen die Windböen, die ihm die Papiere davonwehen, noch gegen Alinas Desinteresse an der Angelegenheit und die sie umgebenden Wolken aus Traurigkeit und Einsamkeit an. Schließlich begreift er, daß es zwecklos ist, daß dies nicht der geeignete Augenblick ist für derartige Rechnungen.

»Laß uns das auf einen anderen Tag verschieben«, schlägt er mit einem wärmeren, weniger unpersönlichen Klang in der Stimme vor und packt seine Unterlagen wieder ein. »Jetzt erzähl mir mal, wie es dir eigentlich geht.«

Alina bricht in Tränen aus, als gebe ihr diese Aufforderung endlich die Erlaubnis dazu, und überläßt sich hemmungslos einem lang anhaltenden Weinen, wie Serpentinen, die sich, einmal begonnen, unaufhaltsam bis zur letzen Windung fortschrauben. Zwischen Schluchzern und Wimmern setzt ein Redefluß aus Sätzen und Erinnerungen ein, ein chaotischer Wortschwall, in dem Mani Monsalve, die Barraganes, das erwartete Kind, die ferne Vergangenheit, die unabwendbare Gegenwart und die ungewisse Zukunft, die zerstörten Träume, die wiederkehrenden Alpträume, die Gärten der Illusionen und die Blumen der Hoffnung um den Vorrang wetteifern.
Nun ist es Méndez, der nichts mehr versteht, außer seinem eigenen unterdrückten Impuls, diese wunderschöne, verzagte, ihrer Schwangerschaft schutzlos ausgelieferte Frau in die Arme zu schließen und zu trösten, ihr über den Kummer hinwegzuhelfen, ihre Nähe zu spüren, ihr mit einem Taschentuch das rote Näschen zu putzen, ihr über das glänzende, seidige, bei jedem Aufschluchzen so unwiderstehlich, so verführerisch geschüttelte Haar zu streicheln.
Vielleicht hätte er dieser Regung sogar nachgegeben und die letzten, schüchternen Warnrufe seines von Mani Monsalves attraktiver Frau schon annähernd außer Kraft gesetzten Selbsterhaltungstriebs überhört, wäre nicht im gleichen Moment die alte Yela mit einem Eimer in der einen und einem Putzlappen in der anderen Hand auf der Terrasse erschienen und hätte geschrien, die Küche stünde unter Wasser.
Übergangslos von der Tragödie zur Komödie wechselnd, stürzen Alina und Méndez hinter der Alten her und erreichen zwischen großen Pfützen die Zuleitung der Ge-

schirrspülmaschine, aus der das Wasser wie eine Fontäne herausschießt und die Küche überflutet. Der Anwalt zieht die Schuhe aus, krempelt die Hosenbeine hoch, sucht den Wasserhahn, schließt ihn und taucht, triefnaß und mit einem triumphierenden Lächeln auf den Lippen aus der bewältigten Katastrophe wieder hervor.

Dankbar, durchnäßt und augenblicklich von ihrem Kummer befreit, entschuldigt Alina sich bei Méndez für die bereiteten Umstände und bietet ihm ein schönes heißes Bad und einen Morgenmantel an, während Yela seine Kleider durch den Wäschetrockner laufen läßt und bügelt. Der Anwalt nimmt das Angebot an und denkt: Jetzt fehlt nur noch, daß Mani hereinplatzt und mich hier in der Unterhose antrifft. Alina verschwindet im Schlafzimmer, um sich umzuziehen, und eine halbe Stunde später treffen sie sich wieder auf der Terrasse und beschließen, daß die einzige Art, einen von Tränen und Überschwemmungen verdorbenen Sonntag zu retten, der Besuch einer Ausstellung exotischer Blumen ist, wo Alina schon seit Tagen hingehen will, sich aber bisher nicht aufraffen konnte. Sie nehmen ihren Wagen, von ihm gelenkt. Sie gelangen zum Ausstellungsgelände und besichtigen die Gewächshäuser, Alina von der Schönheit der Orchideen und Lilien verzückt, Méndez von der paranoiden Angst beseelt, Manis Männer könnten sie verfolgen, nach denen er sich fortwährend umsieht.

Als sie an einer fleischfressenden Orchidee der Gattung Odontoglussum vorüberkommen, wird Alina von der schlechten Luft und dem aufdringlichen Duft der Pflanze übel. Sie ergreift den Arm des Anwalts und bittet ihn, mit ihr hinaus an die frische Luft zu gehen. Sie fin-

den einen offenen Innenhof mit einem steinernen Brunnen in der Mitte, auf dessen Rand sie sich setzen, bis es ihr wieder bessergeht und sie ihm mitteilt, daß sie einen unbändigen Hunger verspürt.
Sie einigen sich auf italienisches Essen und gehen zu Fuß zu einem freundlichen, in Grün, Weiß und Rot dekorierten Restaurant, wo sie Lasagne, Weißwein und Eis bestellen. Der Anwalt, ein Mann von gesundem Appetit, wäre wunschlos glücklich, würde ihn nicht in regelmäßigen Abständen die Furcht vor Manis Reaktion überfallen, wenn dieser von der Gütertrennung, den Orchideen und der Lasagne erfährt. Und er wird davon erfahren, darüber gibt es keinen Zweifel, und zwar eher früher als später.
Anschließend trinken sie in einem kleinen Café im Freien einen Espresso, um die vom Wein verursachte Schwere zu vertreiben. Dann betreten sie ein Einkaufszentrum und schlendern langsam und ziellos hindurch. Alina sieht sich begeistert die Schaufensterauslagen an, während Méndez ununterbrochen zusammenfährt und hinter jeder Ecke einen Spitzel lauern sieht.
In einem Spielzeugladen kauft Alina einen Aufziehaffen und eine Spieluhr, und Méndez, dem es für Momente gelingt, den Gedanken an Mani zu verdrängen, um die Gesellschaft dieser Frau zu genießen, die ihm über das gebotene Maß hinaus zu gefallen beginnt, bittet sie, ihn in einen Plattenladen zu begleiten. Sie tauschen ihre musikalischen Vorlieben aus und lachen jedesmal erfreut auf, wenn sie übereinstimmen.
Als sie vor einem Kino stehenbleiben und die Ankündigungen betrachten, kann er sich der Versuchung nicht erwehren, sie zu fragen, ob sie hineingehen möchte. Aber

als sie mit der Begründung ablehnt, daß sie müde sei und die Beine hochlegen müsse, ist er dennoch erleichtert. Um so besser, denkt Méndez, ich bringe sie nach Hause und kann vielleicht noch meine Haut retten. Aber im selben Moment macht ihn der Gedanke, nicht länger mit ihr zusammensein zu können, trübsinnig. Ihm fällt keine Unternehmung ein, die er ihr noch vorschlagen könnte, ohne taktlos oder aufdringlich zu erscheinen. Da hört er sie sagen: »Gehen wir lieber nach Hause und sehen uns einen Videofilm an.« Vor seinem geistigen Auge taucht Mani auf, der mit einer Maschinenpistole das Appartement stürmt und ihn im Kugelhagel auslöscht, aber er erwidert: »Eine hervorragende Idee.« Er hat den Verdacht, daß es sich lohnt, für ein paar weitere gemeinsame Stunden mit Alina Jericó sein Leben aufs Spiel zu setzen.

Sie richten sich im Wohnzimmer vor dem Fernseher ein, er in einem Sessel, sie ausgestreckt auf dem Sofa, die Beine auf einen Stapel Kissen gebettet. Zwei Videobänder stehen ihnen zur Auswahl: ein Drama und ein Kriegsfilm. Sie möchte das Drama sehen und er den Kriegsfilm. Sie werfen eine Münze, er gewinnt, aber sie legen den anderen ein. Yela bringt ihnen einen alkoholfreien Fruchtcocktail, und der Film erweist sich als großartig: Es ist *West Side Story*, mit Natalie Wood, eine Liebesgeschichte zwischen zwei Jugendlichen, die zu rivalisierenden Banden gehören. Alina ist hingerissen von der Musik und vom Tanz, aber enttäuscht von dem tragischen Ende.

»Wieso muß eigentlich alles, sogar im Kino, mit dem Tod enden?« bemerkt sie.

»Nicht alles endet so, Alina«, sagt Méndez. »Sich dem Töten und Sterben zu widmen ist eine Möglichkeit. Es gibt aber auch Männer, die sich für etwas anderes entscheiden.«

»Ja? Die stellen Sie mir mal vor, denn ich kenne keinen.«

Méndez sieht auf die Uhr und stellt erschrocken fest, daß es schon acht Uhr abends ist. Heute morgen, beim Betreten von Alinas Appartementhaus, hat er sich geschworen, nicht länger zu bleiben als unbedingt nötig, um ihr bei der Bewältigung ihrer Formalitäten zu helfen, und schließlich hat er den ganzen Sonntag mit ihr zugebracht, erst in aller Öffentlichkeit und dann auch noch in ihrer Wohnung. Wie ein Pfau hat er sich mit Manis Frau aufgeplustert, und das mitten auf dem Territorium der Monsalves, direkt vor deren Nasen. »Das werde ich wohl kaum überleben«, denkt er.

Jahrelang hat er sie nur mit Glacéhandschuhen angefaßt, ohne sich den geringsten Fehler zu gestatten. Und nun hat er sich plötzlich auf diesen unverantwortlichen Wahnsinn eingelassen, auf das Spiel mit dem Feuer. Obendrein hat er auch noch für den folgenden Tag einen Termin mit Mani, um ihn bei seinen Geschäften zu beraten. Er war schon einmal in der Zwangslage, ihn hinsichtlich seiner Beziehung zu Alina zu beschwichtigen, und ist nur haarscharf davongekommen. Morgen ist es wieder soweit. Ob er auch ein zweites Mal besteht? Falls ihn nicht Tin Puyúa schon unten auf der Straße erwartet, um ihn seinem vor Eifersucht lodernden Boß zu überstellen.

»Nein, nie mehr«, sagt sich Méndez. »Mani so herauszufordern ist der reinste Selbstmord«, und er faßt den festen Entschluß, Alina wenigstens die nächsten zwei, drei Monate nicht wiederzusehen. Er wird ihr weiterhin helfen, das schon, aber durch Dritte. Nie mehr persönlich.

Das ist sein eiserner Wille, schließlich hängt sein Leben davon ab, und es gibt kein Zurück mehr. Er ruft ein Taxi an, und sie bringt ihn an die Tür.

»Danke für diesen wundervollen Tag, Herr Anwalt. Der erste friedliche Tag seit Jahren ...«

»Der erste friedliche Tag ...?«

»Naja, ich meine mit jemandem zusammen.«

»Ach so. Also dann, auf Wiedersehen.«

Sie stellt sich vor ihn, die Arme in die Hüften gestemmt, den Bauchansatz vorwölbend, und schiebt sich eine helle Haarsträhne aus dem Gesicht. Sie sieht ihn mit ihren transparenten Augen an und fragt mit einer sanften, schon etwas schläfrigen Stimme: »Wann kommen Sie wieder, Herr Anwalt?«

»Wie bitte?«

»Ich meine, wann Sie wiederkommen ...«

»Ach so ... nächste Woche.«

»Versprochen?«

Rechtsanwalt Méndez zögert einen Augenblick.

»Ja, versprochen«, erwidert er und gibt sich endgültig geschlagen, weil er bereits ahnt, daß er pünktlich am nächsten Sonntag da sein wird, um an dieser Tür zu klingeln. Falls Mani ihn nicht mit Waffengewalt daran hindert.

Ein armer, alter Mann, dem eine Hand fehlt, nähert sich den Wachtposten in der *Esquina de la Candela* und fragt nach Nando. Ohne den Armstumpf, sein unverwechselbares Merkmal, würde dieser vollkommen unbedeutende, ärmliche, kleine Alte aussehen wie jeder andere von seiner Sorte.
»Sagt Nando, es ist sein Verwandter, der einhändige Gómez, von den Gómez aus der Wüste.«
Nach den Formalitäten und der Leibesvisite wird der Alte zum Familienoberhaupt der Barraganes vorgelassen. Eingeschüchtert zieht er den Hut, setzt sich auf eine Stuhlkante und trinkt mit unsicheren, schlürfenden Schlucken seinen Kaffee, als verbrennte er sich daran die Lippen, während er die Tasse mit der verbliebenen Hand am Henkel hält und mit dem Stummel unterfaßt. Höflich bittet er darum, mit Nando alleine gelassen zu werden, und beginnt dann nervös zu sprechen.
»Nando Barragán, ich komme, dir ein Geheimnis zu verkaufen.«
»Vielleicht interessiert es mich gar nicht.«
»Es interessiert dich. Ich weiß, wo du Holman Fernely finden kannst.«
»Das Geheimnis kaufe ich dir ab. Wenn es stimmt, wirst du in purem Gold bezahlt. Wenn es eine Falle ist, bist du tot.«

Eins, zwei, eins, zwei. Der Untergefreite Guillermo Willy läuft, stemmt Gewichte, hüpft Seil, macht Beugen und Streckungen. Er atmet ein, atmet aus, erhöht das Tempo, schnauft, und sein Unterhemd ist vom Schweiß durchnäßt. Mit seinen schroffen, jugendlich aggressiven Bewegungen nimmt er den Raum ein. Arcángel folgt ihm, konzentriert, schweigsam, auf Zehenspitzen: Sie treiben gemeinsam Sport im letzten Innenhof. Früher taten sie das in Arcángels Zimmer, aber jetzt hat Nando die Quarantäne aufgehoben. Nachdem Arcángel sich zunächst an den Schutz seiner vier Wände klammerte und sich sträubte hinauszugehen, hat der Untergefreite ihn inzwischen mit dem Argument überzeugt, daß fehlende Frischluft die Lungen schwächt.

Obwohl die beiden Jungen gleich alt sind, ist der Untergefreite schon erwachsen, während Arcángel noch ein Kind ist mit weicher Stimme, goldbraunen Haarsträhnen, einer flaumigen Pfirsichhaut und den schwerelosen Bewegungen eines Geschöpfes, das jeden Moment bereit ist, sich in die Luft aufzuschwingen. Der Körper des Untergefreiten ist dagegen unter den Fußtritten des Kasernenlebens gereift. Seine braune Haut wirkt wie gegerbtes Leder, die häufigen Kopfschuren haben sein Haar in eine Bürste aus Schweineborsten verwandelt, und er ist kräftig und muskulös, aber klein von Statur.

Erschöpft beenden sie das morgendliche Training, werfen sich die Handtücher um die Hälse und gehen zum Waschbecken, um sich mit kalten Wassergüssen Kühlung und Erfrischung zu verschaffen. Arcángel taucht die Kalebasse in das Becken, läßt sie vollaufen, leert sie sich über den Kopf aus, und die frische Dusche geht prasselnd und von den Schultern abspritzend auf ihn nieder.

Er schaudert, seift sich ein und gießt sich erneut Wasser über. Der Seifenschaum rinnt ihm über die Beine, setzt sich auf den Bodenkacheln bis zum Abfluß fort und verschwindet darin.

Der Junge nimmt einen Mundvoll Wasser, spuckt es im hohen Bogen aus und beobachtet erfreut den winzigen Regenbogen, der sich durch den Sprühregen in der Luft bildet. Als er sieht, daß sich der Freund abgewandt hat und mit den Papageien spricht, prustet er ihm einen weiteren Mundvoll über. Der Untergefreite Guillermo Willy nimmt sein Handtuch, dreht es wie ein Seil auf und holt nach Arcángel aus, der lachend seinen Peitschenhieben ausweicht. Sie liefern sich einen Kampf aus Güssen, Rempeleien und Schlitterpartien, der ein abruptes Ende findet, als Severina sich herausbeugt und ihnen zuruft, sie sollten ihr nicht den Flur unter Wasser setzen.

»Sie liebten sich wie Brüder.«

»Der Untergefreite war Arcángels bester Freund. Sein einziger Freund übrigens.«

Zwischen den Leinen mit der zum Trocknen aufgehängten Wäsche legen sich die beiden im letzten Patio in die Hängematten. Sie beobachten die barfüßigen, dunkelhäutigen Dienstmädchen mit den blauen Schleifen im Haar beim Nachlaufspielen. Der Untergefreite holt den Kassettenrecorder und spielt *The Wall* von Pink Floyd. La Muda serviert ihnen ein Mittagessen aus Eintopf mit Hühnerfleisch und einem Erfrischungsgetränk. Arcángel kostet kaum von seinem Teller, der Untergefreite vertilgt dagegen seine eigene Portion und die Reste der anderen noch dazu.

»Du hast mir noch nie deine Pistole gezeigt«, sagt der

Untergefreite zu Arcángel, als sie mit dem Essen fertig sind.
»Nando sieht nicht gerne, daß ich sie raushole.«
»Wann hast du sie das letzte Mal gereinigt?«
»Vor Tagen.«
Sie steigen aus den Hängematten und gehen in Arcángels Zimmer. Es ist die ruhige Stunde der sonntäglichen Siesta, und das stille Haus liegt wie ausgestorben da. Die Tiere sitzen reglos in ihren Käfigen und vermeiden jede Bewegung, um die Hitze nicht aufzurühren. Das Schnattern und Kreischen der im Hof spielenden Mädchen ist verstummt, und Scherenpepe und Schmalzlocke haben sich zu einem Nickerchen im Schatten ausgestreckt.
Arcángel holt die Pistole unter seinem Bett hervor. Es ist eine deutsche Walter P 38, genau die, die er in der Nacht des falschen Alarms im Keller von La Mona bekam.
»Zeig mal her«, bittet ihn der Untergefreite.
»Niemand durfte das Haus der Barraganes bewaffnet betreten. Obwohl La Muda gesagt hatte, auf den Untergefreiten Willy wäre Verlaß, wurde er jedesmal am Eingang von Nandos Männern durchsucht, denn sie mißtrauten jedem.«
»Gab es denn unter den Leibwächtern selbst keine Verräter?«
»Nein, weil sie alle zur Familie gehörten. Es waren alles Barraganes: Vettern zweiten Grades, verarmte Onkel, Neffen und Patenkinder. Nando nahm niemanden in seine Dienste, der nicht dasselbe Blut hatte wie er. Kugelsimon, Scherenpepe, Schmalzlocke und wie sie alle hießen waren teils Barragán Gómez, teils Gómez Barraganes, Gómez Araújos oder Araújo Barragáns. Es war auch ein Zwillingspärchen unter ihnen, beachtliche Pistoleros übrigens, mit

dem Nachnamen Barragán Monsalve. Sie hatten Nando die Treue geschworen und kippten nicht um. Der einzige Mann mit fremdem Blut, den sie, abgesehen vom Rechtsanwalt Méndez, in ihr Haus ließen, war Quiñones. Deshalb mißtrauten die Männer ihm.«

»Und Arcángel gab ihm trotzdem seine Pistole?«

Guillermo Willy ergreift die Walter: Er spürt das kalte Gewicht ihres schwarzen Stahls in den Händen. Genüßlich streicht er darüber, als sei es die Haut einer Frau. Er holt den Schuß aus der Kammer, entnimmt das Magazin. Dann den Zubringer. Arcángel gibt ihm eine Laufreinigungsbürste, und Guillermo Willy putzt den Lauf. Er hält ihn sich vors Auge und läßt eine Silbermünze hindurchfallen, um sich zu vergewissern, daß kein Blei mehr darin haftet. Arcángel holt einen Lappen, und Guillermo Willy reibt die Rillen, um die letzten Pulverreste zu entfernen. Arcángel überreicht ihm ein Töpfchen mit Öl der Marke *Tres en Uno,* und der Untergefreite schmiert den Schlagbolzen, die Zubringerfeder, den Abzug, den Hammer ...

»Und es ist nichts passiert?«

»Nein, es ist nichts passiert.«

»Wenn er gewollt hätte, hätte der Untergefreite Guillermo Willy diese Gelegenheit genutzt, um Arcángel zu töten.«

»Wenn er gewollt hätte, aber er wollte nicht.«

Mani Monsalve steigt langsam eine große Steintreppe hinauf. Je höher er kommt, desto eindringlicher werden die Stille und das Alter, das ihn umgibt und dessen Geruch er mit der Hand zu vertreiben versucht. Seine Füße in den Wildlederschuhen treten behutsam auf, weil sie den polierten, nach zweihundertjähriger Benutzung ausgehöhlten Stufen mißtrauen.

Der Geruch nach Alter ist ihm seit jeher zuwider. Jedesmal, wenn er ein neues Auto, neue Möbel oder Teppiche kauft, empfindet er deren Duft als die Essenz der Lebensqualität, des Reichtums und Glücks schlechthin. Jetzt ist er umgezogen in ein neu erworbenes Haus, wo trotzdem alles alt riecht. Hier stinkt's wie im Museum, denkt er, richtet die Nase nach oben zur Balkendecke, und sein Geruchssinn nimmt Feuchtigkeit wahr. Vor seinem Umzug hat er ein ganzes Heer von Maurern ins Haus geschickt, um kaputte Regenrinnen, schadhafte Wasserrohre und die übrigen Erscheinungen des allgemeinen Verfalls reparieren zu lassen.

»Wir haben getan, was wir konnten«, sagte ihm der Meister, als er ihm die Rechnung übergab. »Aber bei diesen Kolonialbauten ist einfach nichts zu machen. Ist der Schaden an einer Stelle behoben, tritt an einer anderen schon der nächste auf ...«

Mani erreicht das zweite Stockwerk und wandelt durch ein halbes Dutzend weiträumiger Gemächer, vollgestopft mit düsteren Möbeln und roten, an den Rändern schon ausgefransten Teppichen. An der Decke hängen Ventilatoren, deren Propellerblätter so träge sind, daß sie die eingeschlossene Luft nicht fortwehen, sondern nur leicht aufwirbeln. Schwere Vorhänge verhindern das Einströmen des untergehenden Sonnenlichts, und in der

Dämmerung hört man das aus dem Takt geratene Ticken von Pendeluhren, deren Zeit um Jahre im Rückstand ist.
Lautlos wischen ein paar Hausangestellte Staub.
»Öffnen Sie die Fenster, damit Licht in diese Höhle kommt«, befiehlt Mani ihnen, ohne sie anzusehen.
Die unsichtbaren Bediensteten wagen, ihm zu entgegnen, mit dem Licht komme auch die Hitze ins Haus, aber Mani setzt seinen Weg fort, ohne diese Bemerkung zu beachten.
Er hat eine Imageberaterin und Öffentlichkeitsexpertin mit ihren Diensten unter Vertrag genommen. Fräulein Melba Foucon ist in der Hauptstadt geboren, wurde in London ausgebildet und erzählt ihm, wie er sich anzuziehen hat, wie man bei Tisch das Besteck führt, welches Rasierwasser er benutzen soll, welche Worte er aus seinem Vokabular streichen muß. Fräulein Foucons Anweisungen waren einschneidend: Er sollte die protzige Neureichen-Residenz in der Bucht gegen einen seiner neuen Persönlichkeit gemäßeren Wohnsitz eintauschen.
Mani Monsalve war damit einverstanden und opferte seine wahren Neigungen und instinktiven Bedürfnisse der Legalität, der Achtbarkeit und Alina Jericó. Nachdem sie sämtliche Möglichkeiten sorgfältig geprüft hatte, wählte Melba Foucon eine alte Villa aus der Kolonialzeit im traditionellen Hafenviertel. Sie gehörte zum Familienbesitz einer vornehmen Familie, die sich entschlossen hatte, alles, was sie im Land besaß, aufzugeben, um in Pompano Beach, Florida, ein neues Leben zu beginnen.
»Sie zogen von hier weg, weil sie genau solchen Leuten wie Mani aus dem Weg gehen wollten.«

»Aber solchen Leuten wie Mani verkauften sie alles, denn die hatten das Geld. Das taten viele.«

Über Rechtsanwalt Méndez machte Mani Monsalve ihnen, auf den Rat der Foucon hin, ein Komplettangebot für alles, was sich in dem Haus befand: Kommoden, Schränke und Nachttische, Ölbilder, Rosenthal-Services, Cristoffle-Tafelsilber, Klaviere, Bronzefiguren, Spitzentischdecken, Limoges-Porzellan, Zierkrüge, Baccarat-Kristall, eine Bibliothek mitsamt Büchern – dreitausend Bände in französischer Sprache –, ein Afghanenpaar, ein kahler, schwuler Hausverwalter und drei staatlich geprüfte Hausangestellte.

Als Melba Foucon Mani zum ersten Mal in das Haus führte, das sie für ihn ausgesucht hatte, betrachtete er verzagt die geschnitzten Büßerbänke, die mit Blattgold aus Quito überzogenen Bilderrahmen und die im Laufe der Jahrhunderte an Händen und Armen verstümmelten oder gar enthaupteten Kolonialheiligen.

»Dies ist der richtige Platz für einen Bischof«, war sein einziger Kommentar, bevor er resigniert befahl, einen bis zum Rand mit Dollars gefüllen Koffer aus dem Mercedes zu holen und dem Makler im Tausch gegen einen eindrucksvollen Schlüsselbund zu übergeben. So wurde er zum Eigentümer dieser von ihm als Ruine beurteilten Behausung, die sich gerade noch dazu eignete, von einem Bulldozer plattgemacht zu werden, damit an ihrer Stelle ein Parkplatz oder ein achtstöckiges Hochhaus entstünde.

In der mit Alina geteilten Residenz ließ er all seine Habseligkeiten zurück, alles, was er bis dahin als vornehm, schön und behaglich geschätzt hatte: seine eisige Klimaanlage, seine ultramodernen Stereoanlagen, seine

Whirlpools, seinen gigantischen Videobildschirm, seine elektrischen Haushaltsgeräte und seine Sammlung von Telefonen.
Sein bequemes, riesiges Wasserbett mit Satinbettwäsche mußte er gegen ein hohes Schlaflager mit Baldachin, Moskitonetz und Nachtgeschirr aus Porzellan darunter eintauschen. Es ist hart und schmal und hat eine Nacht lang Simón Bolívar auf der Durchreise nach Jamaica beherbergt. Eine historische Reliquie, ein Museumsstück, in dem Mani vor Sauerstoffmangel umzukommen meint, sobald er sich hineinlegt, und träumt, daß er tot sei und in einem Sarkophag begraben liege. Zu allem Überfluß bezieht man es ihm mit gestärkten Leinenlaken, deren handgestickte Spitzenbordüren die Initialen HC von R tragen. In der Ruhelosigkeit seiner durchwachten Nächte, die sich unausgesetzt wiederholen, fragt sich Mani, wer wohl HC von R gewesen sein mag.
»Was zum Teufel habe ich im Bett des Befreiers zu suchen? Es fehlt nur noch, daß mir HC von Rs Geist erscheint, um sich neben mich zu legen«, protestiert er.
Fräulein Foucon entledigte ihren Auftraggeber seiner gesamten Garderobe und stattete ihn, vom Taschentuch bis zum Regenschirm, vollkommen neu aus. Sie ließ kein einziges Stück der vorherigen Einrichtung ins neue Haus übersiedeln, nicht einmal die Bilder von Grau und Obregón, die Mani ein Dorn im Auge waren, solange er mit ihnen leben mußte, nach denen er sich aber jetzt, angesichts der unerträglichen Porträtgalerie aus bleichen Priestern und spitzbärtigen Herren, vornehmen Matronen und illustren Unbekannten, die von oben bis unten die altersschwachen Wände bedeckten, verzweifelt zurücksehnt.

Bis auf die Kästchen ... Alina Jericós Schatullen sind das einzige, das Mani Monsalve durch nichts zu ersetzen vermag und wovon er sich nie getrennt hätte. Alles andere kann man kaufen oder verkaufen. Die Kästchen nicht. Er hat sie selbst eingepackt und angeordnet, sie in sein neues Schlafzimmer, auf eine Kommode vor dem Bett zu stellen. Manchmal, nachts, wenn ihm die Traurigkeit die Kehle zuschnürt, öffnet er sie, leert ihren Inhalt auf die Matratze und sucht Trost in dem Ritual, das er im Haus über der Bucht begann. Aber durch das häufige Berühren haben die Kästchen ihre Kraft verloren. Wenn er sie früher öffnete, entstieg ihnen jedesmal Alina, wie der Geist aus der Flasche. Das ist vorbei. Die Essenz, die sie enthielten, ist eingetrocknet, wie ein altes Parfüm am Boden eines Flakons. Mani berührt, liebkost und betrachtet jeden Knopf, jeden Ohrring, jeden Anhänger wie früher. Aber auch diese heiligen Gebärden sind ihm unmerklich zur Routine geworden, und er hält an einem Ritus fest, dessen Bedeutung er vergessen hat.
Mani gelangt zur Flügeltür des großen Salons und öffnet sie. Drinnen herrschen eine dauerhafte, vom goldenen Widerschein der Altaraufsätze kaum durchbrochene Düsterkeit und eine alteingewurzelte Stille, die sich in Jahrzehnten der gedämpften Unterhaltungen bei Anstandsbesuchen, der geraunten Gespräche in den Ecken, der Verschwörungen im Schatten und des heimlichen Liebesgeflüsters hier niedergelassen haben.
Beim Überqueren des täglich von den drei Hausangestellten mit Hobelspänen und Bohnerwachs bearbeiteten Fußbodens, der wie poliertes Metall glänzt, lauscht er dem Geräusch und dem Nachhall seiner eigenen Schritte. Er betrachtet sein einsames, im Labyrinth einer

Spiegelgalerie bis ins Endlose zurückgeworfenes Bild. Er geht zur Mitte des Salons, nimmt auf einem mächtigen Eichenthron Platz und wirkt selbst wie eine Skulptur aus Eichenholz: Steif und mürrisch sitzt er da, ohne etwas mit sich anfangen zu können, appetitlos, aber dennoch der Ankündigung des Hausverwalters harrend, daß das Abendessen aufgetragen sei.

Ohne Alina Jericó hat sich sein häusliches Privatleben zu einer Serie langer Phasen unausgefüllter Zeit reduziert, die ihm der Hausverwalter und die drei Angestellten durch Frühstück, Mittagessen und Abendessen unterteilen, mit unzähligen Tabletts, Tellern und Gläsern, die Mani indes nahezu unberührt stehenläßt.

Jeden Morgen bei Sonnenaufgang, wenn er die Augen aufschlägt und entdeckt, daß seine Frau nicht neben ihm liegt, durchbohrt ihn ein fürchterlicher Schmerz und läßt ihn schlagartig in seinem ungastlichen Museumsbett aufrecht sitzen. Es ist die gleiche Empfindung wie die eines Patienten, der aus der Narkose erwacht und erfährt, daß ihm ein Organ entfernt wurde. Aber wie bei der Rekonvaleszenz nach einem größeren chirurgischen Eingriff nimmt auch in diesem Fall der Schmerz im Laufe des Tages ab und macht einer dumpfen körperlichen und geistigen Antriebslosigkeit Platz, einer Art allumfassender Schwerfälligkeit, die sich wie eine Betäubung auf seine verletzte Seele legt.

Alles in allem hat er, bis auf den Augenblick des morgendlichen Erwachens und andere gelegentliche und heftige Rückfälle, die schlimmsten Qualen der Verzweiflung, der Eifersucht und des Gekränktseins bereits hinter sich gelassen und ist eingetaucht in eine fade, schmerz- und farblose Vorhölle, in der sich die Dringlichkeit von

Alinas Rückkehr nicht mehr wie ein unerwarteter Peitschenhieb auf wundes Fleisch darstellt, sondern zu einer monotonen, bürokratischen Obsession geworden ist, die ihn zu jeder Stunde dumpf und verbissen begleitet, wie das Traben eines folgsamen Esels. Alles, was Mani tut, tut er, um sie zurückzugewinnen. Alina zur Rückkehr zu bewegen ist das alleinige Ziel, dem er all seine Entschlüsse und Unternehmungen unterordnet. Daran hat sich nichts geändert. Der Unterschied liegt vielmehr darin, daß in seinem Gemüt inzwischen vollkommene Windstille herrscht, hervorgerufen durch ein Vorgefühl der Niederlage, durch die heimtückische Vorahnung, daß Alina nie zu ihm zurückkehren wird, egal, was er tut.

Aber an manchen Morgen obsiegt dennoch die gegenteilige Überzeugung. Dann nimmt er eine eiskalte Dusche, verlangt zum Frühstück Eier, spürt eine Hartnäckigkeit zurückkehren, die er schon ganz verloren glaubte, und beginnt den Tag mit dem Entschluß, Himmel und Hölle in Bewegung zu setzen, um Alina Jericó zurückzuerobern.

Zum Beispiel als er sich entschloß, zur Einweihung seines neuen Wohnsitzes ein Diner zu geben, dessen wahrer Anlaß ein Wiedersehen mit seiner Exfrau war, in einem Rahmen, der sie die Schießereien und die Flegeleien der Vergangenheit vergessen ließe.

Fräulein Melba Foucon kümmerte sich um alles, vom Menü bis zur Gästeliste, und gab sich redliche Mühe, Manis neues Ansehen in allen Symbolen aufleuchten zu lassen. Die Afghanen wurden von einem Hausmädchen in den Salons an der Leine spazierengeführt; der Hausverwalter trug ein nagelneues Toupet auf dem Kopf, das seine Glatze verbarg; die drei Hausangestellten steckten in einer schwarzen Tracht mit weißem Schürzchen, Häubchen und Handschuhen; der Kamin brannte, trotz der Hitze des tropischen Abends; die Krüge barsten fast von lachsfarbenen Rosensträußen; die hohen Königspalmen im Garten wurden von Reflektoren angestrahlt; eine Reihe Fackeln leuchtete den Gästen den Weg bis zum Haupteingang.

Bei der Aufstellung der Gästeliste war Melba Foucon unerbittlich und verschickte nur wenige Einladungen an die Gesellschaft des Hafens.

»Es heißt, sie hätte gesagt: Nicht zu viele Provinzler, das senkt das Niveau.«

»Sie lud auch keine Militärs oder Schönheitsköniginnen ein, die Manis frühere Feste fast ausschließlich bevölkert hatten.«

»Ganz zu schweigen von den Monsalve-Brüdern. Sie verabscheute diese mißmutigen, häßlichen Subjekte mit ihren Goldketten und Diamantringen. Das neue Haus hatten sie noch nie betreten, und Melba Foucon ließ nicht zu, daß sie es bei dieser Gelegenheit taten, um ihr alles wieder zu verderben.«

Dagegen charterte sie ein ganzes Flugzeug für die Prominenz aus der Hauptstadt, die eine Einladung mit Hotelunterbringung erhalten hatten. Dazu gehörten unter anderen ein noch amtierender Minister, der Direktor eines landesweiten Instituts, der Leiter eines Rundfunksenders, der Inhaber einer mächtigen Finanzgruppe, der bekannteste kolumbianische Fernsehmoderator und der Star der Telenovela mit den höchsten Einschaltquoten.

Auch an Alina Jericó war eine vornehme Einladungskarte mit Prägedruck verschickt worden, doch sie hatte, trotz der abschließenden Aufforderung ›RSVP‹ – Répondez s'il vous plaît –, nicht Bescheid gegeben, ob sie käme oder nicht, was Mani in eine hochgespannte Erwartung versetzte.

Der Gastgeber empfing seine Gäste – auf Anregung und Betreiben von Fräulein Melba – im weißen Smoking von Yves Saint-Laurent mit einem Glas Whiskey on the rocks in der Hand.

»Wieso denn das, wenn er doch nicht trank?«

»Nein, er trank den ganzen Abend keinen einzigen Schluck, aber jedesmal, wenn er das volle Glas auf irgendeinem Tisch stehenließ, drückte Fräulein Foucon ihm sofort ein neues in die Hand, weil es zu seinem neuen Persönlichkeitsbild gehörte. Im Kampf gegen Manis Unsitten und schlechte Manieren hatte sie sich nicht kleinkriegen lassen und war fast durchweg erfolgreich gewesen. Nur in wenigen Dingen, wie bei dem Versuch, seine Kola Román, ein billiges, grelles Erfrischungsgetränk, gegen die international anerkannte Coca-Cola einzutauschen, holte sie sich eine lautstarke Abfuhr.«

Melba Foucon war zufrieden. Sie beobachtete Mani Monsalve aus verschiedenen Blickwinkeln des Salons und mußte zugeben, daß der Mann seit dem Nachmittag, als sie ihn in einem ungeheuerlichen, kürbissuppenfarbenen Anzug, Schuhen in schwarz und grau kombiniertem Leder und einer grünrautierten Krawatte kennengelernt hatte, eine echte Verwandlung erfahren hatte. Obwohl sie ihn mit kritischen Augen auf die noch zu behebenden Mängel hin musterte und ihre weiblichen Regungen mit einer asexuellen Professionalität zu unterdrücken versuchte, konnte sich die Imageberaterin und Öffentlichkeitsexpertin der männlichen Anziehungskraft, die von ihrem sonderbaren Auftraggeber ausging, nicht erwehren. Überrascht stellte sie fest, wie gut der französische Smoking auf seinem athletischen, perfekt proportionierten Körper saß. Die Foucon fand insgeheim sogar, daß die unbefangene, für die Angehörigen des Lumpenproletariats typische Lockerheit in Mani Monsalves Bewegungen als sportliche Elastizität oder aristokratische Lässigkeit durchgehen konnte.

Wenn bloß diese grüne Gesichtsfarbe eines Magenkranken nicht wäre, seufzte Melba, und vor allem diese Narbe, die ihm das Merkmal des Gesindels mitten ins Antlitz drückte …

Als Melba Foucon sah, daß Mani von den Gästen Abstand nahm und einen Moment lang alleine dastand, ging sie auf ihn zu, um ihm zwei Maßnahmen vorzuschlagen, die sein Aussehen noch verbessern könnten.

»Ich möchte Ihnen raten, Herr Monsalve«, sagte sie in einem zwischen Überheblichkeit und Todesangst schwankenden Ton, den sie ihm gegenüber immer anschlug, als wüßte sie nicht, ob sie sich an einen Tagelöhner oder an den Herrn des Universums wandte, »daß Sie sich ab morgen täglich zwanzig Minuten in der Sonne bräunen sollten und daß … bitte, verzeihen Sie mir, daß ich das anspreche, aber ich bin der Meinung, daß Sie diese Narbe durch eine kosmetische Operation entfernen lassen sollten … «

Als existierte das Fräulein überhaupt nicht, wanderte Manis Blick von seiner Armbanduhr zur Salontür, dann wieder zur Uhr und wieder zur Tür. Melba Foucon merkte, daß er ihr gar nicht zuhörte, und entschied, daß dies der falsche Augenblick war: Er war wahrscheinlich nervös wegen der hochkarätigen Persönlichkeiten unter seinen Gästen.

»Kommen Sie mit«, bat sie ihn daraufhin und wechselte zu einem Thema, das ihr angemessener schien. »Es gehört sich, daß Sie sich einen Augenblick mit dem Herrn Minister unterhalten, wenn er uns schon die Ehre gemacht hat zu kommen. Gleichzeitig werden wir die Gelegenheit nutzen, um sie beide zusammen fotografieren zu lassen.«

»Jetzt nicht. Holen Sie mir lieber Rechtsanwalt Méndez.«

Mani war von einer einzigen Sorge beseelt: Es war halb zehn Uhr abends, alle Gäste waren eingetroffen, aber Alina fehlte. All die anderen – Exzellenzen, Minister, Damen und Herren aus der Gesellschaft – konnten seinetwegen mitten im Wohnzimmer seines Hauses auf der Stelle tot umfallen, denn sie waren ihm vollkommen gleichgültig. Mochte Doña Foucon mit ihnen Konversation machen und ihnen jeden Schein in die Hand drükken, den sie verlangten. Ihn beschäftigte nichts anderes, als eine Möglichkeit zu finden, um Alina zum Diner zu holen. Er erwog sogar, die Öffentlichkeitsexpertin zu bitten, sie anzurufen, verwarf die Idee aber gleich wieder als wahnwitzig und wenig aussichtsreich. Dann beschloß er, zur Tat zu schreiten. Er faßte sich ein Herz, schluckte Eifersucht und Mißtrauen herunter und bat Rechtsanwalt Méndez, der sich unter den Gästen befand, zu ihr zu fahren und sie zum Kommen zu überreden.

»Wie war damals das Verhältnis zwischen Mani und dem Anwalt?«

»Gespannt. Méndez sah Alina recht häufig, und Mani, der sie vierundzwanzig Stunden am Tag beobachten ließ, er-

fuhr alles, was sie unternahmen, manchmal sogar, was sie redeten.«

»Daher wußte er, daß sie keine Liebesbeziehung hatten ...«

» ... und ließ den Anwalt am Leben. Der im übrigen ja auch sein Mittelsmann war, und zwar nicht nur für seine gesellschaftlichen Aufstiegspläne, sondern auch für den Kontakt zu Alina. Er mußte ihm vertrauen. Aber gleichzeitig sagte ihm sein Instinkt, daß ihm nicht ganz zu trauen war.«

Der Rechtsanwalt willigte sogleich ein und fuhr in Manis Mercedes mit Tin Puyúa am Steuer zu Alinas Appartementhaus. Er war der Auffassung, daß dieser Auftrag jeglicher Logik und Höflichkeit entbehrte, und war sicher, sie würde ablehnen. Es war absurd, sie um diese Uhrzeit, zu der sie vermutlich schon im Bett lag, herauszuklingeln, um ihr den Vorschlag zu unterbreiten, auf Manis Fest zu kommen. Und das, nachdem sie auf tausenderlei Arten zu verstehen gegeben hatte, daß sie von ihrem Ehemann nichts wissen wollte.

Dennoch erklärte er sich bereit, zu ihr zu fahren. Erstens gab ihm das einen Vorwand, sie zu sehen, und sei es auch nur für ein halbes Stündchen, und zweitens reizte ihn der Kitzel der sich so darstellenden Situation: Auf Manis eigenes Geheiß durfte er dessen Frau besuchen und wurde obendrein noch in seinem Wagen und von seinem Chauffeur dorthin kutschiert. Es war ein Witz, wie aus einer schlechten Komödie, und er hätte laut losgelacht, wenn ihn nicht das Wissen zurückgehalten hätte, damit ein zusätzliches Mal über die Stränge zu schlagen und sich dem russischen Roulette von Manis Zorn auszusetzen. Denn niemand lachte über Mani Monsalve, und wer es dennoch tat, konnte sicher sein, sich am nächsten Morgen mit einem Kopfschuß im Straßengraben wiederzufinden. Aber mir befehlen, hinzufahren und mich anschließend wegen der Ausführung des Befehls zu erschießen, das wird er ja wohl kaum können, überlegte der Anwalt amüsiert, als er an Alinas Tür klingelte. Gequält vom schlechten Gewissen, sie zu wecken und aus dem Bett zu holen, war er gerade im Begriff, ein zweites Mal zu klingeln, da öffnete sich die Tür und sie erschien fertig frisiert, geschminkt, parfümiert und festlich gekleidet vor ihm.

»Was für eine Überraschung, Herr Anwalt! Ich wollte mich in diesem Moment auf den Weg zu Manis Abendeinladung machen …«

»Nun, naja, ich war schon dort und komme dich abholen, um mit dir zusammen hinzugehen«, sagte der Anwalt verwirrt und erkannte, daß seine Vermutungen falsch gewesen waren.

»Das trifft sich ja gut. Gehen wir. Nehmen wir meinen Wagen?«

Verlegen antwortete Rechtsanwalt Méndez ihr, daß das nicht nötig sei, er sei nämlich in Manis Mercedes gekommen. Er wagte aber nicht, ihr zu beichten, daß auch Tin Puyúa dabei war.

Darauf fragte sie ihn – mit einem Anflug des Erstaunens in der Stimme, den er als Geringschätzung deutete –, ob denn Mani ihn geschickt habe, sie abzuholen, und sein männlicher Stolz zersplitterte zu tausend Scherben: Er fühlte sich wie ein Idiot, ein Kuppler, ein Tölpel. Er betrachtete sich im Spiegel von Alinas grauen Pupillen und fand, daß er keinen Deut besser war als all die anderen armen Teufel, deren Würde, Leben und Tod allein von

Mani Monsalves Willen abhingen. *»Alina sah prächtig aus, in einem weitgeschnittenen, schwarzen Seidenkleid, das die Schwangerschaft nicht verbarg, aber dennoch sexy war und ihre makellose Haut an Schultern und Rücken sehen ließ.«*

»Worüber sprachen sie im Auto?«

»Über gar nichts. Tin Puyúa fuhr mit einer halsbrecherischen Geschwindigkeit. Alina war sehr aufgeregt, und ihr war die Angst vor dem Wiedersehen mit Mani anzumerken. Der Anwalt war verunsichert, wütend auf sich selbst und gleichzeitig niedergeschlagen und verzagt: Er war davon ausgegangen, daß Alina das Interesse an Mani für immer verloren hatte, und mußte nun feststellen, daß er sich getäuscht hatte.«

»Er hatte allen Grund, durcheinander zu sein, denn sie hatte ihm andauernd geschworen, daß sie Mani nie wiedersehen wollte, und sei es auch nur auf einem Bild ...«

»Sie wollte ihn nie mehr sehen und verging gleichzeitig vor Sehnsucht nach ihm. So ist die Liebe: eigenwillig.«

»So ist sie. Einmal bist du oben, einmal bist du unten. Wie der Anwalt, der aufgebläht losfuhr und sich über Mani eins ins Fäustchen lachte, um am Boden zerstört wieder zurückzukehren, weil er selbst der Hanswurst war ...«

»Mani erlitt fast einen Herzinfarkt, als er Alina, so wunderschön, so schwanger *in seinem Haus erscheinen sah. Seit Monaten hatte er von diesem Augenblick geträumt. Er führte sie sofort hinaus auf den Balkon, um alleine mit ihr sprechen zu können, aber sie wurden ständig von den Gästen unterbrochen, die anstoßen wollten, ihren Dank aussprechen oder irgendwelche Geschäfte vorschlagen. Auch Fräulein Foucon ließ sie nicht in Frieden, die fand, Mani sollte sich mehr um seine Gäste kümmern.«*

»Dann haben sie also gar nicht richtig miteinander reden können?«
»Sie haben schon geredet, aber nur wenig. Er bat sie, zu ihm zurückzukehren, und als sie sich weigerte, wurde er aggressiv, und sie begannen, ohne es zu wollen, über ein heikles Thema zu streiten, nämlich, wer das Kind bekommen sollte, wenn es geboren war. Sie warfen sich häßliche, verletzende Dinge an den Kopf, und statt es in Ordnung zu bringen, machten sie ihr Zerwürfnis nur noch schlimmer. Alina bekam wieder das Herzrasen und die Angstzustände der ersten Tage nach der Trennung. Sie begann, an den Nägeln zu kauen und bereute schon nach einer halben Stunde, überhaupt gekommen zu sein. Deshalb bat sie den Anwalt, sie wieder nach Hause zu fahren.«
»Also war es doch der Anwalt, der zuletzt lachte …«
»Auch nicht. Alina weinte nämlich den ganzen Heimweg über, und weil er eifersüchtig war und die Nase voll davon hatte, den Lückenbüßer zu spielen, machte er keinerlei Anstalten, sie zu trösten. Es war ein trauriger Abend für alle drei.«
Jetzt verbirgt sich die untergehende Sonne hinter dem Nachbarhaus, und ihre letzten Strahlen stehlen sich in flüssigem Orange durch die geschlossenen Fensterläden des großen Salons. Mani sitzt auf einem gewaltigen Lehnstuhl aus Eichenholz und schlägt die Zeit und die Erinnerungen tot. Er denkt an gar nichts, sondern beobachtet, wie die orangefarbenen Lichtstreifen im Halbschatten auf den Möbeln tanzen.
Von unten dringen gedämpfte Geräusche zu ihm herauf, die er kaum zu unterscheiden vermag: ein angelassener Motor, laute Männerstimmen, jemand, der Anweisungen erteilt. Der Lärm kommt aus dem Keller, wo sich die Un-

terkünfte der Leibwächter befinden, das Waffendepot, ein Motorradfuhrpark, das Kommunikationszentrum, die Garagen und die Gefängniszellen. Das Ganze nennt sich jetzt »die Büros« und ist unter die Erde verbannt. Mani steigt fast nie hinunter, und von seinen Männern ist es nur einem, Tin Puyúa, gestattet, bis in den Wohnbereich der Villa vorzudringen. Aber selbst der taucht dort nur auf, wenn es absolut unumgänglich ist, denn der Ort mißfällt ihm und erscheint ihm unheilvoll.

An manchen Nachmittagen überfällt Mani die nostalgische Erinnerung an die vulgäre, fröhliche Kameradschaft, die er früher in der Stunde der Gefahr mit seinen Kumpels genoß. Dann geht er in den Keller und setzt sich mit Tin Puyúa auf die Rückbank irgendeines Land Rovers, um Kola Román aus der Flasche zu trinken und sich mit ihm zu unterhalten. Aber das kommt immer seltener vor.

Mani Monsalve thront gelangweilt und düster mitten in seinem riesigen Salon. Er läßt alle Gedanken aus seinem Kopf entweichen und einsam wie ein König die Zeit vergehen.

Nach einer langen Weile holt er einen Nagelknipser aus der Hosentasche und beginnt, sich die Nägel zu schneiden. Jedesmal, wenn der Knipser klick! macht, springt ein Nagel respektlos durch die Luft und fällt neben seine Brüder auf den karmesinroten Wollteppich.

Vor ihm ist über dem nutzlosen, erloschenen, von schweren Silberkandelabern flankierten Kamin ein eindrucksvolles Ölbild in die Wand eingelassen. Es ist das Porträt eines Generals mit flauschigen weißen Koteletten, einer von Orden gepanzerten Brust und von grünen Stockflekken zerfressenen Gesichtshaut. Seine blauen, ernsten

Augen scheinen Mani erstaunt und mißbilligend zu mustern, ohne daß der sich davon beeindrucken ließe, denn er ist vollkommen darin vertieft, sich mit dem Knipser die Niednägel zu entfernen.
Fräulein Foucon wußte ihm zu berichten, daß der Militär auf dem Bild der Patriarch des Hauses sei, Ururgroßvater der Vorbesitzer und ein Held in den Bürgerkriegen des vergangenen Jahrhunderts.
»Und was hat der mit mir zu schaffen, dieser kränkliche Tattergreis? Wieso muß ich den mitten in meinem Wohnzimmer ertragen?« fragte Mani.
Sie gab ihm zur Antwort, im Zuge seines persönlichen Wandels und des Prozesses, sich eine illustre Vergangenheit zuzulegen, würde er sich schon noch an den Anblick gewöhnen.
»In ein paar Jahren, Herr Monsalve«, prophezeite ihm die Imageberaterin, »wird alle Welt schwören, daß dieser General Ihr eigener Ururgroßvater war, und sogar Sie selbst werden an das Märchen glauben.«

Mit wem hat Arcángel Barragán an jenem Nachmittag geschlafen?«
»Mit einem zierlichen, dunklen Mädchen, das ihm La Muda aufs Zimmer schickte.«
»Wie hieß es?«
»Das wußte niemand. Arcángel hat sie nicht nach ihrem Namen gefragt.«
Er entkleidet sie ohne Hast und ohne Neugier, legt sich nackt neben sie und fragt sie nach der Ursache der Narbe unterhalb ihres Knies. Sie antwortet, sie habe sie sich als Kind durch einen Stacheldrahtzaun zugezogen, und fragt ihn nach seiner Verletzung am Arm.
»Tut sie dir weh?« sagt sie.
Arcángel antwortet nicht. Vorsichtig löst er die beiden Zöpfe des jungen Mädchens, indem er vermeidet, sie am dichten, lockigen Haar zu ziepen. Er nimmt die Spitze einer Strähne zwischen zwei Finger und führt sie wie einen Pinsel über ihre Haut: Er malt ihr die Lider, die Augenbrauen, den Nacken, die Lippen, die Ohren, die Brustwarzen nach.
»Du darfst nicht lachen«, sagt er. »Wenn du lachst, hast du verloren.«
Obwohl das Mädchen versucht, ernst und unbewegt zu bleiben, gelingt es ihm nicht, dem Kitzeln standzuhalten, und es schneidet Grimassen, windet sich geziert und gibt glucksende Lacher von sich wie ein gurrendes Täubchen. Arcángel besteigt ihren zarten Körper und beginnt, halb spielerisch, halb ernst, mit ihr zu schlafen, während seine Gedanken und Blicke abschweifen.
Seine sanften, karamelbraunen Augen wandern über die ursprünglich einmal himmelblau gestrichene, inzwischen aber mit einem abblätternden Grau überzogene Wand.

Er hält an einer Ritze inne, in der sich ein dunkles, schimmerndes Insekt regt. Vielleicht pelzig, wie eine Spinne. Eine schwarze Spinne, in ihrem Schlupfwinkel verborgen, wo sie heimlich im Schatten den Speichelfaden für das Gespinst ihres Netzes aussondert.
Arcángels Augen gleiten die Wand hinunter zum Kopfkissen und der wie ein gefräßiges Schlinggewächs darauf ausgebreiteten Haarpracht des Mädchens. Dann setzen sie ihre Wanderung fort, bis zu einem kleinen Leberfleck an ihrem Lippenrand, einem winzigen, niedlichen Muttermal, das fast im Mundwinkel sitzt, als sei es soeben herausgeschlüpft. Wie ein kleines, im Mund lebendes Insekt, das kurz herausschaut, um sich sofort wieder in seine Höhle zurückzuziehen. Aber es rührt sich nicht: Es ist nur ein Muttermal. Sein Geheimnis ist sogleich durchschaut, und Arcángel wendet den Blick ab.
Sein Körper bewegt sich auf dem Mädchen hoch und nieder, und das Kreuz von Caravaca, das an einer Kette um seinen Hals hängt, schwingt wie ein goldenes Pendel im Rhythmus mit. Während sein Geschlecht arbeitet, streunen seine Blicke, folgen dem Laken abwärts zum Fußboden im Schachbrettmuster aus grün und cremefarben abwechselnden Steinfliesen, ziehen darüber hinweg bis in die Ecke mit dem stehengebliebenen Frühstückstablett und entdecken zwei kupferfarbene Kakerlaken, die mit ihren unfehlbar jede Gefahr aufspürenden Antennen auf den Essensresten hocken. Arcángel Barragán wiegt sich, hebt und senkt sich wie auf einer Schaukel über dem dunkelhäutigen Mädchen, während er die unausrottbaren Kakerlaken mit dem Keratinpanzer beobachtet, die den allmonatlichen Ausräucherungen von La Muda trotzen und dem allmorgendlichen Kontrollgang

ihres Besens spotten. Aber so lang sie auch leben mag, eine Kakerlake hat keine Bedeutung, und Arcángel verliert das Interesse.
In dem zaghaften Versuch, die Aufmerksamkeit auf sich zu lenken, stößt das namenlose Mädchen unter ihm ein leises Stöhnen aus. Arcángel besitzt sie, ohne sie zu beachten, wie ein Automat, mit den gleichen disziplinierten, maschinellen Bewegungen, mit denen er täglich seine zweihundert Bauchmuskelübungen durchführt oder den Heimtrainer betätigt. Er nimmt sie, ohne sie zu begehren, er schläft mit ihr, ohne sie zu lieben. Sie ist ein Mädchen wie so viele andere. So hübsch es auch sei, ein anonymes Mädchen hat auch keine Bedeutung.
Die Spinne dagegen ... diese scharrende Spinne, die da oben lauert und ihr Netz webt, diese unheilverkündende Spinne beunruhigt Arcángel. Seine Augen suchen sie erneut, gleiten wieder die Wand hinauf, bis sie sie in ihrer Ritze hinter dem Staub aufspüren. Lebendig, aktiv, wachsam und intelligent. Etwas Rätselhaftes geht von dem Insekt aus und zwingt Arcángel, es zu beobachten. Ein Magnetismus, der seine Blicke anzieht. Eine wohlbekannte Intensität, ein bereits gesehenes Funkeln. Die Spinne entsendet fieberhafte Signale, die der Junge kennt und die er langsam erkennt. Die Spinne ist keine Spinne. Ihre Füße sind Wimpern, ihre Bewegung ist Zwinkern, ihr Glanz, intensiv und feucht, ist Begehren. Die Spinne ist ein menschliches Auge. Es ist das tiefblikkende Auge La Mudas, das ihn aus seinem Versteck hinter der Mauer beobachtet. Ihr magnetisches, haariges und gieriges Auge einer jagenden Spinne, das den jungen Neffen hypnotisiert und in die Tiefen ihres Spalts hineinlockt, sich öffnet und schließt, um ihn im vollen Glanz

seiner unangetasteten Schönheit bei lebendigem Leibe zu verschlingen.

»Dann stimmt es also, was die Leute sagen. Daß La Muda Arcángel Mädchen aufs Zimmer schickte, um zuzusehen, wenn er mit ihnen schlief.«

Die einsame Tante verbirgt sich, vor heimlicher Liebe brennend und dem Kribbeln unter ihrem eisernen Harnisch preisgegeben, im Nachbarzimmer und beobachtet den vergötterten Neffen …

»Möglicherweise streichelte sie sich auch selbst, während sie heimlich durch das Loch spähte …«

»Das konnte sie nicht. Wie sollte sie das wohl tun bei einem Keuschheitsgürtel mit sechsunddreißig spitzen Zähnen vorne und fünfzehn hinten?«

»Den gab's ja vielleicht gar nicht.«

»Wieso wird es dann erzählt?«

»Erstens, weil die Leute viel erzählen. Zweitens, weil sie nie einen Freund hatte. Drittens, weil es die einzige Erklärung ist für das blecherne Geräusch, das man hörte, wenn sie vorbeiging. Wie ein leises Kettenrasseln, ein metallisches Rumoren unter ihren Röcken.«

»Was tat der Junge, Arcángel, als er merkte, daß seine Tante ihm zusah?«

»In diesem Moment wurde er zum Mann.«

Bist du es, Muda? Bist du da? Ist dies dein Körper und dies deine Seele? In dem Augenblick, in dem er die Gegenwart der Tante erkennt, als er sich vorstellt, daß sie es ist, die er umschlungen hält, wächst Arcángel Barragán über sich selbst hinaus und wird zu einem Riesen. Sein kindlicher Leib stählt sich unter einem Ausbruch von Männlichkeit, und seine Watteträume schwinden dahin, abgelöst vom Willen zu herrschen und zu besitzen.

Die Augen fest auf das Auge der Tante gerichtet, die Gedanken ganz von ihr erfüllt, das Herz verrückt vor Liebe, verwandelt sich der himmlische Knabe in einen gierigen roten Dämon, dessen Geschlecht in wilder Lust anschwillt. Wie ein Erdbeben bäumt er sich auf und hebt das Mädchen, das er im Bett hat, empor, läßt es fallen und wirft sich mit unbändigem Verlangen auf es, preßt es aus, wie einen Lappen, erstickt es beinahe mit seiner Zunge, verschlingt es mit Küssen, ruft es mit dem Gebrüll eines brünstigen Tieres, leckt es ab, beißt sich wie ein Hund in ihm fest, schüttelt es, durchdringt es und verschlingt es mit Haut und Haar wie ein Tiger sein Opfer.

»Und was tat das Mädchen?«

Arcángels Anfall von Potenz und Lüsternheit kommt so unvermittelt und ist so heftig, daß sie zunächst erstaunt reagiert, dann verängstigt und schließlich in Lust dahinschmilzt. Dabei wird sie die ganze Zeit das Gefühl nicht los, daß diese extremen Reaktionen gar nicht ihr gelten: weder die spielerische Teilnahmslosigkeit am Anfang noch die gewalttätige Brunst am Ende.

Unterdessen dankt der zum Manne gereifte Knabe, auf dem namenlosen Mädchen reitend, im Geiste aber seiner Tante, La Muda, beiwohnend, unendlich reuevoll und unendlich glücklich, dem Himmel für dieses Geschenk und bittet ihn um Vergebung. Vergib mir, Muda, so wie ich dir vergebe, und winde auch du dich vor Lust, während ich dir die schwarzen Gewänder vom Leib reiße und dein reifes Fleisch berühre, dich ansehe und rieche, das Eisen, das dich einsperrt, in tausend Stücke schlage, deine Schlösser bezwinge und dein Schweigen breche. Ich flehe dich an, ich befehle dir, ich verlange von dir:

Daß dein Mund sich auftut, daß deine Schenkel sich öffnen, denn in dich will ich eindringen. Mach deine Augen weit auf und sieh, wie ich von dir zehre, ich trinke deine Kraft und komme wieder heraus, bereit, die Welt zu sprengen, dringe wieder ein, sauge deine Energie und komme heraus, dringe ein und komme heraus, hinein und heraus, hinein und heraus, hinein und heraus, hinein und lasse diese furchtbare Liebe, die mich fast umbringt, funkensprühend in dir explodieren und darf endlich ruhen, während ich dich mit meinen Armen umschlungen halte. Ich schließe die Augen und die Fenster, ich mauere die Türen zu, ich lösche alle Erinnerungen, ich vergesse die Toten, ich banne für immer jede Gefahr. Ich lasse mich von den Worten umsäuseln, die ich jetzt endlich von dir vernehme, und schlummere an deinem Busen ein, während du meine Hand hältst, und Gott, der groß ist, möge uns beiden vergeben.

Die Anschrift einer Garage. Das ist das Geheimnis, das Nando Barragán gekauft hat. Einer Garage in der Stadt. Ab jetzt kann er Holman Fernelys habhaft werden, wann es ihm beliebt. Es genügt, sich hinzusetzen und zu warten, bis der Mann vorbeikommt, um den Lieferwagen zu holen, den er dort versteckt hält. Das ist alles. All die durchwachten Nächte, um seine Lebensdaten zu prüfen und seine Psyche zu enträtseln, all das Kopfzerbrechen, um ihm auf die Spur zu kommen, all die entworfenen und verworfenen Strategien, und nun fällt ihm die Beute ganz von selbst wie eine reife Frucht in den Schoß. Verraten von einem verstümmelten Taugenichts, der hereingeschneit kommt und ihn ans Messer liefert, einfach so, gegen ein paar Dollars.

Der Einarmige weiß zu berichten, daß Fernely seit drei Monaten einen rot-weißen Ford in der Garage abstellt. Er nimmt ihn für seine Erledigungen in der Stadt und kann zu jeder Tages- oder Nachtzeit auftauchen, um ihn zu holen. Mitten in der Nacht oder morgens früh, um ihn dann am nächsten Tag wieder zurückzubringen oder wochenlang verschwunden zu bleiben.

Nando erbleicht, und sein von Kratern übersätes Gesicht wird zur Oberfläche des Mondes. Bevor der Einhändige seine Rede beenden kann, stößt Nando seinen Stuhl nach hinten und springt gewalttätig und ungelenk auf die Füße wie ein abgeschalteter Roboter, der gerade wieder an das Stromnetz angeschlossen wird. Der Einhändige weicht starr vor Furcht zurück, als er der Kriegsmaschine ansichtig wird, die er da in Gang gesetzt hat. Nando zieht seinen Pferdecolt – denselben, mit dem er einst seinen Vetter Adriano Monsalve tötete – und lädt ihn mit silbernen Kugeln, die seine Initialen tragen.

»Gehn wir«, befiehlt er dem Alten. »Bring mich zu Fernely.«
Doch dem Einarmigen ist der Schrecken dermaßen in die Glieder gefahren, daß er sich nicht mehr zu erheben vermag, als fehlte ihm nicht nur der Arm, sondern dazu noch beide Beine, und zitternd wartet er darauf, daß der Riese ihn mit einer Ohrfeige vom Stuhl fegt, als er ihn plötzlich innehalten und unbeweglich stehenbleiben sieht.
»Moment«, sagt Nando, setzt sich wieder hin und zündet sich in aller Ruhe eine Pielroja an.
Mit seinen schweren Pranken entlädt er den Colt wieder, während sein Mund leise die kategorischen Worte spricht: »Gib mir ein Pfand.«
»Trotz Nandos unbändiger Wut auf Fernely beherrschte er im letzten Augenblick seinen Mörderinstinkt und schob die Tat auf. Er wollte sich absichern, für den Fall, daß es eine Falle war. Es wäre nämlich nicht das erste Mal gewesen, daß die Monsalves Leute bezahlten, um ihn in einen Hinterhalt zu locken.«
»Sie einigten sich darauf, daß der schon recht betagte Vater des Einhändigen und sein jüngster Sohn als Pfand herhalten sollten. Er mußte sie aus seinem Dorf holen und im Haus der Barraganes als Geiseln hinterlassen. Wenn alles gutging, würde Nando ihnen das Land, auf dem sie wohnten, schenken und ein hübsches Sümmchen in Dollars dazu. Aber wenn irgend etwas schiefging, würden der Alte und der Bursche dran glauben müssen.«
»Und bevor ich sie töte, werde ich sie leiden lassen«, drohte Nando abschließend dem Einhändigen, um den Handel perfekt zu machen.

In der Zeit, als er in der alten Kolonialvilla lebte, machte Mani Monsalve mehr Geld als je zuvor. Von allen Seiten wurden ihm Geschäfte angetragen, und die Geschäftspartner fielen ihm in den Schoß. Das war vor allem Fräulein Melba Foucon zu verdanken, der es gelang, die Vorurteile der anständigen Leute aus dem Weg zu räumen. Sie wußte genau, wie sie sie anzupacken hatte, um ihre Moral zu unterhöhlen. Sie setzte sie mit ihrem Chef an einen Tisch und köderte sie mit seinem Geld.«

»Nein, das Entscheidende war die Arbeitsteilung mit seinem ältesten Bruder. Frepe blieb im Schatten und machte das heiße Geld, während Mani als Aushängeschild fungierte und das Geld wusch. Obwohl sie sich gegenseitig nicht über den Weg trauten, bauten sie gemeinsam dieses profitable System auf.«

»Die Barraganes wurden dagegen von Tag zu Tag einsamer und ärmer.«

»Als Narciso tot war, ließen sie die Geschäfte schleifen und verdienten nie wieder einen Peso.«

»Fernelys Rechnung ging also auf: sie erst zugrunde zu richten und dann zu vernichten.«

»Ja, sie ging auf. Obwohl von ihrem Reichtum angeblich schon nicht mehr viel übrig gewesen sein soll, als Narciso starb.«

»Und die Dollarberge, die sie im Keller aufgestapelt hatten?«

»Aufgebraucht. Sie vergeudeten sie auf Festen, im Krieg und in ihren Exzessen. Nandos Hochzeit mit Ana Santana war die letzte große Ausschweifung, die man bei ihnen erlebte. In seinen guten Zeiten stürzte Nando Barragán funkelnagelneue Autos von den Klippen, aus lauter Spaß, sie zu Bruch gehen zu sehen, und spielte sich auf der Straße da-

mit auf, daß er seine Zigaretten mit Hundertern anzündete. Es gefiel ihm auch, Dollars in die Menge zu werfen, damit sich die Jungs im Viertel darum schlugen. Das war seine Art, Treue zu kaufen und sich beliebt zu machen. Gleichzeitig hatte er natürlich auch seine Freude, dabei zuzusehen, wie die Leute sich fast zu Tode prügelten, um ein paar Piepen zu ergattern, wie sie im Eifer des Gefechts beißend und kratzend aufeinander losgingen. Ein anderes Freizeitvergnügen war für Nando der geschmierte Mast. Sonn- und feiertags ließ er auf der Plaza einen mit Butter eingeschmierten Mast von sechs Metern Höhe aufstellen und an der Spitze einen Koffer voller Dollars befestigen. Wir waren ganz versessen darauf, hinaufzuklettern und uns die Beute zu holen, und ihm genügte es, uns in fettige, habgierige und dankerfüllte Affen verwandelt zu sehen, um sich zu fühlen wie ein König. Nie kam einer von uns bis oben hin, drei, vier Meter waren das höchste der Gefühle, dann rutschen wir gnadenlos wieder ab. Eines sonntags schaffte es ein stiller Bengel mit knallroten Haaren, den wir Fosforito, Streichhölzchen, nannten. Das ganze Viertel jubelte und klatschte ihm Beifall: Bravo, Fosforito! Gut gemacht, Rotschopf! Aber als er oben angelangt war, nahm er nicht etwa den Koffer, sondern sah eine ganze Weile fast mit Bedauern und Verachtung auf uns herab, öffnete dann die Arme wie Flügel, um sich wie ein Vogel in die Luft zu werfen. Er stürzte kopfüber ab und zerschmetterte am Boden. Abends bei seiner Totenwache ließen wir uns mit Bier vollaufen, und mitten im Rausch fingen wir an zu heulen und unser makabres Leben zu verfluchen. Das waren verrückte und schwierige Zeiten. Das Geld schwirrte durch die Luft, das Blut floß in Strömen, Bomben gingen hoch. Die Leute wußten nicht mehr, wer sie waren, wie sie hießen oder wie sie sich zu verhalten hatten.«

»Bekam denn die ganze Esquina de la Candela *Schmiergelder von Nando Barragán?«*

»Nicht die ganze. El Bacán und seine Clique aus Dominospielern rühmten sich, daß sie sich von Nando nie dazu hatten verführen lassen, sich die Hände schmutzig zu machen. Seine vornehme Armut ärgerte und provozierte einige, und unter verworrenen Umständen wagte es jemand eines Nachts, El Bacáns Haus unter Beschuß zu nehmen. Er saß da, wo er immer saß, in seinem Rattanschaukelstuhl vor der Tür, sah ins weiße, leere Nichts und lauschte der singenden Stimme seiner Frau, die ihm die neuesten Nachrichten aus einer längst überholten Tageszeitung aus der Hauptstadt vorlas. Als er die Schüsse hörte, zog er nicht einmal den Kopf ein. Sieben Kugeln sausten pfeifend an ihm vorbei, ohne ihn zu berühren, und schlugen in die Wand hinter ihm ein, wo sie noch heute stecken. Seitdem sagte man von ihm, daß sogar der Tod ihn zu respektieren wüßte.«

»Waren El Bacán und seine Combo die einzigen, die sich den Barraganes widersetzten?«

»Es gab auch noch andere. Aber viele gewöhnten sich daran, sich ihre Komplizenschaft bezahlen zu lassen. Und als die Barraganes aufhörten, Geld im Volk zu verteilen, verloren genau diese Leute die Furcht und den Respekt vor ihnen und kehrten ihnen den Rücken zu. Schon munkelte man, daß bei ihnen die mageren Jahre angebrochen waren und sie nicht mehr wüßten, wovon sie die Löhne ihrer Leibwächter bezahlen sollten, als das Viertel eines Tages erfuhr, daß Nandos Schwestern hinter seinem Rücken die kaputte lila Limousine des verstorbenen Narciso verkauft

hatten, die sie bis dahin als heilige Reliquie aufgehoben hatten. Sie taten dies, weil sie kein Geld mehr zum Einkaufen hatten. Jahrelang lebten sie in der Gewohnheit, in der Küchenschublade eine Rolle Scheine vorzufinden, die Nando morgens hineinlegte. Wer Geld brauchte, holte es sich dort. Niemand machte sich die Mühe, über die Ausgaben und den Haushaltsbedarf Buch zu führen, warum auch, wenn sie doch mehr Geld hatten, als sie ausgeben konnten. Eines Tages öffneten sie die Schublade, und sie war leer. Und am nächsten Tag auch. Da sie nicht wagten, Nando um Geld zu bitten, verhökerten sie den Lincoln Continental. Sie verkauften ihn an ein Beerdigungsinstitut, das die Spuren von der Granatenexplosion entfernte und ihn in einen Leichenwagen umbaute. Das Ereignis wurde von Mund zu Mund weitergegeben und war der Anfang vom Ende.«

Ana Santana lebt wie ein Schatten im Haus der Barraganes. Anfangs haßten sie sie, inzwischen nicht einmal mehr das. Niemand scheint ihre scheue Gegenwart wahrzunehmen, wenn sie den Korridor entlanggeht, um die Geranien zu gießen, wenn sie in ihrem verblichenen Morgenmantel, das nasse Haar in ein Handtuch gewikkelt, aus dem Badezimmer kommt oder wenn sie sich an ihre Singer-Nähmaschine setzt, um die Zimmervorhänge oder die Laken ihres runden Bettes auszubessern, dessen Mechanik ins Stocken geraten ist und sich nicht mehr rührt. Niemand richtet das Wort an sie, sie gibt keine Antworten, und die Mauer des Schweigens, die sie umgibt, wächst jeden Tag um einen weiteren Stein.

Da sie sie so wenig beachten, haben vielleicht weder Nando noch die Barragán-Frauen gemerkt, daß sie seit Monaten wieder Auftragsarbeiten annimmt und von den Nachbarinnen für das Nähen einfacher Modelle, für Flickarbeiten, Säume oder Änderungen alter Kleidungsstücke Geld bekommt. Während ihre Freundinnen – die sie seit ihrer Hochzeit nicht mehr gesehen haben – sich ihr Leben voller Neid wie das einer Königin vorstellen, vom Gold ihres Mannes gekrönt, bestreitet sie in Wirklichkeit ihre Ausgaben von ihrem eigenen Geld: das Shampoo, die Monatsbinden, die Nylonstrümpfe, die Pillen gegen die Ängste, den Zwirn, die Nähseide, die Knöpfe und andere Artikel des täglichen Bedarfs für ihre bescheidene Routine eines anständigen, arbeitsamen Fräuleins. Ihr Leben verläuft jetzt genauso wie vor ihrer Heirat.

Ihr schmerzen die Handgelenke. Die Einsamkeit und die Lieblosigkeit sind ihr in Form eines gichtigen Rheumas in die Glieder gefahren. Es zermalmt ihr die Handgelenke und zwingt sie, ihre Arbeit häufig zu unterbrechen. Sie legt den Faltenrock aus blauem Polyester, den sie für ihre Nichte näht, beiseite, verläßt das Zimmer und wendet sich der Küche zu, um sich für ihre Pause eine Tasse Kaffee zu holen. Zunächst geht sie aus einiger Entfernung vorbei und späht verstohlen in das mit Dampf und Zwiebeldünsten gefüllte Halbdunkel, um sich zu vergewissern, daß Severina nicht da ist. Die feindselige Strenge ihrer Schwiegermutter kann Ana Santana nicht ertragen, genausowenig wie ihre vom Groll harten und vom Kummer geröteten Augen. Sie ist nicht da. Ana geht hinein, nimmt den irdenen Topf mit dem lauwarmen, mit braunem Zucker gesüßten Kaffee vom Herd und gießt sich etwas davon in eine Schale. Beim Hinausgehen sieht sie in der finsteren Speisekammer die Silhouette von La Muda, die dort saure Guajaven verzehrt.

»Ich hatte dich gar nicht gesehen«, sagt Ana zu ihr.

Die anderen Frauen der Familie flößen ihr Angst ein. Aber La Muda hat sie zu achten gelernt. Durch ihren zähen, selbstlosen Einsatz und die unermüdliche Dienstbereitschaft, die ihr Leben heiligt, hat sie Anas Vertrauen gewonnen. La Mona ist die Rauflust in Person, denkt Ana, aber La Muda ist ein Beispiel für wahre Stärke. Im Gegensatz zu Severinas absichtlichem, von Gift und Kritik durchsetztem Schweigen erlebt Ana La Mudas unfreiwillige Stille als ein neutrales, ruhiges Feld, das Geheimnisse für sich zu behalten verspricht und zu Vertraulichkeiten einlädt.

Ana Santana unterliegt nicht als einzige der Versuchung, ihr gegenüber die Zunge zu lösen und sich ohne Vorbehalte bei ihr auszusprechen. Alle Hausbewohner tun dies von Zeit zu Zeit, obwohl sie wissen, daß sie weder eine

Antwort noch einen Kommentar oder einen Rat von ihr zu erwarten haben. Aber vielleicht ist es genau das, was La Muda zur idealen Mitwisserin macht: Sie ist die einzige, die anderen ein aufmerksames Ohr und einen verschlossenen Mund bietet.

»Heute nacht hat Nando im Schlaf wieder von dieser Frau geredet, von Milena«, platzt Ana Santana mit ihrem Kummer heraus, während sie sich neben La Muda auf einem Sessel niederläßt. »Er kam spät zu mir ins Zimmer und war wegen irgendeiner Sache, die er mir nicht erzählen wollte, sehr aufgeregt. Dann legte er sich, wie immer, in die Hängematte und ließ mich allein im Bett. Er rauchte fünf Pielrojas nacheinander und drückte die Kippen auf dem Boden aus. An seinem Schnarchen habe ich gemerkt, daß er eingeschlafen war. Er fing an, von ihr zu reden, wie schon öfter. Er hat mir im Schlaf alle Fragen beantwortet. Irgendwann hat er sich umgedreht und nichts mehr gesagt. Und ich habe bis zum Morgengrauen geweint.«

La Muda sieht Ana mit ihren unergründlichen Augen an, die sie Schicht für Schicht durchbohren. Erst ihre weiße Haut einer alten Porzellanpuppe, dann die resignierte Hülle des Mädchens aus armen Verhältnissen und tief innen die gequälte, blutende Seele, die sich wie ein Fakir bemüht, auf den messerscharfen Spitzen des zerbrochenen Stolzes, des kaputten Liebestraumes und der stechenden Eifersucht zu gehen. Ana Santana erträgt diesen sengenden Blick nicht. Sie steht auf, schenkt sich einen weiteren Kaffee ein, setzt sich wieder hin, reibt sich die Handgelenke und fährt fort zu reden.

»Ich wollte wissen, wann er sie kennengelernt hat. Er sagte, vor vielen Jahren, bei Sonnenuntergang am Heiligtum der Rosa Flamingos. Er war auf der Durchreise und ist aus dem Jeep gestiegen, um auf die Rückkehr des Vogelschwarms zu warten. Im gleichen Augenblick, als er ihn am Horizont sah, kam ein zwölfjähriges Mädchen auf ihn zu. Ein elendes Kind, abgemagert, schmutzig und mit verfaulten Zähnen. ›Nimm mich mit in deinem Jeep‹, bat sie ihn. Er hat gelacht und gefragt: ›Wohin soll ich dich denn mitnehmen?‹ ›Weit weg. Irgendwohin, wo mein Mann mich nicht finden kann.‹«

La Muda weiß davon. Ihre Augen unter den buschigen Brauen mit den dichten Wimpern besitzen den Röntgenblick und wissen zuviel. Sie hat ihren Bruder Nando im Schlaf beobachtet und die Flamingos in seinen Träumen gesehen. Es sind sieben mal zehn, Abend für Abend kehren sie an die Stelle zurück, wo sie seit Generationen übernachten. Mit schwerfälligen Flügelschlägen kommen sie müde über den rotglühenden Abendhimmel geflogen. Nando ist sehr jung. Er steht allein auf dem salpeterhaltigen, ausgestorbenen Strand, in Hemdsärmeln, mit einer Gänsehaut von der kühlen Brise. Vor ihm liegt das Meer, hinter ihm und zu beiden Seiten dehnt sich die kalkweiße Wüste, so weit das Auge reicht.

Der Strand hat keine Bewohner, bis auf einen alten, wortkargen Indio mit barscher Stimme, den die Regierung beauftragt hat, über die Vögel Buch zu führen: Jeden Nachmittag notiert er mit seiner Kinderschrift die genaue Uhrzeit und Anzahl der eingetroffenen Wasservögel und jeden Morgen die Uhrzeit ihres Abflugs. Darin besteht sein ganzes Tun, abgesehen von der Belagerung der seltenen Besucher, denen er einen freiwilligen Kostenbeitrag abnimmt und die er bittet, sich im Touristenbuch einzutragen. Nando kennt ihn, weil er hier schon oft haltgemacht hat. Aber diesmal ist er nicht da, und statt seiner kommt das Mädchen auf ihn zu gelaufen und bittet ihn um seine Unterschrift. Das Mädchen, das mit dem Indio verheiratet war.

»War sie seine Frau oder seine Tochter?«

»Sie war seine Frau, aber vermutlich auch seine Tochter.«

Es ist ein schlaues, lügenhaftes Mädchen, erfahren in der Kunst des Überlebens. Sie beobachtet Nando, spioniert ihn aus. Sie wartet, bis er sich ganz in den Anblick der Vögel versenkt hat, die sich jetzt im goldenen Wasser auf ihren hohen Stelzen aufrichten, und schleicht sich dann an den Jeep heran. Zierlich und wendig wie eine Mauereidechse schlüpft sie in das offene Fenster und entwendet blitzschnell einen Koffer daraus. Nando merkt es, packt sie am Kragen, hebt sie hoch und schüttelt sie wie eine Puppe aus Lumpen. »Laß das los, du Diebin«, befiehlt er ihr, aber sie schlägt ihm die Zähne in den Arm. Er gibt ihr einen kräftigen Klaps auf den Po, und sie läßt die Beute fallen.

»Verstehst du, Muda?« fragt Ana Santana. »Dieses Kind ist die blonde Milena, obwohl sie damals noch nicht Milena hieß und auch nicht blond war. Seit dem Tag, als Nando ihr zur Flucht von ihrem Mann verhalf, hat er sie nie mehr vergessen können. Sie ist daran schuld, daß dein Bruder mich nicht lieben kann, mich niemals hätte lieben können.«

Sachte nähert sich das stille, schwarze Meer Raca Barragáns Füßen. Vom Wasser benetzt, liegt sein ausgestreckter Körper, wie mit einer dunklen Patina überzogen, in bronzener Unbeweglichkeit da. Die nächtlichen Strandkrebse untersuchen seine nackte Haut, ohne sie zu verletzen. Der Mond taucht ihn in einen blauen Schimmer und macht die Wege seines Blutes sichtbar, das langsam, Tropfen für Tropfen, aus ihm herausfließt und im Sand versickert. Freundliche Himmelszeichen sind in dieser Vollmondnacht seines Todes am Firmament zu sehen. Endlich fällt Licht auf den Finsteren, gibt es Frieden für seine Pein, darf sein Name ausgesprochen werden, weil er kein Unheil mehr bringt und nicht länger ein Synonym des Schreckens ist.

»Es gibt immer ein Meer, in dem man seine Seele reinwaschen kann«, hatte ihm einst sein Bruder Narciso, der Dichter, gesagt, und in seiner Todesstunde entsann sich El Raca dieser Worte. Mit letzter Kraft schleppte er sich zum Meer und brach an seinem Ufer zusammen. Das salzige Wasser schenkte ihm Vergebung, und der Tod erwies ihm die Gnade, die ihm diese Welt verwehrt hatte: Am Ende war er heilig und schön.

»Wie haben sie ihn umgebracht? Mit einer Stich- oder einer Schußwaffe?«

»Sie brachten ihn in blinder Raserei um: erst durch Schüsse, dann mit dem Messer.«

»Wer war es?«

»Fernely mit seinen Killern. Sie veranstalteten eine wahre Blutorgie. Der Finstere (und ich sage immer noch ›Der Finstere‹, um den Unhold nicht beim Namen zu nennen) kam zuletzt an die Reihe, nach seiner ganzen Bande. Sie brachten sieben um und zerstückelten sie, als sie tot waren. Fer-

nely erging es aber auch nicht so gut, obwohl er ihn von hinten überraschte. Er hatte El Racas Wut unterschätzt, der vier Männer tötete, bevor er selbst starb. Unter den vieren waren zwei Monsalves, Brüder von Mani. Sie hießen Hugo und Alonso Luis und standen als Totschläger unter Fernelys Befehl, weil sie zu nichts anderem taugten. Deshalb blieben sie trotzdem Monsalves. Und die hatten zum erstenmal seit langem einen harten Gegenschlag einzustecken: Ihre sieben Überlebenden schrumpften in einer einzigen Nacht auf fünf zusammen. Wenn der, dessen Namen ich nicht nennen darf, nach Hause zurückgekehrt wäre, hätten die Barraganes ihn als Held für diese Tat in einem mehrtägigen Fest gefeiert. Wohlmöglich hätten sie ihm Verse gedichtet, ihn auf den Schultern umhergetragen.

... Obwohl das auch nicht unbedingt gesagt ist, denn Nando hatte die Taten des Finsteren nie feiern wollen und keines seiner Verdienste gewürdigt. Aber er schaffte es ohnehin nicht mehr bis nach Hause. Er schaffte es unter großen Mühen gerade noch bis zum Meer hinunter, um dort zu sterben, während die Leichen seiner Freunde in einem Durcheinander aus kaputten Waffen und brennenden Motorrädern auf der Straße verstreut lagen.«

Von Messerstichen durchlöchert und wie ein Christus blutend, gelang es dem Ungenannten, seinen Henkern zu entkommen. Er warf sich ins Dickicht und rollte im Gestrüpp bergab. Seine Augen waren blind und seine Ohren taub, sein Verstand war schon erloschen, jeden Denkens und Willens beraubt. Nur der sture Instinkt einer Schildkröte leitete ihn in dieser Nacht zum Meer, und der verzweifelte Wunsch nach Vergebung, der ihn sein Leben lang begleitet hatte, das kindliche Bedürfnis nach Zärtlichkeit, gaben seinem blutleeren Körper die Kraft, noch zu gehen, sich zu schleppen, sich wie ein geprügelter Hund auf Händen und Füßen voranzutasten, einen Kilometer und noch einen zweiten, bis er zum Strand gelangte.

Unterwegs entledigte er sich seiner Kleidung. In der Nähe der Straße wurde später seine Lederjacke mit vier kleinen, runden Einschußlöchern aufgefunden. Eines auf dem Rücken, in Höhe des rechten Schulterblattes, das zweite an der linken Schulter und die beiden anderen vorn, im Bereich der Taille.

»Am nächsten Tag untersuchte der Gerichtsmediziner die Leiche. Er streifte Chirurgenhandschuhe aus Plastik über die Hände und tauchte seine Finger in die vier Schußverletzungen und neunzehn Schnittwunden.«

Weiter unten lagen seine schwarzen Polizistenstiefel mit den Stahlkappen: hohe Stiefel mit langen Schnürsenkeln, die ihn gezwungen haben müssen, diese Wanderung eines Toten zu unterbrechen. Er mußte stehenbleiben, sich zu ihnen herunterbeugen und die Bewegungen seiner leblosen Hände koordinieren, um sie ausziehen zu können.

Einige Meter weiter fand man seine Hose, in ein trauriges Bündel verwandelt. Seine gehätschelten Waffen tauchten dagegen nirgends auf. Weder das Maschinengewehr mit dem Namen ›Señora‹ noch ›Drei Kater‹, nicht einmal das Schnappmesser ›Freitag‹.

»Vielleicht war der Finstere ja unbewaffnet, als sie ihn überraschten ...«

»Das kann nicht sein. Denn womit hatte er dann die vier umgebracht? Sicherlich haben die Mörder seine Waffen mitgenommen. Ich kann mir gut vorstellen, daß Fer-

nely sie sich als Kriegstrophäen an die Wand gehängt hat.«
Das einzige, was er bis zum Ende behielt, war die Medaille der Jungfrau vom Karmel, Patronin schwieriger Berufe und Schutzherrin der Killer, die er auf der Höhe des Herzens auf die Haut genäht trug. Jeglicher Last entledigt, gelangte er, nackt und unschuldig wie ein Neugeborenes, ans Wasser.
Die warme Nacht hüllte ihn in ihren Dunst und linderte das Frösteln des Todes, das ihn überlief. Das Meer leckte seine Wunden, und das Salz brannte seine Schmerzen aus. Die Wellen löschten seinen Durst und erstickten das Feuer seiner Rastlosigkeit. Winzige Fische drangen in seinen Mund ein, schwammen durch seine Eingeweide und entleerten sie all der Grausamkeit, die er empfangen und ausgeteilt hatte. Die Strahlen des Mondes krönten ihn mit blassen Aureolen, und ein Meeresengel legte ihm einen Märtyrerzweig in die Hand: weil er wie ein Märtyrer gelebt und seinen ungezählten Opfern sein Martyrium auferlegt hatte. Heilende Algen legten sich Pflastern gleich auf seinen mißhandelten Leib, und Schwärme von Schnecken flickten sein zerfranstes Gehirn mit ihrem Schleim. Fleißige Miesmuscheln formten ein perlmuttenes Schild für sein wildes Geschlecht, und der Wind stimmte für seine verwirrten Ohren sanfte Wiegenlieder an.
Die Flut zieht sich zurück und gibt seinen Körper auf dem Sand frei. Das Meer nimmt von ihm Abschied, indem es die Fußsohlen nur noch mit seinem Saum berührt. Wie eine Bronzestatue liegt Raca Barragán da, ohne Leben, ohne Schmerzen und ohne Schuld, einsam, unbesiegbar und ewig glänzend wie ein junger Gott. »Sein

Leben war finster, sein Tod licht«, lautet die Inschrift, die kein Sterblicher auf sein Grab setzen wird, die aber die Gestirne einen Moment lang ihm zu Ehren in den Himmel malen, um sie im nächsten Moment wieder fortzunehmen.

In einer Teflonpfanne brät Alina Jericó Champignons in zerlassener Butter goldbraun. Das Kochen hat sie noch nie interessiert, was auch nicht notwendig war, denn Yela ist eine Meisterin ihres Faches. Aber seit einiger Zeit findet sie Gefallen an Kochbüchern und am Ausprobieren einfacher Rezepte aus den Frauenzeitschriften.
Heute bereitet sie das Essen selbst zu, wie jeden Dienstag. Sie geht zum Kühlschrank und gießt sich ein Glas Coca-Cola mit Eiswürfeln ein, dann kehrt sie zum Herd zurück und würzt die Champignons mit Salz, Pfeffer und Zitronensaft. Sie mariniert den Rinderbraten, um ihn später in den Ofen zu legen, und hält sich eine ganze Weile damit auf, die frischen Blätter eines Kopfsalats zu putzen: Sie genießt ihre Berührung unter dem kalten Wasserstrahl, der ihr über die Hände läuft. Die Schwangerschaft ist so weit fortgeschritten, daß ihr vorgewölbter Bauch zwischen ihr und dem Spülbecken steht. Sie schneidet Tomaten, Möhren, Rettiche. Dann beginnt sie, den Tisch zu decken. Sie wählt zwei handgestickte weiße Sets mit passenden Servietten, holt zwei Silberbestecke heraus, arrangiert in der Mitte ihres runden Eßzimmertisches eine Vase mit Fresien, stellt zwei Gläser hin, den Brotkorb, die weißen Teller mit dem Goldrand. Dann fügt sie einen Kerzenleuchter hinzu, nimmt ihn aber wieder weg und denkt: zu romantisch.
»Wen hatte sie an diesem Abend zum Essen eingeladen?«
Sie kommt und geht barfuß zwischen Küche und Eßzimmer, weil der Arzt ihren geschwollenen Füßen nicht abhelfen kann und sie keine Schuhe verträgt. Sie ermüdet rasch und hat ihr Tagewerk darauf beschränkt zu strikken, die Ausstattung für das Baby zusammenzustellen,

sich nachmittags Telenovelas und abends Videofilme anzuschauen, kurze Spaziergänge zu machen, die Pflanzen zu pflegen, die jetzt ihre Terrasse füllen, die Wohnung zu verschönern, Platten zu hören, Zeitschriften durchzublättern.

Dreimal in der Woche nimmt sie an Kursen zur Vorbereitung auf die Geburt und die Mutterschaft teil. Sie hat keine Freundinnen und sieht ihre Schwestern nur selten. Während der Ehejahre mit Mani Monsalve hat sie sich an die von der Illegalität erzwungene Isolation gewöhnt, die ihr die Möglichkeit nahm, neue Freundschaften zu schließen, und sie von den alten entfernte.

»An jenem Abend legte Alina zwei Gedecke auf den Tisch. Wer kam zum Essen?«

Ihre einzige Gesellschaft sind die alte Yela, die sie Tag und Nacht versorgt, und Rechtsanwalt Méndez, der ihr bei der praktischen Lebensbewältigung hilft – von der durchgebrannten Steckdose bis zur Einkommensteuererklärung – und ihr engster Vertrauter und Ratgeber ist. Sie fühlt sich wohl in seiner beschützenden, heiteren, ruhigen Gegenwart und wäre vor lauter Einsamkeit wahrscheinlich längst an Manis Seite zurückgekehrt, wenn sie ihn nicht hätte. Sie war schon häufig soweit. Morgens um drei, nachmittags um sechs hatte sie den Hörer in der Hand, drauf und dran, seine Nummer zu wählen und sich geschlagen zu geben.

»Bevor du Mani anrufst, ruf mich an«, hatte Méndez ihr angeboten, »dann können wir mit kühlem Kopf beratschlagen. Damit du nicht aus Verzweiflung oder Traurigkeit einen Schritt unternimmst, der dir vielleicht ein Leben lang leid tut.«

Alinas Vertrauen zu ihm ist inzwischen so gewachsen,

daß sie ihn daraufhin fragte, ob sie ihn auch jedesmal wecken dürfe, wenn der Alptraum mit der schwarzen Stute wiederkehre, die sie in den nächtlichen Abgründen der Verzagtheit, der Schuld und der Angst immer noch schäumend und gereizt heimsucht.

»Wann auch immer«, sagte der Anwalt. »Du rufst mich an, und wir verscheuchen das Ungeheuer.«

Obwohl er in einer anderen Stadt lebt, fährt Méndez zweimal wöchentlich zum Hafen. Das kommt ihm auch aus beruflichen Gründen entgegen, aber er tut es hauptsächlich, um mit ihr zusammenzusein. In frommer Ergebenheit leistet er ihr jeden Sonntag und jeden Dienstagabend Gesellschaft.

»Dann war also Méndez der zum Abendessen erwartete Gast ...«

Um Punkt acht klingelt Méndez an der Tür des Appartements. Strahlend steht er da, frisch gebadet, nach Rasierwasser duftend und ein neues Hemd einweihend, das Alina mit einem Kompliment würdigt.

Sie empfängt ihn in einem malvenfarbigen Kleid, das Haar von einem Band im selben Ton zusammengehalten: hübsch wie eine Puppe.

»Trotz der Schwangerschaft blieb sie eine Schönheitskönigin ...«

Vom Plattenspieler ertönen Eddie Gorme y los Panchos. Sie setzen sich zu Tisch, er findet das Fleisch zu trocken, lobt es aber als köstlich, ißt seine ganze Portion und läßt sich eine zweite geben. Sie unterhalten sich und lachen.

Später, als sie den Kaffee im Wohnzimmer einnehmen, zeigt sie ihm ein neues, selbstgestricktes Jäckchen für das Baby. Aber der Anwalt ist nervös und mit den Gedanken

nicht bei der Sache. Er nimmt das Jäckchen vor seinen Augen nicht einmal wahr und beantwortet ihre Frage, wie er die Farbe fände, mit einem beliebigen Satz. Er bekommt überhaupt nicht mit, wovon der Film handelt, den sie sich anschließend ansehen.
Der Gegenstand seiner Unruhe befindet sich in seinem Aktenkoffer: Darin bewahrt er den potentiellen Schlüssel zu seinem Glück auf. Das letzte Stück eines nach und nach vom Zufall zusammengesetzten Puzzles. Das Leben hat Alina Jericó immer weiter von Mani Monsalve fort und zu ihm hingeschoben, während er die Gunst der Stunde zu nutzen verstand und seine unsichtbaren Fäden mit endloser Geduld, Verstellungskunst und Zärtlichkeit gespannt hat, um nur nichts zu überstürzen und nicht alles zu verderben, noch bevor es reif war. Er hat Alina nie als Mann umworben, sondern hat sich die Rolle des bedingungslosen, uneigennützigen Freundes einer alleinstehenden, schwangeren Frau zu eigen gemacht und sorgfältig dosiert. Bevor der rechte Augenblick gekommen ist, darf Alina nicht den geringsten Verdacht schöpfen, daß die wahren Beweggründe seines Handelns fleischliches Begehren und eine verzweifelte Liebe zu ihr sind; daß er bereit ist, sie zu heiraten, mit ihr fortzugehen, das Kind, das sie trägt, zu adoptieren und es liebevoll aufzuziehen wie ein eigenes, sie anzubeten und sie zu ernähren, bis daß der Tod sie scheidet ... was schnell passieren kann, wenn Mani es beschließt. Méndez ist das gleichgültig: Er ist bereit, das Risiko einzugehen.
»Méndez konnte die Sache weder beschleunigen noch allzu lange hinauszögern ...«
Zurückzubleiben ist genauso schlimm wie vorwärtszugehen. Wenn er sich nicht rührt, wird die aktuelle Situation

zum Dauerzustand, und er bleibt für alle Ewigkeit ein barmherziger Samariter, ein heiliger Josef.

»Ein Betrogener. Er würde sich um sie kümmern und sie verwöhnen, bis ein Gewitzterer sie ihm vor der Nase wegschnappte. Und was hatte er in der Aktentasche?«

In der Aktentasche hat er die letzte Ausgabe der Zeitschrift *Cromos*. Der aktuelle Teil enthält unter dem Titel *Der Krieg der Barraganes gegen ihre Vettern, die Monsalves* einen umfangreichen Bericht über die blutrünstige Abschlachtung des Finsteren und seiner Freunde mit Fotos der auf der Straße verstreuten Leichen, der Verwüstungen und Verstümmelungen. Ein in krankhafter Ausführlichkeit auf Hochglanz entfalteter Horror. Eine brutale Gedächtnisstütze für Alina, sollten etwa das Blut und die Welt, die sie verlassen und doch nicht verlassen will, bei ihr schon in Vergessenheit geraten sein.

Aber das ist noch nicht alles. Die Zeitschrift birgt noch mehr, als sei sie ein eigens für Méndez zusammengestelltes Dossier, das seiner beharrlichen Überzeugungsarbeit und geheimen Verführung den letzten Anschub geben soll. Der Gesellschaftsteil beinhaltet unter anderem die Bildreportage einer Geburtstagsfeier in der Hauptstadt.

»Und was hatte dieses Fest mit Alina Jericó zu tun?«

Es fand zu Ehren von Fräulein Melba Foucon statt, die vierunddreißig wurde und auf sämtlichen Fotos gemeinsam mit »dem wohlhabenden Unternehmer von der Küste«, Mani Monsalve, zu sehen ist. Méndez weiß nicht, ob es Absicht ist, Zufall oder schlichtweg eine Nachlässigkeit der Redaktion, daß die beiden Artikel in derselben Nummer erschienen sind. Auf dem ersten Foto sieht man Melba und Mani beim Tanz, auf dem zweiten stehen sie in einer Gruppe mit anderen Gästen zusammen, auf dem dritten sieht man sie die Kerzen ausblasen, auf dem nächsten überreicht er ihr ein Geschenk, und auf den beiden letzten umarmen sie sich.

Gewöhnlich enden ihre gemeinsamen Dienstagabende, indem der Anwalt sich so gegen Mitternacht, nach dem Ende des Films, erhebt und nach Hause geht. Nicht so dieses Mal. Er dehnt seinen Besuch länger aus und schindet Zeit, um eine Entscheidung zu fällen: Gibt er Alina nun die Zeitschrift, oder ist es ein Akt unnötiger Grausamkeit? Doch, denkt er und bittet Alina um einen zweiten Kaffee, lieber nicht, denkt er und spricht über Fußball, lieber doch, denkt er und sagt, er sei müde, während er sich auf dem Sessel ausstreckt, lieber nicht, denkt er und steht auf, um zu gehen.

In der letzten Minute entschließt er sich anders und holt mit einer Gebärde, die zurückhaltend zu sein vorgibt, aber theatralisch wirkt, die Zeitschrift aus dem Aktenkoffer.

»Hast du das schon gesehen?« fragt er in einem Ton, der sich beiläufig anhören soll, aber feierlich klingt.

Sie nimmt die Zeitung, blättert sie durch, stößt auf die Fotos des Gemetzels und dann auf die des Geburtstags, und ihre grauen Augen werden von Tränen überschwemmt. Erst weint sie still vor sich hin, dann läßt sie ihrem Kummer freien Lauf.

»Wieso zeigst du mir das?« beklagt sich Alina. »Jetzt gehst du und läßt mich mit dem Kummer allein.«

»Wenn du möchtest, bleibe ich noch«, beeilt sich der Anwalt zu sagen und legt den Arm um sie. Sie setzen sich auf das Kretonnesofa. Verzweifelt schluchzt sie an seiner Schulter und weicht ihm das neue Hemd auf, während er sich dazu verleiten läßt, ihr mit einer Hingabe, die er als väterliche Zuwendung tarnt, über das Haar zu streicheln, mit dem Taschentuch die Tränen zu trocknen, es ihr zum Naseputzen auszuborgen, sie an sich zu ziehen und sanft zu wiegen, sie und ihr Kind, während sein Herz von Honigbächen überflutet wird.

»Seine Taktik funktionierte ...«

Karamel und Zucker fließen durch Méndez' Adern, als er das Gewicht ihres pulsierenden Körpers an seinem spürt. Nach und nach ebben die Tränenfluten ab und münden in eine ausgedehnte Phase aus Schluchzern, um dann in ein sanftes, von Seufzern unterbrochenes Erschauern überzugehen und schließlich von einer melancholischen Müdigkeit abgelöst zu werden, die Alinas geröteten Augen ihren ruhigen Grauton wiedergeben.

Alina wird, immer noch an seiner Schulter ruhend, von Schläfrigkeit überwältigt, und dem Anwalt erscheint es wie ein Wunder, daß die Minuten vergehen, ohne daß sie von ihm abrückt, als habe sie seinen großen, weichen Körper eines Vierzigjährigen zum Nest gewählt.

»Ich habe ein Angebot für eine sehr gute Stelle in Mexiko«, sagt er wie nebenher. »Magst du Mexiko?«

»Jetzt gehst du auch noch weg?« protestiert sie und droht von neuem in Tränen auszubrechen.

Ich nehme dich mit, wenn du möchtest, wäre es Méndez beinahe herausgerutscht, doch er hält sich zurück: Es klänge abscheulich selbstsüchtig. Besser bis morgen oder übermorgen warten. Augenblicklich hat er nichts anderes zu tun, als sie ohne Zeitdruck und ohne Begehren im Arm zu halten und zu beschützen, wortlos anzubeten und ihr kastanienbraunes Haar zu streicheln, bis sie ihm zu verstehen gibt, daß sie müde ist und ins Bett gehen möchte.

»Auf diese Weise wurde es zwei Uhr morgens. Siegesgewiß verließ Méndez das Hochhaus. Schließlich hatte er nach langen Umwegen zum letzten Sprung angesetzt. Das Ganze brauchte er nur noch mit einem Knoten fest zu verschnüren, und die Sache war perfekt. Aber es erschien ihm vernünftiger, das auf einen anderen Tag zu verschieben.«

»Auf der Straße nahm er ein Taxi und ließ sich in sein Hotel zurückbringen. Er war so glücklich, daß er dem Taxifahrer die Fahrt gleich doppelt bezahlte.«

Es ist vier Uhr morgens, der Anwalt wälzt sich, von seinen Gefühlen aufgewühlt, schlaflos im Bett. Seine Erwartung ist so fieberhaft, daß sie ihm die Schläfen erhitzt.

Im Geiste wiederholt er immer wieder die gerade durchlebte Szene, um sich zu vergewissern, daß sie sich tatsächlich ereignet hat, und sie sich ins Gedächtnis einzuprägen. An seinen Fingern ist die Erinnerung an die Berührung von Alinas Haar noch frisch, seine Nase riecht noch den Erdbeerduft ihres Shampoos, sein Hals spürt den warmen Hauch ihres Atems, sein Rücken bewahrt den Druck ihrer langen, wunderschönen Hände.

Plötzlich schreckt ihn das Klingeln des Telefons auf. Das ist Alina, ahnt er voraus.

»War es Alina?«

»Ja, sie war es.«

Méndez nimmt den Hörer ab, und es entfährt ihm ein verliebtes, stockendes »Hola«, das aus tiefster Seele kommt: reine Anbetung, unendliche Dankbarkeit und das Versprechen ewiger Treue.

»Ich habe gerade Mani angerufen«, teilt Alina ihm mit. »Weil ich zu ihm zurückwill.«

»Wie bitte?«

Alina wiederholt das eben Gesagte.
»Bist du verrückt? Willst du, daß dein Kind zwischen Mördern aufwächst und am Ende selbst stirbt?« Außer sich hebt der Anwalt die Stimme. Er versteht gar nichts mehr. Er nimmt Worte in den Mund, die nie zu seinem Vokabular gehörten. Ein schrecklicher Schmerz zerreißt ihm die Brust, wie ein Infarkt, der ihm das Herz sprengt. Er versucht, seine Fassung wiederzugewinnen, und fügt hinzu: »Warte, tu nichts, ich komme sofort zu dir, wenn du möchtest ...«
»Es gibt nichts mehr zu tun«, tönt ihm ihre Stimme wie eine Friedhofsglocke ins Gehör. »Ich habe ihn schon angerufen. Ich hoffe, du bleibst mein Freund ...«
Du bleibst mein Freund: Die Worte schießen pfeifend durch das Telefonkabel und bohren sich wie giftige Nadeln in Méndez' Gehirn.
»Warum hast du das getan?« flüstert er zu Tode getroffen.
»Die Abschlachtung vom Finsteren ist scheußlich, von ihm und den anderen ... Aber Mani war es nicht. Er ist schon seit langem nicht mehr der Mörder. Er hat sich geändert, verstehst du? Er hat sich mir zuliebe geändert.«

Armer Anwalt, der Schuß ging nach hinten los. Das mit der Zeitschrift hatte geklappt, aber umgekehrt.«
»Als Méndez weg war, legte Alina sich mit der Zeitschrift ins Bett. Zwei Stunden lang sah sie sich die Fotos an. Nicht die von der Metzelei, sondern die vom Geburtstag. Schön, reich, elegant und vornehm erschien Mani vor ihren Augen, ganz anders als der Raufbold, der ihr Mann gewesen war. Sie sah distinguierte Leute um ihn. Keine Waffen. Nicht einen einzigen Leibwächter, noch nicht mal Tin Puyúa. Sie sah Mani, wie sie ihn sich immer erträumt hatte, bis auf ein Detail: mit einer anderen. Sie muß gedacht haben: Soll ich das ganze Leid ertragen haben, damit die jetzt ihre Freude hat?«
»Die Eifersucht war stärker als die Angst ...«
»Die Eifersucht gab den Ausschlag. Seit dem berühmten Fest in der alten Kolonialvilla lockte sie nämlich der Gedanke, daß ihr Mann ein guter, anständiger Mensch geworden sein könnte, den Krieg aufgegeben hatte und von den Barraganes begnadigt worden war.«

Nandos Zorn war fürchterlich, als er vom Mord am Finsteren erfuhr. Aber er behielt ihn für sich, ohne sich durch Gezeter oder anders Luft zu machen. Er wartete schon seit ein paar Tagen und Nächten bei Fernelys Garage auf dessen Auftauchen, da ging der Kerl hin und brachte ihm den Bruder um. Es war der reinste Hohn.«

»Und was tat Nando? Legte er den Einhändigen um, mitsamt seinem Vater und seinem Sohn? Folterte er sie, bevor er sie tötete, wie er es angekündigt hatte?«

»Nein. Seine Männer wollten es, aber er wehrte ab. Ihn machte die Wut nicht blind. Er dachte bei sich: Der Grund für das Geschehene ist kein menschlicher Verrat, sondern ein Mißgriff des Schicksals. Er blieb, wo er war, und wartete mit noch größerer Ausdauer und Entschlossenheit auf Fernely. Nicht einmal für El Racas Beerdigung rührte er sich von der Stelle. La Mona wusch die Leiche, zog sie an und legte sie in den Sarg. Nur sie konnte das tun, weil sie ihn am meisten geliebt hatte.«

»Schmerzte Nando dieser Tod?«

»Er machte ihn zornig, aber nicht direkt traurig.«

Die Idee, Fernely vom Erdboden zu vertilgen, hält ihn vollkommen besetzt und verbietet ihm den Luxus, seine Gedanken und Gefühle auch nur geringfügig abschweifen zu lassen. Nichts kann ihn dazu bewegen, seinen Posten in dem zwei Häuserblocks vor der bezeichneten Garage versteckten Silverado zu verlassen. Er hat das Viertel mit einem Netz aus Spitzeln überzogen, die ihm unverzüglich Bescheid geben, wenn das Opfer auftaucht. In seinem Silverado raucht er, ißt und schläft er. Aber er schläft schlecht, zusammengekrümmt auf seinem Sitz, angespannt und wachsam, mit den Waffen am Körper und der Ray-Ban-Brille auf der Boxernase, den mächtigen Schädel auf die Brust gesenkt und den Mund offen. Alpträume suchen ihn heim und entlocken ihm rauhe Schreie, während hinter den schwarzen Brillengläsern und unter den geschlossenen Lidern die Pupillen tanzen. Gewöhnlich erscheint ihm die blonde Milena, die er langsam fortgehen sieht. Und in Ausnahmefällen tritt der Onkel auf, Einsiedler in der Wüste und geistiger Führer von Barraganes und Monsalves, dieser von den Böen der Arteriosklerose an den Rand des Wahnsinns getriebene Greis, so abgemagert, daß er einem Windstoß gleicht, einem in Lumpen gehüllten, zerzausten Nichts.

»Wer ist Holman Fernely, und wie soll ich ihn mir vornehmen?« fragt Nando ihn im Schlaf.

Der Onkel antwortet mit den Wahrheiten von ehedem und dem üblen Atem des Jenseits: »Er ist ein Niemand und kennt keine Manieren. Du bist Nando Barragán, der Große, und von dir erwartet die Welt edle Heldentaten.«

Es kommt die Stunde Null, und der Alarm bricht los. Funktelefone und Walkie-Talkies tauschen Signale aus, Nachrichten springen von Ecke zu Ecke, von Auto zu Auto. Die Luft ist wie elektrisiert. Nando steigt aus dem Silverado und schüttelt mit einer ruckartigen Bewegung die Trugbilder des Traumes ab. Er lädt seinen alten Colt mit silbernen Kugeln, spannt die Muskeln, legt die Gefühle auf Eis und drosselt die Schläge seines Herzens, macht sich undurchdringlich und kampfbereit, wird ein Wesen aus Nerven und Metall.

Ein langsames, gelangweiltes Schlurfen von Badelatschen wird vernehmbar, wie eine Alte auf dem Weg zum Brot- und Gemüsekaufen. Die Schritte kommen um die Ecke geschlappt und mit ihnen Fernely, groß und lieder-

lich, mit ungewaschenem Haar, das ihm am Kopf klebt, einem verblichenen Hemd und der wächsernen Haut von der Farbe durchwachter Nächte.
Seine entzündeten Augen sehen sich nach beiden Seiten um, wenden sich zurück, um nach Verfolgern Ausschau zu halten. Dann wirft er einen prüfenden Blick auf die staubige Gasse, die zur Garage führt, und findet sie leer bis auf die Mückenschwärme, die sich über den Pfützen zusammendrängen, und den gelben Hund, der jedesmal kläffend angelaufen kommt und sich an seine Fersen heftet, bis er ihn mit einem Stein verjagt.
Seit Monaten versteckt er hier ein Auto, ohne je irgendwelche Scherereien bekommen zu haben. Der Ort gefällt ihm, weil er mitten in einem Arbeiterviertel liegt, in einer menschenleeren Straße ohne herumschnüffelnde Anwohner. Der alte Lieferwagen mit dem gesprungenen Lack erregt kein Aufsehen. Es ist kein Kampfwagen, sondern ein einfaches Auto, das ihm dazu dient, sich unauffällig fortzubewegen. Er hat die Garage unter falschem Namen angemietet, und nichts deutet darauf hin, daß der Wächter Verdacht geschöpft hat. Es fehlt ihm ja auch jeder Anhaltspunkt für Verdächtigungen. Erkennen kann er ihn nicht, weil er ihn nie zuvor gesehen hat. Heute ist alles wie immer. Es passiert nichts, und Fernely zieht Bilanz: »Nichts zu sehn, du kannst gehn.«
Diesmal täuscht er sich. Hinter den Fenstern verbergen sich Visiere von hoher Präzision und verfolgen ihn mit der Mitte ihrer Fadenkreuze die Straße hinunter bis zur Garage. All sein Verstand als Guerillero, Contraguerillero und Killer, all seine Kunst, in Gefängnissen, Gebirgswäldern und Unterwelten zu überleben, lassen den Spürsinn des alten Fuchses im Stich, als er in diesem ein-

samen Augenblick gutgläubig, wehrlos und einfältig wie ein Erstkommunionskind dem Wolf ins Maul geht.
Sie belauern ihn, ohne zu schießen: So lautet der Befehl vom Boß. Alle wissen, daß der Fall sofort erledigt wäre mit einem einzigen glatten Schuß, der pfeifend seine Brust durchbohrt und zum Rücken wieder herausfliegt, mit einer Bombe im Lieferwagen, die Fernely geradewegs in den Himmel befördert. Aber das akzeptiert Nando Barragán nicht.
»Für Nando war das Töten eine Kunst und eine Berufung, wie der Stierkampf für den Torero und das Messehalten für den Priester.«
»So waren die Barraganes. Leute mit altmodischen Ideen.«
»Dreimal hat Nando das Leben von Fernely, dem Mörder seiner Brüder, an diesem Tag verschont. Drei Male, die berühmt wurden, wie die dreifache Versuchung Christi, wie die drei goldenen Haare des Teufels. Wir kannten sie auswendig, das erste, das zweite und das dritte Mal und wurden es dennoch nicht müde, sie zu erzählen und erzählt zu bekommen.«
»Welches war das erste Mal?«
Starr wie ein Stein steht Nando hinter einer Mauer und beobachtet, wie die farblose, lange Gestalt seine Garage betritt. Ist das wirklich Fernely? Ja, er ist es. Genau wie er ihn sich in seinen Rachedelirien vorgestellt hat, bis auf das noch spärlichere Haar und den noch mürrischeren Blick. Er ist es, da gibt es keinen Zweifel: Die Tätowierung *Gott und Mutter* markiert seinen Arm wie einen Sklaven das Brandzeichen des Herrn. Nando ist ihm so nahe, daß er seinen rasselnden Atem hört und den sauren Geruch des übernächtigten Schweißes wahrnimmt. Er

erforscht ihn mit Expertenblick: die Einzelheiten seiner mageren Mönchsgestalt, die Grausamkeit der Hände mit den vorgewölbten Fingerknöcheln. Er ahnt das Brennen in den mit einer chronischen Entzündung gestraften Augen. Er sieht die Pistole, die unter dem schmutzigen Hemd im Gürtel steckt.

Ohne sich beobachtet zu wähnen, nähert Fernely sich dem Parkwächter, sagt: »Was gibt's, Fips?«, reicht ihm einen Schein, nimmt den Autoschlüssel entgegen, wischt sich die verheulten Augen mit einem Taschentuch, setzt sich in den Ford, kurbelt das Fenster herunter, läßt den Motor an, legt den Rückwärtsgang ein, wendet, richtet die Schnauze zur Ausfahrt und sagt: »Mach es gut, ich zieh' den Hut.«

»Von dem Augenblick, als er in die Garage ging, bis zu dem Augenblick, als er wieder herauskam, brauchte Holman Fernely sieben lange Minuten. Wenn Nando Barragán ihn nicht umbrachte, dann nur deshalb, weil er die alte Regel befolgte, daß man dem Feind keine Fallen stellt und ihn warnt, bevor man auf ihn schießt. Damit verschonte er sein Leben das erste Mal.«

»Welches war das zweite Mal?«

Holman Fernely setzt sich mit seinem weiß-roten Ford auf der Straße in Bewegung. Nando Barragán folgt ihm alleine in seinem Silverado blau metallic. Er hat Pajarito, Kugelsimon und Schmalzlocke verboten, ihn zu begleiten: Er sagte, der Krieg müsse Mann gegen Mann, einer gegen einen geführt werden.

Eineinhalb Straßenblocks lang merkt Fernely nichts. Er fährt langsam, hält an den Kreuzungen, trifft keine Vorsichtsmaßregeln. Die ganze Breite seines gerupften, knorpeligen Nackens liegt ungeschützt vor seinem Verfolger und fordert ihn dazu auf, ihm einen Genickschuß zu verpassen oder ihm den Hals umzudrehen wie einem Huhn.

»Nando tat es nicht, weil er aus Prinzip nicht von hinten tötete. Damit verschonte er sein Leben zum zweiten Mal.«

»Und welches war das dritte und letzte Mal?«

Fernely merkt, daß ihn ein Auto verfolgt, sieht in den Rückspiegel und erkennt Nando Barragán. Eine kinoreife Verfolgungsjagd beginnt, mit Rechtskurven, Linkskurven, Vollbremsungen, quietschenden Reifen, aufheulenden Motoren, sprühenden Funken, Schüssen von Auto zu Auto und selbstmörderischen Geschwindigkeiten. Fernely gelingt die Flucht aus der Stadt und auf die Küstenstraße, doch vermag er Nando nicht abzuschütteln, der zäh wie ein Blutegel an seiner Stoßstange klebt, ohne ihm eine Verschnaufpause zu gönnen. Der mächtige Silverado gelangt auf die Höhe des Ford, schneidet ihn in den Kurven und drängt ihn immer weiter an den Rand der Straße, um ihn von der Fahrbahn zu stoßen. Beim fünften Anlauf gelingt das Manöver: Der Ford stürzt den Steilhang hinunter, überschlägt sich rot und weiß und landet mit aufwärtsgerichteten Reifen auf dem Dach.

Voller Verachtung sieht Nando von oben auf ihn herunter. Die Banalität des Vorgangs ekelt ihn an und liefert ihm einen weiteren Grund, Fernely zu hassen: Er hat sich als ein so feiger Gegner erwiesen, daß er ihm den Sieg verdorben hat. Nando gähnt ernüchtert und wartet ab, den perlmuttenen Griff seines Colts in der Hand, ob die in die Enge getriebene Ratte noch ein Lebenszeichen von sich gibt.

Unten am Ford öffnet sich der Wagenschlag, und Fernely kommt in einer Staubwolke, zerschunden und zerquetscht, mit zerrissenen Kleidern zum Vorschein. Er ist unbewaffnet und hält die Arme hoch: »Ich ergebe mich, Liebgesicht!« ruft er flehentlich.
»Nando Barragán hat nicht auf ihn geschossen. Zum dritten Mal verschonte er sein Leben, weil es sich nicht gehört, einen besiegten Feind zu töten.«
Ohne die Arme herunterzunehmen, geht Fernely vorwärts, klettert den Hang hinauf, gewinnt Boden, kommt näher, hat Nando fast erreicht und nutzt die Deckung eines Busches, um eine in der Hosentasche versteckte Granate herauszuholen. Er entsichert sie mit den Zähnen, und in dem Moment, als er sie seinem Verfolger entgegenschleudern will, schießt eine silberne Kugel mit den Initialen NB aus dem Lauf des Pferdecolts, trifft ihn in der Stirnmitte und tötet ihn, ohne ihm noch die Zeit zu lassen, einen letzten Spruch zu klopfen oder den großartigen Knall zu hören, der ihm das Trommelfell zerfetzt und ihm die roten Augen, die faule Zunge und alle übrigen Organe und Glieder des knochigen Leibes zerreißt: Das Bumm! der entzündeten Granate, die er in der Hand hielt und nicht mehr zu werfen vermochte.
»Du hast dich selbst umgebracht, so wie du es mit Narciso getan hast«, sagt Nando ohne Verwunderung, während er angewidert das traurige Desaster der rußgeschwärzten, rauchenden Überreste des toten Fernely betrachtet.
Er steigt in den Silverado, fährt in die Stadt zurück und käut den ganzen Heimweg lang – wie ein Kaugummi – den tiefverwurzelten Ekel eines Mannes wieder, der weiß, daß das Töten ein allzu leichtes Geschäft ist.

»Die Nachricht erreichte die Esquina de la Candela, *noch bevor Nando selbst dort eintraf. ›Nando Barragán hat Holman Fernely umgebracht!‹ riefen die Kinder auf den Straßen des Viertels. Von diesem Augenblick an begannen die Leute von der Heldentat zu berichten und haben bis heute nicht damit aufgehört. Nando, die lebende Legende, hatte Fernely in eine tote Legende verwandelt. An diesem Nachmittag standen wir auf den Gehwegen Spalier, um den Sieger einziehen zu sehen. Der Silverado war mit den Einschußlöchern und Beulen der Verfolgungsjagd gezeichnet und vom Staub und Matsch des Tatorts überzogen. Aber Nando sahen wir nicht: Die getönten Scheiben verdeckten ihn.«*

Mit den schweren Schritten eines müden Kriegers betritt Nando sein Haus und schlägt den Weg zur Küche ein, um seine Mutter aufzusuchen und ihr den Toten darzubringen. Da er soeben den Mord zweier seiner Brüder gerächt hat, erwartet er, als Held empfangen zu werden, mit Tränen der Dankbarkeit von Severina, Gefühlsausbrüchen der Frauen, bewundernden Ausrufen der Männer, Musik, Rum, Feuerwerk und einem mehrtägigen Fest, wie es in seiner Familie jedesmal üblich ist, wenn ein Monsalve getötet wird. Aber es empfängt ihn niemand.

Über die ganze Länge des stillen, gefliesten Korridors besteht sein Begrüßungskomitee allein aus dem eingesperrten Eichelhäher, den Papageien auf ihren Stangen, dem Mutterschwein mit seinem Wurf und dem Affen, die sich teilnahmslos für die Nacht zusammenkauern. Nando Barragán, der große Goliath und Besieger von Zwergen, erreicht die Küche und läßt sich in einen Sessel fallen, der auf wundersame Weise seinem Gewicht standhält.

Dann nimmt er die schwarze Brille von der Nase und richtet die kurzsichtigen, mit einem Mal zahmen Augen auf seine Mutter. Severina reicht ihm wortlos eine Tasse Kaffee, stellt sich hinter ihn und beruhigt ihn, indem sie ihm mit den Fingerkuppen die Kopfhaut massiert. Nando läßt die schweren Lider zufallen und gestattet seinem Körper, zu entspannen und sich hinzugeben wie ein zu groß geratenes Kind.

»Gibt es kein Fest für mich? Ist Kaffee alles, was ich von dir bekomme?« fragt er Severina mit einer von Müdigkeit benommenen Stimme.

»Was willst du mehr? Du hast keinen Monsalve getötet. Nur ihren Hund.«

Besiegt vom Widerspruch, der ihn seit seiner Kindheit peinigt, döst Nando ein: Die harten Worte seiner Mutter öffnen Wunden in seinem Herzen, und der verführerische Zauber ihrer Liebkosungen läßt ihn wieder genesen.

Außerhalb der Glaskuppel stimmen in der schwülen, vom süßen Duft der Orangenbäume geschwängerten Abendluft die Grillen ihren zirpenden Gesang an, während ein verfolgter Tiger bei seiner Flucht durch den Gebirgswald die schreienden Grünflügelaras aufscheucht und in einiger Entfernung vom Strand ein einsamer Fischer die schwarze Oberfläche des Meeres mit dem Lichtkegel seiner Laterne entzündet.

Unter der Kuppel gibt das durchsichtige blaue Wasser im halbolympischen Schwimmbecken unter den Reflektoren lauwarme Chlordünste ab, und auf den Wellen reiten Lichtblitze. In dem Dampf, der den Raum erfüllt, hört man von ferne, wie aus den Weiten des Weltraums, ein Frauenlachen widerhallen, nackte Füße klatschen und einen Körper ins Wasser eintauchen.

»Wieso hatten sie ein überdachtes Schwimmbad in einem so heißen Land?«

»Mani wollte es so haben, weil es teurer war.«

Neben dem Becken hat ein unsichtbarer Bediensteter zwei Badetücher bereitgelegt und einen Krug mit eisgekühlter Kola Román, zwei Gläser und eine Schale tropischer Früchte dazugestellt: Wassermelone, Mangos, Papayas, Kakteenfrüchte, Mispeln, Ananas. Alina Jericó sitzt an der flachen Beckenseite auf den Stufen im Wasser und sieht Mani Monsalve zu, der gegenüber gerade einen Kopfsprung vom Dreimeterbrett macht.

Sie klatscht ihm Beifall und lacht. Sie hat das Haar auf dem Kopf festgesteckt, damit es nicht naß wird, und der braungepunktete Bikini läßt ihren gewölbten Bauch frei und zeigt ihre wohlgeformten Beine, denen auch die zusätzlichen Kilos keinen Abbruch tun. Mani taucht mit dem Kopf auf und schwimmt auf sie zu. Dabei rudert er schwungvoll, aber stillos mit den Armen, woran man merkt, daß er im Fluß schwimmen gelernt hat und erst als Erwachsener mit einem Becken vertraut wurde. Auf halber Strecke hält er inne, spuckt Wasser aus, reibt sich die Augen und betrachtet seine Frau: Sie ist wunderschön. Im Gesicht vielleicht etwas runder und um die Brust fülliger, aber schön wie eh und je.

»Die Madonna des Windes stand lange Zeit leer, und die Natur hatte begonnen, sie sich zurückzuholen, als Mani Monsalve einen Trupp Schreiner, Gärtner und Dienstmädchen hinschickte, die sie innerhalb von nur vier Tagen so perfekt in ihren Urzustand zurückversetzten, als hätte Alina sie erst am Vortag verlassen. Verfallenes wurde neu aufgebaut, Schäden repariert, gestrichen, Unkraut gerupft und geputzt. Die Möbel, die Tennisplätze, die Schwimmhalle, die Pferdeboxen, die Gärten, der Strand, die Wege, die Zäune, alles wurde aufs perfekteste wiederhergerichtet.«

»Alina rief ihn eines Dienstagnachts an und bat ihn, sie am Samstag abzuholen, weil sie mit ihm reden wollte. Sie einigten sich, eine Woche gemeinsam zu verbringen. Kaum hatte Mani den Hörer eingehängt, weckte er Tin Puyúa um vier Uhr morgens und befahl ihm, unverzüglich mit einer Kolonne aus Handwerkern und Reinigungspersonal zur Madonna des Windes aufzubrechen. Am nächsten Morgen rief er den Gouverneur des Departements an und bat ihn, die Landstraße ausbessern zu lassen, weil er befürchtete, daß die Schlaglöcher Alinas Schwangerschaft schaden könnten. Der Gouverneur schickte zwölf Lastwagen mit feinem Kies zum Aufschütten. Niemand widersetzte sich einem Befehl von Mani Monsalve.«

»Als Fräulein Melba Foucon von diesem plötzlichen Um-

schwung erfuhr, fragte sie Mani, ob sie die Aufsicht über die Arbeiten am Haus übernehmen sollte. Er teilte ihr aber mit, daß er keinerlei Veränderungen wünschte: Alles sollte genauso bleiben, wie Alina es Monate zuvor geplant hatte. Um eine einzige Neuerung bat er sie: ein blau dekoriertes Kinderzimmer mit allem, was dazugehörte, und bis zur Decke mit Spielsachen gefüllt.«

»Waren Melba Foucon und Mani ein Liebespaar geworden?«

»Nein. Sie träumte davon, aber ihm lag der Gedanke völlig fern. Er hielt Alina Jericó so streng und zwanghaft die Treue wie ein Soldat dem Vaterland. Übrigens machte nicht nur die Foucon bei ihm Annäherungsversuche, sondern auch viele andere, aber er ließ alle abblitzen.«

La Virgen del Viento, die Madonna des Windes hält für Alina ein Paradies auf Erden bereit mit allen Wonnen einer vollkommenen Natur. Wenn sie an Manis Arm unter feuchten Orchideen- und Farntunneln durch das Bambusgehölz spaziert, beäugen sie aus gebührendem Abstand grüne Vipern und Makaken. Schweigend, als sei der Riß ihrer monatelangen Trennung immer noch zu schmerzhaft, um zur Sprache gebracht zu werden, steigen sie allmorgendlich den Berg hinauf bis zu einem von Bodennebeln durchzogenen Wald, in dem sechs Bäche entspringen. Ihr Frühstück im Palmschatten besteht aus Bororos und den Früchten der Pfirsichpalme, die sie auf dem Weg auflesen. Hirsche und Tapire nähern sich ihnen, zahm wie Hunde, um ihnen aus der Hand zu fressen. Am Ufer des ausgetrockneten, von den Riesenblättern einer *Victoria regia* bedeckten Flußbetts halten sie ihre Siesta, aus der sie der vogelgleiche Gesang der Salamander weckt, während sie die Adler in der Luft nach

Insekten schnappen sehen. Ihre Nachmittage sind den Pferden gewidmet: Mani reitet, und Alina führt sie an der Longe. Anschließend striegeln und bürsten sie sie und geben ihnen Zuckerstückchen zur Belohnung. Abends, wenn die kalten Nebel aus dem Hochland in die Ebene fallen, entzünden sie aus dem Treibholz einstiger Schiffbrüche ein Lagerfeuer am Strand und wärmen sich daran die Hände.

Sechs Tage leben sie schon in dieser Weltabgewandtheit, ohne von einer Menschenseele in ihrer Zweisamkeit gestört zu werden. Unsichtbare Hände füllen die Speisekammern, decken die Tische, richten die Betten her, satteln die Pferde. Nachts schläft Alina tief, ohne von Männergeschrei und Hundegebell geweckt zu werden, und die langen Damepartien, die sie auf einem leuchtenden elektronischen Spielfeld mit ihrem Mann austrägt, unterbricht kein Rattern von Maschinengewehren.

»Über die Vergangenheit sprachen sie also nicht. Und über die Zukunft?«

»Kaum und nur zaghaft. In der Nacht ihrer Versöhnung hatte Alina ihrem Mann am Telefon mitgeteilt, daß sie erstmal sieben Tage auf Probe mit ihm verbringen wollte. Die Zeit war fast um, und er wollte ihr vorschlagen, sie zu verlängern, statt in ihr Appartement zurückzukehren. Aber er traute sich nicht. Er fürchtete, sie würde nein sagen.«

Aus der Mitte des Schwimmbeckens sieht Mani zu Alina herüber: Wie schön sie aussieht, und wie glücklich. Nein, er hat keine Angst, er weiß, daß sie nicht gehen wird.

»Den Jungen will ich Enrique nennen«, ruft er ihr zu, und ein Anflug von Enthusiasmus schwingt in seiner matten Stimme eines Mannes ohne Zukunft.

Wie ein Hund paddelnd und den Kopf über Wasser haltend, schwimmt sie langsam auf ihn zu. Sie streckt die Arme aus und hängt sich an seinen Hals.

»Wieso Enrique?« fragt sie ihn. »Niemand heißt so in der Familie.«

»Genau deshalb.«

Hinter ihnen wird das Klirren einer zerbrochenen Scheibe vernehmbar, hallt wie ein Kataklysmus wider und läßt ihnen den Atem stocken. Sie drehen sich nach dem Geräusch um: Das Kuppelglas ist an einer Stelle eingeschlagen, und sieben Männer dringen durch das Loch ein. Mani erkennt das graumelierte Kraushaar seines Bruders Frepe.

»Keine Angst«, sagt er zu Alina, »es ist nur Frepe mit seinen Bodyguards«.

Sie weiß es schon, weil ihr der unverwechselbare Gestank der ewigen billigen Zigarettenmarke des Schwagers in die Nase gestiegen ist. Vor Schreck und Empörung zitternd, fragt sie leise: »Und weshalb überfallen sie uns hier auf diese furchtbare Art?«

»Was war denn mit Manis Wachen, wieso haben sie nicht eingegriffen und Frepe am Durchgehen gehindert?«

»Weil er der Bruder vom Chef war: ein Familienangehöriger. Sie forderten ihn auf, draußenzubleiben, hätten aber nie gewagt, ihn mit Gewalt zurückzuhalten, schon gar nicht hier, wo Mani sie zu äußerster Diskretion ermahnt hatte, um Alina Jericós Frieden zu wahren. ›Ich will, daß ihr euch verhaltet wie Gespenster‹, hatte er ihnen befohlen. ›Wir wollen nichts von euch sehen, riechen und auch nichts hören.‹ Als die Scheibe zu Bruch ging, kamen sie natürlich mit den Waffen im Anschlag herbeigelaufen, aber Mani teilte ihnen mit, daß nichts geschehen war, und ließ sie wieder abziehen.«

»Heißt das, daß Frepes Killer und Manis Männer an jenem Tag drauf und dran waren, sich eine offene Schlacht zu liefern?«

»Genau. Wenn Mani sie nicht rechtzeitig gebremst hätte, wäre keiner mit heiler Haut davongekommen, das ist sicher.«

»So war ihr Leben: Sie mußten jederzeit auf alles gefaßt sein, und jede Angelegenheit konnte mit einer Schießerei enden.«

Frepes Schläger haben grünbemalte Gesichter mit schwarzen Streifen, tragen Hosen in Tarnfarbe und grellbunte Hemden wie Floridatouristen. Manche haben ein Tuch um die Stirn gebunden, andere tragen Baseballkappen. Unheilvoll nähern sie sich im Dunst, lächerlich wie Zirkusclowns, wie Söldner aus irgendeinem Sumpf.

»Gestern haben sie Fernely umgelegt«, ruft Frepe seinem Bruder vom Beckenrand aus zu, »wir konnten dir nicht Bescheid geben, weil du befohlen hast, von niemandem in deinem Honigmond gestört zu werden. Vor zwölf Tagen haben sie zwei unserer Brüder umgebracht, und du hast dich noch nicht mal auf der Beerdigung blikken lassen. Willst du nichts mehr mit uns zu tun haben?«

»Bleib hier«, fordert Mani Alina auf und begibt sich, ohne sich zu beeilen, scheinbar gelassen, aber verdrießlich wie ein Imperator, der mitten im Bad von einem Sklaven gestört wird, aus dem Wasser. Nur Alina bemerkt seine Unruhe: Sie sieht die Narbe stärker hervortreten und wie ein fahler Blitz in seinem Gesicht aufleuchten.

»Wozu kommst du hierher? Wieso fallt ihr ein wie die Diebe?« fragt er Frepe, während er ohne Hast einen Bademantel überzieht, sich reichlich Zeit lassend, um seine muskulöse Figur vorzuführen und mit seinem jugendlichen Körper zu prahlen, der selbst schon ein kleiner Triumph über seinen gealterten und unansehnlichen großen Bruder ist.

»Ich bin gekommen, um dir die neuesten Nachrichten zu bringen, aber sie wollten uns nicht zu dir vorlassen. Du mit deinem vornehmen Getue willst von der Schlächterei vielleicht nichts wissen, aber das Leben ist nun mal so, mein Bruder, eine gottverdammte Scheiße.«

»Wer hat Fernely umgebracht?« fragt Mani, als wüßte er es nicht.

»Nando Barragán, und momentan dürfte er dabei sein, es stolz wie ein Pfau und blau wie ein Veilchen zu feiern.«

Während die Brüder miteinander reden, bemächtigen sich die sieben Schmiergesichter der Schwimmhalle. Frech und überheblich veranstalten die Flegel eine von Alina schreckensbleich beobachtete Wasserschlacht, während sie mit den Armen und Beinen paddelt, um sich im tiefen Wasser an der Oberfläche zu halten. Einer macht sich über die Früchte in der Obstschale her und spuckt die Abfälle unter Rülpsern und Lachern ins Bekken. Einer tut sich am Schnaps gütlich und hält obszöne Reden, während er sich mit der Hand an die Eier greift. Der dritte legt auf dem Plattenspieler an der Bar in voller Lautstärke *La copa rota* von Alci Acosta auf. Der vierte vergnügt sich damit, die Bespannung eines Sonnenschirms mit seinem Messer aufzuschlitzen. Die beiden letzten schließlich klettern auf den Sprungturm und stürzen sich hüpfend und johlend mitsamt Kleidern und Schuhen ins Wasser.

Als sie den Mob auf sich zukommen sieht, schwimmt

Alina außer sich, wie eine Pestflüchtige, zum Rand und ruft ihrem Mann zu: »Mani, hilf mir heraus! Mani, ein Handtuch, bitte!«, aber er hört sie nicht. Ihr Rufen wird hysterischer, und sie versucht, Alci Acostas Stimme zu übertönen, der aus der Stereoanlage einer Treulosen mit einem zerbrochenen Glas zuprostet.
Frepe zeigt mit dem Finger auf Alina: »Du sollst ihr ein Handtuch bringen«, sagt er zu Mani, »die Prinzessin möchte uns nämlich nicht ihren Wanst zeigen«.
Mani zieht sie aus dem Wasser, hüllt sie in ein Badetuch und bittet sie, im Haus auf ihn zu warten.
»Nein, sie soll hierbleiben«, sagt Frepe, »sie soll ruhig hierbleiben, dann können wir ganz gemütlich plaudern ...«
»Wir werden überhaupt nicht reden, wenn du deinen Leuten nicht sofort befiehlst, sich zu verziehen«, antwortet Mani ihm betont ruhig.
»Warum? Sie haben doch ihre Freude. Oder stört das etwa unsere Prinzessin?«
»Sie sollen verschwinden, Frepe«, Mani spielt die letzten Reste seiner Autorität aus, »und sie sollen vor allem still sein. Dieser Krach sprengt mir den Schädel.«
Frepe sieht ihn mit seinen schwarzen Streifen im Gesicht herausfordernd an wie ein störrisches altes Zebra. Dennoch wagt er nicht, sich zu widersetzen. Zum eigenen Bedauern stellt er fest, daß ihn die zur Schau gestellte Überlegenheit des kleinen Bruders einschüchtert und hemmt. Er steckt zwei Finger in den Mund, pfeift seine Meute zurück und befiehlt ihnen, draußen auf ihn zu warten.
»Setz dich«, fordert Mani ihn mit der Souveränität eines Gebieters auf und deutet auf einen Stuhl. Dann wendet

er sich in einem Ton, der keinen Widerspruch duldet, an Alina:
»Warte im Haus auf mich, du kannst in der Zwischenzeit ein heißes Bad nehmen und dich anziehen.«
»Nein«, antwortet sie, vor Erregung, Abscheu und Kälte zitternd, und stellt sich neben ihren Mann. »Ich ziehe es vor hierzubleiben.«
Stinkender Zigarettenqualm durchsetzt die Luft, während Melonenschalen und -kerne auf der glitzernden Wasseroberfläche treiben. Betont ruhig geht Mani zur Bar, um das Lied über die Untreue abzustellen, die den Geliebten verlassen hat, und merkt dabei, daß Frepes Leute den Schlager bewußt gewählt haben, um ihn damit aufzuziehen. Er läßt sich nicht provozieren, sondern bietet Frepe einen Schnaps an.
»Ich bin nur gekommen, um dir zu sagen, daß du ganz beruhigt sein kannst«, beginnt das alte Zebra, Rauchwölkchen ausstoßend, von neuem. »Ich habe keine Probleme damit, mein Ding zu machen, während du mit Stars und Ministern posierst. Fernely hat sich abknallen lassen, meine Jungs lassen sich abknallen, damit du den feinen Herrn markieren kannst. Kein Problem: Das gehört zu unserer Abmachung. Ich bin dir auch nicht böse, daß ich dein Haus nicht betreten darf. Ich verzeihe dir sogar, wenn du an dem Tag, an dem ich umgebracht werde, nicht zu meinem Begräbnis kommst. Das ist mir schnuppe. Jedem das Seine. Aber eins will ich sehr wohl: Mir genügen die dreißig Prozent, die du mir abgibst, nicht.«
»Geh baden, Alina«, fordert Mani streng.
»Diese Zigaretten…«, murmelt sie mit schwacher Stimme, während der übelriechende Tabak in ihre Nase

steigt und einen Schwächeanfall auslöst: Die Knie werden ihr weich, die Bilder verschwimmen vor ihren Augen, und die rote Farbe weicht ihr aus dem Gesicht.

»Ich bin gleich wieder da«, stammelt sie, nimmt die letzte Kraft zusammen und entfernt sich, wie eine Seiltänzerin das Gleichgewicht suchend und gleichzeitig bemüht, es sich nicht anmerken zu lassen. Es gelingt ihr, die gläserne Schiebetür zwischen Schwimmhalle und Salon zu finden, und eine Sekunde, bevor ihr schwarz vor Augen wird und die Sinne schwinden, einen Ohrensessel zu erreichen, in dem sie in dem weichen Polster der Bewußtlosigkeit versinkt.

»Wie lange war Alina ohnmächtig?«

»Das weiß man nicht. Es hatte nämlich niemand bemerkt, nicht einmal Mani, der nicht sah, daß sie im Salon saß, weil die Rückenlehne des Sessels sie verdeckte, und er glaubte, sie sei ins Badezimmer gegangen. Wahrscheinlich waren es nur wenige Minuten. Als sie wieder zu sich kam, vernahm sie die angespannten Stimmen der Brüder kurz vor einem Streit, dessen Ausbruch von beiden vermieden wurde, aus der Schwimmhalle herübertreiben. Sie hörte sie Dinge sagen, aus denen sie schloß, daß sie dabei waren, Nando Barragáns Ermordung anzustiften. Ohne es zu wollen, erfuhr sie viele Einzelheiten. Mehrmals fiel das Wort Kokain, und ihr wurde klar, daß die Monsalves in ein neues Geschäft eingestiegen waren. Sobald sie dazu imstande war, stand sie auf, ging in die Küche und trank eine Coca-Cola, die ihre Sinne wieder belebte. Dann ging sie auf ihr Zimmer und zog sich an. Als sie ans Schwimmbecken zurückkehrte, war sie fertig angezogen und hatte wieder Farbe im Gesicht.«

»Du kannst dich freuen, Prinzessin«, sagt Frepe, als er sie

wieder auftauchen sieht. »Dein Mann wird noch zehnmal reicher werden, als er ist. Hundertmal reicher. Er wird sogar Präsident der Republik sein, und du die *First Lady* … Nun, da das alles ist, will ich jetzt gehen. Auf Wiedersehen, Prinzessin, es war mir eine Ehre. Und paß auf dich auf! Aber paß noch besser auf das Baby auf. Jetzt wird die Angelegenheit nämlich langsam richtig häßlich, und sag nicht, ich hätte dich nicht gewarnt. Der Streit mit den Barraganes war ein Kinderspiel unter Brüdern. Eine Familienangelegenheit. Aber was jetzt kommt, das ist der wahre Krieg, das sind echte Feinde. Je mehr Zaster, um so mehr Blei, weißt du? Also dann, auf Wiedersehen, jetzt aber wirklich … Und fünfzig Prozent, klar, Mani?«

Hat der einarmige Gómez das Land und das Geld kassiert, das Nando ihm für Fernelys Auslieferung versprochen hatte?«

»Der einarmige Gómez hat gleich zweimal kassiert. Nando zahlte ihn aus, ohne zu wissen, daß er auch von Mani bezahlt wurde.«

»Von Mani Monsalve, wieso das?«

»Das ist doch völlig klar: Mani war derjenige, der dem Einarmigen den Garagentip gab. Und er versprach ihm Geld, wenn er ihn Nando Barragán als seinen eigenen zukommen ließ. Er zog den ganzen Schwindel auf, um sich Fernely vom Hals zu schaffen, ohne den Finger an den Abzug zu legen. Auf diese Weise ging er dem Streit mit seinem Bruder Frepe aus dem Weg, der ihm den Kerl vor die Nase gesetzt hatte und ihn zwang, seine blöden Sprüche, sein Altweiberschlurfen und seine triefenden Augen zu ertragen. Denn wer meinte, daß Mani sich das gefallen ließ, kannte ihn schlecht. Das ›Adios, Chef‹, das Fernely ihm einmal hinterhergerufen hatte, klang spöttisch und herausfordernd in seinen Ohren nach und ließ ihm keine Ruhe, bis er die sauberste Lösung gefunden hatte, diesen Unglücksraben wieder loszuwerden.«

»Stimmt es denn, daß Mani in der Nacht am Schwimmbekken Frepe grünes Licht gab, um Nando Barragán umzubringen? Hatte Mani sich denn nicht von seiner kriminellen Vergangenheit losgesagt?«

»Er wollte es, aber die Vergangenheit ist nicht so leicht abzuschütteln. Man kann sie mit Füßen treten, und sie wird sich einem immer wieder wie ein treuer Hund an die Fersen heften.«

»Und seine Bemühungen, Alina zurückzugewinnen? Woll-

te er sich nicht um jeden Preis bessern, um sie bei sich zu haben?«

»Ich habe es Ihnen doch schon gesagt, die Ziege zieht's den Berg hinauf. Mani erging es wie vielen: Er wollte sich bessern, aber es fiel ihm nicht leicht. Er war schlecht, dickköpfig und gerissen, weit mehr als Frepe: So war es nun mal. Schließlich war er nicht umsonst der Chef.«

Severina schneidet auf dem Küchentisch Zwiebeln. Lange Jahre der Übung haben ihre rechte Hand gelehrt, das Messer in einer schwindelerregenden, vom bloßen Auge nicht mehr wahrnehmbaren Geschwindigkeit zu führen und die Finger der linken Hand im rechten Augenblick den notwendigen Millimeter zurückzuziehen, um die rasante Schneide knapp an den Fingernägeln vorbei auf die Knolle niedersausen zu lassen und sie gnadenlos zu zerstückeln.

Ihr gegenüber sitzt Nando, sieht ihr beim Arbeiten zu und gestattet dem beißenden Zwiebeldunst, ihm Tränen in die zahm blickenden Kuhaugen zu treiben.

»Ich bin heute Soledad Bracho begegnet«, sagt er, und zwei Jahrzehnte grausamer Erinnerungen blitzen in ihm auf. »Ich habe sie zufällig in der Kirche Cristo Rey getroffen.«

»Was hast du denn in der Kirche Cristo Rey gemacht?«

»Ich war dort, um für Adriano zu beten. Heute ist es einundzwanzig Jahre her, daß ich ihn umgebracht habe. Sie hat Kerzen angezündet für Marco Bracho, der heute seinen zweiundzwanzigsten Todestag hat.«

»Dann war es also kein Zufall. Nichts geschieht zufällig, nie.«

Es war so gegen zwölf Uhr mittags. Die Stadt ertrug würdig eine Hitze von vierzig Grad Celsius, aber im Innenraum der leeren Kirche, unter den hohen, alten Steingewölben, war es noch Nacht, und die Temperaturen fielen unter Null. Milchige Weihrauchwolken hüllten die Gläubigen ein, kalt und übernatürlich wie Nebel aus einem Eisschrank. Nando Barragán, der Schreckliche, lag demütig vor dem Allmächtigen auf den Knien, die Arme zum Kreuz ausgebreitet, und kramte ein bruchstückhaftes Vaterunser aus seinem Gedächtnis, als eine schwarzgekleidete Alte mit einer Lilie in der Hand auf ihn zukam und sein Gebet unterbrach.

Eine kränkliche Alte mit stumpfem Haar und welker Haut. Sicher eine Bettlerin, dachte Nando und zog ein paar Münzen aus der Hosentasche, weil er sie so schnell wie möglich wieder loswerden wollte. Schmalzlocke und Kugelsimon, die ihn im Hintergrund bewachten, kamen argwöhnisch herbei, um sich zu vergewissern, daß sich die Señora mit der Lilie nicht als Killer entpuppte. Sie jedoch wies die Almosen stolz zurück und sagte: »Ich bin es, Soledad Bracho, die Witwe von Marco.«

Nando nahm die Ray-Ban-Brille ab, rieb sich die Augen, erst ungläubig und dann vom Offensichtlichen überzeugt: Hinter einer Maske aus Runzeln und Kummer erkannte er sie.

»Wie ist es dir ergangen, Soledad?«

»Du siehst es ja. Nachdem du Adriano getötet hast, haben die Monsalves meinen Hof niedergebrannt. Ich habe alles, was noch brauchbar war, zusammengesucht und bin fortgezogen, um mich durchs Leben zu schlagen, und meine Armut war groß. Mit den Jahren hat sich meine Lage gebessert, und jetzt ist das Alter gekommen, zeitig, aber friedlich.«

Im Halbdunkel der Küche sieht Nando Severinas Augen zornig aufblitzen. Sie legt das Zwiebelmesser aus der Hand und sieht ihrem Ältesten direkt ins Gesicht: »Friedlich, Soledad Bracho? Hast du all die Toten vergessen, die ihretwegen gestorben sind?«

»Sie ist nicht daran schuld und auch niemand sonst. Am ersten Todestag von Marco Bracho geschah, was geschehen mußte, und wir haben uns alle darein gefügt, Generation für Generation.«

»Und wenn etwas anderes geschehen wäre?«

»Sei still, Mutter. Denk an Onkel Ito Monsalve, der anfing, so zu denken, und dann gestorben ist, indem er sich einen Schraubenzieher in die Stirn bohrte. Solche Zweifel treiben die Menschen zum Wahnsinn.«

Niemand hätte das Geheimnis des Untergefreiten Guillermo Willy Quiñones entdeckt, wenn er an jenem Nachmittag nicht im Haus der Barraganes eingeschlafen wäre.«

»Was ist passiert?«

»Es war wochentags zur Mittagszeit, die Luft war schwül und klebrig. Er aß zwei Teller heiße, dicke Suppe mit gelben Fettaugen und nickte anschließend in einem Schaukelstuhl auf dem Korridor ein. Nach einer Weile wachte er um Atem ringend auf und konnte sich nicht mehr entsinnen, was er geträumt hatte. Ihm war, als hätte jemand die Tafel seines Gedächtnisses, auf der mit Kreide seine Träume geschrieben standen, mit einem Schwamm ausgewischt und nichts weiter hinterlassen als einen nebelhaften Fleck, wie eine Wolke. Dieser Eindruck war gar nicht so falsch. La Muda hatte die Gelegenheit genutzt, sich neben ihn zu setzen und seine Träume zu betrachten, in einer stummen Folge von Schwarzweißbildern, wie ein alter Film. Zutiefst erschrocken über das, was sie sah, war ihr erster Impuls, ihn auf der Stelle im Schlaf töten zu lassen. Ihn direkt vom Traum in die Hölle zu befördern, ohne ihm eine Chance zur Reue oder zur Wiedergutmachung zu geben.«

»Was hat sie denn gesehen?«

»Verrat.«

»Und ihn zum Tode verurteilt?«

»Nein, sie hat es sich anders überlegt.«

Am Tag von Arcángel Barragáns Beerdigung geschahen merkwürdige und widersprüchliche Dinge. Einige über, andere unter der Erde.«

»Niemand wußte, was sich während dieser Beerdigung, in dem nämlichen Augenblick, als der Sarg des Kindes mit Erde zugeschaufelt wurde, im Keller des Barragán-Hauses zutrug. Alles wußte man in der Esquina de la Candela, *aber dieses Geheimnis blieb uns jahrelang verborgen, und noch heute haben einige ihre Zweifel daran.«*

Die Glocken decken die Stadt mit ihrem Trauergeläut zu. In einen schwarzen Umhang gehüllt, schreitet Severina vor dem Sarg, und ihre lebenslängliche, zum zehnten Mal mit Blut befleckte Trauer läßt die Gebäude bis in die Fundamente erzittern.

Die schrillen Schreie der Klageweiber zerreißen die versengte Friedhofsluft und bahnen ihr den Weg durch die Menge aus Trauernden und Neugierigen: »Erbarmen mit ihrem Leid! Sie haben ihren Jüngsten umgebracht!«

Gemessenen Schrittes geht sie, ganz Herrin des Schmerzes, als Hinterbliebene von zehn Kindern, neben dem Leichnam ihres Benjamins her. Ihre Miene verfinstert sich, als ihre Lippen heiser eine unheilvolle Verwünschung murmeln: »Das Blut meines Kindes ist vergossen, das Blut meines Kindes wird vergolten.«

Das Gerücht geht in einem betroffenen Flüstern durch die entsetzte Trauergemeinde: »Sein bester Freund hat ihn hinterrücks umgebracht.« Von Mund zu Mund rollt der Name des Mörders: »Der Untergefreite Guillermo Willy Quiñones. Hol ihn der Teufel in die Finsternis!«

»Womit hat er ihn umgebracht?«

»Mit der Waffe des Toten selbst, einer Walter P 38, die

schon durch ihre Vorgeschichte verflucht war, weil ein Kriegsverbrecher damit Juden massakriert hatte.«
In der Stadt wird von nichts anderem gesprochen – und auch nicht im Land. Die Tageszeitungen berichten auf den Titelseiten von der Bluttat, die Zeitschriften sind voll von Mutmaßungen, Interviews und Reportagen. Ein Skandalblatt wirft die provokative Frage auf: »Wo steckt der Mörder?« Und: »Was ist aus Quiñones geworden?«
Niemand weiß etwas über seinen Verbleib. Er ist nach dem Verbrechen geflohen, aber keiner weiß, wohin. Wie gewöhnlich fehlen der Justiz und den Behörden jegliche Spuren, Tatzeugen und Beweise sowie das Interesse selbst an dem Fall. Aber die Leute wissen Bescheid. Die Leute wissen immer Bescheid: Quiñones ist die Flucht mißglückt, weil die Barragán-Frauen ihn umgebracht haben, aus Rache.
»Und was war mit seiner Leiche, die nirgends auftauchte?«
»Die haben sie den Hunden zum Fraß vorgeworfen. Man kann sich die Suche sparen, denn man wird sie nie finden. Kein Andenken und keine Spur sind von ihm geblieben. Außer vielleicht ein abgenagter Knochen, irgendwo hinten im letzten Patio.«
»La Muda ist nicht auf der Beerdigung gesehen worden ...«
»Sie ist nicht gesehen worden, weil sie nicht teilgenommen hat. Aber was damals niemand wußte und bis heute auch nur wenige wissen, ist, daß Arcángel Barragán, der Tote, auch nicht teilgenommen hat.«
»Das kann nicht sein. Wir haben doch alle den Sarg gesehen.«

»Er war nicht drin. Er war nicht einmal tot. Severina hat wohlwissend eine leere Kiste beerdigt.«
»War denn alles erstunken und erlogen?«
»Ja.«
»Wo war Arcángel dann?«
»Im Keller versteckt, in irgendeinem Schlupfwinkel mit La Muda und seinem Freund, dem Untergefreiten Guillermo Willy, der auch nicht tot war.«
An dem Nachmittag, als Guillermo Willy im Haus der Barraganes einschlief, packte La Muda, die seine unredlichen Träume gesehen hatte, ihn am Arm und grub ihm die Fingernägel ins Fleisch, bis es blutete. Sie zerrte ihn hinab unter die Erde und schloß sich im Waffenlager mit ihm ein, sich und ihn, sonst niemand. Dann ohrfeigte sie ihn links und rechts so lange, bis er, ohne sich in irgendeiner Weise zu wehren, in Tränen ausbrach wie ein Kind und ihr alles erzählte.
»Was hat er ihr erzählt?«
Er gestand, daß die Monsalves ihn bestochen hatten, um sich bei Arcángel als Freund und Vertrauter einzuschmeicheln und ihn umzubringen. Er gestand aber auch, daß er schon häufig die Gelegenheit dazu gehabt hatte. »Aber ich konnte es nicht, weil Arcángel inzwischen wirklich wie ein Bruder für mich ist.« Die Monsalves wurden ungehalten, als die Zeit verging, ohne daß er den Auftrag ausführte, und setzten ihn mit Drohungen unter Druck. Sie räumten ihm eine einwöchige Frist ein. Und die war abgelaufen.
»Jetzt habe ich Frepe Monsalves Vertrauen verspielt. Meine Tage sind gezählt«, sagte der Untergefreite Guillermo Willy zu La Muda.
Sie blickte bis in die Tiefe seiner Gedanken und lotete

seine Gefühle aus, um mit eindeutiger Gewißheit festzustellen, daß sie ehrlich waren.
Darauf faßte sie einen Plan und setzte ihn in die Tat um. Sie holte Arcángel und bedeutete dem Untergefreiten gestikulierend, er möge sein volles Geständnis vor ihm wiederholen. Nur Severina, La Mona und Ana Santana weihte sie unter dem heiligen Schwur zum ewigen Stillschweigen in ihr Vorhaben ein und erfand – sich über Zettel schriftlich äußernd – gemeinsam mit ihnen die vermeintlichen Verbrechen, versteckte die Jungen im Keller, brachte das Gerücht ihres Todes in Umlauf und veranlaßte die fingierte Beerdigung.
»Haben sie Nando die Wahrheit gesagt?«
»Sie haben ihm gesagt, daß Arcángels Tod erlogen war, um ihm einen Schmerz zu ersparen, der ihn zerbrochen hätte. Aber sie ließen nichts von der Flucht verlauten und erzählten auch nicht, wo sich die Jungen versteckten. Denn sie fürchteten, daß die Wut mit ihm durchgehen und er dem Untergefreiten kurzen Prozeß machen könnte, weil Nando mit Verrätern kein Erbarmen kannte, auch mit den reumütigsten nicht.«
La Muda grub ihre während der Jahre des Wohlstands heimlich gesparten Dollars aus und gab sie Arcángel. Sie würden reichen, um in ein fernes Land zu reisen, sich irgendwo in der Welt niederzulassen und eine Weile zu überleben, ohne die Dinge zu überstürzen. Sie packte einen Koffer mit Kleidung und stattete den Jeep mit Waffen, einem Ersatzkanister Benzin, Wasservorräten und einem Proviantkorb für die Flucht aus.
Als alle anderen zum Friedhof aufbrechen, Haus und Straßenblock menschenleer sind und die Aufmerksamkeit des Volkes durch die Nachricht des Verbrechens

und die ergreifende Bestattung in Atem gehalten wird, führt La Muda den Neffen und seinen Freund durch die finsteren Geheimgänge aus der Stadt hinaus. Dem Abwasserstrom folgend, fliehen sie eilig durch die Eingeweide der Stadt.

Lebendig begraben, dringen sie ein in das unterirdische Netz aus Stollen und Kloaken und bewegen sich wie Zombies hinter dem Lichtschein einer Laterne vorwärts. Urzeitliche Gesteinsdämpfe und die Hitze aus der Erdmitte hüllen sie ein, während der unsichtbare Flügelschlag der Fledermäuse ihre Gesichter streift. Über ihren Köpfen hören sie parallel zu ihnen einen Strom aus Füßegetrappel und Gebeten an der Erdoberfläche, der gespenstisch in den Tiefen widerhallt. Arcángel erkennt verdutzt das Wehklagen seines eigenen Begräbnisses.

Auf Zehenspitzen folgt der Knabe seiner Tante. Wohlwissend, daß der durchwanderte Tunnel der Tunnel der Zeit ist, der ihn Schritt für Schritt aus einer Vergangenheit entführt, in der sie zurückbleibt, tut er stumm und folgsam, wie ihm geheißen. Die aus dem Takt geratenen Schläge seines Herzens galoppieren in zwei entgegengesetzten Rhythmen: Die Systolen ziehen es im Abschiedsschmerz zusammen, und die Diastolen weiten es in einem erwartungsvollen Vorgefühl auf die Welt, die zugleich beängstigend und faszinierend vor ihm liegt.

»Genau in dem Augenblick, in dem oben Erde auf Arcángels Grab geschaufelt wurde, gelangten sie zum Ausgang des unterirdischen Labyrinths ...«

Vor ihnen erscheint eine Treppe mit dreizehn Stufen und am Ende eine Tür mit einem weißen Streifen Licht darunter, das ins Dunkel dringt und ihre Gesichter beleuchtet. Ohne lange zu zögern, vergewissert sich La Muda mit einem raschen Handgriff, ob das Kreuz von Caravaca an Arcángels Hals hängt, und übergibt ihm den Schlüssel für den Jeep, der draußen steht. Dann schließt sie die verrosteten Schlösser und Ketten auf, schiebt den Riegel beiseite und drückt die Tür auf, die knarrend nachgibt und sich sperrangelweit öffnet. Ein Rechteck aus Licht fällt auf sie und überflutet sie. Sie reiben sich die geblendeten Augen und brauchen ein paar Sekunden, um im Hellen sehen zu können.

Arcángel umarmt La Muda. Er sagt kein Wort, aber an ihrer Brust spürt sie das rasende Klopfen seines Herzens. Dann formt sie ohne jede Mühe, klar und deutlich die einzigen Worte, die sie je in ihrem Leben sprechen sollte: »Geht weit fort von hier und vergeßt.«

Die beiden Jungen laufen über die ungepflasterte Straße zum Jeep, während La Muda in den Türrahmen gelehnt zurückbleibt. Sie hört die letzten Laute des bereits in Auflösung befindlichen Leichenzugs, schiebt die Hände in die Taschen ihrer schwarzen Röcke und sieht mit tränenlosen Augen den angebeteten, den seligen, eben von seinem vorgetäuschten Tod auferstandenen Neffen Arcángel für immer davonfahren.

Von neuem ist Nando Barragáns Welt unwirklich und grün. Minzgrün, flaschengrün, chirurgenkittelgrün. Wellen schmerzvoller Klarheit und Wellen schmerzloser Lethargie gleiten abwechselnd durch den unruhigen See seines Gemüts. Die Narkose zieht sich ohne Erbarmen zurück und läßt ihn mit dem Brennen in der Brust allein.

»Wieso war er wieder im Krankenhaus, hatten sie ihn wieder verletzt?«

»Nein. Genauer gesagt, ja und nein. Er landete im Krankenhaus am Ende einer Kette unvorhersehbarer Ereignisse, die an einem ganz gewöhnlichen Tag um neun Uhr morgens ihren Anfang nahm.«

Morgens um Punkt neun mischte sich die nationale Armee erstmals in der Geschichte in Nando Barragáns Angelegenheiten ein und beging bei ihm Hausfriedensbruch. Sie rückten mit acht Jeeps, drei Motorrädern und einem Panzer an. Es waren dreiundsechzig Soldaten unter dem Befehl eines gewissen Oberst Pinilla, die das Haus bis in den hintersten Winkel nach Waffen, Sprengstoff, Drogen, Fingerabdrücken, verdächtiger Literatur, ausländischem Geld, subversiven Pamphleten, Landkarten von Kuba oder anderen Dingen absuchten, was es auch sei, dessen Besitz Nando Barragán kompromittieren könnte.

»Sie glaubten, es bis in den hintersten Winkel zu durchsuchen, taten es aber nicht. Die Waffen lagen in einem sicheren Versteck im Keller, das sie nicht entdeckten. Aber das war ihnen gleich. Sie nahmen ihn trotzdem fest.«

»Wieso, wenn sie doch nichts fanden?«

»Sie sagten, unterm Bett hätten sie fünf Patronen gefunden, legten ihm Handschellen um und führten ihn ab. Pajarito, Scherenpepe und die anderen konnten es nicht ver-

hindern: Nie zuvor hatten sie einem Panzer mit Kanonen und einem halben Bataillon gegenübergestanden. Selbst Nando setzte sich nicht zur Wehr, so überrumpelt war er. Jedem hätte er den Treuebruch zugetraut, nur den Behörden nicht, die nie auch nur das mindeste gegen ihn unternommen hatten.«

»Wegen fünf Patronen haben sie ihn ins Gefängnis gesperrt?«

»Genau. Sie sperrten ihn, noch im Zustand der völligen Verblüffung, auf den der Ausbruch einer mörderischen Wut folgt, in die Zelle wie einen mitten im Urwald gefangengenommenen und mit einer Betäubungsspritze ruhiggestellten Tiger, den man im Zoo wieder freiläßt. In diesem Zustand befand er sich, als sein Blick auf Rechtsanwalt Méndez traf, der bleich und fassungslos, äußerlich vernachlässigt und ohne das sonst so gepflegte Auftreten, zu ihm hereingestürzt kam. Seine Erregung und Beunruhigung waren so offensichtlich, daß Nando ihn sofort fragte: ›Was ist los?‹ ›Die Monsalves haben Oberst Pinilla, der dich festgenommen hat, gekauft. Sie haben dich hier einsperren lassen, um dich zu töten.‹«

»Sie wollten Nando in der Zelle zur Strecke bringen?«

»Das hatten sie vor. Aber Méndez hatte schnell reagiert und hielt ein ärztliches Attest mit sämtlichen Stempeln und Genehmigungen in der Hand, das besagte, daß Nando dringend in ein Krankenhaus überführt werden müsse. ›Wir gehen‹, teilte er ihm mit, ›du wirst operiert.‹ ›Ich werde operiert? Darf man wenigstens wissen, woran?‹ Méndez zog ihn am Arm zur Tür, als er ihm erwiderte: ›An irgendwas, egal, aber es muß sofort sein.‹«

»Woran haben sie ihn operiert?«

»Nando tauschte das Gefängnis mit dem Krankenhaus, wo

der Anwalt einen Chirurgen seines Vertrauens hatte, der sich bereitfand, ein erfundenes Herzleiden zu diagnostizieren. Er gab Nando eine Narkose, schnitt ihm in der Furche einer alten Narbe die Brust auf und nähte sie anschließend wieder zu, ohne drinnen irgend etwas angerührt zu haben.«

In einem grüngestrichenen Krankensaal kehrt Nando Barragán aus weiter Ferne in die Wirklichkeit zurück, wie ein Astronaut aus dem Weltraum. Sein erster Kontakt mit der Erde ist ein Brennen in der Brust, der zweite die Gewißheit einer weiblichen Gegenwart, trotz der geschlossenen Augen.

»Milena, bist du es?« fragt er mit vom Pentotal noch trunkener Stimme.

»Nein, ich bin's, Ana Santana.«

»Komm her und geh nicht weg. Gib mir Wasser, Ana. Als ich das letzte Mal aus der Narkose aufgewacht bin, saß Milena neben mir. Sie war auch vorher bei mir, während der Schießerei, als Mani Monsalve mich am Knie erwischt hat. Ich habe keinen Schmerz gefühlt, aber ich wußte, daß er es zerschossen hatte. Ich fiel auf's Gesicht, mitten in meine eigene Blutlache, und konnte mich vom Boden aus nicht verteidigen. Milena hat mich wieder auf die Beine gestellt und mich festgehalten, damit ich schießen konnte, während sie meinen Körper mit dem ihren schützte und mir als Stütze diente. Sie ist eine starke Frau. Es war übrigens nicht das einzige Mal, daß sie sich für mich eingesetzt hat.«

»Kein Wunder, daß du sie so liebst.«

»Komm näher zu mir, Ana.«

Ana macht einen Schritt nach vorn und bleibt neben dem Bett stehen.

»Zieh dich aus«, fordert Nando sie auf, worauf ein Ausdruck der restlosen Verwunderung ihre Augen und ihren Mund kreisrund werden läßt.
»Ich habe gesagt, du sollst dich ausziehen.«
Bevor sie den Frevel begeht, sieht Ana Santana sich um und vergewissert sich, daß sie keine Zeugen haben. Es ist niemand zu sehen: Das Krankenhauspersonal kümmert sich nicht um den Fall, und die Wärter, die den Gefangenen zu bewachen haben, stehen draußen vor der Tür. Ana ist mit ihrem Mann allein im Aufwachraum. Schamhaft beginnt sie, den Befehl auszuführen. Zögernd öffnet sie ihre Bluse, Knopf für Knopf. Sie schließt die Augen und hält den Atem an, als sollte sie eine Spritze bekommen, faßt sich ein Herz und zieht sie mit einem Ruck aus, um schließlich steif und heroisch, wie Jeanne d'Arc auf dem Scheiterhaufen, in ihrem BH dazustehen.
»Ganz«, befiehlt Nando.
Der eng anliegende BH mit den strammgezogenen Gurten und Gummibändern, die ihr ins prüde weiße Fleisch schneiden, schnürt sie ein wie eine Kugelweste. Ihre Hände gehen auf den Rücken und fummeln blind an den widerstrebenden Haken, bis sie sich lösen. Die Elastikzüge des BHs schnellen zurück, und zwischen den altertümlichen cremefarbenen Geräten des Aufwachraumes erscheinen in grünes Licht getaucht Ana Santanas Brüste. Nando betrachtet sie eine Weile, dann fordert er sie auf, auch die restliche Bekleidung abzulegen und sich mit ihm auf das Krankenlager zu zwängen.
»Es sahen sie zwei Krankenschwestern, die nur kurz hereinkamen und sofort wieder rausgingen, um es weiterzuerzählen. Sie sagten, Ana Santana wäre vollkommen nackt

gewesen und hätte rittlings auf Nando gesessen, während er mit ihr Liebe machte.«

»Wie konnte er, mit dem frischen Schnitt in der Brust?«

»Er konnte nicht. Er war geschwächt, hatte Schmerzen, und der Schwanz gehorchte ihm nicht. Er wollte nicht stehen, und in diesem Augenblick erfüllte sich die Weissagung.«

»Welche Weissagung?«

»Die erste Weissagung von Roberta Caracola.«

Als Ana Santana mit zerzaustem Haar und geröteten Wangen die Intensivstation verläßt und sich dabei die Bluse zuknöpft, begegnet ihr Rechtsanwalt Méndez, der, von Pajarito, Kugelsimon und Schmalzlocke begleitet, Nando einen Krankenbesuch abstattet. Als er ihn wach antrifft, berichtet er ihm, daß nur wenige Minuten nachdem sie das Gefängnis verlassen haben, im Flur eine Bombe hochgegangen ist und die elf Häftlinge der Nachbarzellen zermalmt hat. Pajarito und die anderen bestätigen es: Sie sind Augenzeugen der Explosion gewesen, die bereits im Radio gemeldet wird.

»Du hast mir das Leben gerettet«, sagt der unechte Kranke zum Anwalt. »Wie hast du erfahren, daß sie mich umbringen wollten?«

»Von Alina Jericó«.

»Ein weiterer Gefallen, für den ich in deiner Schuld stehe. Wirst du mir auch diesmal nicht erlauben, mich zu revanchieren?«

»Doch, Nando, diesmal schon.«

Ist es nicht seltsam, wie die Zufälle des Lebens spielen? Genau zur selben Zeit, als Nando in der Stadt im Hospital Central lag, ließ Mani im Hafen bei dem bekanntesten plastischen Chirurgen eine ambulante Narbenkorrektur vornehmen.«

»So war es. Doch der Unterschied war der: Nando ließ sich eine alte Wunde wieder öffnen, während Mani sich seine für immer entfernen ließ.«

»Stimmt. Ana Santana besuchte ihn jeden Tag im Krankenhaus. Sie kam morgens und brachte ihm Pielrojas und hausgemachte schwarze Bohnen. Er behandelte sie so freundlich wie nie zuvor, obwohl er sie nicht Ana nannte, sondern Milena. Diese Namensverwechslung wurde zum Dauerzustand, bis Nando Barragán schließlich den richtigen Namen seiner Frau ganz aus seinem Vokabular löschte.«

»Und hatte Ana nichts dagegen einzuwenden?«

»Nein. Sie nahm stillschweigend den neuen Namen und die neue Identität an und genoß dankbar die vorher undenkbaren Zärtlichkeiten, die ihr Mann jetzt für sie übrig hatte. Eines Tages faßte sie sich sogar ein Herz und beschwerte sich bei ihm über seine Mutter. Sie erzählte ihm, daß Severina das Ehebett, das Narciso ihnen zur Hochzeit geschenkt hatte, an ein Luxushotel verkauft hatte, das Liebespaare mit Niedrigpreisen und Lockmitteln dieser Art für seine Angebote anwarb. ›Das macht nichts‹, erwiderte Nando. ›Es ist besser so. Es war doch ohnehin ein verrücktes Ding.‹ Aber Ana protestierte: ›Worin soll ich jetzt schlafen?‹ ›Du schläfst bei mir, Milena, in der Hängematte.‹«

Der General mit dem eindrucksvollen patriotischen Schnauzbart und den Schimmelflecken im Gesicht blickt aus seinem Rahmen auf Mani Monsalve herab, der gegenüber dem erloschenen Kamin im großen Salon der Kolonialvilla mit Tin Puyúa ein vertrauliches Gespräch führt.

»Nachdem er sich die Narbe aus dem Gesicht hatte entfernen lassen, bekam Mani allmählich eine gewisse Ähnlichkeit mit dem grünen General des Gemäldes. Jedenfalls war Fräulein Foucon davon überzeugt und erzählte das Märchen voller Stolz herum, nicht ohne sich selbst das Verdienst zuzuschreiben.«

Aber heute trägt Mani die düstere Miene eines ungehobelten Schurken, die Fräulein Foucon in Angst und Schrecken versetzen würde. Tin Puyúa fühlt sich dagegen in den alten Rang zurückgehoben und ganz in seinem Element: Er steht unter Hochspannung und hat zum ersten Mal seit Monaten wieder Oberwasser. Über Nacht hat er den eingebüßten Raum beim Chef zurückgewonnen und spricht im Flüsterton nah an seinem Ohr, obwohl sie in dem riesigen Wohnzimmer alleine sind und so dicht beieinanderstehen, daß sich ihre Arme berühren.

»Haßte Mani nicht den Körperkontakt mit anderen?«

»Doch, aber an diesem Tag mußte er Tins Unterstützung spüren.«

Zwischen ihnen herrscht dieselbe brüderliche Innigkeit wie einst in Zeiten der Gefahr. Sie haben wieder den gleichen Blick, dasselbe Gespür, verwenden die gleichen Worte, atmen im gleichen Rhythmus, reagieren mit ein und demselben Reflex wie während ihrer Blutsbrüderschaft, ihrer Kameradschaft bis zur letzten Konsequenz im Guten, vor allem aber im Bösen.

»Was war es, was sie wieder zusammengebracht hatte?«
»Die Auskunft eines Spitzels.«
Sie sprechen noch einmal die jüngsten Ereignisse durch, klopfen die Information von allen Seiten ab und kommen immer wieder zu dem gleichen Ergebnis, das Manis Augen unheilvoll aufflackern läßt: Alina Jericó hat Nando Barragán vor dem geplanten Mord gewarnt. Es konnte nur sie gewesen sein: Sie mußte gelauscht haben, als Frepe ihm in der Schwimmhalle von La Virgen del Viento seinen Plan darlegte. Sie warnte das Vögelchen, es flog aus und entkam. Rechtsanwalt Méndez hatte ihm im Gefängnis Bescheid gegeben, ihm eine Sondergenehmigung verschafft und ihn, kurz bevor er in die Luft gejagt werden sollte, herausgeholt und ins Krankenhaus gebracht. Die Schlußfolgerung, daß Méndez es von Alina wußte, war unvermeidlich, obwohl die Vorstellung, von der eigenen Frau verraten worden zu sein, Mani Monsalve mehr schmerzt als alles, was er im Laufe seines rauhen Lebens erlebt hat.
Tin dagegen leckt sich die Lippen und kostet die Befriedigung aus, seinen Argwohn bestätigt zu sehen. Alina war ihm schon immer suspekt, und nie hatte er seinen Ärger über sie zu verbergen vermocht.
Wenn er gegenüber Mani jetzt nicht mit seiner Schadenfreude auftrumpft, dann nur, weil er den Finger nicht auf die Wunde legen will. Ihm genügt die Gewißheit, seine Stellung als Manis einziger Vertrauter zurückerobert zu haben, nachdem er von der Konkurrenz befreit wurde, ohne einen Finger dafür krummgemacht zu haben.
»Alina verübte Hochverrat, indem sie den Barraganes die Schlüsselinformation zukommen ließ, aber damit nicht ge-

nug, denn sie war drauf und dran, einen zweiten Verrat zu begehen, der wesentlich schwerer wog als der erste.«

»Welchen?«

»Ein Polizist hatte Mani Monsalve auf den Flug 716 der Linie Avianca um zwei Uhr fünfzehn nach Mexiko-Stadt aufmerksam gemacht. Für diesen Flug hatten Rechtsanwalt Méndez und Alina Jericó gebucht.«

Mani Monsalve nimmt die Information wortlos auf: Er wirft den vergifteten Knochen in den Kessel seiner Seele und läßt ihn auf kleiner Flamme in einem Eintopf aus Eifersucht, Wut und Schmerz mit einer Prise Irrsinn, ein paar Wermutstropfen Verzweiflung und dem bitteren Nachgeschmack von zwei Blättchen Hoffnung köcheln. Tin Puyúa schürt die Glut, rührt das Gebräu großzügig um und gibt ihm die scharfe Würze der süßen Rache. Dann füllt er es in zwei tiefe Teller, setzt sich und löffelt es kochendheiß mit Mani aus, damit es ihnen die Eingeweide entzündet.

»Der Kerl will mir Frau und Kind nehmen«, sagt Mani, vom kochenden Sud berauscht, und seine Stimme klingt wie die eines urmenschlichen Wesens am weißglühenden Beginn der Zeiten, das sich gegen das feindliche Universum auflehnt, um seine Spezies zu retten.

»Alina ist schlau und hinterlistig«, hilft Tin seinem Gedächtnis nach und weiß genau, daß Mani es nicht mehr leugnen kann. Er sucht um jeden Preis zu verhindern, daß sein Herr die Abtrünnige begnadigt und für sich zurückgewinnen will. Er wagt sich einen weiteren Schritt vor: »Es muß ein Denkzettel sein für alle drei«, lautet sein Urteil.

»Nicht für das Kind«, wehrt sich der zukünftige Vater entrüstet. »Es trifft keine Schuld. Ich warne dich: Was

auch immer passiert, dem Kleinen darf kein Leid zustoßen.«
Sie einigen sich darauf, den Fall als strikt persönlich zu behandeln, ohne die übrigen Monsalves einzuweihen. Sie wollen die Sache auf eigene Faust und eigenes Risiko ohne fremde Hilfe erledigen und keinem anderen Plan folgen als der Eingebung der letzten Minute und dem instinktiven Impuls des Augenblicks.
Tin wirft die widerspenstige Haarsträhne zurück und steigt vor Aufregung zitternd in die Garage hinunter, um den Jeep bereitzumachen und mit Waffen auzurüsten. Mani geht hinauf ins Schlafzimmer, zieht sich aus und taucht unter den großzügigen Strahl seiner Dusche. In dem Wasser, das wie ein Wildbach auf ihn herabstürzt, kühlt er die Glut, die seinen Verstand zu schmelzen und sein Herz wie ein Vulkan zu sprengen droht. Innerlich wiederholt er sich, daß das ärgste Fieber schon vorbei ist. Er muß das Feuer unter Kontrolle halten und einen erneuten Ausbruch verhindern. Was jetzt geschieht, muß beherrscht geschehen, mit kühlem Kopf. Er spürt, wie der Dampf durch seine Haut eindringt und ihn verändert: Der vom Leid versengte Mani löst sich auf und fließt durch den Siphon ab, während der andere, nach Vergeltung hungernde und vom Abenteuer gefesselte Mani erstarkt, an Substanz gewinnt, sich dem herabströmenden Wasser hingibt, Kraft sammelt für sein Vorhaben, einfach dasteht und sich die Zeit nimmt, die sein Körper wünscht und seine Seele verlangt, ohne sich zu hetzen oder auf die Uhr zu sehen. Dann verläßt er die Dusche und geht mit federnden Schritten und der wiedergewonnenen Anmut eines streunenden jungen Katers in sein Zimmer. Er verwirft den Gedanken, die vorneh-

men Kleider des Anwärters auf die besseren Kreise anzuziehen, mit denen Fräulein Foucon ihn kostümiert hat, und verzichtet auf den kreischenden Aufzug des ehrgeizigen Angebers, den er sich zulegte, als er anfing, sich von seiner Vergangenheit abzuwenden. Aus der untersten Schublade, sicher versteckt vor Fräulein Foucon, holt er seine alte Jeans, die weich und anschmiegsam ist wie eine zweite Haut, seine Turnschuhe und sein weites, ausgeblichenes, vom häufigen Waschen fadenscheinig gewordenes Baumwollhemd, dem sämtliche Knöpfe fehlen. Er zieht sich mit Bedacht an, jedes Teil andächtig liebkosend, wie ein Krieger, der seine in hundert Schlachten erprobte Rüstung abstaubt.

»Wurde er wieder der von früher ...«

»Ja, genau der. Oder doch nicht. Es fehlte ihm ein Merkmal, um der von früher zu werden: die Narbe. Da er sie nicht mehr hatte, konnte er nicht mehr derselbe sein.«

Mani Monsalve greift nach einem beliebigen Revolver, begibt sich in die Garage und schwingt sich mit einem Satz auf den Beifahreresitz neben Tin Puyúa, der kampfbereit und vor Ungeduld bebend hinter dem Steuer sitzt.

»Zum Flughafen, Hermano«, befiehlt er und schlägt ihm kameradschaftlich auf die Schulter.

Rechtsanwalt Méndez zählt elf und kann es nicht fassen. Er zählt noch einmal: Wahrhaftig, elf Koffer blockieren das kleine Wohnzimmer von Alina Jericós Appartement.

»Das sind meine Sachen, die von Yela und die für das Kind«, erläutert Alina ohne schlechtes Gewissen. »Wir haben den ganzen Tag mit Packen zugebracht.«

»Yela auch?« fragt er kühl und sichtlich überrascht.

»Natürlich. Ohne sie fahre ich nicht.«

»Das geht nicht, Alina, ich habe kein Ticket für sie ...«

»Wir können am Flughafen eins kaufen.«

»Du verstehst mich nicht. Was ist, wenn es keins mehr gibt?«

»Das einzige, was ich weiß, ist, daß ich ohne Yela nicht gehe.«

»Wie kommst du bloß auf diese Schnapsidee? Und was ist mit dem Paß?«

»Sie hat einen, weil sie einmal nach Ecuador gefahren ist, um ihren inzwischen verstorbenen Bruder zu besuchen.«

Siebenundzwanzig Stunden und keine Minute mehr hat Rechtsanwalt Méndez sich gegeben, um ihre Flucht nach Mexiko vorzubereiten: Pässe, Flugtickets, Dollars, Arbeitsgenehmigung, Empfehlungschreiben für die neue Stelle, Unvorhersehbares in letzter Minute und tausend andere Erledigungen. Mit der allergrößten Verschwiegenheit ist er an die Sache herangegangen, um bloß keinen Verdacht zu wecken. Er hat vor, den Hafen heimlich zu verlassen, in aller Stille, ohne daß sie jemand bemerkt. Er ist sich vollkommen darüber im klaren, daß Mani Monsalve sie auf der Stelle erschießt, wenn er davon erfährt. Das hat er auch Alina zu verstehen gegeben, allerdings in sanfteren Worten, um den Schrecken, der ihr ohnehin schon in den Gliedern sitzt, nicht noch zu verstärken. Und da stellt sich heraus, daß er diese außerordentlich riskante Operation nicht nur mit einer Schwangeren im achten Monat unternehmen muß, sondern außerdem noch mit einer herzkranken alten Frau und elf Koffern. Trotzdem verliert er kein weiteres Wort darüber, denn er durchschaut Alinas unbefangene, nahezu dreiste Art zu reden sofort als Maske, unter der sie ihren inneren Aufruhr verbirgt, als Lackschicht, unter der sie mit kräftigen Pinselstrichen die unermeßliche Trostlosigkeit einer gegen die Neigungen ihres Herzens vom Kopf getroffenen Entscheidung versteckt.

Da es gefährlich ist, Alinas abgehörtes Telefon zu benutzen, rennt Méndez zur Telefonzelle an der Straßenecke und ruft beim Flughafen an, um zu erfahren, ob es für Yela noch einen Platz gibt. Es ist kein Problem: Glücklicherweise ist der Flug nicht ausgebucht.

Er kehrt zum Appartement zurück. Es ist elf Uhr abends, sie müssen spätestens um zwölf Uhr fünfundvierzig am Flughafen einchecken, die Fahrt dorthin dauert eine halbe Stunde, aber Alina hat noch keine Schuhe an, Lokkenwickler im Haar und ist gerade dabei, ihr Geschirr zu verpacken. Jeden Teller schlägt sie liebevoll in Zeitungspapier ein, bevor sie ihn in den Karton legt, und der Anwalt denkt, daß sie in diesem Tempo nie zum Ende kommt.

»Alina, es tut mir leid, aber wir haben keine Zeit …«

»Helfen Sie mir, Herr Anwalt, und Sie werden sehen, wie schnell wir fertig sind. Wenn ich meine Sachen draußen herumstehen lasse, sind sie kaputt, bis ich zurückkomme.«

»Es kann viele Jahre dauern, bis du zurückkommst...«
»Ein Grund mehr, sie gut zu verpacken.«
Méndez hütet sich, sie zur Eile anzutreiben. Er hat nicht vor, ihre ohnehin schon überspannte Gemütsverfassung noch mehr zu strapazieren. Er weiß, daß durch ein Wort zuviel all die Bitterkeit und Enttäuschung, die das Begraben eines ungeliebten, aber durchaus noch lebendigen Lebensabschnitts mit sich bringt, zum Ausbruch kommen kann.
Er kniet sich neben Alina auf den Fußboden und beginnt ungeschickt, aber mit unendlicher Hingabe, die Teller einzuwickeln, als sei dies seine wichtigste Lebensaufgabe und der passendste Zeitpunkt, sie zu erledigen. Er weiß genau, daß seine einzige Chance, diese Frau für sich zu gewinnen, fortan eine lange Serie solcher Demutshandlungen sein wird, die das Bollwerk des Mißtrauens dieser zu jungen Frau allmählich ins Wanken bringen und sie davon überzeugen kann, daß es für einen Neuanfang keineswegs zu spät ist.
Schweißgebadet belädt der Anwalt sich bis über die Ohren mit Koffern und Taschen und fährt sämtliche Gepäckstücke im Aufzug nach unten, um sie in den Autos zu verstauen, die in der Garage bereitstehen. Als er wieder oben ist, wickelt Alina die letzten Kaffeetässchen ein. Sie hat zwar durch die Ängste, die sie in jüngster Zeit durchgemacht hat, an Gewicht verloren, so daß der achte Monat ihrer Schwangerschaft wie der sechste wirkt, aber Méndez fürchtet dennoch, daß sie beim Besteigen des Flugzeugs Schwierigkeiten bekommen könnten, weil viele Fluggesellschaften sich weigern, Frauen im letzten Abschnitt einer Schwangerschaft zu befördern.

»Du solltest den Bauch verstecken!« rät er ihr.
»Und wie?«
Méndez hat für alles gesorgt und zieht einen alten, weitgeschnittenen Mantel aus seinen Studententagen in Europa hervor. Alina ist groß, und die Ärmel lassen sich umkrempeln. Zwar macht sie zunächst einiges Aufhebens darum, behauptet, sie käme vor Hitze darin um, er sähe lächerlich aus, die Farbe würde ihr nicht stehen, doch schließlich gibt sie nach. Darüber wird es gefährlich spät. Alina hat Schuhe und Strümpfe an, ist fertig frisiert, und alles scheint bereit. Der Anwalt öffnet die Wohnungstür, um hinauszugehen, da hält sie ihn zurück: Sie will noch einmal unter vier Augen mit ihm sprechen.
»Als sich die Ereignisse überschlugen, hatten sie bereits miteinander gesprochen und sich darauf geeinigt, daß die Flucht ihre einzige Möglichkeit war, zu überleben. Ermuntert durch die heikle Situation, gestand der Anwalt Alina seine große Liebe, woraufhin sie ihm einen amüsierten Blick aus ihren grauen Augen zuwarf, der ihm zu verstehen gab, daß sie es von Anfang an gewußt hatte. Dann hatte er sie gebeten, mit ihm nach Mexiko zu überzusiedeln, und sie willigte ein.«
Yela flattert mit dem Hut auf dem Kopf und der Gießkanne in der Hand ein letztes Mal durch das Wohnzimmer, um den Blumenstöcken Wasser zu geben, während die beiden sich ins Schlafzimmer zurückziehen.
»Ich möchte klarstellen, Herr Anwalt, daß ich mit Ihnen nach Mexiko gehe, weil ich Sie sehr schätze und das Leben meines Kindes auf dem Spiel steht, daß ich aber weiterhin Mani Monsalve liebe.«
»Mach dir keine Gedanken. Ich werde dein Kind so lie-

ben wie dich, und dir wird gar nichts anderes übrig bleiben, als dich in mich zu verlieben.«

Es ist nach ein Uhr in der Frühe, als Méndez endlich mit den elf Koffern – zwölf, seinen mitgerechnet –, der Alten mit Hut und der Schwangeren im Wintermantel auf Umwegen den Flughafen erreicht. Schlaftrunken streichen die wenigen Fluggäste durch die weiten Hallen, betrachten in den Schaufensterauslagen Dinge, die sie nicht kaufen werden, und bewegen sich ohne Eile, als warteten sie auf Flugzeuge, deren Ankunft sich für unbestimmte Zeit verzögert hat. Alina nimmt die Trostlosigkeit im kalten Licht der Neonröhren und im abgestandenen Zigarettengestank der überfüllten Aschenbecher wahr, und mit einem Mal wird ihr bewußt, daß dies die Stunde ist, in der diejenigen abreisen, die nie mehr wiederkehren und die keinen haben, der ihnen Lebewohl sagt. Méndez geht zur Abfertigung an den Schalter der Avianca, legt Flugtickets, Pässe und Ausfuhrsteuerbelege vor, zahlt ein Heidengeld für das übergewichtige Gepäck und zollt jeder überwundenen Formalität ein erleichtertes Aufatmen, als hätte sie das letzte Hindernis, die tödliche Falle sein können, die sie das Flugzeug verpassen ließe. Sie begeben sich unverzüglich in die Wartezone für Fluggäste, den abgelegensten und bestbewachten Ort, wo Méndez sie am sichersten wähnt.

Die Stille ist bedrückend, nur wenige dumpfe Geräusche dringen von ferne zu ihnen. Eine Handvoll Passagiere richten sich resiginiert, das Handgepäck an die Brust gepreßt, als seien sie von Dieben umlagert, auf den Sesseln ein, lösen unmögliche Kreuzworträtsel und setzen Mienen auf, als gebe es für sie keinen Platz auf der Welt. Alina ist bleich und versucht sich abzulenken, indem sie sich Parfüms im Duty-Free-Shop ansieht. Der Anwalt beobachtet sie: Ihre Blässe und der Mantel scheinen sie an einen fremden Ort, in eine ferne Zeit zu versetzen wie eine Schauspielerin aus der Besetzung eines vergessenen Films.

»Es gibt Dinge, die ich nicht verstehen kann. Wie konnten Méndez und Alina überhaupt lebend bis zur Wartezone gelangen?«

»Weil das Schicksal es gut mit ihnen meinte. Méndez hatte sämtliche Sicherheitsvorkehrungen getroffen, und im gegebenen Augenblick hatten alle versagt. Damit Alina das Appartement mit ihrem ganzen Krimskrams und so weiter verlassen konnte, ohne daß ihre Umgebung Verdacht schöpfte, hatte er das Gerücht in Umlauf gebracht, sie zöge zu einer Schwester. Aber besagte Schwester und ihr Mann ließen sich beim vorgeblichen Umzug nicht blicken, wie sie versprochen hatten, denn sie bekamen es plötzlich mit der Angst zu tun. Für die Fahrt zum Flughafen hatte Méndez von einem befreundeten Regierungsmitglied ein gepanzertes Fahrzeug ausgeliehen, falls sie angegriffen wurden und es zum Schußwechsel kam. Aber es geschah, womit niemand gerechnet hatte: Das Auto war derart gepanzert, daß es keine Steigung mehr hochkam. Sie mußten riesige Umwege in Kauf nehmen, um die Straßen mit dem stärksten Gefälle zu umfahren. Und damit nicht genug. Méndez hatte vorgesehen, daß ein Sicherheitspolizist die Formalitäten in der Abflughalle beschleunigen und sie direkt in die Wartezone durchlassen sollte. Der Mann war da, hielt Wort und verschwand. Was Méndez nicht wußte, war, daß genau dieser Polizist sie bei Mani Monsalve verpfiff. Daß sie jetzt noch am Leben waren, hatten sie also nur Manis Entschluß zu verdanken, die Sache selbst zu erledigen, und

dem Befehl an seine Männer, sich da herauszuhalten. Allgemein ausgedrückt: Sie waren aus purem Zufall noch am Leben. Ihre Stunde hatte schlichtweg noch nicht geschlagen, und niemand stirbt eine Minute davor oder danach.«

Ein leichter Luftzug in Méndez' Rücken löst bei ihm Nervosität aus. Zunächst hatte er das Gefühl, daß alles nach Plan verlief, doch nun bedrängt ihn der deutliche Eindruck, den Feind im Nacken zu haben. Diese Empfindung ist ihm von anderen Gelegenheiten her vertraut, er kennt sie als unfehlbares Warnsignal, das ihm nicht nur einmal das Leben gerettet hat, indem ein schriller Ton in derselben Frequenz wie jetzt in seinen Ohren klingelt.

Er bittet das Bodenpersonal, sie schon vorher an Bord des Flugzeugs gehen zu lassen, aber das lehnt ab. »Die Putzfrauen sind noch drin«, lautet die Begründung. Und sie fügen hinzu: »Keine Sorge, wir wollten ohnehin gleich zum Einstieg aufrufen«, aber Méndez vernimmt nichts anderes als den inneren Alarmton, der sich zu einem ohrenbetäubenden Lärm steigert. Ohne länger zu zögern, faßt er Alina und Yela unter, die protestieren, weil sie es in der Eile nicht mehr schaffen, ihr Handgepäck aufzulesen, und rennt los, indem er sie beinahe über den Boden hebt und sie gegen den Willen des Bordpersonals, das versucht, ihnen den Weg zu versperren, in den Gang zum Flugzeug schiebt.

Dieser Korridor gleicht einem endlosen, finsteren, bedrohlich quietschenden Wurm. Die drei durchqueren ihn Arm in Arm im Laufschritt, wie ein riesiges, plumpes Insekt mit sechs Füßen, das unkoordiniert vor dem Feuer flieht. Die Anstrengung des Laufens erschöpft die

Frauen, ihr Gewicht wird schwerer, und Méndez kann sie kaum noch mit den Armen halten, während er den Blick unverwandt nach vorne richtet, auf die offenstehende, beleuchtete Tür, die am Ende, in fünfzig Schritten Entfernung – den entscheidenden fünfzig Schritten zwischen dem Vorher und dem Nachher – auf sie wartet, und eine Zentripetalkraft herbeisehnt, die sie an den Ausgang des Tunnels zieht, um ein Wunder fleht, das sie auf die andere Seite des Lichts spuckt.

»Genau in diesem Augenblick tauchten Mani Monsalve und Tin Puyúa auf wie aus dem Nichts, flink, feurig und auf leisen Sohlen, und zielten mit ihren Waffen von hinten auf sie. Die alte Yela stolperte und zog beim Sturz Alina und Méndez mit zu Boden, so daß sie sich in einem Gewirr aus Beinen und Armen verwickelten und nicht sehen konnten, wie Mani Monsalve einen Augenblick lang zögerte, ehe er abdrückte, sich Tin in den Weg stellte, damit der ihm nicht zuvorkam, und den besten Schußwinkel suchte, um dem Anwalt den Garaus zu machen, ohne Alina zu verletzen.«

»Méndez gab keine leichte Zielscheibe ab, weil er, ohne es eigentlich zu wollen, mit zwei Geiseln floh: der Frau und dem Kind.«

»An diesem Punkt stockte die Szene einen winzigen Augenblick lang: Die Verfolgten bildeten ein Knäuel am Boden und sahen dem Tod ins lächelnde Angesicht, während ihre Verfolger die einzige und kostbarste Sekunde verspielten, in der Pajarito, Scherenpepe, Kugelsimon und Schmalzlocke die Munition ihrer Revolver auf sie abfeuern konnten.«

»Wo kamen denn Kugelsimon und die anderen Pistoleros von Nando Barragán her?«

»Sie waren von Anfang an dort gewesen, auf Befehl vom Boß, der immer noch im Krankenhaus festgehalten wurde. Sie eskortierten Méndez und Alina vom Appartement bis zum Flughafen und gaben ihnen, dort angelangt, Minute für Minute Rückendeckung.«

»Wieso taten sie das?«

»Als Méndez Nando aus dem Gefängnis geholt und ihm das Leben gerettet hatte, bot Nando an, sich zu revanchieren. Méndez dachte lange darüber nach und wandte sich schließlich mit einer Bitte an ihn: sicheres Geleit, um mit Alina Jericó und Manis ungeborenem Kind außer Landes zu fliehen.«

»Mani mußte selbst sein Leben lassen, um das Leben von Alina und dem Kind zu schützen ...«

»Ja, ich glaube schon, daß man es so sehen kann.«

In derselben Nacht, als Mani Monsalve auf dem schwarzen Vinylboden der Wartezone in der internationalen Abflughalle starb, wurde hoch oben am Himmel, auf dem Flug 716 der Linie Avianca nach Mexiko-Stadt, sein Sohn Enrique geboren. Die erschrockenen Stewardessen halfen Alina Jericó bei der vorzeitigen Entbindung, wuschen das Kind, wickelten es in eine Decke und legten es der Mutter in den Arm, die sich gerade von der unglaublichen Erschütterung und der ungeheuren Anstrengung erholte, indem sie durch das Fenster einer Herde rosa Schafwölkchen beim Grasen auf den endlosen Weiden der Morgenröte zusah. Als sie ihr das Kind brachten, entdeckte Alina überrascht, daß es aus irgendeiner genetischen Eigenwilligkeit heraus nicht etwa die grüne Hautfarbe der Monsalves, sondern die gelbe seiner Vettern ersten Grades, den Barraganes, besaß.«

»Enrique? Hieß das Kind Enrique?«

»Enrique Méndez, nach dem Rufnamen, den sein leiblicher Vater ihm ausgewählt hatte, und dem Familiennamen, den es von seinem Adoptivvater, dem Anwalt, bekam.«

So gegen drei Uhr nachmittags an jenem Karnevalstag fragte sich die ganze Esquina de la Candela *dasselbe: Was tat Nando Barragán da so allein auf der Schwelle seines Hauses?«*

»Schon seit Wochen, vielleicht auch Monaten, war Nando wieder auf freiem Fuß, aber wir wußten nichts von ihm. Es waren die Zeiten der nackten Gewalt angebrochen, und das Leben verstrickte uns ins Morden und Ermordetwerden. Aber das Epizentrum waren nicht mehr die Barraganes und auch nicht die Monsalves. Überall im Land waren über Nacht skrupellosere und mächtigere Protagonisten des Verbrechens wie Pilze aus dem Boden geschossen und erregten weit mehr Aufsehen als sie. Sagen wir mal so, die Barraganes und die Monsalves waren eines Tages auf Figuren der Lokalfolklore geschrumpft, und wir begannen, in ihnen sozusagen die Vorgeschichte der wahren Geschichte der Gewalt unseres Landes zu sehen: Sie waren nur der Anfang vom Ende gewesen. Als Nando sich an jenem Tag auf die Schwelle seines Hauses setzte, war er nur noch ein Schatten seiner selbst. Und sogar er muß es so empfunden haben, denn wenn man denen, die ihn damals erlebten, Glauben schenken will, legte er ein sonderbares, eher zu einem Schatten als zu einem Menschen passendes Verhalten an den Tag.«

»An jenem Tag, dem dritten und letzten Tag des Karnevals, begann Nando bereits zu halluzinieren, als er morgens aufwachte. Da sie merkten, daß ihm das Aufstehen schwerfiel, brachten die Frauen ihm schwarzen Kaffee und aufgeschnittene Bananen an die Hängematte, und während er aß, ließ ihn die wahnwitzige Idee nicht los, in Frieden sterben zu wollen.«

»Ich kenne niemanden hier, der an Altersschwäche in

seinem Bett gestorben wäre«, bemerkt Ana Santana, als sie ins Zimmer kommt, um das Tablett zu holen.
Ana findet seinen Wunsch unangebracht für Zeiten, in denen der Tod mehr Unruhe stiftet und auffälliger durch die Straßen tanzt als das Leben, in denen niemand sagt, dieser oder jener sei gestorben, sondern es stets heißt: »Man hat ihn getötet.« Aber sie behält ihre Gedanken für sich, legt ihm lediglich eine prüfende Hand auf die Stirn, um festzustellen, ob er Fieber hat, und fragt ihn dann, ob er noch Kaffee möchte.
»Während der Morgenstunden sahen sie ihn ziellos im Haus umherstreichen, von der kreischenden Blasmusik des Karnevals hypnotisiert und benommen vom Abfallgestank, der sich während der tollen Tage in der Luft anstaut.«
Um elf Uhr setzt er sich in den Patio und beginnt, weißen Rum zu trinken, mit Zitrone und Salz. Als sie die erste Flasche zur Neige gehen sehen, beruhigen sich die Frauen: »Er ist wieder der alte«, beteuern sie sich gegenseitig. Doch da irren sie, denn der Schnaps zeigt nicht die gewohnte Wirkung – den Ausbruch seiner Männlichkeit, der ihn auf der Suche nach Opfern auf die Straße treibt –, sondern läßt ihn in eine schläfrige, stille, für die Menschen der Wüste charakteristische Melancholie verfallen, die insofern alarmierend ist, als es kein Zurück mehr gibt, sie also jene, die sie einmal befällt, für alle Zeiten nicht mehr losläßt.
Gegen drei Uhr nachmittags bricht er auf der Schwelle seines Hauses die zweite Flasche an, während er die halbnackten Körper der vorüberziehenden Tänzer und Prinzessinnen beobachtet, die von Kopf bis Fuß mit einem in der Hitze schimmernden, wohlriechenden Be-

lag aus Schweinefett und Kohlenstaub bedeckt sind, den herabrinnende Schweißtropfen wie Furchen durchziehen.

»Waren denn da keine Leibwächter, die dafür sorgten, daß das tanzende und saufende Volk nicht direkt an seinem Haus vorüberzog?«

»Das kümmerte niemanden mehr. Schmalzlocke, Kugelsimon und die anderen vergaßen für eine Weile den Krieg und nutzten die Gelegenheit, um sich, unter den Kapuzen ihrer unechten Büßergewänder versteckt, unerkannt in die Menge zu mischen und sich zu amüsieren. Auch Nando schien in keiner Weise beunruhigt. Mit Mani Monsalves Tod war für ihn der Krieg beendet, und wahrscheinlich auch das Leben selbst, denn letztendlich war der Haß immer seine größte Liebe gewesen.«

»Genoß er nicht den Triumph?«

»Nein. Der endgültige Sieg über seinen Todfeind hatte bei Nando nichts anderes hinterlassen als einen salzigen Nachgeschmack der Verachtung.«

Die Cumbiatänzer, die ihn um Feuer bitten für ihre Kerzen, wecken kindliche Gefühle in Nando, und er lauscht fasziniert den verrückten Klängen ihrer Pikkoloflöten und Kürbisrasseln. In seinem Alkoholrausch sieht er die euphorische Welt der Fabeltiere wie einen Traum vorbeiziehen, Hasen, stolpernde Esel und Kaimanmenschen, die Mehl werfen und wie besessen tanzen, und gestattet sich, wie er so ganz für sich, mit betäubten Sinnen, plötzlich alt geworden, auf der Schwelle seines Hauses sitzt, eine außergewöhnliche Extravaganz: Er stößt einen unmerklichen Seufzer des Glücks aus.

Ohne Rücksicht auf die Zurückbleibenden zieht der Fastnachtspulk weiter, und Nando bleibt auf der steiner-

nen Stufe hocken, als ahne er den Besuch eines Ehrengastes voraus.
Ein Funkeln von Pailletten bannt die Aufmerksamkeit seiner Ray-Ban-Brille. Es naht eine goldene Sänfte mit geschlossenen Vorhängen, die den Einblick verwehren. Sie wird von vier Teufelchen auf den Schultern getragen, und ein Trupp ärmlicher, nach dem in der Stadt ausgebrochenen Komparsenkrieg weißbemehlter Musiker folgt ihr. Als sie am Barragán-Haus vorbeikommt, teilt sich der Fransenvorhang verheißungsvoll, und Nando erblickt das strahlend weiße Lächeln einer kleinen, prunkvoll gekrönten Fastnachtskönigin, eine Elisabeth von England, auf ihrem tragbaren Thron. Hinterlistig beugt sie sich zu ihm herüber und streckt ihm den Flügelschlag ihrer künstlichen Wimpern und die von Haarlack steife Lockenkaskade entgegen. Nando schließt die Augen und erwartet, von der goldenen Erscheinung geküßt zu werden oder eine Koketterie ins Ohr geflüstert zu bekommen, als die spitzbübische Gebieterin eine Handvoll Mehl hervorholt und sie ihm ins Gesicht wirft. Ohne sich zu wehren, empfängt er dankbar, mit dümmlicher Miene wie ein betrunkener, durch eine plötzlich einsetzende Senilität gezähmter Klotz, brav die Puderschicht.
»Und so blieb er da sitzen, mit dem weißen Gesicht?«
»Ja, so blieb er da sitzen, bemehlt wie ein Stück Sandgebäck, weil er keinen Verstand mehr besaß, um sich an irgendeine Prophezeiung zu erinnern.«
»Fiel ihm noch nicht einmal die Warnung von Roberta Caracola ein?«
»Nein, er kam nicht darauf. Als hätte sie nichts mit der Situation zu tun.«

Lärmend und bunt rollt das Knäuel der Karnevalisten weiter zum Stadtzentrum und hinterläßt im Viertel ganze Fluten von Papier und Müll. Ein verstörter Zwerg mit einer Pappgrimasse bleibt von seinem Trupp abgehängt zurück, setzt sich neben Nando Barragán auf die Stufe und bittet ihn um einen Schluck Rum. Nando schlägt der säuerliche Atem aus seinem verborgenen Mund wie ausströmendes Gas aus einer undichten Leitung entgegen, und als er durch die Augenlöcher späht, begegnet er einem ausweichenden, galligen, von der Hitze und dem Bier aus dem Lot geratenen Blick.

Der Zwerg entfernt sich im Zickzack auf der Straße, während Nando versonnen in einem Sumpf aus Konfetti und zertretenen Papiergirlanden sitzen bleibt, den Kopf voller honigsüßer, aber ungereimter und konsistenzloser Gedanken.

Nun kommt der Tod allein die Straße heruntergetanzt. Es ist kein eindrucksvoller Tod von machtvoller Erscheinung, im prächtigen Kostüm, sondern ein armseliges, improvisiertes, klappriges Skelett mit hölzernem Totenschädel, einem alten Bettlaken als Umhang und einem großen abgenagten Tierknochen in der Hand. Die Leute ergreifen die Flucht und suchen Schutz in ihren Häusern, damit er an ihnen vorübergeht. Während sie durch die halb geöffneten Fenster spähen, einigen sie sich, daß sie noch nie einen so nichtssagenden, widerlichen kleinen Tod gesehen haben: Mies, heimtückisch und so ganz und gar nicht erhaben, ist er dem wirklichen Tod nur allzu ähnlich. Er bemächtigt sich der ausgestorbenen Straße und teilt seine Schläge mit der Tierblase ins Leere aus. Ohne Sinn und Verstand peitscht er gehässig, aber kraftlos die Luft.

»Und hat er Nando entdeckt, wie er da auf der Stufe kauerte?«

»Nein, er sah ihn nicht. Jedenfalls tat er so, als sähe er ihn nicht, und begann, völlig falsch einen ausländischen Schlager zu pfeifen. Nando dagegen sah ihm, mit dem kritischen Blick eines Kenners, geradewegs entgegen. Der Tod war ihm so häufig über den Weg gelaufen, daß er gelernt hatte, den echten vom falschen zu unterscheiden. Dieser taugt nichts, dachte er bei sich und ließ ihn ziehen.«

Während die Erde unter den afrikanischen Trommelrhythmen bebt, die einst die Sklaven zum Aufstand riefen, färbt sich der Himmel im roten und gelben Licht der Abenddämmerung und schmückt sich mit einem Aufruhr aus Strahlen und Flittergold. Nando Barragán hat sein Hawaiihemd aufgeknöpft und verharrt schweigend, mit nackter Brust, blind gegenüber dem Schauspiel des Himmels, dem eigenen Schicksal entfremdet, mit tauben Beinen und vollgepumpt mit Alkohol, auf seiner Steintreppe. Verschwörerisch senkt sich die Nacht herab und schenkt ihm Deckung unter ihren violetten Schatten. Nando hüllt sich darin ein und verschmilzt mit der Finsternis zu einem reglosen, unsichtbaren Bündel, ohne Namen und ohne Persönlichkeit.

»Dann war Nando doch gar nicht zu sehen, als die Bande der niederträchtigen Marimondas die Straße heraufzog?«

Auf den ersten Blick ist die Dunkelheit undurchdringlich. Auf den zweiten, und wenn man die Augen anstrengt, erkennt man sein weißes Gesicht wie einen großen Frischkäse. Unschuldig und töricht träumt er hinter seiner Maske aus Mehl von Freuden, die nicht die seinen waren, und ist zutiefst verwirrt von der ungewissen, kaum verständlichen Botschaft, die sein betrunkenes Hirn ihm zu vermitteln versucht: die erschütternde Andeutung, daß das Leben hätte besser sein können.

»Sah man denn nicht seine Zigarette glimmen?«

»Doch, man sah sie. Klar und deutlich durchbrach die Glut seiner Zigarette die Finsternis, rot und verräterisch, wie ein winziger Leuchtpunkt, der rief: Hier bin ich, hier bin ich, hier.«

»Zu welcher Uhrzeit kamen die Marimondas Nandos Straße entlang?«

»Zur Unzeit, lange nachdem alle anderen Narren vorbeigezogen waren, als die Betrunkenen schon mit den letzten Cumbias um die nächtlichen Ecken tanzten und sich vom Karneval verabschiedeten. Obwohl sie die traditionellen Kostüme trugen, Frauenkörper und Affenmasken auf den Köpfen, wirkten diese Marimondas sehr seltsam. Sie tanzten weder, noch waren sie ausgelassen oder in Feststimmung, und es war offensichtlich, daß sie irgend etwas im Schilde führten. Der einzige, der sie nicht verdächtig fand, war Nando selbst, der auch nicht wahrnahm, daß sie ihn umstellten und erstachen, weil er wohlmöglich schon tot war, als er starb.«

»Was soll das heißen?«

»Der Gerichtsmediziner, der die Autopsie vornahm, stellte fest, daß Nando Barragán bereits seit dem Sonnenaufgang tot war.«

»Dann war also diese tiefe Traurigkeit, die ihm den ganzen Tag ins Gesicht geschrieben stand, der Tod ...«

»Es war der Tod, der von niemandem erkannt wurde. Was anschließend in jener Nacht geschah, war Verhöhnung und Schändung. Die falschen Marimondas begnügten sich nämlich nicht damit, ihn zu töten; um ihn zu bestrafen und ihren Sieg zu feiern, zogen sie anschließend seinen Leich-

nam durch die Straßen des Viertels. Die Leute kamen herbeigelaufen, um ihn zu sehen. Sie faßten ihn an, rissen ihm die Kleider vom Leib und erkannten ihn. Niemand zweifelte mehr daran, daß er es war, und die Tatsache seines Todes – nackt wie der Leichnam vor ihren Augen – drang ihnen ins Bewußtsein.«

»Hat sich denn niemand des Verstorbenen erbarmt?«

»Nein, niemand nahm sich seiner an, und vermutlich hatte auch niemand Mitleid mit ihm. Wer dennoch Anteil nahm, der behielt es für sich, um nicht den Zorn der aufgebrachten Bewohner auf sich zu ziehen, die endlich die lang ersehnte Rache nahmen. Eine kollektive, unbewußt in jeder einzelnen Nacht geschmiedete Rache, die wir in unseren Häusern, hinter Schloß und Riegel hatten zubringen müssen, die Kinder wach und voller Schrecken, während die Barraganes draußen die Straße unter Beschuß nahmen und ihre Waffen knallen ließen. Insofern war die Stunde des Todes auch die der Vergeltung, die nur einem Gesetz folgte: Auge um Auge, Zahn um Zahn. Die Angst, die er uns zu Lebzeiten eingeflößt hatte, schlug um in eine Aggression desselben Ausmaßes: Seine treuesten Anhänger von vorher tobten am heftigsten ihre Wut gegen ihn aus. Wir wollten ihm ein Haar für jede Angst ausreißen, die wir seinetwegen durchgestanden hatten, einen Zahn für jeden Schrecken, einen Finger für jeden Toten, beide Augen für all das vergossene Blut, den Kopf für unseren verlorenen Frieden, die Eingeweide für all die Kränkungen, die er uns zugefügt hatte. Wir wollten ihm für die verpfuschte Zukunft, die er uns vererbte, das Leben nehmen, das er schon nicht mehr hatte, und verstießen ihn für immer aus unserer Gemeinschaft, weil er uns den Stempel des Todes ins Gesicht gedrückt hatte.«

»Gab es denn niemanden, der ihm zu Hilfe kam?«
»Im Gegenteil, er wurde auch noch ausgeraubt. Als ein Schlauberger im Kostüm von Mandrago, dem Zauberer, das Kreuz von Caravaca auf seiner Brust sah, entriß er es ihm mitsamt der Kette und machte sich eiligst mit der Beute aus dem Staub. Die goldene Rolex mit den zweiundvierzig Brillanten entging insofern den Plünderern, als die Barragán-Frauen sie bereits versteigert hatten, während Nando mit offener Brust im Krankenhaus lag. Elías Manso, derselbe, der auf Nandos Hochzeit bereit war, seine Scheiße zu fressen, um sie zu bekommen, bot das meiste dafür.«
»Wie kam denn dieser Manso dazu? War er nicht ein armer Schlucker?«
»Nicht mehr. Durch unlautere Geschäfte war er Millionär geworden.«
Der Sturz des einstigen Tyrannen ist ein Grund zum Feiern, und das Narrentreiben bricht von neuem los. Die falschen Marimondas ziehen in einem ausgelassenen Triumphzug seinen Körper hinter sich her wie eine Jagdtrophäe, die sie nackt zur Schau stellen. Als sie genug davon haben, ihn herumzuzeigen, berauben sie ihn seiner letzten Habe, der Ray-Ban-Brille, werfen ihn in eine Ecke und tauchen, mit ihren Affenmasken, den aufgesetzten Brüsten und dem wahnsinnigen Lachen zufriedener Hyänen, ungestraft in der Menge unter. »Die Monsalves hauen ab«, sagen die Leute, mit den Fingern auf sie deutend, und lassen sie laufen.
»Woher wußten sie denn, daß sie es waren?«
»Wir haben ihre Gesichter nicht gesehen, aber wir zweifelten keinen Augenblick daran, daß sie es waren. Sie oder ihre Killer, egal.«

Die Marimondas entfernen sich, und die zusammengelaufene Menge bemächtigt sich des Leichnams, schüttelt ihn wie eine Stoffpuppe und tanzt in einem vor Grauen und Freude wahnsinnigen Festzug hinter ihm her, dem freudigsten und abscheulichsten, den man je in der Stadt sah. Sie heben den Toten auf einen roten, von einem Esel mit Matrosenmütze gezogenen Karren und kutschieren ihn unter einem Schild mit der Redensart *Wer gestorben ist, ist im Arsch*, durch die Gegend. Die Meute eskortiert ihn und bestäubt ihn mit Mehl, bis er von Kopf bis Fuß weiß ist, wie ein riesiger Schneemann mitten in dieser erbärmlichen Hitze. Mit einem verkohlten Holzscheit schwärzt ein Tarzan ihm noch die Nase. »Du bist tot, Nando!« rufen ihm die Komparsen zu, während das Karnevalstreiben lebensprühend um ihn herum tobt.

»Wann hat El Bacán Bescheid bekommen?«

El Bacán sitzt auf dem Bürgersteig vor seinem Haus im Korbschaukelstuhl und trägt mit seiner Combo das Achtelfinale ihres endlosen Dominoturniers aus. Sieben Einschußlöcher klaffen in der Bretterwand hinter ihm als die stummen, anonymen Zeugen der sieben fehlgeschlagenen Versuche eines Unbekannten, seine Tage zu verkürzen.

Während die Schwalben der Blindheit seine Pupillen von der Farbe eines Wolkenhimmels durchziehen, lesen seine sehenden Finger weiße Punkte auf schwarzen Spielsteinen, die wie ein verknotetes Schienennetz auf dem Tisch ausgebreitet liegen. In einer Stille, die dichter ist als in der Messe, konzentriert er sich auf das Spiel und wartet den nächsten Zug ab, ohne sich vom fernen Karnevalstrubel stören zu lassen, wie in anderen dunkleren Nächten, in denen er sich weder vom Geknatter der Ma-

schinenpistolen noch von den quietschenden Reifen der Jeeps seine Ruhe nehmen ließ.
Keuchend erreicht ihn eine Häuflein Bantusklaven und überbringt ihm aufgeregt lärmend und schreiend die Nachricht: Sie haben Nando Barragán umgebracht und schleifen ihn nackt durch die Straßen.
El Bacán schweigt, wie er es in bedeutsamen Augenblikken seines Lebens stets zu tun pflegt. Er schiebt den Tisch mit den Spielsteinen beiseite und erhebt sich feierlich, seine stattliche Statur eines schwarzen, blinden Riesen zu voller Höhe aufrichtend. Er setzt sich einen eleganten Strohhut auf das Haupt und ergreift den vom ebenfalls im Alter erblindeten Vater geerbten Spazierstock aus Eichenholz. Dann hakt er sich bei seiner kräftigen Mulattin ein und geht, sich mit dem Stock den Weg ertastend, dem aufgewühlten Stimmenmeer entgegen. Langsam und protokollarisch schreitet er aufs Geratewohl voran: Er hält den Kopf zurückgebogen und die milchig blauen Augen einem Sternenhimmel zugewandt, der sich seinen Blicken entzieht.
An der Kreuzung der sechsundzwanzigsten und der vierten Straße begegnen sich die beiden Züge, der eine klein, der andere gewaltig: auf der einen Seite El Bacán, sein braunes Mädchen und die Combo aus Dominospielern, auf der anderen Seite Nando Barragán mitten in der feindseligen, mit Stöcken und Fackeln bewaffneten Menschenmenge. In etwa zwanzig Metern Entfernung bleiben sie Kräfte messend voreinander stehen. Ein zaghaft einsetzender Nieselregen rührt einen süßlich-feuchten Wollgeruch auf und wäscht die Farbe aus den letzten Karnevalsgirlanden.
El Bacán wagt sich, allein und ohne die angebotene

Hand der Frau zu ergreifen, vorwärts. Mit Blindenschritten überwindet er den Abstand zum feindlichen Lager und bahnt sich einen Weg durch die Maskierten, die bereitwillig ausweichen und ihm einen Gang freigeben. Kaimane, Indianer, Großwildjäger und Teufel treten voller Ehrfurcht vor dem blinden Alten einen Schritt zurück und stehen regungslos da, während ein sanfter Regen die Fackeln löscht und die erhitzten Gemüter abkühlt. Ein großes Schweigen, nur von El Bacans stockenden, priesterlichen Schritten durchbrochen, breitet sich über die Menge.

Sein tastender Gehstock trifft auf ein Bündel: Vor ihm auf der Erde liegt Nando Barragáns Leiche. Zerfleddert, nackt, wie ein Hampelmann verrenkt und beladen mit aller Einsamkeit und Müdigkeit dieser Welt. Da ruht er vernichtet und besiegt zu Füßen des Festumzugs, ein Berg aus Matsch, eine monumentale Mischung aus Blut und Mehl, dessen geprügelter Schädel verstört um eine Minute Frieden zu flehen scheint, damit er seine unmögliche Rechnung mit dem Jenseits begleichen kann.

Genau im selben Moment als El Bacán seine hellsichtigen Blindenaugen auf den Toten richtet, fährt ein Blitz von einem Ende zum anderen durch die nächtliche Finsternis, teilt sie mit seiner leuchtenden Wurzel und durchzuckt die von seinem Stromstoß hingerichtete Erde mit einem blendenden Aufschrei. Als sei der Blitz der Schlüssel gewesen, öffnen sich nun die himmlischen Schleusen und lassen ihre Fluten auf die schleunigst in alle vier Himmelsrichtungen auseinanderstiebende Menge niedergehen, die Schutz sucht unter Brücken und in Läden, quer über die Straßen und in die Häuser flüchtet, um schließlich ganz und gar von der Dunkelheit verschluckt zu werden.

Nur zwei einsame Gestalten verharren massig und voluminös nebeneinander auf der regengepeitschten Straße und erdulden mit dem Stoizismus von Blitzableitern die Entladung des Unwetters. Die eine vertikal und schwarz, El Bacán, die andere horizontal und weiß, Nando Barragán.

»Wie lange blieben die beiden im Regen?«

»El Bacán wartete mit der Geduld eines Blinden, bis die Himmelsströme den Leichnam gewaschen hatten, ihm die Kruste aus Schmutz und trockenem Blut abgenommen und seine natürliche Konsistenz und Hautfarbe wiedergegeben hatten. Dann hob er ihn auf seinen immer noch kräftigen Rücken und trat, sich dem Sturm entgegenstemmend, der immer hysterischer an ihm zerrte, seinen Heimweg an. Abgesehen von dem Toten begleitete ihn nur seine treue Mulattin, die als Blindenführerin durch die Pfützen platschte. Es war eine schwierige, anstrengende Prozession voller Hindernisse. Der Regen schwemmte die Leiche auf und verdoppelte ihr ohnehin schon drückendes Gewicht, während der heulende Wind sie herunterzureißen drohte. Die Blindheit und die nächtliche Finsternis machten die Sache nicht leichter und ließen sie stolpern. Aber El Bacán setzte seinen Weg beharrlich fort und bewies, wieviel Kraft in seiner Ruhe lag, als gäbe es für ihn nichts Wichtigeres zu tun, als den Toten zu retten.«

»Und ist er am Ende im sicheren Hafen angelangt?«

Kurz vor Sonnenaufgang erreicht er, noch im Dunkeln und naß bis auf die Knochen, sein Heim im Armeleuteviertel. Er legt Nando auf den Eßtisch mit dem weißen Wachstuch. Dann bittet er seine Frau, ihn abzutrocknen und zu kämmen: Sie tut, wie ihr geheißen, und glättet zusätzlich aus eigenem Entschluß in Nandos Gesicht die Schäden der schlimmen Nacht und die Pockennarben mit ihrer Schminke.

»Bring mir jetzt saubere Kleider.«

Sie holt eine frischgebügelte Wäschegarnitur aus dem Kleiderschrank und reicht sie dem Gatten. Langsam und feierlich zieht der Blinde, im Dunkeln tappend, den Mann an, den er nie bewundert oder gemocht hat. Er zieht ihm seine eigenen Kleider an – im ganzen Viertel die einzigen der passenden Größe –: Hemd, Hose, Strümpfe und Schuhe. Ein Leinentaschentuch in die Brusttasche.

Er streckt die Hand aus, um ihm die Augen zu schließen, und erkennt im selben Moment mit der Intuition eines Blinden Nando Barragáns allerletztes Bild, das sich wie ein Fossil in seine versteinerten Pupillen geprägt hat. Eine vorbeiziehende Erinnerung, die im Augenblick seines Todes darauf haftengeblieben ist: eine gelbe, von Felsenschatten gefleckte Wüste, über der der Tod ruht wie ein Leopard in der Sonne.

Da El Bacán davon ausgeht, daß kein Schreiner sich am nächsten Tag, der ein Feiertag ist, bereitfinden wird, einen passenden Sarg zu zimmern, legt er den Toten – auf den Rücken mit sorgfältig geschlossenen Lidern und gekreuzten Armen – in die große Kiefernholzkiste des geschmuggelten Westinghouse-Kühlschranks, den er seiner Frau zum Geburtstag geschenkt hat. Er zündet zwei Altarkerzen an, empfängt von der Mulattin einen dampfenden Becher mit duftendem, wohltuendem Kaffee und setzt sich an Nandos Seite, um ihn zu trinken und darauf zu warten, daß seine Angehörigen kommen und ihn abholen. Er wärmt sich die Hände an dem Zinnbecher, wirft einen letzten, leeren und blauen Blick auf den toten Feind und sagt, ohne ihn zu sehen: »Jeder Mensch verdient einen würdigen Tod. Sogar Sie.«

Danksagung

Folgende Personen haben Schritt für Schritt die Entstehung dieses Buches mitverfolgt und wurden ein Teil von ihm durch ihre Ermutigung, ihre Begleitung, ihre Unterstützung, ihre Beiträge, ihre Anregungen und Korrekturen oder all diese Dinge zusammen: Helena Casabianca de Restrepo, Carmen Restrepo, Andrea Marulanda, Pedro Saboulard, Ramón Marulanda, Mónica Marulanda, Mireya Fonseca, Fabiola Castaño, Javier Marulanda.
Die Geschichte dieses Buches ist frei erfunden, basiert aber auf einer eingehend recherchierten Wirklichkeit. Entscheidende Auskünfte dazu haben beigetragen: Ricardo Villa, Jorge Alí Triana, Hernando Corral, José Araújo, Armando – el Pato – Fuentes, Alfredo Daza, Hermel Daza, Álvaro Restrepo, Misael Guerra, Campo Cabello Barquero, Manzur Agustín Sierra, Rolland Pinedo Caza, Alcira Weber, Moisés Perea, Hernando Marín, Wilder Guerra Currelo, Francisco Pérez Van Leden, Franklin Gómez, Jorge Bruges Mejía, Álvaro Gómez, Álvaro Castillo Granada und Los Gambos: Enrique Delugen Brito (el Pachá), Serapio Faruteso, Cristóbal Redondo, José Amaya und Manuel Redondo.
Außerdem habe ich alte Gründe zur Dankbarkeit gegenüber Eduardo Camacho Guizado, weil er an der Universidad de los Andes das Lesen lehrte, und gegenüber Plinio Apuleyo Mendoza, weil er in der Revista Semana das Schreiben lehrte. Und natürlich gegenüber Gabo, dessen Genie uns gleichzeitig erschlägt und erleuchtet.